독자가 고른
양기화의 BOOK 소리

인 문 학 적 책 읽 기 의 세 번 째 이 야 기

독자가 고른
양기화의 BOOK 소리

양기화 지음

이담북스

추천사

내가 『독자가 고른 양기화의 BOOK 소리』를 권하는 것은 저자인 양기화 박사에 대한 무한한 믿음 때문입니다. 그에 대한 신뢰는 광우병 파동을 겪으면서 쌓였습니다. 2008년은 내 평생 잊을 수 없는 해입니다. 나는 미국산 쇠고기 수입에 관하여 미국 대표단과 협상을 이끄는 우리 정부의 수석대표였습니다. 정부가 농림부 공무원들을 놔두고 직업외교관인 내게 명하여 농림부로 적을 옮겨 한미 FTA 협상의 농업 분야 협상을 맡긴 것 자체가 이례적이었습니다. 한미 FTA 협상이 당시 국정의 최우선 과제 중 하나이고 농업 분야 협상이 전체 협상의 성패를 좌우할 정도로 중요하게 여겼습니다. 하지만 미국과 합의를 하려면 우리 농업시장 개방은 불가피한 일이라 아무도 협상 대표를 맡으려 하지 않는 '폭탄돌리기 게임' 같은 것이었습니다. 과거 우루과이라운드협상, 쌀 시장 개방협상, 중국과의 마늘협상 등 농업 개방과 관련된 협상에 관여했던 정부 고위관리들이 거의 예외 없이 옷을 벗었던 사실을 잘 알기 때문이었습니다. 제가 그 '위험한' 직분을 맡게 된 것입니다.

한미 FTA 농업협상은 피를 말리는 줄다리기 끝에 우리 농업의 피해를 최소화하고 미국을 어느 정도 만족시키는 선에서 가까스로 합의를 이루어 다행히 '선방'했다는 평가를 받았습니다. 문제는 일년 뒤 미국산 쇠고기 수입에 관한 협상이었습니다. 미국산 쇠고기 수입 문제는 국내 축산업 보호와 맞물려 폭발력이 강했고 누가 협상을 하더라도 돌을 맞을 수밖에 없는 정치적인 이슈였습니다. 당시 한국과 미국 양국은 '뼈 없는 쇠고기' 수입을 둘러싸고 한 치의 양보도 없이 서로 마주 보고 달리는 열차처럼 대치하고 있어서 양국 간 누적된 불신과 갈등이 언제 어디에서 폭발하게 될지 예측하기 힘든 상황이었습니다. 정부는 미국에서 수입해 온 쇠고기에 손톱만 한 뼛조각 하나만 섞여 있어도 뼛조각이 들어 있지 않은 쇠고기까지 컨테이너째 되돌려 보냈습니다. 미국은 격앙했고 한미 간 통상관계는 최악의 상태로 치달았습니다. 그런 극한적인 대립 상황에서 전 국민의 이목이 집중된 가운데 내가 협상 대표를 맡게 된 것입니다. 더구나 몇 해 전 미국에서 광우병 소 두 마리가 발견되어 혹시나 미국 쇠고기를 먹으면 광우병에 걸리지 않을지 걱정과 우려가 국민들 마음을 불안하게 만들고 있을 때였습니다. 협상 대표로서 내가 따라야 할 기준은 국제기준이었습니다. 정부도 이미 국제기준에 따라 협상을 하겠다고 미국 측에 통보한 상태였습니다. 나는 철저하게 국제기준을 바탕으로 협상을 했고 양국 간 이해관계가 크게 걸린 문제에서는 오히려 미국에게서 국제기준보다 더 많은 양보를 받아냈습니다.

그런데도 한 언론매체의 시사프로그램 방송이 불안에 떨던 국민들의 마음에 불을 질렀습니다. 온라인에 온갖 괴담과 거짓 선동이 난무했습니다. 한결같이 미국 쇠고기를 먹으면 광우병에 걸려 머리에 구멍이 송송 뚫려 죽게 된다는 무시무시한 내용이었습니다. '다음 아고라'에 정부와 협상 대표에 대한 비난이 들끓었습니다. 전국이 촛불시위로 붉게 물들고 광화문과 시청 앞은 무법천지로 변했습니다. 협상 대표였던 나는 국민들을 광우병 위험에 빠뜨려 죽게 만든 '매국노'가 되었습니다. 온갖 욕설과 저주가 쏟아지고 심지어 죽이겠다는 협박에 나와 내 가족은 공포에 떨었습니다. 나는 모자와

마스크를 쓰고 피해 다녀야 했습니다. 국회 청문회와 국정조사에 불려 나가 국민들을 광우병 위험에 빠뜨렸다고 질타를 받았습니다. 평생 명예만을 붙들고 살았던 공직자의 명예가 무참하게 짓밟혔습니다. 정부는 어이없이 무너졌습니다. 청와대 수석들은 물론, 국무총리 이하 모든 장관이 일괄 사표를 냈습니다. 대통령이 두 번이나 국민들께 고개를 숙였습니다. 나는 진실을 밝히기 위해 거대한 물결에 온몸으로 거슬러 나갔지만 역부족이었습니다. 지식인들을 찾아가 진실을 말해 달라고 했으나 나서는 사람이 없었습니다. 대학에서는 명예가 실추된다고 교수들에게 언론 출연 금지령을 내린 상태라는 얘기가 들렸습니다.

　내가 양기화 박사를 만난 것은 이처럼 내가 최악의 상황에 처해 있을 때였습니다. 평소 넘쳐나던 수많은 지식인들이 숨죽이고 있을 때 용기 있게 나온 사람이 바로 그였습니다. 자신이 몸담고 있는 대한의사협회마저 그에게 자제하는 게 좋겠다고 만류하고 있었습니다. 병리학 의사로서 누구보다 광우병의 실체를 잘 알고 있었던 그는 언론 인터뷰와 토론회에 나와 미국 쇠고기를 먹으면 광우병에 걸린다는 것이 얼마나 허황된 주장인지 낱낱이 알렸습니다. 법정에도 출두하여 광우병의 위험은 터무니없이 과장된 선동이라고 증언했습니다. 2년 후 대법원은 결국 한 공중파 방송의 시사프로그램의 광우병 보도가 '허위'라고 판정을 내렸습니다. 양 박사는 내가 가장 어려울 때 내 곁에서 가장 큰 용기와 힘이 되어 주었습니다. 그와 맺은 인연은 지금까지 변함없이 이어져 오고 있습니다. 둘이서 가끔 10여 년 전을 회상하면서 너털웃음을 웃기도 합니다. "미국 쇠고기를 먹으면 광우병에 걸려 죽는다고 선동하던 사람들 주장대로라면 지금쯤 수 명은 죽었을 텐데, 죽은 사람은커녕 광우병에 걸린 사람이 단 한 사람도 없지 않나? 그 사람들은 지금까지 사과 한번 한 적도 없는데, 요즘 매장에 가득한 미국산 쇠고기를 보면 어떤 생각이 들까? 지금도 10여 년 전과 같은 생각을 하고 있을까?"

양기화 박사와 얽힌 이야기를 길게 쓴 것은 양 박사의 저서를 추천하기 위해서입니다. 그에 대한 신뢰가 얼마나 큰지 말씀드리기 위해서입니다. 그에 대한 인간적인, 그리고 전문성에 대한 신뢰는 그의 저서에 대한 신뢰로 이어지기 때문입니다. 저자는 지적 호기심이 참으로 큰 분입니다. 전문인 의학 분야는 말할 것도 없고, 그는 해박한 인문학적 지식을 갖추고 있습니다. 그의 인문학적 지식은 아마도 엄청난 독서량에서 비롯한 것일 겁니다. 최근까지 읽은 책이 2,500권에 이른다고 합니다. 2,300편의 독후감을 썼다고 하니 책을 그냥 읽은 것이 아니고 샅샅이 분석하고 소화하고 정리했다는 것입니다. 양 박사는 자기가 쓴 여행기를 매주 내게 보내 주었습니다. 수백 개에 달하는 여행기를 읽으며 그 하나하나가 단순한 해설이 아니라 철저하게 검색하고 공을 들여 만들어낸 작품이라는 것을 느낄 수 있었습니다. 이스라엘과 요르단 여행 편을 읽을 때는 그가 크리스천이 아님에도 구약성경의 전체 내용을 완전히 꿰뚫고 있음을 보고 놀랐습니다. 성경 속의 인물이나 지명을 성경에 나오는 표기에 정확히 맞추고 있는 것만 보아도 그가 한 편의 여행기를 쓰는 데에도 얼마나 정성을 기울이는지 짐작할 수 있었습니다.

북리뷰는 책을 한 번 읽으면 뚝딱 나오는 것이 아닙니다. 나는 저자가 책을 읽을 때마다 중요한 부분에 밑줄을 치고 포스트잇 라벨을 붙이고 여러 번 읽고 완전히 소화한 후 완전히 자기 것으로 만든 다음, 자기의 지식과 경험과 철학과 생각을 토대로 리뷰를 작성한다는 사실을 잘 알고 있습니다. 어쩌면 북리뷰가 원저서를 쓰는 것보다 더 힘든 과정일지도 모릅니다. 책의 전체 내용을 꿰뚫어 읽고 소화하는 능력, 인문학적 지식과 통찰력을 갖추고 있지 못하면 결코 쓸 수 없는 것이 북리뷰입니다. 북리뷰는 원저자의 시각과 틀에 갇히지 않고 이를 뛰어넘는 새로운 창작물이기에 그 가치를 인정받습니다. 세계적으로 권위 있는 학술지들이 북리뷰를 논문들과 동격으로 중요하게 취급하고 있는 것도 바로 그런 이유에서입니다. 사람이 음식물을 먹으면 몸이 음식물을 완전히 소화한 다음 필수 영양분을 흡수하는 것처럼 북리뷰도 원저서에서 엑기스만 뽑아 독자에게 전달하는 것입니다.

책을 읽는다는 것은 저자와의 만남과 소통과 공감입니다. 독자는 책을 읽는 동안 때로는 공감으로, 때로는 다른 생각으로 끊임없이 저자와 교감합니다. 그런 과정을 거쳐 독자는 자기의 생각을 정리하게 됩니다. 북리뷰도 마찬가지입니다. 양기화 박사가 원저자와 교감한 결과가 또 다른 교감을 통해 독자에게 전해지게 될 것입니다. 이 저서에 실린 52개 리뷰는 저자가 읽은 2,500여 권의 책 가운데에서 독자가 이미 읽어보았거나 읽어보고 싶은 생각이 드는 것을 엄선하여 쓴 것입니다. 저자의 성품에 비추어 볼 때, 아마도 그는 몸에 좋은 음식을 아이에게 하나라도 더 먹이고 싶은 엄마의 마음으로 작성했을 것입니다. 우리는 지금 스마트폰에 시간을 빼앗겨 책을 읽기 힘든 시대에 살고 있습니다. 인공지능과 로봇이 인간의 역할을 대신하게 될 4차 산업혁명 시대를 살아가면서 가장 필요한 것은 두말할 나위 없이 상상력과 창의력일 것입니다. 상상력과 창의력은 독서를 통해서 배양됩니다. 독자 여러분이 이 책을 통해 양기화 박사를 만나고 더 나아가 52권의 원저자까지 만나 지적으로 더욱 풍성한 삶을 누리게 되길 바랍니다.

민동석
제19대 유네스코한국위원회 사무총장,
전 외교통상부 제2차관

들어가는 글

라포르시안의 [양기화의 BOOK 소리]에서 다루었던 독후감들을 책으로 만드는 작업이 벌써 세 번째입니다. 라포르시안의 [양기화의 BOOK 소리]는 2011년 10월 4일 작은 울림을 처음 선보였습니다. 시작은 조심스러웠지만, 꾸준하게 연재를 이어 2017년 3월 13일을 끝으로 울림을 멈추었습니다. 그동안 읽었던 책은 모두 284권이 되었습니다.

독후감이 쌓여가면서 책으로 묶어보면 좋겠다는 생각을 하게 되었습니다. 하지만 그 바람이 결실을 맺는 데 8년이 걸렸습니다. 2019년 가을 이담북스의 제안으로 『양기화의 BOOK 소리』를 세상에 내놓은 것은 2020년 초였습니다. [양기화의 BOOK 소리] 초반에 다루었던 책들 가운데 의학윤리, 철학, 역사, 문학 등 네 가지 범주의 책들을 골라 묶었습니다.

라포르시안에서 [양기화의 BOOK 소리]를 연재하면서 독자 여러분들과 인문학 공부를 함께하기로 했기 때문에 문학, 역사, 철학 등 인문 분야의 책들을 주로 다루었던 까닭입니다. 그래서 [양기화의 BOOK 소리]를 읽은 독자들로부터 너무 어렵다는 이야기를 들었습니다.

2020년 가을에는 남아 있는 독후감을 정리하여 예술, 심리학, 수필 그리고 평전 등 네 가지 범주의 책들을 골라 『아내가 고른 양기화의 BOOK 소리』로 세상에 내놓았습니다.『양기화의 BOOK 소리』가 어려웠다는 반응을 고려한 것입니다. 그만큼 [양기화의 BOOK 소리]에서 다룬 책들의 범주가 다양해진 것도 있습니다.

'시작이 반'이라는 우리네 옛말이 있습니다.『양기화의 BOOK 소리』를 세상에 내놓은 것은 어려움이 많았지만, 일단 시작하니 2편이라 할『아내가 고른 양기화의 BOOK 소리』를 내놓을 수 있었습니다. 다행스러운 점은 전편보다는 쉽게 읽힌다는 말씀을 들었습니다.

'말 타면 경마 잡히고 싶다.'는 우리네 옛 속담처럼 남아 있는 독후감 가운데 책으로 묶어내지 못한 글들이 아쉬웠습니다. 남아 있는 독후감 가운데 13권으로 묶을 수 있는 범주는 다섯 가지였습니다. 그래서 이번에는 제가 낸 책을 읽어주신 독자께 책을 고르는 일을 부탁드렸습니다. 그래서 책의 제목도『독자가 고른 양기화의 BOOK 소리』로 정했습니다.

『독자가 고른 양기화의 BOOK 소리』에 실을 독후감들을 골라주신 분은 외교부 제2차관을 지내시고 유네스코한국위원회의 사무총장을 지내신 민동석 사무총장님이십니다. 2008년 광우병 파동의 격랑을 함께한 특별한 인연으로 부탁드렸습니다. 총장님께서는 의학, 여행, 사회학 그리고 인문 등 4개의 범주와 여기에 실을 각각 13편씩의 독후감을 골라주셨습니다.

짧게는 5년, 길게는 9년의 세월이 지난 옛글들입니다. 그래서인지 절판된 책들도 있고, 시의적절하지 않은 점도 있다는 이야기도 들었습니다. 그래서 처음 썼던 독후감을 지금의 시점에서 다시 쓰는 작업을 진행했습니다. 또한 외래어를 최대한 우리말 순화어 혹은 맞춤한 우리말로 바꾸는 작업도 이어갔습니다. 외래어가 굳어 있어서 우리말이 무엇을 의미하는지 모르실 수도 있습니다. 생소하시더라도 한번 누리망을 찾아보시면 좋겠습니다. 자꾸 쓰다 보면 아름다운 우리말에 익숙해지실 것입니다.

　책을 읽고 저의 느낌도 적었지만 주제와 관련된 다른 책을 함께 소개하려 노력했습니다. 들어가는 글의 마무리는 전편들에 적었던 글로 하겠습니다. 제가 정리한 내용과 깊이가 많이 부족한 저의 생각들을 읽으시는 데 그치지 않고 관심이 있는 책들을 구해 읽어보시면 좋겠습니다. 저의 부족한 글이 제대로 된 책 읽기로 발전되는 기회가 된다면 제가 북소리를 울린 이유와 그 북소리들을 묶어 책으로 만들어낸 이유가 충분할 것 같습니다.

2021년 11월
대한민국 책의 도시, 군포에서
양기화 배

목 차

추천사 / 4

들어가는 글 / 9

제1부 / 의학

1. 헨리에타 랙스의 불멸의 삶(레베카 스클루트, 문학동네)   17

2. 죽음을 어떻게 말할까(윌리 오스발트, 열린책들)   24

3. 나는 왜 늘 아픈가(크리스티안 구트, 부키)   30

4. 나는 의사다(셔윈 B. 눌랜드, 세종서적)   37

5. 체크, 체크리스트(아툴 가완디, 21세기북스)   43

6. 현대의학의 위기(멜빈 코너, 사이언스북스)   48

7. 정신병을 만드는 사람들(앨런 프랜시스, 사이언스북스)   54

8. 어떻게 죽을 것인가(아툴 가완디, 부키)   61

9. 도시에서 죽는다는 것(김형숙, 뜨인돌)   68

10. 잃어가는 것들에 대하여(윌리엄 이안 밀러, RSG)   74

11. 개념의료(박재영, 청년의사)   81

12. 나쁜 의사들(미셸 시메스, RSG)   87

13. 이타적 유전자(매트 리들리, 사이언스북스)   93

제2부 / 여행

1. 그리스 미학 기행(김진영, 이담북스)   101

2. 여행의 기술(알랭 드 보통, 청미래)   108

3. 프랑스 역사학자의 한반도 여행기, 코리아에서 스코틀랜드 여성 화가의
   눈으로 본 한국의 일상(장 드 팡주&콘스탄스 테일러, 살림출판사)   115

4. 독도에 살다(전충진, 갈라파고스)   121

5. 느리게 걷는 즐거움(다비드 르 브르통, 북라이프)   128

6. 장소의 재발견(앨러스테어 보네트, 책읽는 수요일)   135

7. 훔볼트의 대륙(울리 쿨케, 을유문화사)   142

8. 인류학자처럼 여행하기(로버트 고든, 펜타그램)   150

9. 앙코르와트(비토리오 로베다, 문학동네)   157

10. 스페인은 가우디다(김희곤, 오브제)   164

11. 베네치아의 돌(존 러스킨, 예경)   171

12. 메카로 가는 길(무함마드 아사드, 루비박스)   177

13. 과이라 공화국, 또 하나의 파라과이(구경모, 이담북스)   184

제3부 / 사회학

1. 시민의 과학(시민과학센터, 사이언스북스)   193

2. 이분법 사회를 넘어서(송호근, 다산북스)   199

3. 100억 명(대니 돌링, 알키)   206

4. 새로운 부의 시대(로버트 J. 실러 등, 알키)   213

5. 우리는 모두 식인종이다(클로드 레비 스트로스, 아르테)   220

6. 복지사회와 그 적들(가오렌쿠이, 부키)   226

7. 나쁜 뉴스의 나라(조윤호, 한빛비즈)   233

8. 공개사과의 기술(에드윈 L. 바티스텔라, 문예출판사)   240

9. 맨박스(토니 포터, 한빛비즈)   246

10. 작은 학교의 힘(박찬영, 시공사)   253

11. 현대사회와 자살(서강대학교 생명문화 연구소, 한국학술정보)   260

12. 행복의 정복(버트런드 러셀, 사회평론)   266

13. 가족의 발견(최광현, 부키)   273

제4부 / 인문

1. 지식의 미래(데이비드 와인버거, 리더스북) 283

2. 교양인의 삶(이정일, 이담북스) 290

3. 하버드 교양 강의(스티븐 핑커 등, 김영사) 296

4. 통찰력을 길러주는 인문학 공부법(안상헌, 북포스) 303

5. 일상의 인문학(장석주, 민음사) 309

6. 나를 위한 교양수업(세기 히로시, 시공사) 315

7. 인간의 품격(데이비드 브룩스, 부키) 322

8. 삶의 격(페터 비에리, 은행나무) 330

9. 문예적인, 너무나 문예적인(아쿠타가와 류노스케, 한빛비즈) 337

10. 신경과학의 철학(맥스웰 베넷 등, 사이언스북스) 344

11. 헤겔의 눈물(올리비아 비앙키, 열린책들) 351

12. 니체가 눈물을 흘릴 때(어빈 D. 얄롬, 필로소픽) 357

13. 삶이 나에게 가르쳐 준 것들(마르쿠스 아우렐리우스, 리더북스) 364

제1부

/

의
학

제1부 의학

1. 헨리에타 랙스의 불멸의 삶(레베카 스클루트, 문학동네)

2. 죽음을 어떻게 말할까(윌리 오스발트, 열린책들)

3. 나는 왜 늘 아픈가(크리스티안 구트, 부키)

4. 나는 의사다(셔윈 B. 눌랜드, 세종서적)

5. 체크, 체크리스트(아툴 가완디, 21세기북스)

6. 현대의학의 위기(멜빈 코너, 사이언스북스)

7. 정신병을 만드는 사람들(앨런 프랜시스, 사이언스북스)

8. 어떻게 죽을 것인가(아툴 가완디, 부키)

9. 도시에서 죽는다는 것(김형숙, 뜨인돌)

10. 잊어가는 것들에 대하여(윌리엄 이안 밀러, RSG)

11. 개념의료(박재영, 청년의사)

12. 나쁜 의사들(미셸 시메스, RSG)

13. 이타적 유전자(매트 리들리, 사이언스북스)

1

헨리에타 랙스의 불멸의 삶

(레베카 스클루트, 문학동네)

▨ 불멸의 '헬라세포', 의료윤리에 물음표 던지다

　　　　　　　　레베카 스클루트의『헨리에타 랙스의 불멸의 삶』
은 [북소리]의 독자 한 분께서 추천해 주셔서 읽은 특별한 경우였습
니다. 생명과학 분야의 실험실서 많이 사용하고 있는 헬라(HeLa)세
포가 만들어진 배경에 관한 이야기가 흥미로웠기 때문입니다.

　헬라세포는 1951년 31세를 일기로 사망한 헨리에타 랙스가 원래
의 주인입니다. 하지만 그녀의 자궁경부에 생긴 종양으로부터 분리
해 낸 세포가 영원히 증식하도록 불멸의 존재로 만든 과학자들은
환자나 그 가족들에게 관련된 내용을 상세하게 설명하지 않았습니
다. 그러고도 무려 70여 년의 세월이 흐른 지난 2020년 10월에서
야 미국의 하워드휴스 의학연구소는 헨리에타 랙스의 자궁경부암세
포를 사용해 온 대가로 수십만 달러를 헨리에타 랙스 재단에 내기
로 했습니다. 에린 오시아 소장은 헬라세포가 정상적인 절차를 밟
아 채취된 것이 아님을 인정했습니다. 이런 과정이 있었기에 헬라
세포와 관련하여 의학윤리 및 연구윤리 혹은 보상 등에 관한 내용

은 최근 의학계의 첨예한 화두로 떠오르고 있기에 같이 생각해 볼 가치가 있다는 생각이 들었습니다.

『헨리에타 랙스의 불멸의 삶』은 1920년 8월 1일 태어난 헨리에타 랙스라는 이름의 한 흑인 여성과 그녀의 종양세포로부터 유래한 헬라세포의 존재가 세상에 알려진 뒤에 가족들 사이에 벌어진 이야기가 중심축입니다. 헨리에타 랙스는 질 출혈과 통증 때문에 1951년 1월 29일 볼티모어에 있는 존스홉킨스병원의 산부인과 외래를 찾았습니다. 저자는 헨리에타 랙스가 진단과 치료를 받는 과정에서 잘라낸 종양으로부터 세포를 분리하여 실험실의 인공적 환경에서 끊임없이 분열할 수 있는 불멸의 세포로 만들어낸 의사와 생명과학자들의 행적을 뒤쫓았습니다.

제가 보기에는 전자의 비중이 더 크지 않나 싶습니다. 헬라세포가 만들어질 수 있었던 종양을 제공한 환자, 즉 헨리에타 랙스의 신원이 밝혀지면서 헨리에타가 남겨놓은 세포가 불멸의 존재가 되어 의학 연구에 엄청난 기여를 하고 있다는 사실을 알게 된 가족들은 다양한 반응을 보였습니다. 정작 헬라세포를 만들어낸 존스홉킨스병원을 비롯한 정부 어디에서도 헨리에타의 가족들을 배려했다는 흔적은 없었습니다. 오히려 이들을 이용하려는 세력들까지 등장하여 가족들을 불편하게 만들었습니다. 결국 가족들이 사람을 만나는 것 자체를 피하게 되었습니다. 이런 이유로 진실에 접근하는 데 어려움을 겪었던 저자는 헨리에타의 딸 데버러를 중심으로 한 헨리에타의 가족들의 입장을 적극적으로 옹호하면서 가족들의 도움을 얻을 수 있었습니다.

의학, 혹은 생명과학 분야를 전공한 사람의 입장에서는 가족사의 비중을 조금 줄이더라도 헬라세포를 추출해서 배양에 성공하게 된 과정에서 빠트리지 말았어야 할 사항들을 중점적으로 다루었더라면 어땠을까 싶습니다. 예를 들면 의료진은 헨리에타 랙스에게 종양세포를 배양할 예정이라는 사실, 그리고 세포배양에 성공하게 되면 어떻게 활용할 수 있다든가 하는 등을 상세하게 설명했어야 합니다. 뒷날 헬라세포의 활성이 지나치게 왕성한 탓에 다른 배양세포들을 오염시키는 사태가 발생하는데 이를 규명하기 위하여 가족들로부터 혈액을 채취하게 됩니다. 이때도 역시 가족들에게 충분한 설명이 없었습니다.

『양기화의 BOOK 소리』에서 한스 요나스 교수님의 『기술 의학 윤리』를 소개하면서 바로 이 문제를 공유했습니다. 요나스 교수님은 현대 기술이 윤리학의 대상이 되는 이유를 결과의 모호성, 적용의 강제성, 시공간적 광역성, 인간중심주의의 파괴 그리고 형이상학적 물음이 제기되기 때문이라고 하였습니다. 이를 헨리에타 랙스의 사례에 적용해 볼 수 있습니다. 조지 가이의 실험실에서 헬라세포 배양에 성공하기 이전에는 배양하는 종양세포마다 죽어버리고 말았던 것처럼 실험의 최종 결과는 예상할 수 없는 모호성이 있었던 것입니다. 헨리에타의 종양세포를 배양하여 불멸화하는 작업이 성공하게 된 이유는 오랜 시간이 지난 다음에야 밝혀졌습니다. 이처럼 현대 기술이 개발된 시점과 이 기술이 광범위하게 확산되는 데는 시간적, 공간적 차이가 있을 수 있습니다.

헬라세포가 불멸화된 다음, 조지 가이는 이를 이용하여 의학 연구를 하려는 연구자에게 대가를 받지 않고 나누어 주었습니다. 그뿐만 아니라 1951년 미국에서 소아마비가 창궐하면서 미국 정부는 이를 극복하기 위한 백신 연구에 박차를 가했습니다. 당시 개발된 소아마비백신을 검정하기 위하여 헬라세포의 수요가 폭발적으로 늘어났습니다. 이런 수요를 맞추기 위하여 헬라세포를 적기에 공급하기 위한 대단위 생산시설을 설립하고 최소한의 비용으로 공급이 가능하게 된 것이 헬라세포가 생명공학 연구의 중심에 서는 계기가 되었습니다.

요나스 교수가 제기한 현대 기술이 인간중심주의를 파괴할 수 있다는 지적은 헬라세포의 경우도 피해 갈 수 없습니다. 요나스 교수는 전통윤리학이 언제나 인간적 선을 장려하고, 타인의 권리 내지 타인에 대한 관심의 존중, 그들에게 일어나는 불의의 개선, 그들이 느끼는 고통의 완화를 강조해 왔다고 했습니다. 그런데 헬라세포를 사용한 실험을 했던 시험실은 물론 헬라세포를 개발한 존스홉킨스를 비롯하여 소아마비의 예방을 최우선의 보건정책으로 이끌었던 프랭클린 루스벨트 행정부 어디에서도 헨리에타 랙스가 의학과 공공보건의 발전에 기여한 점을 인정하고, 기리는 일에 관심이 없었습니다. 헨리에타 랙스의 가족들로부터 혈액을 채취하여 헬라세포의 진위를 검증하는 작업을 진행하면서 이를 제대로 알리지 않았던 일은 연구윤리에 저촉되는 일입니다.

결정적으로 환자의 개인정보에 관한 사실을 비밀로 하지 못한 연구진의 잘못을 지적하지 않을 수 없습니다. 조지 가이가 헨리에타 랙스의 종양조직으로부터 배양해 낸 헬라세포는 앞으로 암 정복을 위한 연구에 크게 기여할 것으로 예상된다는 이유로 언론의 주목을 받았습니다. 결국 이 세포가 누구로부터 얻은 것인가 하는 것을 밝히기 위한 언론의 열띤 취재경쟁이 헬렌 레인, 헬렌 라슨 등의 이름으로 추측되어 왔던 헬라세포의 제공자가 헬리에타 랙스라는 사실이 알려졌습니다. 그 결과 그녀의 가족들이 언론과 개인적 관심을 가진 사람들의 표적이 되었던 것을 보면 환자의 비밀유지규정의 중요성을 새삼 깨닫게 됩니다.

『양기화의 BOOK 소리』에서는 반덕진 교수의 『히포크라테스 선서』를 첫 번째로 다루었습니다. 이 가운데 "내가 환자를 진료하는 동안 또는 진료 과정 외에 그들의 삶에 관해 보고 들은 것이 무엇이든지 그것이 외부로 알려져서는 안 되는 것이라면 그것들을 비밀로 지키고 누설하지 않겠습니다."라는 환자 보호의무에 관한 조항이 있습니다. 그런데 헨리에타의 의료진이나 헬라세포를 연구한 연구진은 환자보호조항의 의미를 대수롭지 않게 여겼던 모양입니다. 반덕진 교수님께서도 환자의 비밀을 어느 선까지 보호할 것인가에 대한 문제를 검토하였습니다. 즉 환자의 비밀이 보호되는 것보다 공개되는 것이 사회적 편익이 큰 경우 비밀준수규정의 적용에서 예외로 할 수도 있다는 것입니다. 하지만 헨리에타 랙스의 경우 헬라세포와의 관계는 결국 그녀의 병력이 공개되는 결과를 가져왔을 뿐, 그녀의 병력이 사회적 편익을 침해하는 바가 없다 할 것이므로 그녀의 실명이 세상에 알려진 것은 분명 의학윤리규정을 위반한 사례라 하겠습니다.

저자는 검체에 대한 권리가 누구에게 있는가를 생각해 볼 수 있는 두 가지 사례를 인용하였습니다. 1980년대 중반 털세포백혈병에 걸린 존 무어로부터 채취한 검체를 가지고 만든 Mo세포주와 단백질에 대한 특허를 획득한 UCLA의 암학자 데이비드 골드가 이를 생명공학회사에 매도하기로 계약을 맺게 되었습니다. 이 사실을 알게 된 무어가 골드를 상대로 자신을 기만하고 동의 없이 자신의 몸을 연구에 사용했다며 소송을 제기하여 자신의 조직에 대한 권리를 주장하였습니다. 하지만 대법원은 무어의 주장을 들어주지 않았습니다. 이유는 동의 여부와는 상관없이 일단 조직이 환자의 신체를 떠나는 순간 환자의 소유권도 사라졌다고 판단한 것입니다.

무어와는 다른 행보를 보인 환자도 있습니다. 1970년대 초반에 혈우병을 앓고 있던 테드 슬래빈이란 환자는 잦은 수혈로 B형간염 바이러스에 대한 항체가 형성되었다는 사실을 알게 된 주치의는 이 사실을 슬래빈에게 알려주었습니다. 슬래빈은 B형간염백신을 개발하려는 제약사에 자신의 혈청을 판매하여 수입을 올릴 수도 있었습니다. 하지만 슬래빈은 B형간염을 퇴치할 방법을 개발할 수 있는 바이러스 학자 바루크 블럼버그를 찾아가 자신의 혈액과 조직을 무상으로 제공하겠다고 제안하여 결국은 B형간염백신의 개발에 성공하였습니다. 그 결과는 많은 사람들의 목숨을 구하는 쾌거로 이어졌습니다.

여기서 같이 생각해 볼 점은 요나스 교수님이 제기한 환자의 기본적 특권에 관한 점입니다. 그는 치료과정에서 환자에 대한 의무를 지니고 있다고 할 의사는 오직 자신이 치료하고 있는 환자에 국한된 의무만을 가지고 있다고 주장하였습니다. 우리 사회에서는 의사들에게 사회 혹은 의학의 대리인이 될 것을 주문하는 경향이 있습니다만, 의사는 환자의 가족이나 동일한 질병으로 고통받고 있는 현재의 다른 환자 혹은 고통받게 될 미래의 환자를 위한 대리인이 아니라는 점을 분명하게 하고 있습니다. 의사에게는 현재 그의 보살핌을 받고 있는 환자가 가장 중요합니다.

저자가 헨리에타 랙스 가족들의 이야기에 초점을 맞춘 까닭은 마무리 부분에서 알 수 있습니다. 금전적 보상을 원한 가족이 없었던 것은 아닙니다. 하지만 헨리에타 랙스가 자궁암 치료를 받는 동안 태중(胎中)에 있던 딸, 데버러 랙스는 바로 어머니와 언니의 삶에 대한 진실을 밝히고 헬라세포가 의학 연구에 기여한 바를 고려하여 헨리에타 랙스를 기억해 주었으면 하는 순수한 바람을 가지고 있었을 뿐이라는 점을 저자는 강조하고 싶었던 것 같습니다.

환자 진료를 통하여 얻게 되는 자료를 바탕으로 의학계가 얻는 부수적인 이익에 대하여 윤리적 시각에서 논의가 가능한 좋은 기회가 되었다는 말씀을 끝으로 마무리하고자 합니다. (라포르시안: 2012년 5월 28일)

2

죽음을 어떻게 말할까

(월리 오스발트, 열린책들)

▒ 존엄사를 선택한 아버지와 함께한 마지막 한 해

　　　　　세계 최초로 안락사를 합법화한 네덜란드에서는 적법한 절차에 따라 의사의 도움을 받아 죽음을 선택할 수 있습니다. 2020년에는 6,938명의 네덜란드 사람들이 의사의 도움으로 죽음을 선택했는데, 네덜란드의 전체 사망자의 4.3%를 차지했습니다. 네덜란드가 안락사를 합법화한 2002년에는 1,882명이 안락사를 선택한 것과 비교하면 3.7배나 많아진 것입니다. 네덜란드에서는 치료가 불가능한 질병으로 고통을 받고 있다는 사실을 두 명의 의사가 인정하면 안락사가 가능합니다. 시간이 지나면서 안락사를 견딜 수 없는 고통을 해결하는 방안으로 보는 경향이 커지고 있습니다. 네덜란드 정부는 2020년 10월 부모의 동의가 있으면 1세에서 12세 사이의 어린이도 안락사를 시킬 수 있도록 하겠다고 발표하는 등 안락사의 적용 범위를 확대하고 있습니다.

　2014년에는 KBS 1TV의 <TV 책을 보다>에 출연자로 초대되어 영국 작가 조조 모예스의 소설 『미 비포 유』에 대한 생각을 말씀드릴 기회가 있었습니다. 라포르시안의 [양기화의 Book 소리]에서 소개한 것이 인연이 되었습니다. 교통사고로 목을 다쳐 누군가의 도움이 없으면 삶이 불가능한 현실에 절망한 남자 주인공 윌은 안락사를 결심합니다. 그런데 윌은 새로 바뀐 간병인 루이자와 사랑이 싹트게 됩니다. 사랑이 깊어져 갔음에도 불구하고 윌은 결심을 번복하지 않고 안락사를 결행합니다. 그런데 안락사 시술을 받기 전에 윌이 폐렴에 걸려 입원을 하였고 치료를 받아 회복할 수 있었습니다. 삶이 고달파 죽음을 결심하고 있는 환자가 굳이 정해진 날짜에 안락사를 시행하기 위하여 치명적인 상태의 폐렴을 치료받는 것이 옳았을까요? 그것도 건강보험의 지원을 받아서 말입니다.

『미 비포 유』에서처럼 안락사를 선택하는 환자의 심정은 충분히 이해할 수 있습니다. 하지만 그 선택으로 인하여 사랑하는 사람들이 받게 될 심리적 충격은 충분히 고려해 보았을까요? 어쩌면 남은 사람의 감정은 고려하지 않은 지극히 이기적인 생각이 아닐 수 없습니다. 우리나라에서도 의사조력자살을 다루었던 김정현의 소설 『아버지』가 있습니다. 가족들에게 자신의 병을 알리지 않고 외로운 죽음을 선택한 주인공과 그의 의사 친구의 선택은 분명 잘못된 것입니다. 그런데도 당시 우리 사회에 만연하고 있던 '고개 숙인 아버지'에 대한 연민에 묻히고 말았습니다.

『미 비포 유』에서도 아들의 안락사 결정을 번복시키기 위해서 노력하던 부모가 결국은 아들의 결심에 따르게 됩니다. 만약 부모님이 안락사를 결심하는 경우에 자녀들은 어떤 입장일까 궁금해집니다. 스위스의 언론인 윌리 오스발트의 『죽음을 어떻게 말할까』가 참고가 될 것 같습니다. 『미 비포 유』에서도 소개되었지만, 스위스는 자국민이 아니더라도 합법적으로 안락사를 시행할 수 있습니다.

그래서 안락사가 불법인 유럽의 여러 나라에서 안락사를 시술받기 위하여 스위스로 간다고 합니다.

『죽음을 어떻게 말할까』의 저자는 아버지가 선택한 죽음을 '자유죽음'이라고 표현하였습니다. 프리드리히 니체가 『차라투스트라는 이렇게 말했다』에 적은 '자유로운 죽음에 대하여'라는 글에서 유래했습니다. '많은 사람들은 너무 늦게 죽고 몇몇 사람들은 너무 일찍 죽고 있어' 그래서 "알맞은 때에 죽어라." 하고 차라투스트라는 가르쳤습니다. "삶을 완성시키는 자는 희망을 가진 자와 맹세하는 자들에 둘러싸여 승리에 찬 죽음을 맞는 것처럼 인간은 죽는 법을 배워야 한다."는 것입니다. 그리하여 **"내가 원하기 때문에 나를 찾아오는 자유로운 죽음을 권한다."**라고 하였습니다.

오스트리아의 작가 장 아메리의 『자유죽음』에서는 자살을 대체하는 용어로 '자유죽음'을 사용하였습니다. 자살이라는 단어가 금기시되고 있는 현실을 고려한 것입니다. 우리의 삶이란 사실 무수한 선택으로 구성됩니다. 탄생의 순간부터 죽어가는 과정이 삶이라고 한다면, 어느 시점에서 죽기를 선택하는 것 역시 각자의 삶의 주인의 자유의지에 따른 것으로 인정해 주어야 한다는 것입니다. "자유죽음은 부조리하지만, 어리석은 것은 아니다. 자유죽음이 갖는 부조리함은 인생의 부조리를 늘리는 게 아니라 줄여준다. 적어도 우리는 자유죽음이 인생과 관련한 모든 거짓말을 회수하게 만든다는 점만큼은 인정해야 한다."라고 말입니다.

『죽음을 어떻게 말할까』의 저자 윌리 오스발트의 아버지는 아흔 살이 되던 해 자유죽음을 결정하였습니다. 저자는 아버지가 마지막 숨을 거두는 순간까지 함께하면서 자유죽음에 대한 자신의 시각이 이중적이었음을 깨닫게 되었습니다. 한국 독자를 위한 서문에서 "아버지의 죽음 이후 끊임없이 나를 사로잡았던 것은 내 문화권에서 흔히 그러하듯 죽어감과 죽음이라는 주제를 금기시할 필요가 무엇이냐 하는 물음이었다."라고 했습니다. "인간의 품위 있는 죽음을 논의하기 위하여 이 책을 썼다."라고 했습니다. 대부분의 국가에서 노인이 늘어가는 추세입니다. 그리고 많은 노인들이 인생에 넌더리를 낼 정도로 늙어가다 보니, 생의 마지막 시절을 곤궁하고 비참하게 보낼 것을 두려워하고 있다는 것입니다.

저자의 아버지는 고모가 자살조력 단체의 도움으로 죽음을 맞은 것을 보고 따라 할 결심을 했습니다. 정작 어머니는 절대 반대한다는 입장이었기 때문에 결행을 미룰 수밖에 없었습니다. 결국 어머니는 뇌종양으로 남편보다 먼저 죽음을 맞게 되었습니다. 어머니는 수술이나 화학치료를 받지 않고 묵묵히 죽음을 기다렸다고 합니다.

미국계 회사의 대표이사를 지낸 저자의 아버지는 상당한 재산을 모았습니다. 그런데 자신의 유언장에는 두 아들에게 각각 2만 프랑을 남겨줄 것이며, 나머지 재산은 어머니에게 가도록 했습니다. 어머니가 먼저 돌아가시면서 공개된 유언장에는 두 아들에 대한 이야기가 빠져 있었습니다. 두 아들이 스스로의 인생을 제대로 다스리지 못하고 있다고 보았던 아버지는 재산 규모를 자녀들에게 공개하지 않았던 모양입니다. 저자는 이따금씩 돈다발을 안겨줘야 하는 미성년자 취급을 받고 싶지 않아서 유산을 얼마 받을 것인가는 중요한 문제가 아니었다고 술회하였습니다. 그럼에도 불구하고 저자는 아버지가 가끔씩 주는 돈을 감사하게 받아서 썼다고 합니다.

저자는 아버지 생애의 마지막 시기를 함께하면서 아버지에게서 일어나는 변화를 기록했습니다. 그 과정에서 살아오면서 이해하지 못했던 아버지의 마음을 깨닫게 되었습니다. 그리하여 자유죽음을 원하는 아버지의 마음을 이해할 수 있었습니다. 그런데 저자의 아내는 시아버지가 고통스러워한 우울증이 노인이면 흔히 앓는 병으로 치유가 가능한 것으로 확신했습니다. 그래서 "아픔도 당연히 인생의 일부이며 죽어가는 과정에서 아마도 적지 않은 비중을 차지하며 중요한 의미를 일깨워 주는 것"이라고 주장했던 것입니다.

죽음에 가까워지면서 저자의 아버지는 자신의 마지막 가는 길에 동행해 줄 것을 요구합니다. 그런데 스위스 법에서는 유산상속권을 가진 자가 자유죽음에 동행하는 경우, 개인적 이해관계라는 동기를 의심받게 된답니다. 한편 저자의 아버지가 준비한 '사망의 경우'라는 제목의 서류는 참고할 만합니다. 형제 각자가 받는 유산이 균형을 이루도록 세심하게 배려한 것은 물론, 가장 먼저 할 일, 부고, 장례 절차와 규모, 마지막 유지, 심지어는 장례식에서 낭독할 고인 이력과 서신으로 부음을 전해야 할 사람들 명단에 이르기까지 당장 장례를 치를 수 있을 정도로 철저하게 정리되어 있었습니다.

저자의 아내를 제외하고는 가족 모두 저자의 아버지가 선택한 자유죽음을 수용하는 분위기였습니다. 하지만 어머니의 죽음 이후 아버지가 만나 온 베티나 여사 역시 아버지의 자유죽음에 동의하지 않는 바람에 아버지의 마음이 흔들렸다고 합니다. 그녀는 아버지가 인생의 기쁨을 충분히 누릴 수 없었던 책임이 자신에게 있다고 자책하였습니다. 그리고 아버지가 선택한 자유죽음에 관한 문제를 다루는 데 있어 자녀들이 냉정한 변호사처럼 감정이라고는 찾아볼 수 없다고 비난했습니다. 사실 저자의 아버지는 자신이 죽더라도 가까웠던 사람들만큼은 계속 평안하고 즐거운 삶을 이어가길 바랐습니다. 그래서 베티나 여사가 괴로워하는 모습 때문에 마음 아파했습니다. 이 점에 대하여 저자는 "다른 사람의 평안을 자기 의견대로 주무르려는 사람이야말로 월권과 오만이라는 잘못을 저지르는 것"이라며 아버지를 설득하였습니다.

아버지 생의 마지막 날, 저자는 형과 함께 아버지의 죽음에 동행하고 그 과정을 꼼꼼하게 기록하였습니다. 하지만 "흐린 잿빛을 머금어 창백해 보이는 푸른 하늘은 천천히 아침 햇빛의 서늘한 노란 빛에 잠겨 든다. 오늘은 화창한 봄날이다. 죽기에 이 얼마나 좋은 날인가! 나는 이미 어제부터 오늘 어떤 옷을 입을지 궁리해 두었다."라고 적었다는 데서 저는 충격을 받았습니다. 과연 얼마나 많은 자식들이 부모가 스스로 정한 죽음을 맞는 순간에 입을 옷을 고를 수 있을까요? 뿐만 아니라 모두 둘러앉아 건배까지…?

자살하는 사람의 일반적인 심리는 복잡하기 때문에 주저하기 마련입니다. 그럼에도 불구하고 자살 조력자가 준비한 나트륨펜토바르비탈을 건네면서 "한스, 그거 굉장히 써요."라고 말하자 "아, 괜찮아요. 인생에서 쓴맛은 충분히 보았소."라면서 죽음의 약을 단숨에 들이킬 수 있을까 싶습니다.

이 책을 우리말로 옮긴이는 "품위로 이어지는 영원한 인생, 곧 존엄으로 빛나는 인생을 원한다면, 정신을 갈고 닦을 노릇이다. 이 책이 우리의 정신을 키워갈 계기를 마련해 주기 기대한다."라고 마무리했습니다. 하지만 저는 여전히 신의 생명을 갉아먹는 췌장암에 굴복하지 않고 자신의 스타일로 암을 이겨낸 카네기멜론 대학의 포시 교수의 방식이 더 좋습니다. (라포르시안: 2015년 3월 9일)

3

나는 왜 늘 아픈가

(크리스티안 구트, 부키)

▦ **건강검진, 유전자검사, 안티에이징… '건강'이란 굴레에 갇히다**

　　　　　　 몸이 보내는 이상 신호를 무시하는 것은 잔병을 키울 수도 있어서 문제가 되지만, 정말 소소한 신호에 목을 매도 문제가 될 수 있습니다. 특히 의학이 산업화되어 가고 있는 현실에서는 자칫 불필요하게 큰돈을 지출한다거나 건강염려증이라는 불치(?)의 병을 얻을 수도 있습니다. 저는 몸이 보내는 신호를 무시하는 편은 아닙니다. 다만 병원에 갈 것인지 아니면 대증적인 치료를 할 것인지를 나름대로 판단해 봅니다. 그런 점에서 본다면 의학을 공부한 덕을 보는 셈입니다.

　여기 소개하는 『나는 왜 늘 아픈가』는 건강 문제를 해결하는 길을 안내하는 좋은 지침서입니다. 저자는 의학 수필가로 활동하고 있는 독일의 신경과 의사 크리스티안구트 박사입니다. 50살을 앞둔 저자 역시 몸이 예전 같지 않다는 생각에서 건강검진을 받고 나서 이 책을 쓰게 되었습니다. 현대인의 건강 강박증을 진단하고 대안적 건강 가이드를 제시하기 위한 목적으로 썼습니다.

　어떻든 건강검진을 위하여 가정의학과 선생님을 만나게 된 저자는 검진의가 던지는 날카로운 질문과 문제 제기에 속수무책이었습니다. 담배는 피우지 않기 때문에 문제가 없다고 해도, 젊어서부터 무절제하게 마셔온 술이나 잘못된 식생활이 늙었을 때 건강에 문제를 일으킬 수도 있다는 지적에 대해서는 변명의 여지가 없었습니다. 결국 적지 않은 비용을 지불하고 대사이상 검사, 심장 검사, 전신 내시경 검사 등을 받았습니다. 검사를 마치고 집에 돌아온 저자는 검사 결과를 보기도 전에 포도주로 자축했습니다. 아마도 건강검진을 했다는 사실만으로 행복했던 모양입니다. 그런데 한 잔으로 시작한 와인이 두 병에서 겨우 끝났습니다. 아무래도 저자는 혼자 사는 모양입니다. 와인이 두 병이 될 때까지 잔소리하는 아내가 없었던 것 같아서 말입니다.

다음 날 아침 일정에 차질을 빚게 된 저자는 내친김에 어떻게 사는 것이 옳은 것인지를 고민하였습니다. 지금처럼 즐겁게 살다가 보기에도 끔찍한 몰골로 죽음을 맞을 것인가? 아니면, 삶을 윤택하게 해주는 술과 기름진 음식을 포기하고 세계 최장수 노인으로 등극하는 길을 갈 것인가? 죽음의 공포에 굴복한다면 수도사처럼 사는 금욕적인 삶을 살아야 합니다. 저자가 보기에는 어느 쪽도 매력적이지 못했던 모양입니다. 결국 제3의 길을 모색하였고, 그 결과를 이 책에 담았습니다.

저는 현대의학의 문제점을 지적하는 책을 읽을 때면 나름대로 저자의 의도를 짚어보려고 노력합니다. 비전문가가 경험으로 체득한 바를 바탕으로 현대의학을 맹목적으로 부정하는 경우이거나, 전문가이면서도 특정 요법을 강조하는 경우라면, 일단 경계심을 가지게 됩니다. 그런데 『나는 왜 늘 아픈가』의 경우는 두 가지의 어디에도 속하지 않았기 때문에 편하게 읽었습니다. 일단 중립적인 시각으로 건강 문제에 접근하고 있다는 느낌이 들었기 때문입니다.

『나는 왜 늘 아픈가』에서 저자가 다루고 있는 주제는 장수, 건강한 노년, 운동, 음식, 흡연, 중독, 대체요법, 감염, 건강검진, 유전자 검사, 남녀의 성적 차이, 고도의 의료행위, 신종 질환, 누리망 건강 정보, 약품 등입니다. 주제는 같지만 논의 대상을 달리한 경우도 있어서 모두 23꼭지로 된 이야깃거리는 어느 하나 소홀한 것이 없습니다.

예나 지금이나 동서양을 막론하고 사람들은 '장수'에 제일 관심이 많습니다. 그래서인지 저자는 장수로 이야기를 시작해서 장수로 이야기를 마무리하였습니다. 요즈음 문상을 다니다 보면 돌아가신 분들의 연세가 특별한 경우를 제외하고는 기본이 7순이고 9순인 경우도 적지 않습니다. 우리나라 사람들도 오래 살게 되었습니다. 2020년 우리나라 사람들의 평균수명은 남성은 80.6세이고 여성은 86.5세입니다. 1970년 남성의 평균수명은 58.7세, 여성의 평균수명은 65.6세였던 것과 비교하면 엄청난 발전이 아닐 수 없습니다. 이런 변화는 먹고사는 문제가 해결되었고 우리나라의 의학기술이 선진국 수준으로 발전한 데 힘입은 것입니다.

평균수명의 확대로 생각지 못한 부작용이 나타나게 되었습니다. 바로 노화입니다. 노화는 크게 두 가지 문제점을 가지고 있습니다. 개인적으로는 질병으로부터 자유로울 수 없게 된다는 것입니다. 암이나 고혈압, 당뇨, 치매와 같은 만성질환으로 고통받을 가능성이 많아지기 때문입니다. 사회적으로는 저출산과 겹쳐서 노령인구의 비중이 빠르게 커지면서 사회적 부담이 급속하게 늘고 있다는 점입니다.

노년층을 부양할 젊은이들이 오히려 직업을 구하지 못해서 어려움을 겪고 있어 사회적 갈등의 수위도 같이 올라가고 있습니다.

건강하게 늙어가는 것은 장수보다 더 큰 희망사항이 되고 있습니다. 건강한 노년을 위해서는 젊어서부터 건강에 관심을 가지고 식생활은 물론 운동에 이르기까지 철저하게 관리를 해야 합니다. 물론 개인의 건강상태에 간여하는 요인은 식생활이나 운동 이외에도 유전적 소인이나 환경적 요인까지 복잡하게 개입되어 있습니다. 그뿐만 아니라 집단으로 구분하여 비교한 통계적 자료를 바탕으로 하는 것이기 때문에 개인에게 그대로 적용할 수 있을 것이냐는 한계도 있습니다. 그럼에도 불구하고 통계적 의미는 분명 있는 것이라고 생각합니다. 좋은 것은 좋은 것이기 때문입니다.

스스로도 기름진 음식을 탐하는 편이라고 생각하는 저자이지만, 적어도 음식물의 섭취량을 조절하는 것보다도 음식물의 내용이 중요합니다. 그래서 건강한 음식이 꼭 비쌀 필요도, 맛없을 필요도, 심지어는 건강할 필요도 없다고 조언합니다. 제목만 뽑아 연결하는 것만으로도 저자의 의도를 충분하게 읽을 수 있는 것 같습니다. 1. 비타민은 충분히, 2. 고기는 적당히, 3. 단것은 신중하게, 4. 유기농 식품을 우선적으로, 5. 물은 충분히, 6. 알레르기 유발 식품은 멀리, 7. 식사는 균형 있게, 8. 식품 표시 확인도 조심스럽게, 9. 아무튼 먹으라, 등입니다. 체중을 조절하기 위하여 밥을 굶거나 먹은 것을 도로 토하면서까지 스스로의 욕구를 잠재우려는 시도는 결코 환영할 수 없습니다. 아니 '더 빨리 저세상으로 가게 될 것'이라고 잘라 말하는군요. 다시 말해서 '살고자 한다면 규칙적으로 식사를 하라. 그리고 기왕이면 맛있게 만들어 먹으라'고 합니다.

대체의학에 관하여 두 꼭지나 할애하였습니다. 독일에서 자리 잡고 있는 대표적인 대체의학은 동종요법입니다. "같은 것이 같은 것을 치료한다."라는 원리를 바탕으로 합니다. 즉, 건강한 사람에게 투여했을 때 나타나는 증상 때문에 고통받는 환자에게 같은 물질이나 치료제를 사용한다는 것입니다. 이 치료법은 1796년에 독일의 의사 사무엘 하네만이 이론을 세웠습니다. 동종요법에는 치료제를 매우 소량 투여해도 치료효과를 나타낸다고 하는 용량이론이 있습니다. 물론 여러 가지 성분이 복합되어 있어 어느 성분이 유효한지 분명치 않을 수도 있습니다.

독일에서 동종요법이 대중의 호응을 얻은 것은 의외입니다. 유럽 사회가 광우병 공포에 떨고 있던 20세기 말 영국 사람들은 특정 위험물질이 제거된 쇠고기를 먹고 있을 때에도 독일 사람들은 쇠고기를 멀리했습니다. 완전하게 안전하다는 것이 입증되지 않을 때까지는 피한다는 생각입니다. 그런데도 효과가 충분히 입증되지 않은 동종요법이 독일의 지식인들에게까지 신뢰를 주고 있는 현실에 대하여 저자는 '헛똑똑이'들이라고 에둘러 말합니다.

그러고는 더 혁신적이고 소비자들에게 먹힐 수 있는 치료요법을 개발하는 데 관심이 있는 사람들에게 도움이 될 몇 가지 조언을 적었습니다. 1. 옛 전통을 참조하라, 2. 쉽게 이해할 수 있는 질병 개념을 개발하라, 3. 근사한 어휘를 사용하라, 4. 연구비가 많이 투입된 논문을 인용하지 말라, 5. 치료에 별난 도구를 활용하라, 등입니다. 어떻습니까? 우리나라에서도 통할 것 같지 않습니까?

『나는 왜 늘 아픈가』의 저자는 유전자검사의 유용성과 한계를 정확하게 짚었습니다. 유전자검사를 통하여 환자와 가족들이 유전성 질환에 걸릴 가능성에 대한 정보를 얻을 수 있게 된 의사는 치료자가 아니라 예언자가 될 것이라고 합니다. 즉 환자나 그 가족이 유전성 질환에 걸릴 가능성을 예언하게 될 것이라고 보았습니다. 문제는 유전자검사가 질병의 발생을 예측하는 데 있어 아직까지는 완벽한 방법이 아니라는 것입니다. 질병은 단일 유전자에 의하여 발생하는 것이 아니라 여러 유전자들이 서로 얽혀 영향을 나타내야 할 뿐 아니라, 문제는 유전자 이외에도 질병의 발병에 간여하는 요소들이 적지 않다는 것입니다. 유전자를 통하여 질병의 발병을 예측하는 것 역시 통계적 자료에 바탕을 둔 것이라는 점을 간과해서는 안 됩니다. 환자는 자신의 주치의가 예언자보다는 치료자의 역할을 잘 하기를 바란다는 사실이 중요합니다.

저자도 인용했습니다만, 알츠하이머병 환자의 30퍼센트에서는 ApoE 유전자의 변이가 발견됩니다. 그런데 건강한 사람의 10퍼센트에서도 ApoE 유전자의 변이가 발견됩니다. 물론 ApoE 유전자의 변이가 알츠하이머병의 위험을 3배 높인다는 해석이 가능합니다. 문제는 정상인 사람에서 ApoE 유전자의 변이가 관찰되었을 때, 이 사람에게 나중에 알츠하이머병이 생길 것이라고 단정할 수 있는가입니다. 또한 치매를 보이는 환자에서 ApoE 유전자의 변이가 발견되었다고 해서 치료법이 크게 달라질 것이 없다는 것도 문제입니다. 환자의 가족들은 유전자검사의 결과가 살아가는 동안 보이지 않는 족쇄처럼 작용할 수도 있습니다. 살면서 모르는 것이 약일 수도 있는 사실이 있습니다. 유전자검사가 바로 그런 경우가 되지 않을까 싶습니다.

23꼭지의 이야기가 모두 흥미롭게 느껴지는 것은 옮긴이의 탁월함이 기여하고 있다는 생각을 합니다. 의학 독일어를 우리말로 번역하면 너무 딱딱해서 읽는 재미가 전혀 없습니다. 그런데 이 책은 너무 잘 읽힙니다. 저자가 쓴 독일어 문장 자체도 재미있을 것 같으면서도 역시 번역의 힘이 아닐까 싶습니다. 건강 문제에 강박증이 있는 분에게도 치료효과가 탁월할 것으로 생각되며 일반 독자역시 현대의학의 민낯을 볼 수 있는 기회가 될 것 같습니다. (라포르시안: 2016년 6월 7일)

4

나는 의사다

(셔윈 B. 눌랜드, 세종서적)

이런 의사, 저런 의사

　　예일 대학교 의과대학 셔윈 눌랜드 교수님의 『나는 의사다』를 소개합니다. 그는 『사람은 어떻게 죽음을 맞이하는가』, 『사람은 어떻게 나이 드는가』, 『닥터스: 의학의 일대기』 등을 통하여 삶에 대한 의학적 통찰을 우리에게 전한 바 있습니다. 전작들과는 달리 『나는 의사다』에서는 그를 포함한 20명의 의사들이 삶을 통하여 가장 기억할 만한 환자에 관한 사건을 소개합니다. 대부분 저자가 존경하는 분들이라고 하는 것으로 보아 예일 대학에 근무하는 원로 의사들일 것으로 추측됩니다. 이 책에서 해설자로 나선 저자는 '그 이후의 이야기'라는 형식으로 자신의 생각을 가감 없이 적는 독특한 구조를 가지고 있습니다.

　저자는 제프리 초서가 양해한다면 이런 구성을 '의학판 캔터베리 이야기'라고 부를 수도 있지 않을까 하는 겸양을 보였습니다. 이 책에서처럼 다수의 화자(話者)가 풀어낸 이야기들을 엮어 만든 식의 책으로는 14세기 조반니 보카치오의 『데카메론』과 제프리 초서의 『캔터베리 이야기』가 효시일 듯합니다. 평자들은 『데카메론』이 지극히 형식적이고 기계적이라고 한다면『캔터베리 이야기』는 치밀한 예술적 장치를 가지고 이야기를 이어주는 특유의 내면적 구조를 가지고 있다고 말합니다. 그런 점에서 본다면 의학이라는 공통분모를 가진 이야기들로 구성이 되었으니 저자가『캔터베리 이야기』에 비유한 뜻을 이해할 수 있을 것 같습니다.

『나는 의사다』는 '환자의 마음을 공유하는 의사들 이야기'라고 부제가 달렸습니다. 그런데 원제 'The Soul of Medicine: Tales from the bedside'와는 다소 거리가 있어 보입니다. 다만 제가 보기에도 남들에게 전하기 부끄러울 수 있는 의학적 오판에 관한 기억까지도 내놓고 있어『나는 의사다』라는 번역서의 제목은 화자들과 해설자의 진심을 충분히 반영할 수 있겠다 싶습니다.

내과, 외과, 산부인과, 소아과, 신경과, 신경외과, 마취과 등 다양한 임상의학자들의 기억에 남은 사건들을 소개하였습니다. 하지만 제가 전공한 병리의사의 고백(?)은 없어 다소 아쉬웠습니다. 그래도 내과의사의 이야기에서 환자가 죽음에 이른 다음에도 원인이 밝혀지지 않는 경우가 있다는 설명에서 병리의사의 곤혹스러운 경험을 소개하였습니다.

"내가 참석했던 부검들 중에는 심지어 죽음이 그 비밀을 드러내기를 거부하는 사례도 여러 건 있었다. 사체의 장기, 조직, 체액에 대한 해부학의 면밀한 조사에도 불구하고 말이다. 나는 가장 박식한 병리학자들이 그들의 동료 임상의들만큼이나 의혹에 가득한 얼굴을 한 채 연구실에서 나가는 것을 보았다."

그럼에도 불구하고 이 내과의사는 환자의 신뢰를 얻는 것이 치료에 있어 얼마나 중요한지에 대한 자신의 경험을 소개합니다. 병의 원인을 찾지 못하는 가운데 환자는 나날이 악화되어 갔습니다. 병세에 관한 모든 정보를 환자와 공유하면서 쌓은 무한한 신뢰가 결국에는 극적인 병세의 반전을 불러 완치로 이끌 수 있었습니다. 결과가 좋았지만 자신이 한 일은 없었다고 고백하는 내과의사의 이야기를 통하여 의사-환자 관계의 중요성을 새삼 깨닫게 됩니다. 환자와 가족뿐 아니라 환자진료에서 빠트릴 수 없는 또 다른 중요한 요소는 간호사와 의료기술인력 그리고 환자를 돌보는 보조인력에 이르기까지 하나가 되는 동지애입니다. 동지애로 똘똘 뭉친 의료진이야말로 "의학이 매일 통상적으로 이룩하는 승리의 원동력이 된다." 고 강조하고 있는 내과의사야말로 편집인이 이 책의 제목을 "나는 의사다"라고 정한 이유일 것이라 짐작해 봅니다.

외과의사 이야기도 배울 점이 많습니다. 첫 번째 외과의사는 자상에 의한 횡경막의 손상을 다루었습니다. 4년 전에 입은 자상을 세밀하게 치료하지 못한 탓에 횡경막에 결손이 생겼습니다. 이곳을 통해 대장의 일부가 밀려들어 가면서 생긴 흉부농양을 치료한 사례입니다. 이 이야기를 통하여 우리는 의무기록의 중요성과 최초의 사례는 의료계에 발표되지 않았지만, 누군가 이미 경험한 것일 수 있다는 점을 기억해야 합니다.

우리나라에서도 뇌경막 이식수술을 받은 환자에서 발생한 의인성 크로이츠펠트-야콥병(iCJD)이 보고되는 과정에서 인간광우병이 발견되었다면서 떠들썩한 적이 있습니다. 하지만 환자가 CJD의 위험성이 있는 처치를 받았다는 병력 이외에는 iCJD를 진단하는 결정적인 기준이 없다는 점이 마음에 걸립니다. iCJD 발병 사례가 많지 않아 관련 기준을 정하는 데 한계가 있습니다. 하지만 쿠루, 변종CJD 그리고 일부 iCJD 환자 등 2차성 CJD 환자의 뇌에서 꽃모양 플라크를 발견할 수 있었다는 점을 고려한다면 꽃모양 플라크를 iCJD의 진단기준으로 고려할 수 있지 않을까 생각합니다.

첫 번째 외과의사의 환자와 관련해서, 특히 복부에 자상을 입은 환자에서는 상처의 깊이가 생각보다 깊을 수 있다는 점을 항상 염두에 두어야 한다고 의과대학에서 배웠던 기억이 있습니다. 하지만 유명하다는 미국 병원 응급실에서도 이를 놓치는 수련의가 있었구나 싶습니다. 의료현장에서 기본의 중요성을 다시 깨닫는 기회가 되었습니다. 하지만 대학 의무실에서 만난 젊은이의 증상을 보고 비장출혈을 진단하고 응급수술을 통하여 생명을 구했다는 두 번째 외과의사의 이야기에서는 지나치게 검사와 데이터에 의존하는 최근의 의료현장의 분위기에 대한 경종을 읽었습니다.

수련 시절 동맥관 열림증(patent ductus arteriosus)의 수술을 참관하는 과정에서 전율(thrill)을 느껴보기 위하여 맨손으로 노출된 동맥관을 움켜쥐었다는 흉부외과 분야의 대가의 회고는 황당합니다. 특히 사회적 통념상 비난받아 마땅한 그의 행적에 대하여 저자 역시 따끔한 일침을 놓고 있는 점에서 저자에 대한 무한한 신뢰를 지킬 수 있게 됩니다.

기관지경수술의 대가가 세기관지에 들어간 이물질을 꺼내는 시술 과정에서 마지막 순간 집중력을 잃고 말았습니다. 결국 어린 환자는 개흉술을 받아야 했습니다. 자신의 치명적 실수에 대하여 "보투군! 이제 이런 짓을 하지 않는 법을 알았겠지! 아마도 이제는 말이야. 빌어먹을. 수술은 정말 끝날 때까지는 끝난 게 아니라는 것을 우리 한 명 한 명이 기억하게 되었을 거야."라고 자신을 준열하게 꾸짖는 모습에서 대가다운 면모를 엿볼 수 있었습니다.

의료과오의 범위에 대한 성찰은 '환자에 대한 죄의식'이라는 제목으로 된 마취과의사의 고백입니다. 그는 평소 양극성 장애를 약물로 관리해 오던 외과의사가 수술장에 들어와 평소와는 다른 행동을 하는 것을 바로 통제하지 않았습니다. 그 결과 환자에게 생명을 잃을 수도 있는 심각한 위해를 입힌 상황이 발생하였습니다. 수술장에서 환자의 생명장치를 관리하고 있는 마취과의사로서 심각한 죄의식을 느꼈다고 합니다. "해를 끼치지 말지어다(primum non nocere)."라는 라틴어 경구로 남은 히포크라테스 시대의 치유자의 의무, 즉 "도움을 주는 것, 즉 적어도 해를 끼치지 않는 것"은 이 시대의 의료인에게도 이어지고 있기 때문입니다.

최근에는 유방암 치료에서 상당한 진전이 이루어져 5년 생존율이 놀라울 만큼 개선되었습니다. 1974년 미국 대통령 영부인 베티 포드 여사와 부통령의 아내 해피 록펠러가 유방암을 진단받고 유방절제술을 받았다는 사실을 공표한 바 있습니다. 이를 계기로 유방암을 조기에 발견하기 위한 정기검진의 필요성이 부각되었습니다. 조기에 유방암을 발견하려면 여성들이 수치심을 버려야 한다는 움직임이 활발하게 된 데 큰 역할을 했다는 사실도 이 책을 통해서 알 수 있습니다.

환자의 수치심과 관련하여 최근에 우리나라에서도 여성 환자가 심지어는 수련의의 진료현장 참여까지 거부하는 상황도 있다고 합니다. 결국 환자의 동의를 얻어야 진료현장에 참여할 수 있도록 하는 법개정으로 이어지는 사회적 분위기가 우려됩니다. 의료 선진국인 미국에서는 수련의는 물론 의과대학생들도 환자진료에 적극 참여하고 있다는 사실도 이 책에서 확인할 수 있습니다. "내원하는 모든 여성은 골반 내진을 받아야 한다는 규칙이 있었는데, 이 검사는 보조 전공의의 감독하에 의대 재학생이 시행하는 것이 보통이었다. 그렇게 하는 목적은 두 가지였다. 우선은 검사하고 기록하도록 하는 것이고, 다음은 전공의가 학생의 어깨너머로 환자를 보면서 일종의 선생 역할을 맡아 검진이 제대로 되는지 확인하면서 학생이 학습할 수 있도록 하는 것이다."라는 부분입니다.

의학은 교과서만으로 전수할 수 없는 영역이 아주 많은 학문입니다. 즉 선배 의사의 경험을 보고 배우는 것이 많다는 의미입니다. 따라서 의학교육이 이루어지는 병원에 입원하는 환자들은 기본적으로 자신이 의학교육의 현장에 있다는 점을 인식하고 이에 동의한다는 의미가 있다고 할 것입니다. 자신의 사생활을 지키고 싶은 환자는 전문의료진만으로 구성된 개인병원을 찾아 사생활을 지키는 특별한 진료를 받도록 하는 것이 옳겠습니다.

보편적 진료를 모든 환자들이 받을 수 있도록 하는 의료환경 조성을 추구하는 우리 사회의 분위기가 몰아가고 있는 이상한 사회현상이 아닐 수 없습니다. 이런 풍조에서는 우리나라의 의료수준의 퇴보가 불가피할 수밖에 없다는 우려가 나오는 이유입니다.

정리를 해보면, 『나는 의사다』에서 우리는 쉽게 풀어놓을 수 없는 자신의 뼈아픈 의료과오의 기억으로부터 다른 의료인들과 공유함으로써 의학 발전에 기여할 수 있을 것이라 보이는 다양한 사례에서 저자의 가치중립적인 생각을 읽을 수 있습니다. 대한민국의 의사로서 정체성을 세우는 데 도움이 될 것으로 생각합니다. 환자의 아픔까지도 품을 수 있었던 선배 의사에게서 진정한 의사의 모습을 볼 수 있게 될 것입니다. (라포르시안: 2011년 12월 26일)

5

체크, 체크리스트

(아툴 가완디, 21세기북스)

▨ 의료현장에서는 돌다리도 두들겨보고 건너라

'현대의학의 비과학성'이라는 부제를 달고 의료계에서 일어나고 있는 다양한 문제점을 지적하는 책을 읽고서 놀라는 한편 분노한 적이 있습니다. 『의사들이 해주지 않는 이야기』라는 책입니다. 마치 의사들이 쉬쉬하고 있는 비밀을 캐내어 의사들의 뻔뻔함을 고발하는 분위기를 잡았습니다. 내용을 보면 의학전문잡지에 발표되고 있는 각종 논문들을 인용하였습니다. 의학적 타당성이 없다는 내용을 담은 논문을 주로 인용합니다. 즉 의료계에서 공론화되고 있는 사실이라는 것입니다. 하지만 자신의 주장과 다른 논문은 아예 있는지 없는지 언급조차 하지 않습니다. 이 책의 저자는 분명 의학에 대한 편향된 시각을 가진 듯합니다. 문제는 이 책을 읽는 독자들이 저자의 주장에 따라 현대의학을 거부하는 사태가 오지 않을까 우려됩니다. 워낙에 광범위한 영역에서 자료를 모으고 있어 저의 관심 영역이 아니면 진위 여부의 확인이 어려웠습니다.

현대의학이 빠른 속도로 다양한 방향으로 발전하다 보니 진료현장의 전문가들 역시 다양할 수밖에 없습니다. 이들이 유기적으로 움직이지 못하면 소정의 목적을 달성하지 못하는 불상사가 생길 수도 있습니다. 바로 앞에서 소개한 셔윈 B. 눌랜드의 『이런 의사, 저런 의사』에서 보는 것처럼 전문가도 범할 수 있는 실수라는 영역도 포함해서 말입니다. 의료라는 영역은 인간의 생명을 다루고 있는 만큼 어떠한 경우에도 최선의 결과가 도출되어야 한다는 강박관념이 심한 분야입니다.

저는 건강보험심사평가원에서 꽤 오랫동안 평가위원으로 일했습니다. 제가 맡았던 업무는 의료현장에서 이루어지고 있는 진료행위가 주어진 여건에서 최선이 되도록 하는 데 목표를 두었습니다. 언젠가 모 상급병원에서 새로 부임한 의료진들을 위한 업무교육에서 제가 하는 일을 소개할 기회가 있었습니다. 보통 발표할 시간에 맞추어 제 몫의 강의만 합니다. 그런데 이날은 저도 모든 교육과정에 참여해서 같이 들었습니다. 유독 저의 관심을 끌었던 주제가 바로 "Critical Pathway(이하 CP로 줄입니다)"였습니다. 의료 분야에서는 표준진료지침이라고 옮깁니다.

CP는 환자진료에 관련된 모든 분야에서 일하는 의료인이 힘을 합쳐 개발한 것으로 환자의 진료가 효율적으로 이루어질 수 있도록 만든 진료절차의 틀입니다. 흔히는 규격화된 진료행태를 만드는 것 아니냐는 문제 제기도 있습니다. 하지만 진료과정에서 나타나는 변이가 CP의 틀 안에서 해결되지 않는 경우 별도의 대응을 하도록 탄력적으로 운영할 수 있습니다.

『체크, 체크리스트』는 바로 의료현장에서 피할 수 있는 실수를 예방할 수 있도록 사전에 정한 확인목록(checklist)에 따라서 확인함으로써 환자의 안전을 지키자는 내용을 담았습니다. 저자는 의료 분야에서 축적된 지식의 양이 방대해지고 내용 자체도 복잡해지고 있어 개인이 관리할 수 있는 수용의 한계를 넘어서고 있다고 지적합니다. 이런 구조적 문제 때문에 의료현장에서 실수가 일어나고 있다는 것입니다. 이런 이유로 발생할 수 있는 실수를 예방하기 위한 전략적 접근 방식이 바로 확인목록을 사용한 교차확인 방식입니다.

저자인 아툴 가완디는 하버드 대학교에서 의학을 공부하고 일반외과 조교수로 근무하고 있습니다. 의료계가 당면하고 있는 여러 가지 문제점을 정리한 글을 발표하여 의료계는 물론 일반인의 주목을 받고 있습니다. 저 역시 『나는 고백한다, 현대의학을』, 『닥터, 좋은 의사를 말하다』 등을 통하여 그의 솔직한 글솜씨에 반해 온 탓인지 『체크, 체크리스트』 역시 공감되는 바가 많았습니다.

"왜 전문가도 실수하는가"라는 제목으로 된 1장을 요약하는 다음 글에 여러분은 어떻게 생각하십니까? "우리는 초전문가 시대, 즉 한정된 분야에서 최고가 될 때까지 연습에 연습을 거듭한 일류 전문가들의 시대에 살고 있다. 그러나 고도의 지식과 전문 기술을 보유한 전문가들조차 일상적으로 일어나는 실수를 피할 수 없다. 복잡하고 전문화된 현대사회에서 일어나는 모든 일들은 이미 한 사람이 감당할 수 있는 범위를 넘어버렸다." 공감하시는 분들도 계실 것이며, '그래도 전문가인데 설마?' 하시는 분들도 계실 것입니다.

저자는 항공계, 건축업계에서 성공한 확인목록 운용사례 등을 인용하여, 우리에게는 생소하고 저항감마저 생기는 확인목록이라고 하는 사전예방체계의 효용성을 설명합니다. WHO의 요청에 따라서 수술 후 환자에게 발생하는 후유증을 줄이기 위한 확인목록을 직접 개발하였습니다. 이렇게 개발한 확인목록을 국제적으로 다양한 수준의 병원 8곳에서 시범적으로 운용해 보았습니다. 그 결과를 2009

년 1월 「뉴잉글랜드 의학잡지」에 발표하였습니다. 이 책에서는 확인목록을 시범적으로 운영한 결과의 핵심 내용을 소개하였습니다.

저자는 확인목록을 통하여 수술 후 후유증을 줄였고, 수술에 참여하는 팀원들의 팀워크를 개선하였음을 확인하였습니다. 확인목록은 환자의 안전 확보에 중요한 요소들을 중심으로 구성됩니다. 예를 들면, "시기적절한 항생제 투여, 제대로 작동되는 맥박산소측정기 사용, 기도 내 튜브를 삽입할 때 필요한 공식적인 위험평가 완료, 환자의 신원과 수술절차의 구두확인, 심각한 출혈이 발생한 환자를 위한 정맥주사 라인의 적절한 삽입, 마지막으로 수술이 끝났을 때 스펀지들이 모두 제자리에 있는지 확인하는 절차들이 제대로 행해지고 있는지 추적하는 것" 등입니다.

시범사업이 끝날 무렵 참여했던 식원들의 80%는 확인목록이 사용하기 쉽고, 실시하는 데 시간이 얼마 걸리지 않았으며, 치료의 안전성이 향상되었다고 했습니다. 이뿐만 아니라 수술에 참여하는 의료팀 안에서 의사소통의 수준이 향상되어 팀워크가 좋아졌다고 했으며, 수술 후 합병증이 36%, 수술 후 환자 사망률이 47% 감소하였습니다.

의료계의 사정을 잘 알고 있는 사상가 도널드 버윅은 '의료행위란 자동차와 같다.'고 말합니다. 자동차든 의료행위든 훌륭한 구성 요소를 갖추는 것만으로는 충분하지 않다는 이야기입니다. 저자는 "의학계는 최고의 약, 최고의 장비, 최고의 전문가와 같은 최고의 구성 요소들을 갖추는 데 집착하면서 이 요소들이 서로 잘 맞을 수 있도록 만드는 데는 별 관심을 쏟지 않는다."고 따끔하게 꼬집었습니다. "체계를 이해하는 사람이라면 일류 부품만 갖추었다고 해서 체계가 훌륭해지는 것이 아님을 즉각 알아차릴 겁니다."라는 버윅의 조언은 의료계에 꼭 맞는 조언입니다.

당연히 의료진을 도와주기 위하여 만들어져야 할 확인목록이 오히려 의료진을 방해하는 경직된 명령처럼 운영되어서는 안 될 것입니다. 가급적이면 효율적이면서도 간단한 절차가 되도록 해야 합니다. 상황의 변화에 따라서 수시로 검토하여 개선하는 노력이 뒤따라야 할 것입니다. '완벽한 사람은 마지막 2분이 다르다'는 제목을 둔 저자의 조언에 귀를 기울여 보시겠습니까? (라포르시안: 2012년 4월 23일)

6

현대의학의 위기

(멜빈 코너, 사이언스북스)

▓ 현대의학의 위기인가 보건의료체계의 위기인가

미국의 의료보험제도가 안고 있는 문제점을 추적한 마이클 무어 감독의 기록영화 <식코>가 커다란 반향을 일으킨 적이 있습니다. 세계적인 의학 수준을 자랑하는 미국이지만 막상 보건의료제도는 체계적이지 못해 생긴 사회현상이라고 할 수 있습니다. 의사와 환자와의 관계로부터 출발한 의학은 사회가 발전하면서 사회문화적 제도의 틀 안에서 빠르게 발전하면서 문제도 생기게 되었습니다. 현대에 들어서는 그 범위가 광범위해지고 파장도 더 커졌습니다. 그런 점에서 본다면 현대의학의 위기는 의학이라는 학문의 위기라기보다는 과거와는 달라진 의학을 둘러싸고 있는 보건환경의 위기라고 하는 것이 옳을 것 같습니다.

사회구성원의 건강을 담보하는 의료제도의 지속 발전이 가능하도록 하기 위해서 무엇이 문제인지 끊임없이 성찰하고 보완할 필요가 있습니다. 의학이 발전하는 것처럼 사회 역시 끊임없이 변화하고 발전합니다. 따라서 변화하는 사회환경에 걸맞게 보건의료의 역할 또한 달라져야 할 것입니다. 그런 점에서 '끊임없는 갈등과 파국으로 치닫고 있는 현대의학과 의료의 위기에 대한 명쾌한 진단과 처방'이라고 요약하고 있는 멜빈 코너 교수의 『현대의학의 위기』는 시사하는 바가 큽니다.

1993년에 출간된 책이 우리나라에 번역 소개된 것은 2001년입니다. 따라서 시대적 배경이라거나 문화적 배경이 다른 것 아니냐는 선입관이 들 수도 있습니다. 그렇지만 이 책에서 다룬 환자-의사관계, 현대의학의 발전의 근간이 된 과학적 방법론의 문제점, 약물 유전자치료 그리고 수술 등을 적용하는 데 있어 드러나고 있는 문제점, 정신질환자와 에이즈환자에 대한 사회적 인식의 변화, 그리고 건강한 노후생활과 품위 있게 죽음에 이르는 방법 등의 문제는 아직도 정답을 찾지 못하고 있습니다.

저자는 이 책을 통하여 '보건의료 정책에 관한 의제를 제시하려는 것은 아니라고 했습니다. 좋든 나쁘든 간에 세계의 모든 의사와 보건의료 분야에서 일하는 사람들이 다양한 의료정책을 어떻게 수행하는가를 보여주려는 것'이라고 했습니다. 그래서인지 미국, 유럽, 일본 등 다양한 지역에서의 의료제도를 인용하여 문제해결 방안을 고민하도록 하고 있는 점이 돋보입니다. 다만 우리나라의 보건의료제도의 현황이 최근에서야 해외에 알려지기 시작한 탓인지 우리나라의 보건의료환경에 대한 저자의 평가를 읽을 수 없는 점은 아쉬웠습니다.

요즈음 환자들이 변했다고 생각하는 의사들이 많은 것 같습니다. 아마도 서적이나 인터넷 등을 통하여 넘쳐나고 있는 의학정보로 무장하게 된 환자들이 적극적으로 자신의 병에 대응하겠다는 생각을 가지게 된 것인데, 어쩌면 '당신의 의사에게 화를 내라'고 충고하는 버니 시겔 교수와 같은 의사들의 영향도 크게 기여했을 것입니다. 그는 사람들에게 질문으로 무장하고, 사실을 열심히 알아내며, 포기를 거부하고, 의사에게 침묵의 규율을 깨도록 강요하고, 환자들에게 자신의 병에 대하여 되도록 많이 알고 있으라고 추종자들을 세뇌시켰습니다. 하지만 이러한 견해는 자신의 질병에 대한 환자의 인식이 왜곡되는 경우 오히려 치료에 부정적 영향을 미칠 수 있다는 점을 간과한 것으로 볼 수도 있겠습니다.

저자는 영국의 줄리안 튜터하트 박사가 제시한 **'환자를 동료처럼'**이라는 새로운 모형의 환자-의사 관계가 주목받고 있다고 강조합니다. 의사와 환자가 서로 동등한 위치에서 같은 사실을 의논하고 치료와 예방책을 결정하는 상호 협력관계입니다. 앞서 인용한 버니 시겔 교수가 추천하는 환자-의사 관계와는 분명 차별점이 있습니다. 근래 **'환자를 가족처럼'** 치료하면 최선의 결과를 얻을 수 있을 것이라고 하는 의사도 있습니다. 다만 이 관계에서는 의사의 지나친 감정이입이 객관적 판단을 왜곡할 위험을 조심해야겠습니다.

현대의학은 과학적 방법론을 도입하면서 빠르게 발전하였습니다. 옛날 의사들은 환자의 병세의 결과를 어느 정도 예측할 수 있을 뿐이었습니다. 그래서 온천이나 공기가 맑은 곳에서 휴양하는 것 말고 질병을 근본적으로 치료할 수 있는 무기가 없었습니다. 하지만 19세기 중반 에테르를 사용하여 환자가 통증을 느끼지 않은 상태에서 수술을 할 수 있게 되고, 이어서 발견한 질병세균설을 토대로 한 무균소독법이 병원감염을 줄였습니다. 이어서 20세기 들어서면서 방사선 진단법, 생화학검사법 등이 개발되면서 질병의 진단이 보다 정확해지게 되었고, 약물에 의한 화학요법이 가능해지면서 치료 방식에도 커다란 변화가 생겼습니다.

환자의 진단과 치료가 과학적 방법론에 의존하여 이루어지게 되면서 질병의 원인을 규명하고 치료의 방향을 결정하는 과정에서 긴밀하던 환자와 의사의 교감이 점차로 비중을 잃어가게 되었습니다. 결과적으로 급성 질환 혹은 중증 질환에 의료진의 관심이 집중되는 경향입니다. 저자는 이미 20세기 초반부터 이런 경향이 나타났음을 지적합니다. "(병원에서의 진료가) 점점 냉혹해지고 비인간적으로 변하고 있음을 지적했다. (…) 의료는 병원에서보다는 지역사회로, 가능하다면 가정으로까지 전달되어야 했다. 그러나 이런 생각은 지지를 받지 못했다."

얼마 전까지만 해도 바이러스성 질환인 감기에 항생제를 처방하는 진료행태를 변화시키기 위하여 건강보험심사평가원이 수행하는 감기항생제 처방률 평가에 대한 의료계의 볼멘소리가 높았습니다. 그럼에도 불구하고 꼭 필요하지 않은 감기상병에 항생제를 사용하는 것은 항생제내성 세균을 만들어내는 부작용을 우려해야 합니다. 물론 항생제를 처방하는 의사들에게 책임이 있다는 해석도 나오고 있습니다만, 저자들은 다른 시각을 보여주었습니다. "하지만 일반인들도 내성 균주의 출현을 부추겼다는 비난을 면하기는 어렵다. 왜냐하면 1950~1960년대에는 바로 우리 일반인들이 의사들을 찾아가서, 항생제가 필요하지도 않은 바이러스성 질환인 감기 등에 항생제를 처방하도록 종용하였던 것이다."

저자들은 '수술의 적합성과 남용'을 논하기 위하여 전두엽절제술의 문제를 인용하였습니다. 지금은 고전이 되었습니다만, 잭 니콜슨이 주연한 영화 <뻐꾸기 둥지 위로 날아간 새>에서는 전두엽절제술을 다루었습니다. 남들과 다른 생각을 가졌다는 이유로 정신병원에 수용된 남자 주인공이 병원의 방침에 잘 따르는 환자들에게

원하는 것이 있으면 요구하라고 부추깁니다. 결국 전두엽절제술을 받고 나서 감정이 사라진 모습으로 등장하여 관객에게 충격을 주었던 마지막 장면이 기억납니다.

전두엽절제술은 대뇌의 전두엽과 감정을 조절하는 중추와의 연결을 절단하는 수술입니다. 정신질환 환자를 요술처럼 조용하게 만드는 효과를 거둘 수 있어 1930년대 후반 선풍적인 인기를 끌었습니다. 그런데 1950년대 들어 이 수술을 받은 환자의 삶이 정신적, 감정적으로 너무 심하게 손상을 받게 된다는 사실이 밝혀졌습니다. 이러한 연구 결과가 나오면서 전두엽절제술은 의료현장에서 사라지게 되었습니다. 처음 고안되었을 당시에는 미처 고려되지 않았던 심각한 부작용이 있었던 것입니다.

정신질환자의 고통을 다룬 부분도 많은 생각을 하면서 읽었습니다. 프랑스 철학자 미셸 푸코의 『광기의 역사』를 통하여 광인에 대한 서구 사회의 인식이 어떻게 변해 왔는가를 가늠해 볼 수 있습니다. 최근까지도 저자가 기술하고 있는 것처럼 정신질환은 치료 방법이 없어 정신병원에 수용하여 사회로부터 격리시키는 것이 최선이라고 인식되었습니다.

저자도 "정신병원은 1970년대까지는 대부분의 환자들에게 있어서 실존하는 지옥이었다. 수백 명은 사슬에 묶여 있었고, 많은 환자들은 독방에 갇혀 있었다. 강압적인 간호사와 간호조무사들은 그들을 복종시키기 위하여 몸싸움을 해야만 했다. 그들의 공포와 고뇌, 줄지 않는 고통은 상상을 초월하는 것이었다."라고 적었습니다만, '정신병원' 하면 끔찍한 환경일 것이라는 선입견을 가진 분들이 적지 않을 것입니다. 하지만 최근의 정신병원은 대부분 일반병원과 크게 다르지 않을 정도로 변했습니다.

"그들이 약을 먹고 있는지 돌볼 가족도 지지체계도 없었고, 그 결과 그들은 병이 재발하여 병원에 재입원하게 되었으며, 다시 안정되어 퇴원하고, 약은 더 이상 복용하지 않게 되었지만 또다시 병원에 입원하는, (…) '회전문 증후군'이 정신질환 환자가 안고 있는 사회문제"라는 존 맥빈 신부의 회상도 1970년대까지의 미국 사회의 현상이었습니다. 우리나라에서는 아직도 이런 문제가 일부 남아 있는 것 같습니다. 하지만 정신질환을 치료하는 약물요법이나 정신요법 등이 발전하게 되면서 급성기에 적극적인 치료를 해서 환자를 조기에 사회로 복귀시키는 것이 정신질환 치료의 최근 동향이기도 합니다. 만성화된 환자들에게 안정된 치료환경을 조성해 주는 것 역시 여전히 숙제로 남아 있습니다.

노후생활과 품위를 갖춘 죽음에 관한 이야기는 별도의 기회에 다시 다룰 수 있을 것으로 미루어 두겠습니다. 이 책을 통하여 오늘날의 보건의료체계가 안고 있는 문제를 고민해 보면 좋겠습니다. 저자의 문제의식이 우리 사회에도 절실하게 요청되는 이유는, 그가 의학, 의술, 의료를 단순히 지식과 기술로 좁혀서 바라보지 않고 문화적 지평으로 인식하고 있어 배울 점이 많을 것이라는 옮긴이의 추천을 덧붙입니다. (라포르시안: 2012년 12월 31일)

7

정신병을 만드는 사람들

(앨런 프랜시스, 사이언스북스)

▨ 일상의 근심마저 정신병으로 규정되는 시대

최근 들어 현대의학에 문제가 있다는 지적을 담은 책들이 봇물을 이루고 있습니다. 의학을 전공하지 않은 비전문가가 의학 관련 자료들을 섭렵하여 문제점들을 발굴하여 집대성하는 노력을 기울이기도 합니다. 이런 종류의 책들은 저자가 세운 나름대로의 논리를 뒷받침하는 자료들만 선별하여 논리를 전개하는 특징을 보이는 경우가 많습니다. 전문가의 시각으로 보면 바로 문제점을 짚을 수 있습니다. 하지만 건강우려증을 가지고 있는 일반인의 경우 쉽게 빠져들 수도 있습니다. 나아가 의사라고 하시는 분들 역시 이런 종류의 책을 내기도 합니다. 그런데 조금 깊이 파고들어 보면 의사이기는 하지만 전문 영역이 세분화되고 있는 상황에서 보면 자신의 전문 분야가 아니면 일반인과 별 차이가 없을 수도 있습니다.

여기 소개하는 『정신병을 만드는 사람들』의 겉표지에는 '일상의 근심과 고난마저 정신병으로 둔갑하는 시대, 범람하는 정신 장애에서 현대인을 구원하라!'라는 문구가 적혀 있습니다. '한 정신의학자의 정신병 산업에 대한 경고'라는 부제가 없었으면 앞서 말씀드린 종류의 책일 것이라고 생각할 수도 있습니다. 이 책을 쓴 앨런 프랜시스 교수는 뉴욕 주립대학교에서 의학박사 학위를 받고 코넬 의과대학의 외래병동 책임자를 거쳐서 듀크 대학교 정신의학부 학부장으로 일했습니다.

특히 전 세계적으로 정신장애를 진단하는 교본으로 사용되고 있는 정신장애진단편람 3판(DSM-Ⅲ, Diagnostic and Statistical Manual)과 3판의 개정판(DSM-ⅢR)을 정리하는 작업에 참여하였습니다. 이어서 정신장애진단편람 4판(DSM-Ⅳ)의 작성 책임을 맡아 연구진을 조직하고 이끌어 책을 출판해 냈습니다. DSM-Ⅳ를 정리할 때 저자가 주도하는 연구진은 미리 정한 기준에 따라서 정신장애를 정의하고 진단기준을 정했습니다. 하지만 의학의 발전 속도가 눈부시다 보니 여전히 미흡한 부분이 남았고, 이를 보완하기 위하여 DSM-Ⅴ가 요구되었습니다. DSM-Ⅳ를 끝으로 공적 활동을 정리했던 저자는 완성된 DSM-Ⅴ를 보면서 정신장애의 진단기준이 지나치게 완화되어 정신질환이 양산될 수밖에 없는 상황으로 판단했습니다. 그리고 그 이면에는 정신질환의 치료제를 개발하는 제약회사의 보이지 않는 손이 작용한 것이라고 생각하게 되었습니다. 결국 DSM-Ⅴ의 문제점을 지적하고 개선을 요구하는 활동을 시작했습니다. 『정신병을 만드는 사람들』은 저자의 이러한 의도를 담은 책입니다.

저자의 우려는 머리말에 잘 요약되어 있습니다. DSM-Ⅳ를 작성하면서 정신질환의 진단 과열현상을 다스리기 위하여 강박적일 정도의 기법을 적용하여 보수적인 결과물을 만들었습니다. 그럼에도 불구하고 아이들을 대상으로 한 자폐증, 주의력 결핍장애, 소아 양극성 장애의 세 가지 정신장애가 유행하는 현상을 예측하지도 막지도 못한 결과를 가져왔던 것입니다. 그럼에도 불구하고 저자는 비교적 조심스럽게 작성된 DSM-Ⅳ가 결과적으로는 득보다 실이 많았다고 평가했습니다. 방만한 기준을 적용한 DSM-Ⅴ가 가져올 결과는 한마디로 끔찍할 것이라고 예측하였습니다. DSM-Ⅴ는 정상적인 사람들을 오진할 것이고, 과도한 진단을 남발할 것이며, 부적절한 의약품 사용을 장려할 것이라고 경고하였습니다.

인용하고 있는 사례들 가운데 우리나라의 자료가 포함된 자폐증의 경우는 심각한 것 같습니다. 자폐증은 DSM-Ⅳ 이전에는 극히 드물어, 아이 2,000명에 한 명꼴이었습니다. 그런데 지금은 미국에서는 80명 중 한 명꼴로 많아졌습니다. 더 놀랍게는 한국에서는 38명 중 한 명꼴로 자폐증 아이가 늘었다고 합니다. 특히 사실무근으로 밝혀졌습니다만, 예방접종이 자폐를 일으키는 원인으로 지목되면서 부모들의 공포심을 자극한 것이 기여한 바가 크다고 합니다. 아이들이 보통이 아닌 것 같다는 신호가 조금이라도 있으면 부모들은 자폐증을 의심하고 병원 순례를 시작한다는 것입니다. 종국에는 자폐증이라는 진단을 받아내고 치료를 시작해야 안심하게 되는 역설적인 현상이 생긴 것은 아니었을까요? 불과 20년 만에 자폐증의 유병률이 20배나 증가한 것은 진단 관행이 급변한 것이지 아이들이 갑자기 더 자폐적으로 변한 것은 아닐 것입니다.

이 책은 크게 세 부분으로 구성되어 있습니다. 1부 '정신병이 정상을 잠식하다'에서는 정신장애라는 진단을 붙이는 작업이 얼마나 지난한 일인지 설명합니다. 2부 '정신 질환에도 유행이 있다'에서는 정신질환의 역사적 흐름을 살폈습니다. 마귀 들림에서 다중인격에 이르기까지 과거에 유행하던 정신질환에서부터 자폐증에서 사회공포증에 이르기까지 요즈음 유행하는 정신질환들을 검토하였습니다. 그리고 건망증에서 폭식장애에 이르기까지, 곧 불어닥칠 것으로 예견되는 진단의 의미를 짚었습니다. 3부 '범람하는 정신장애로부터 나를 지켜라'에서는 정신질환의 과도한 진단을 바로잡는 방법에서부터 정신과 상담을 받기 전에 반드시 알아야 할 사항들을 다루었습니다.

제가 전공한 병리학은 우리의 몸에 이상이 생겼을 때, 해당 장기에 생긴 변화를 진단하는 학문입니다. 당연히 정상이 어떤 모습을 하고 있는지를 잘 알아야 비정상이라고 진단할 수 있기 때문에 정상을 익히기 위하여 많은 공부를 해야 합니다. 그럼에도 자궁경부암을 진단하는 경우처럼 전암성 변화에서부터 완전하게 암이라고 진단하게 되는 변화에 이르기까지 변화가 단계적으로 똑떨어지게 구분할 수 있는 것은 아닙니다. 따라서 전문가들끼리 모여서 진단의 눈높이를 맞추고 진단기준을 정하게 됩니다. 그런데 정신질환의 경우도 누구나 동의할 수준의 진단기준을 마련하는 것이 쉽지 않다는 것이 문제입니다. 즉 정상과 비정상은 연속되는 스펙트럼 가운데 어딘가에 존재하는 경계를 기준으로 한다는 것이고, 그 경계가 모호한 것입니다.

프랜시스 교수는 정신질환을 정의하고 분류하는 일이 어떻게 발전해 왔는지 짧게 요약하였습니다. 주술사가 질병의 치료를 담당하던 고대로부터 히포크라테스 시대를 거쳐 필리프 피넬이 정신질환을 분류하였고, 제2차 세계대전을 계기로 하여 DSM이 탄생하기까지의 과정을 요약하였습니다. 피넬은 린네가 생물들의 소속을 찾아

준 분류법을 만든 것을 본떠 정신질환을 분류하였습니다. 미셸 푸코는 『광기의 역사』에서 광기를 이성의 대척점에 서는 비이성으로 보고 시대에 따라서 광기를 보는 사회적인 시각의 변화를 살펴본 바 있습니다. 『광기의 역사』를 읽으면 정신질환을 이해하는 데 도움이 될 것입니다.

알렉스 라이트는 『분류의 역사』에서 지구상의 생명체는 기본적으로 정보의 수집, 처리에 관한 속성을 가지고 있다고 했습니다. 그리고 인간은 여기에 더하여 수집된 정보를 분류하여 종합화하는 능력을 가지고 있다는 점을 강조했습니다. 『분류의 역사』에서는 인류가 살아남아 현세에 이르게 되기까지 기여했다고 할 수 있는 정보처리에 관한 역사적 변천과정을 살펴볼 수 있습니다. 그 정보의 원천은 진화생물학, 문화인류학, 신화학, 수도원 생활, 인쇄의 역사, 과학적 방법, 18세기 분류학, 빅토리아 왕조시대의 도서관 사서직, 초기 컴퓨터 역사에 이를 정도로 다양합니다.

의학에서의 질병 분류는 질병의 원인을 찾아 치료 방법을 구하고 환자의 예후를 결정하는 데 결정적인 도움이 됩니다. 그리고 질병을 진단하는 기준을 정하여 같은 눈높이로 질병을 진단하고 치료함으로써 여기에서 얻어지는 자료의 효율적 활용이 가능해지게 될 것이라고 기대하기도 합니다. 질병분류 체계는 의학에서 매우 중요한 위치를 차지하기 때문에 확실한 근거를 바탕으로 하여 보수적으로 운용되고 있습니다. 의사라면 누구나 새로운 질병을 발견하여 자신의 이름을 남기고 싶은 꿈을 가지고 있습니다. 그래서 환자의 증상이나 검사 결과 등에서 기존의 질병과 다른 점을 추출해서 임상적 의미를 부여하려 노력하게 됩니다. 이런 노력의 결과가 쌓이게 되면 새로운 질병이 분류체계에 들어갈 수 있게 되는 것입니다.

질병분류체계가 보수적으로 운용되다 보면 새로운 질병의 추가가 어렵기 때문에 새로운 질병 후보군을 내놓은 의사들이 반발하게 됩니다. 이런 반발이 커지다 보면 새로운 질병을 확대하는 진보적 성향이 세를 얻게 됩니다. 여기에 더하여 새로운 치료제가 등장하게 되면 그 효과에 대한 기대감이 커지기 마련입니다. 나아가 질병의 초기단계에서 적용하면 완치시킬 수 있을 것이라는 생각을 누구나 가질 수 있습니다. 따라서 질병의 초기단계에 새로운 치료제를 사용할 수 있도록 진단기준을 완화하려는 압력이 생기는 것입니다.

저자는 DSM-Ⅴ가 진보적 시각에서 개정된 것이라고 판단하였습니다. 따라서 불필요한 정신의약품의 남용을 막기 위해서라도 진단의 과잉을 바로잡아야 한다고 주장합니다. 특히 향정신성 의약품 산업은 그릇된 정보를 합법적이고 공격적으로 퍼뜨림으로써 번영을 일구어왔다고 잘라 말합니다. 그리고 이렇게 잘못된 관행을 바로잡기 위하여 제약회사의 영업전략을 차단해야 한다는 것입니다. 부작용이 큰 약은 퇴출시키고, 적절하지 않은 처방을 남발하는 의사도 단호하게 다스려야 한다고 주장합니다. 심지어는 '정신과 진단은 정신과 의사에게만 맡겨 두기에는 너무 중요하다.'라는 폭탄선언도 불사합니다.

진단기준의 완화로 인하여 정신장애가 범람할 위기 상황을 맞아 스스로를 지켜야 하겠습니다. 그러기 위하여 저자가 정리해 둔 「정신과 상담을 받기 전에 반드시 알아야 할 사항」을 새겨 둘 필요가 있겠습니다. "정신장애 진단은 의사 혼자서 할 수 없기 때문에 환자와 의사의 협동이 전제가 되는 것입니다. 우선 정신장애 진단의 열쇠는 환자 스스로 문제점을 깨닫는 데서 출발하는 자기보고(自己報告)에 있습니다. 자신에게서 나타난 증상을 세심하게 관찰하고 기록해야 합니다. 기록을 바탕으로 진단을 스스로 검토해 봅니다. 다만 섣불리 자가진단을 내리지 말고, 유행하는 진단을 경계할 필요가 있습니다. 문제가 심각하다면 의사를 만나야 합니다. 이때 가족이 동행해야 합니다. 진단에 대한 설명을 요구하고 납득되지 않을 때는 다른 의사를 만날 필요가 있습니다. 제약회사의 말에 현혹되지 말고 자연이 치유력을 발휘할 시간을 주어야 합니다." (라포르시안: 2014년 4월 21일)

8

어떻게 죽을 것인가

(아툴 가완디, 부키)

▓ 치료가 전부는 아니다⋯ 현대의학이 놓친 삶의 마지막 순간

미국 통계국은 미국의 전체 인구는 2020년의 3억 3천만 명에서 2050년에는 4억 3천9백만 명으로 42%가 늘게 될 것으로 전망하였습니다. 특히 65세 이상 노인인구가 4천만 명에서 8천8백만 명으로 두 배 이상으로 늘면서 상자형으로 된 연령별 인구 구성이 보다 고연령층으로 확대될 것이라고 합니다. 이뿐만 아니라 노인인구의 주류를 이루는 연령층도 60대 초반에서 점점 높아져 80대 후반으로 옮아가는 경향을 보일 것이라고 합니다. 초고령화 사회가 되면서 노인들의 삶의 질에 대한 관심이 더 커지고 있습니다. 특히 인간의 생명을 위협하는 질병과 맞서고 있는 의료인들의 인식도 변하고 있습니다. 치료를 통하여 환자의 삶을 연장하는 것에 관심을 두던 것이, 치료를 통하여 환자의 삶의 질을 높일 수 있는가 하는 것으로 옮겨가고 있습니다.

앞서 『체크, 체크리스트』로 만난 아툴 가완디 교수는 『어떻게 죽을 것인가』에서 '노인들을 진료함에 있어 삶의 질을 어떻게 고려할 것인가' 하는 문제를 다루었습니다. 『어떻게 죽을 것인가』의 핵심내용은 '현대의학이 놓치고 있는 삶의 마지막 순간'이라고 요약됩니다. 저자는 이 책에서 죽음을 앞두고 있는 환자를 진료함에 있어서 의학이 미처 고려하지 못한 점은 없는지 살펴봅니다. 저자는 서문에서 '의과대학의 교육 목표가 생명을 구하는 방법을 가르치는 데 있지 꺼져가는 생명을 어떻게 돌봐야 하는지를 알려주는 데 있지 않았다.(8쪽)'라고 고백합니다.

사실 의사들은 자신의 환자가 죽음을 맞는 순간 어떻게 해야 할지 곤혹스러워하는 경우가 많습니다. 의학이 눈부시게 발전해 오면서 의사들의 생각 역시 변해왔습니다. 셔윈 눌랜드 박사가 쓴 『사람은 어떻게 죽음을 맞이하는가』에는 이런 구절이 있습니다. "우리 전 세대까지는 자연이 결국 이기게 되어 있다는 사실을 누구나 예상하고 받아들였다. 의사들은 패배의 징후를 훨씬 더 기꺼이 인정하려 했고, 그것을 부정하는 데 있어서는 훨씬 덜 오만하게 굴었다." 이 말을 다시 해석하면 오늘날의 의사들은 어려운 질환을 기술적으로 능숙하게 해결할 수 있었다는 만족감에 집착하는 경향이 있는데, 문제가 해결되지 않는 경우 의사로서의 정체성이 위협받는다고 생각하는 것입니다.

저자는 지금 시대에 나이 들어 죽음을 맞이해야 하는 존재라는 게 어떤 것인지, 의학이 이 경험을 어떻게 변화시키고 또 변화시키지 못했는지 설명합니다. 그리고 우리가 유한성에 대처하기 위해 생각해 낸 방법이 현실을 어떻게 왜곡시켰는지도 설명합니다. 그뿐만 아니라 실제로는 의학이 도움을 필요로 하는 사람들을 얼마나 자주 실망시키고 있는지도 고백합니다. 요약하면 의사인 저자가 생의 종말과 죽음의 불가피성을 조망하는 책을 쓴 셈입니다. 저자는 죽음을 이야기하면서 친가와 처가의 어른들의 삶을 많이 인용합니다. 아마도 그분들의 삶과 죽음을 잘 이해하고 있기 때문이 아닐까 싶습니다. 고 최인호 작가 역시 가족에 관한 이야기를 많이 담았습니다. 하지만 저는 가족들에 관한 이야기를 불특정 다수에게 전하는 것을 불편하게 생각하는 편입니다.

나이 들어 변화가 일어나는 순서에 따라 이야기가 펼쳐집니다. 독립적인 삶, 무너짐, 의존, 도움, 더 나은 삶, 내려놓기, 어려운 대화, 용기 등으로 이어집니다. 정리해 보면 독립적인 삶을 꾸려 나가다가도, 모든 것은 결국 허물어지기 마련입니다. 혼자 설 수 없는 순간이 찾아오면서 스스로의 삶에 대한 주도권을 잃어버리게 됩니다. 누구나 마지막까지 가치 있는 삶을 살고 싶어 하지만 의학적 치료만이 전부가 아니기 때문에 인간다운 마무리를 위한 준비에 소홀함이 없어야 할 것입니다. 그 과정에서 끝이 있다는 것을 받아들이는 용기가 필요하고, 두렵지만 꼭 나눠야 하는 이야기들이 있기 마련이고, 그 이야기를 어떻게 하는가 하는 내용을 담았습니다.

저자는 먼저 현대사회에서 노인의 위치를 고찰합니다. 평균기대여명이 길지 않던 시절에는 노인이 될 때까지 살아남은 사람이 많지 않았습니다. 그렇기 때문에 노인은 전통과 지식, 역사의 수호자라는 특별한 기능을 하는 조직의 원로로서의 권위를 가질 수 있었습니다. 그런데 이제는 나이 든 사람이 넘쳐나는 세상입니다. 그뿐만 아니라 살아가는 과정에서 축적한 지식과 지혜로 무장한 독점적 지위 역시 의미가 사라졌습니다. 누리망을 비롯한 정보유통기술의 발전으로 그런 정보를 쉽게 얻을 수 있기 때문입니다. 결국 노인들의 입지는 날로 좁아져 가고 있습니다.

우리 사회에서도 점차 가시화되고 있는 것처럼, 원만하던 젊은이와 노인 사이의 관계가 갈등을 빚는 관계로 전환되고 있습니다. 전통적으로 부모는 어린 자식이 안정된 삶을 확립할 때까지 조언하고 경제적으로도 지원을 하였고, 자식은 부모의 노후를 책임졌습니다. 하지만 기대여명이 길어진 만큼 부모 역시 스스로를 챙겨야 할 부분이 늘어나 자식을 위하여 모든 것을 쏟아부을 수만은 없게 되었습니다. 자식 역시 스스로를 챙겨야 하므로 부모의 노후를 책임지는 일이 제한적일 수밖에 없는 상황이 되고 말았습니다.

가족의 형태 역시 농경사회에서는 적합하던 대가족제도가 산업사회에 적합한 핵가족제도로 변했습니다. 자식들이 장성함에 따라 가족의 울타리를 벗어나는 것처럼 부모 역시 나이가 들면서 독립적으로 생활할 수밖에 없습니다. 문제는 독립적으로 생활하던 부모가 언제까지나 독립적인 삶을 유지할 수는 없다는 것입니다. 나이 듦에 따라 건강에 문제가 생기게 되고 결국은 누군가의 도움을 받아야 하는 상황이 오게 됩니다. 필자 역시 최근 들어 느끼는 바입니다만, 나이가 들면 몸의 균형을 유지하는 것이 쉽지 않습니다. 처음에는 신경을 써서 몸을 움직이면 문제가 없지만 점차 신경을 써도 넘어지는 일이 생기게 됩니다. 그런 순간이 언제인가는 개인마다 차이가 있습니다. 결국은 누구나 당하게 되는 일이기도 합니다. 생각지도 않은 순간에 넘어지면 골절을 비롯한 심각한 부상을 입을 수 있습니다.

요즈음 서울 시내에서도 땅꺼짐이 자주 발생해서 사회적으로 문제가 되고 있습니다. 건강에 문제가 생기는 것을 발밑의 땅이 꺼지는 일에 비유하였습니다. 병을 앓아서 갑자기 생길 수도 있지만, 조금씩 일어나는 노화현상으로 나타날 수도 있습니다. 문제는 어떻게 대비를 하는가 하는 것입니다. 의학과 공중보건의 발전으로 사람들은 대체적으로 전보다 더 건강하게, 더 오래, 더 생산적인 삶을 살 수 있게 되었습니다. 하지만 이 또한 발밑의 땅이 꺼지는 일을 겪는 시기를 늦춰준 것에 불과한 것입니다.

사람이 죽는다는 명제에는 변화가 없습니다. 따라서 어떻게 죽을 것인가 하는 고민은 예나 지금이나 똑같이 해야 합니다. 나이가 많이 든 노인이 정작 두려워하는 것은 죽음이 아닙니다. 오히려 죽음에 이르기 전에 일어나는 일들, 즉 청력, 기억력, 친구들이 사라지고, 지금까지 살아왔던 생활 방식이 무너지는 것을 두려워합니다. 나이가 든다는 것은 어쩔 수 없이 조금씩 잃어가는 것을 수용하는 과정입니다. 잃어가는 것에 대하여 분노만 하다 보면 삶이 괴로울 수밖에 없습니다. 여전히 남아 있는 것에서 기쁨을 찾는 것으로 위안을 삼는 편이 훨씬 수월할 것입니다.

서구 사회에서는 오래전부터 사회적 약자에 대한 배려 차원에서 혹은 사회적 약자를 사회로부터 격리시키기 위하여 구빈원을 설치하였습니다. 구빈원 가운데는 과연 이런 시설에서 살아갈 수 있을까 싶은 곳도 있었던 것을 보면 후자에 가까운 개념이 아닐까 싶습니다. 20세기 중반에는 공적 개념의 부조에 해당하는 구빈원과는 달리 사적 개념의 부조 혹은 사업적 측면을 고려한 요양원이 생기기 시작하였습니다. 구빈원에서 병원으로 집중되는 환자들을 분산시키기 위한 정책적 배려가 곁들여지면서 요양원은 폭발적으로 증가했습니다. 그런데 우리나라의 경우는 요양시설이 먼저 생겼음에도 불구하고 요양병원으로 환자가 이동하는 현상이 폭발적으로 늘고 있어 보건 당국이 주목하고 있기도 합니다.

요양원이 난립하면서 환자를 묶어 놓는다거나, 향정신성 약물을 과도하게 처방하는 것이 문제가 되었습니다. 환자의 안전에 관한 개념이 정립되지 않아 화재로 환자들이 생명을 잃는 사건도 있었습니다. 살고 있는 곳 가까이에 요양원이 많이 들어서고 있음에도 노인들은 여전히 가족들 가까이에서 독립적으로 생활하기를 희망하는 경향이 있습니다. 누군가의 도움이 필요한 상황임에도 가족들이 충분하게 돌볼 수 없는 처지라면 어쩔 수 없이 요양원을 선택해야 할 수밖에 없습니다. 요양원에 이어 등장한 생활지원시설은 독립주거시설과 요양원의 중간단계에 해당합니다. 거주민이 일과표에 따라 움직여야 하는 요양원과는 달리 도우미가 거주민의 삶을 도와주는 방식입니다. 따라서 거주민의 독립적인 삶이 어느 정도 보장됩니다.

1991년 빌 토머스라는 젊은 의사는 뉴욕주 북부의 작은 도시 베를린에 새로운 개념으로 운영하는 요양원을 열었습니다. 가정의학 전문의를 갓 딴 토머스는 무료함, 의로움, 무력감 등 '요양원에 존재하는 세 가지 역병'을 치유하기 위하여 살아 있는 생명을 요양원에 들여놓았습니다. 요양원의 모든 방에 초록빛 식물을 두고, 잔디밭 대신에 채소와 꽃을 심은 정원을 만들고, 개, 고양이, 앵무새와 같은 동물을 들여놓은 것입니다. 결과는 놀라웠습니다. 주변에서 무슨 일이 벌어지고 있는지 잘 모를 정도로 치매가 심한 노인들마저도 더 의미 있고, 기쁘고, 만족스러운 삶이 가능하게 되었습니다.

삶을 정리하는 단계에 이르면 욕심을 내려놓는 것이 중요합니다. 그런데 저자는 말기 환자를 진료하는 의사 역시 내려놓음에 대한 관념을 분명히 하는 것이 좋겠다고 합니다. 나이 든 환자를 진료함에 있어 지금까지와는 다른 혁신적 사고가 필요하다는 것입니다. 즉, 노화나 질병으로 인해 심신의 능력이 쇠약해져 가는 사람들에게 더 나은 삶을 제공하려면 종종 순수한 의학적 충동을 제한할 필요가 있습니다. 그 점에 있어서는 환자나 가족들 역시 변해야 합니다. 최근에 90세가 넘어 거동이 불편한 분이 슬관절 치환술을 받고 대장암 수술도 받았다고 합니다. 이와 같은 적극적 치료가 환자의 삶의 질을 확실하게 개선시킬 수 있을 것으로 기대했기 때문이었을 것입니다. 하지만 그런 시술로 인하여 제한받게 되는 삶의 부분도 충분히 고려가 되었을까 싶습니다.

그런 점에서 본다면 '잘 죽는 일'이 얼마나 중요한지를 깨닫게 됩니다. 그래서 죽는 기술, 즉 아르스 모리엔디(ars moriendi)를 익힐 필요가 있습니다. 말기 암환자에서 임종돌봄(hospice)이 대표적인 사례입니다. 임종돌봄을 선택한 환자는 삶의 마지막을 가족들과 보낼 수 있습니다. 오히려 적극적 치료에 매달린 환자에 비하여 더 오래 살았다는 연구 결과도 있습니다. 평소에 마지막 순간에서의 치료 방향에 관한 결정을 미리 내려두는 것도 의료진이나 가족들 모두의 고민을 덜어줄 수 있는 길입니다. 삶의 마지막 단계를 완전하게 제어할 수는 없는 일이지만 나름대로 정한 기준을 만들고 지켜 나가려면 큰 용기가 필요합니다. 저자는 나름대로 판단하기에 가치 있게 삶을 마무리한 사람들의 이야기를 소개하고 있어, 관심 있는 사람들이 참고하기에 좋을 것 같습니다. (라포르시안: 2015년 6월 1일)

9

도시에서 죽는다는 것

(김형숙, 뜨인돌)

▓ 중환자실 간호사가 지켜본 수많은 삶의 마지막 순간들

'죽음'처럼 오랫동안 입에 올리기를 꺼려하는 금기어도 없을 것입니다. 하지만 최근에는 죽음에 대한 부정적인 인식을 버리려는 움직임이 활발해지고 있습니다. 여기 소개하는 『도시에서 죽는다는 것』은 병원, 특히 중환자실에서 근무하는 간호사가 경험한 죽음들에 얽힌 사연과 그 죽음에 대한 자신의 느낌을 솔직하게 담은 책입니다. 병원은 도시에서 대표적으로 죽음이 일어나는 장소입니다.

저자는 경남 거창에서 태어나 자랐습니다. 자라면서 자연스럽게 만났던 옛날 방식의 죽음과 사뭇 달라진 요즈음의 죽음을 모두 경험한 특별한 분입니다. 70년대 말에 의과대학을 졸업한 저 역시 응급실 근무를 하면서 적지 않은 죽음을 만났습니다. 그때는 대부분 병원에서 운명하지 않고 죽음에 임박해서는 댁으로 모셔 가곤 했습니다. 객사한 주검은 집으로 들이지 않는다는 우리네 전통이 있었습니다. 당시만 해도 병원의 장례식장에서 초상을 치르는 경우가 드물었습니다. 부담스러우면서도 체면이 서지 않은 일이었기 때문입니다. 장례식은 한 집안의 문제가 아니라 온 동네가 나서야 해결되는 마을의 큰 행사였습니다. 오랜 세월을 부대끼며 정을 나눠 온 이웃을 작별하는 의례일 뿐만 아니라 아무리 대가족이라고 해도 장례절차는 힘에 부치는 일이었기 때문에 서로 나서서 도와주었습니다.

이웃에 누가 사는지도 모르고 지내는 경우가 훨씬 많은 세상입니다. 이웃의 힘든 일에 힘을 보태거나 도움을 요청하는 것을 생각도 못 하게 되었습니다. 그뿐만 아니라 사람들이 흔히 살고 있는 공동주택이라는 구조가 돌아가신 분을 모시고, 문상 온 분들을 대접하고, 출상하는 과정이 불가능합니다. 이뿐만 아니라 이웃에 주검이 누워 있다는 사실을 주민들이 쉽게 받아들이지 못할 수도 있습니다. 이런 세태의 변화에 맞추어 장례절차를 대행해 주는 장례식장 사업이 발전하고, 장례절차를 안내하는 장례지도사라는 전문직종이 생겨나기까지 했습니다. 병원에 딸린 장례식장은 예약이 불가능합니다. 병원에서 돌아가신 분들을 위한 공간을 내기도 어렵기 때문입니다. 그래서 임종을 앞둔 환자를 병원으로 모시기도 합니다.

『도심에서 죽는다는 것』은 모두 다섯 개의 장으로 구성되었습니다. '자연스러웠던 죽음을 추억한다'라는 제목의 첫 번째 장에서는 저자가 중환자실 간호사가 되기까지의 삶을 요약하였습니다. 그리고 스물세 개의 사연을 각각 '중환자가 된다는 것, 나에 대한 결정에서 배제된다는 것', '중환자실에서 죽는다는 것, 이별이 어렵다는 것', '죽음 이후, 당신이 아무것도 결정하지 않았을 때 생길 수 있는 일', '다른 가능성' 등의 제목으로 구분하여 중환자실에서 맞는 죽음에 얽힌 문제를 짚었습니다.

제1장에서 저자는 자라면서 겪은 죽음들을 되돌아봅니다. 지금은

우리가 일상적이라고 생각하는 죽음들보다 옛날의 죽음이 훨씬 인간적이었다는 것을 일깨워줍니다. "그 산마을에서는 어린아이가 가장 사랑하는 사람의 죽음을 예감하면서 다음을 준비하는 마음을 품는 것이 그리 이상스러운 일만도 아니었다."라고 저자는 말합니다. 예전의 시골에서는 집안 어른이 죽음을 맞는 자리에 어린아이들을 동참시키지 않는 것이 관행이었습니다. 죽음은 언제나 갑자기 통보되고, 엄숙하고 황망한 가운데 치르는 것이 보통이었습니다. 죽음은 일상적인 것이 아니었지만 특별하지도 않았습니다. 그럼에도 불구하고 저자의 할아버지 그리고 할머니께서 죽음을 준비하신 과정은 저에게도 큰 울림이 되었습니다.

중환자만의 문제가 아닙니다. 치매 혹은 암과 같이 중증질환으로 진단이 내려지면 대부분의 의료진과 가족들은 이 사실을 환자에게 알릴 것인가를 두고 고민하게 됩니다. 눈치가 빠른 환자들은 치료과정에서 자신의 병명을 유추할 수도 있습니다. 이번에는 오히려 환자가 자신이 병명을 알고 있다는 사실을 감추기에 급급한 웃지 못할 상황도 생깁니다. 환자에 따라서는 병명을 감추는 것이 옳은 선택이 될 수도 있습니다. 하지만 저는 모든 환자들은 자신이 왜 죽는지를 알아야 한다는 생각을 가지고 있습니다.

알리는 과정은 쉽지 않으나 그 고비를 넘기면 환자가 치료과정을 쉽게 수용하고 도움을 주기도 합니다. 심지어는 무의미한 치료를 중단하는 결정도 환자 스스로 내리게 됩니다. 이런 문제는 제2장 '중환자가 된다는 것, 나에 대한 결정에서 배제된다는 것'에서 잘 이해할 수 있습니다. 환자가 고립되고, 소외되고, 배제되어 있다는 생각을 하게 되면, 공포에 빠지거나, 침묵하거나, 심지어는 분노하는 경우도 있어 의료진을 힘들게 만듭니다.

"늘 죽음 자체보다는 죽음에 이르기까지의 고통이나 아무도 모르는 곳에서 홀로, 사랑하는 사람들과 작별 인사도 하지 못한 채 죽음을 맞게 되는 상황을 더 두려워한다."라고 적은 저자의 생각에 공감하였습니다. 저의 장인어른께서 임종에 가까워지면서 중환자실 입실을 권유받았습니다. 그때 가족들은 의논 끝에 차라리 1인실로 옮기기로 결정을 했습니다. 평소 비싼 입원료 때문에 1인실 이용을 거부하셨던 장인어른께서도 마지막에는 참 잘했다는 말씀을 하셨습니다. 출입이 자유롭지 않은 중환자실보다는 시간이 되는대로 찾아온 가족들과 함께 지내시면서 죽음을 준비할 수 있었기 때문입니다. 중환자실에 입원해서는 이와 같은 이별이 어렵다는 사례들은 제3장에서 만날 수 있습니다.

죽음이 일상처럼 일어나는 중환자실에서 근무하며 안타까운 죽음을 많이 지켜본 탓인지 저자는 자연스럽게 호스피스간호에 관심이 많습니다. 마지막 순간까지 죽음과 맞서 싸우는 곳이 중환자실이라고 한다면 호스피스는 그야말로 평안한 가운데 죽음을 맞이할 수 있도록 도와주는 곳입니다. "호스피스란 죽음을 앞둔 말기환자와 그 가족을 사랑으로 돌보는 행위로서, 환자가 남은 생 동안 인간으로서의 존엄성과 높은 삶의 질을 유지하면서 삶의 나머지 순간을 평안하게 맞이하도록 신체적, 정서적, 사회적, 영적으로 도우며 사별가족의 고통과 슬픔을 경감시키기 위한 총체적인 돌봄"이라고 정의합니다.

저자는 특히 환자의 자기결정권에 대하여 많은 생각을 해온 것 같습니다. 갑작스럽게 병원에 입원하는 경우를 상정하여 평소에 자신의 입장을 밝혀둔다면 가족들은 물론 의료진도 진료 방향을 결정하기가 쉬워질 것입니다. 예를 들면 말기환자에서 심폐소생술을 비롯하여 의미가 없는 고가의 적극적 치료제를 투입하는 것은 짧은 생명의 연장 이외에 의미가 없는 것입니다. 이처럼 의미 없는 연명 치료는 하지 않도록 사전에 의사를 분명하게 밝혀둘 필요가 있습니다. 특히 최근에는 다양한 항암치료제가 개발되어 임종에 이를 때까지 항암제를 투여하는 경우도 있습니다. 생에 대한 환자의 욕망과 가족들의 의무감, 그리고 의료진의 안타까움 등이 복합적으로 어우러져 일어나는 현상입니다.

제4장에서는 장기기증과 관련한 뇌사자의 사례를 다루었습니다. 사실 뇌사판정을 받은 환자에게 장기기증을 적극적으로 권하던 시절이 있었습니다. 보라매사건 이후로 뇌사자라 할지라도 연명수단을 인위적으로 제거할 수 없게 되었습니다. 그런데 생명이 유지되는 동안에 장기적출이 이루어져야 한다는 특수성이 있습니다. 그런데 뇌사자라고 하더라도 장기기증 의사를 밝히게 되면 연명치료를 중단할 수가 있습니다.

의료현장은 같은 상황을 두고서도 다양한 해석이 가능한 장소입니다. 그렇기 때문에 정해진 답이 있을 수 없다는 열린 생각이 필요합니다. 이어지는 마지막 장 '다른 가능성들'에서는 열린 생각으로 상황을 검토할 필요가 있다는 점을 담았습니다. 응급수술을 중단시킨 할머니가 자기 고민의 시간을 거친 뒤에 수술을 받아들이게 된 사연이 소개되었습니다. 분초를 다투어야 할 상황에서 환자에게 상황을 충분히 설명하지 못한 잘못과 함께 환자의 의사결정권이 재삼 강조됩니다. 분초를 다투는 수술이라면 더더욱 불필요한 갈등으로 시간을 지연하는 불상사를 피했어야 합니다. 임종을 맞는 어머니에게 병원의 금기를 깨고 어린아이에게 면회를 허용한 사례도 있습니다. 어린아이를 보지 못하고 죽음을 맞이하면 어머니도 눈을 감지 못할 일이며, 어린 아들도 정신적 상처로 남을 수도 있었을 것입니다. 우리는 때로 규정에 매몰되어 인간을 상실하는 우를 범하기도 합니다.

『도심에서 죽는다는 것』을 읽고서 병원 중환자실에 대하여 오해하시는 분도 생길 것 같다는 걱정이 들었습니다. 예를 들면 중환자실이 수술을 준비하는 장소, 혹은 수술 후 회복을 위한 장소로 오해하실 수도 있겠다는 생각과 함께, 임종을 앞둔 환자가 죽음을 준비하는 장소라고 오해하실 수도 있겠습니다. 당연히 중환자실은 말 그대로 중환자들이 집중치료를 받는 곳입니다. 당연히 중환자가 많기 때문에 죽음을 맞는 환자도 많습니다. 하지만 고비를 잘 넘겨 일반 병실로 옮겨가는 환자가 훨씬 많습니다. 다만 저자는 중환자실에서 불행하게도 고비를 넘기지 못했던 환자들에 더 마음이 쓰였던 모양입니다. 오래도록 기억에 남은 죽음을 되돌아보면서 당시의 자신의 역할에서 아쉬움은 없었는지를 짚어보았다고 이해하였습니다. 중환자실은 그야말로 중환자를 위한 시설로 운영되고 있고, 그에 대한 특별한 수가가 지불되고 있습니다. 따라서 그저 수술을 준비하거나 수술 후 회복을 기다리는 곳이 아니라는 점도 분명히 합니다.

저자는 죽음이 얼마 남지 않은 환자가 고통스러운 처치를 받으면서 중환자실에서 죽음을 맞아야 하는가 고민해 보기 위하여 이 책을 썼다고 합니다. 만약 당신이라면 가족들과 떨어져 다가오는 죽음을 맞고 싶으시겠습니까? (라포르시안: 2016년 7월 18일)

10

잃어가는 것들에 대하여

(윌리엄 이안 밀러, RSG)

▒ 나이 듦을 두려워하지 말라

　　　　　우아하게 늙어가는 방법을 생각해 보는 책을 권해 드립니다. 윌리엄 이안 밀러 교수의 『잃어가는 것들에 대하여』입니다. 밀러 교수는 미시간 법과대학의 교수를 역임하고, 2008년에는 세인트앤드루스대의 카네기 100주년 기념 교수에 임명되었습니다. 이 책을 출간할 때는 같은 대학에서 역사학을 가르치는 명예교수였습니다. 우리에게는 생소한 북유럽 영웅담인 사거(Saga) 연구에서 독보적입니다. 그래서인지 이 책에서도 사거의 내용이 자주 인용됩니다.

　책장을 열면 헌정사에 이어 셰익스피어의 희곡 『태풍』에서 인용한 대사가 충격적으로 다가옵니다. "나이가 들수록 육신은 점점 추해지고, 정신도 부패할 뿐이라네." 우아하게 늙어가는 것이 얼마나 어려운 일인지 일찍 깨달은 선지자의 직설적인 경구입니다. 발전한 현대의학의 힘을 빌려 육신이 추해지는 것은 어느 정도 미룰 수 있게 되었습니다. 그래도 정신이 부패하지 않도록 하는 것은 온전히 개인에 달려 있는 것입니다. 밀러 교수는 이 책에서 나이가 들면 기억력, 작업 처리 속도, 날카로운 감각, 집중 능력과 같은 정신적 능력이 주로 사라지는 것을 살펴보았습니다.

오랜 역사와 광범위한 문화 속에서 노인들은 존경보다는 조롱의 대상이었고, 그것은 지금도 마찬가지라고 저자는 말합니다. 그리하여 '삶이란 웃음거리나 조롱거리가 되지 않고, 멸시를 당하지 않으려는 처절한 투쟁과도 같다.'라는 것입니다. '설마' 하신다면 저자가 인용한 다음 글을 읽어보시면 이해되실 것 같습니다. "모든 사람들은 노인을 경멸하고, 노인 때문에 짜증을 내며, 지루해한다." 14세기 영국 작가 존 트레비스의 논문에 나온 글입니다. 그래도 밀러 교수는 과거의 어느 시기보다도 현재의 우리는(당연히 우리는 노인을 가리키고 있습니다) 그나마 운이 좋은 편이라고 말합니다. 노인으로 살기에 좋은 시대를 살고 있기 때문입니다.

저자는 나이가 들면서 겪어야 하는 것들로 공포, 지혜, 불평, 은퇴와 복수와 재산을 하나로 묶었고, 감정 그리고 구원 등 모두 여섯 가지를 들었습니다. 1부 '공포'에서는 정신기능이 떨어지는 원인을 설명합니다. 즉 두뇌의 손상에 따라 불안정하게 늙어가는 모습을 묘사합니다. 또한 옛날 노인들의 모습을 살펴보았습니다. 그들의 행적으로부터 칭찬하거나 비난할 면모를 발견하는 동시에 깊은 연대감을 가지게 될 것입니다. 2부 '지혜'에서는 지혜가 그리 친절하거나 밝지만은 않다는 점과 지혜를 정말 지혜롭게 사용할 경우에 오히려 그 반대에 가까워진다는 점을 역설합니다. 3부 '불만'은 불평의 전략에 대하여 논의합니다. 불평이 별무소득으로 끝나면 입만 아픈 셈입니다. 주변 사람들이 당신의 불평에 귀를 기울이게 하는 비법이 무엇인지 설명합니다. 신 역시 불평의 대상에서 빠트리지 않았습니다. 4부 '은퇴, 복수 그리고 재산'에서는 현재 종사하고 있는 직업에서의 은퇴는 물론 인생에서의 은퇴, 즉 죽음을 앞두고 생각해 볼 일들을 정리하였습니다. 재산의 처분에 관한 것에서부터 심지어는 아직도 남은 복수까지도 다루었습니다. 5부 '감정'에서는 인생의 마지막 시점에서 살아온 날들을 되돌아보았습니다. 6부 '구원'에서 저자는 "당신은 기회가 주어진다면 인생을 새로 살아보고 싶은가? 가능하다면 속임수를 써서라도 인생을 새로 산다는 것이 과연 바람직한 선택일까?"라는 질문으로 새로운 기회를 원하는지 물었습니다.

역사, 종교 심지어는 북유럽의 영웅담 사거에 이르기까지 저자가 인용하고 있는 사건 혹은 인물들이 유럽 중심입니다. 그래서 책 읽기가 수월치 않아 인내가 필요합니다. 그럼에도 불구하고 공감할 수 있는 부분이 적지 않습니다. 첫 번째 장 '내 눈 속의 내가 현실과 멀어질 때'의 예를 들면, 늙었다는 인식이 들었을 때 저자가 취한 전략입니다. 실제보다 더 많이 늙었다고 주장하거나 이미 찾아온 노화를 인정함으로써 나를 더 많이 잃어버리는 사태를 방지할 수 있습니다. 어쩌면 이미 잃어버린 것들을 어느 정도는 되찾을 수도 있을 것입니다. 즉 자기 희생이 마법을 발휘하는 순간을 발견할 수 있습니다.

최근에 우리 사회에서 자살하는 노인들이 늘고 있습니다. 이 점에 대하여 저자는 '기본적으로 즐길 수만 있다면 가능한 한 오래 자기 자신과 동행하는 건 즐거운 일이다.'라는 세네카의 말을 인용하여 새로운 시각을 보여줍니다. 그리고 죽음의 기한이 다가오기 전에 자신의 영혼에게 자유를 허락해야 한다고 말합니다. 비참한 상태로 살아가야 한다는 괴로움은 이제 곧 죽게 되리라는 괴로움보다 더 크기 때문입니다. 사실 삶을 마치는 방법이 남아 있는 사람들에게 충격을 안겨준다면 그 또한 적절하지 않은 일입니다. 이 대목에서는 스콧 니어링을 생각합니다. 100세를 산 그는 특별한 질환이 없었지만 품위 있는 죽음을 선택했습니다. 보이지 않는 곳으로 가서 먹이를 거부함으로써 죽음을 맞는 동물처럼 그는 100세 생일을 한 달 앞두고 단식을 시작했습니다. 그의 아내 헬렌 니어링이 그 과정에 함께하였습니다. 그가 좋아한 '기쁘게 살았고, 기쁘게 죽으리. 나는 내 의지로 나를 버리네.'라는 로버트 루이스 스티븐슨의 말을 실천에 옮긴 것입니다.

나이가 들어 완숙해진다는 '지혜'에 대한 저자의 날카로운 비판은 반드시 새겨볼 필요가 있습니다. 집중력과 기억력이 떨어지고, 인식능력과 복잡한 문제를 처리하는 정신능력이 줄어드는 것을 보상받으려고 합리적 판단을 하는 능력을 키우는 것이 지혜라는 설명은 잘못된 것이라고 저자는 잘라 말합니다. 그럼에도 불구하고 지혜에는 다양한 기술이나 입장, 행동이 포함됩니다. 금언에 나타나는 지혜는 대체로 영웅적이라기보다는 신중하고, 분별력이 용기를 압도하는 경향이 있습니다. 현자는 주변에 만연한 사기꾼들과 그들의 거짓말과 속임수를 부단히 경계한다고 합니다. 하지만 지혜와 교활함을 구분하는 일은 결코 쉽지 않습니다.

동년배들과 지나간 시절을 회상하며 추억에 잠기는 것은 정말 즐거운 일입니다. 하지만 과거를 낭만적으로 치장하여 젊은이들이 지겨울 정도로 반복적으로 되뇌며 지혜로운 척해서는 안 됩니다. 문제는 나이가 들면 자신도 모르게 했던 이야기를 반복하는 버릇이 생깁니다. 기억이 엷어지기 때문입니다. 사실 제가 요즘 했던 이야기를 반복하고 있는 것은 아닌가 걱정합니다.

세 번째 주제는 불평입니다. 사실 살아가면서 불평과 불만을 안으로만 삭이면서 사는 부처님 같은 사람도 있습니다. 나이가 들어가면서 불평과 불만의 상대가 밖에서 자신에게로 향하는 경향이 생깁니다. 기독교에서는 노화로 쇠퇴해 가는 과정의 미덕은 마음을 영적인 문제에 집중하라고 합니다. 더 훌륭한 기독교적 죽음을 준비하기 위해서입니다. 즉, 노년기는 속죄의 시간입니다.

네 번째 주제는 '은퇴'인데 앞서 말씀드린 것처럼 은퇴는 현직에서 물러나는 것뿐만 아니라 삶에서 물러나는 것, 즉 죽음까지도 포함합니다. 저자는 후자에 더 무게를 두었습니다. 그렇기 때문에 복수와 재산 이야기가 따라붙는 것입니다. 흔히 죽음을 맞을 때는 살아남은 사람들에게 뒷일을 부탁하게 됩니다. 생을 통하여 이루지못해 마음에 남는 것, 평생을 통하여 일구어놓은 재산, 심지어는 생전에 당한 부당한 일에 대한 앙갚음, 즉 복수까지도 정리를 잘 할필요가 있습니다. 특히 복수에 한 장을 할애한 것은 아무래도 저자의 전공과 무관하지 않은 것 같습니다.

영화 <리멤버>에서는 아우슈비츠에서 지독하게 괴롭힘을 당한유대인 생존자가 가해자인 독일군을 끝까지 뒤쫓아 복수의 꿈을 이루었습니다. 그런데 자신이 직접 살인을 저지르지 않습니다. 가해자 중 한 사람이 치매에 걸리자 그를 조종하여 다른 가해자를 죽이도록 한 것입니다. 복수에 대한 집념에 소름이 돋을 지경이었습니다. 사실 복수하기 위하여 오랜 시간을 기다리다 보면 나이가 들고복수의 기회가 사라지기도 합니다. 몸이 쇠약해져 복수를 실행에 옮기지 못할 수도 있고, 복수의 상대가 당신보다 먼저 죽을 수도 있기 때문입니다. 하지만 은퇴의 의식에는 스스로의 힘으로 복수할 수 없다는 점을 인정하는 것까지 포함할 수 있습니다.

5부의 주제는 '감정'입니다. 일종의 죽음을 앞두고 마음을 정리하는 단계에 해당합니다. 저자는 5부의 시작을 "죽은 사람들 덕분에 우리는 부족함 없이 살고 있다. 그들은 우리에게 희생하고 베풀었으며, 우리는 그들의 재산을 물려받아 쓰고 있다."라고 시작합니다. 요즘 노년과 청년 세대의 갈등이 심화되고 있습니다. 앞선 세대의 희생이 없었다면 젊은 세대가 오늘날의 편리함을 누릴 수 없었을 것입니다. 그런 젊은 세대가 막 대할 때 노인들은 섭섭한 감정을 가질 수도 있습니다. 하지만 그들 역시 선대에 대하여 감사하는 마음을 가졌던 적이 있는가 돌아볼 일입니다. 나이가 들면 죽은 이들에게 감사하는 마음을 가져야 하겠습니다. 노년층이 보수로 회귀하는 현상에 대하여 특히 젊은이들이 거부감을 느낄 수 있습니다. 하지만 이는 자연스러운 현상입니다. 오늘의 우리를 있게 한 선조들에게 감사하고 그들이 지켜낸 국가에 감사하는 마음이 들기 마련인 것입니다. 노인들이 소유한 것들은 시간이 지나면 저절로 젊은 세대의 것이 됩니다. 따라서 젊은 세대도 지나치게 욕심을 내는 것이 스스로를 망치는 길이라는 점을 깨달으면 좋겠습니다.

이제 마지막 주제 '구원'입니다. 모든 인간은 영생을 꿈꾼다고 말합니다. 하지만 그 말이 꼭 들어맞는 것은 아니라는 생각도 해봅니다. 하지만 호르헤 루이스 보르헤스의 단편 「죽지 않는 사람」에서 영생을 얻었던 주인공이 천년의 삶을 살다가 결국은 다시 죽는 존재로 돌아간다는 설정을 새겨볼 필요가 있습니다. 죽을 운명인 모든 존재들에게는 모든 것이 회복할 수 없고 불안한 가치를 지닙니다. 반면 '죽지 않는 사람들'에서는 각각의 행동은 그저 무한히 반복되는 일입니다. 즉 한계가 있기에 최선을 다하여 불안한 삶을 살기 마련입니다. 하지만 반복되는 일상은 오히려 삶이 느슨하고 지루해질 수도 있습니다. 저자의 말대로 '돌이킬 수 없음'은 취약할 수밖에 없지만 완전할 수 있다는 점을 깨달을 수 있는 것입니다. 따라서 노년기의 특권은 '삶을 통하여 모든 일을 겪어냈다.'라는 온순한 쾌락의 절정에 가까운 감정을 즐길 수 있습니다. 따라서 장엄하게 물러나 명예로운 죽음을 맞도록 하는 것이 옳다는 생각입니다. 위대한 죽음을 어떻게 맞을 것인가를 미리 생각해 둘 필요가 있습니다. (라포르시안: 2016년 9월 19일)

11

개념의료

(박재영, 청년의사)

▒ 우린 왜 병원에만 가면 화가 날까

파리 출장길에 짬을 내 찾은 루브르박물관에서 '모나리자의 미소'를 비롯해서 유명하다는 작품들을 두루 감상할 수 있었습니다. 특히 사람의 두개골이 소품으로 등장하는 그림들을 모아둔 전시실에서 오래 머물렀습니다. 그림에 대하여 아는 것이 많지 않은 탓에 생소한 화가의 작품 분위기로 보아 해부학과 관련된 그림이 아닐까 생각했습니다. 최경화 님의 『스페인 미술관 산책』에서 그 이유를 알게 되었습니다. "서양회화에서 해골이 등장하는 경우는 '메멘토 모리(Memento mori)', 즉 너희도 곧 죽어서 이 해골처럼 될 테니 죽음을 기억하라"는 의미라고 합니다.

직업의식을 끄집어 낸 것은 보건의료전문지 『청년의사』의 박재영 편집주간님이 쓴 『개념의료』를 소개하기 위해서입니다. '왜 병원에만 가면 화가 날까'라는 부제 때문에, 혹시 제가 모르는 병원 조직의 문제를 다루고 있는 것으로 생각했습니다. 그런데 서울대학교 사회학과 송호근 교수님은 '한국의 의료 현실에 대한 생생한 문제의식이 페이지마다 피어올라 독자들을 감전시키는 책'이라고 한 줄로 요약했습니다. 저자가 이 책에서 다룬 의료현장의 문제가 광범위할 뿐 아니라 심층적일 것 같다는 느낌을 받습니다. '만성질환 관리제도'를 비롯하여 '포괄수가제도', '선택진료제도' 등등 보건복지부가 내놓는 정책마다 마찰을 빚는 의료계를 바라보는 시각이 곱지 않습니다. 정부와 의료계의 간격을 좁힐 묘안을 찾는 가운데 적절한 시기에 나온 책이었습니다.

저자는 의료계나 정책 담당자 모두에게 약이 될 만한 내용을 담았다고 생각한 것 같습니다. "특히 이 책의 독자가 되어 주기를 바라는 사람들이 있다. 보건의료와 관련된 정책을 만들고 집행하는 공직자들, 보건의료와 관련된 수많은 직업을 가진 사람들, 특히 동료 선후배 의사들과 의대생들, '보건' 혹은 '의료'가 들어가는 다양한 학문을 공부하는 전공자들과 학자들, 보건의료 분야를 담당하는 법조인들이나 언론인들 등이 그 대상이다." 라고 서문에 강조했습니다. 415쪽이나 되는 방대한 분량에 담은 의료계의 문제들이 어느 하나 소홀하게 다룰 것들이 없었습니다.

책을 읽은 소감을 먼저 정리하면, 한국 의료계가 당면하고 있는 문제점들을 그 근원에 이르기까지 파헤치고 해결 방안의 도출에 실질적으로 도움이 될 길을 안내하고 있다고 보았습니다. 저자가 의과대학을 졸업하고 보건의료 분야의 언론계에서 오랫동안 일해 온 삶을 오롯이 녹여냈기 때문이라고 생각합니다.

그러면 한국 의료에 대한 저자의 번뜩이는 감각을 살펴보겠습니다. 저자는 실타래처럼 얽히고설킨 한국 의료의 현재를 이렇게 진단하였습니다. 학문으로서의 의학은 과학의 영역에 속하는 것이지만 의료현장에서 실제로 일어나고 있는 상황에는 문화적 배경이 많이 작용합니다. 의료인들이 인문학을 공부해야 하는 이유입니다. 백 년이 넘는 우리나라의 현대의학의 역사를 통하여 한국 의료는 장족의 발전을 이루어냈습니다. 기대여명으로부터 국민의 건강수준을 나타내는 각종의 지표들이 선진국 수준을 뛰어넘고 있습니다. 이런 성장을 이룩하는 데 투입된 비용은 매우 적게 들었다는 특징이 있습니다. 비용을 적게 들이고 이루어낸 엄청난 성과는 매력적인 면이라 할 수 있습니다. 하지만 비용이 적게 든 만큼 본인부담률이 높고 보장성이 낮은 점은 그늘에 해당하는 어두운 면입니다.

의료비의 본인부담률이 높은 것은 의료에 소요되는 재원 가운데 공공에 의하여 조달되는 비중이 낮은 것이 주요 원인이며, 건강보험이 중증질환보다 경증질환에 대한 보장에 치중하고 있는 것도 문제입니다. 원가에 못 미치는 건강보험수가구조로 인하여 병원들은 부대사업을 통하여 얻는 수익으로 수지균형을 맞추는 것이 현실입니다. 그래서인지 국민들은 '병원에만 가면 화가 난다.'고 합니다. 2000년 의약분업 파동을 타개하기 위하여 조성된 국민들의 의료불신 분위기가 걷잡을 수 없을 정도에 이르렀습니다. 의료인들은 방어진료를 강화할 수밖에 없고 그 피해는 고스란히 국민들에게 돌아가는 악순환이 거듭되고 있는 실정입니다.

2013년 가을 인기리에 방영된 연속극 <굿닥터>에서도 영리병원 이야기가 나왔습니다. 영리병원의 개념이 지나치게 감성적으로 다루어졌던 것으로 기억합니다. 시청자들이 영리병원은 무조건 나쁜 것이라고 인식하는 계기가 되었을 것입니다. 진보단체에서는 정부가 의료민영화를 추진한다고 주장합니다. 공공 의료기관의 비중이 낮은 우리나라의 현실에서 보면 의료는 오래전부터 민영 의료기관이 담당해 오고 있다는 점은 외면하는 것 같습니다. 영리를 외면하는 민영 의료기관이라면 결코 살아남을 수 없는 것은 당연한 일입니다. 따라서 영리병원의 문제가 아니라 영리법인 병원의 문제라고 좁혀야 할 것입니다.

현행 의료법에 따르면 법인이 설립한 의료기관은 발생한 수익을 전액 의료업에 재투자해야 합니다. 의료기관을 비영리기관이라고 생각하게 만든 대목입니다. 그런데 정부는 현행 의료법을 개정하여 투자이익을 챙기는 주식회사 형태의 의료기관이 가능하게 하는 '영리법인 병원'제도의 도입을 검토해 온 것입니다. 저자는 영리법인 병원제도의 도입을 두고 찬반양론으로 대립하고 있는 상황을 제대로 이해하기 위하여 알아두어야 할 점들을 짚었습니다. 그리고 "요양기관 당연지정제가 유지되고 국민건강보험이 지금과 같은 형태로 유지될 경우, 영리법인 병원의 설립이 허용되더라도 그 자체로는 우리 의료 시스템에 특별한 영향을 끼치지 않을 가능성이 매우 높다."고 진단하였습니다.

현재 벌어지고 있는 사회현상을 제대로 이해하려면 역사적 배경을 잘 살펴야 합니다. 저자는 한국 의료가 처한 상황들을 1부에서, 그리고 그런 상황들의 역사적 배경을 2부에서 다루었습니다. 제목을 '기특하고도 안타까운 한국의료의 발전과정'이라고 한 것을 보면 아무래도 팔이 안으로 굽는 모양새입니다. 그래도 읽고 나면 저자의 속뜻을 이해할 수 있습니다. 2부에서는 건강보험이 출범하게 된 사회적 배경으로부터 지금의 자리에 오기까지의 힘들고 어려운 과정을 살펴보았습니다.

1977년 7월 1일 지금의 건강보험의 전신인 의료보험이 출범하게 된 배경은 이렇습니다. 북한과의 체제경쟁에서 뒤처지지 않아야 한다는 경쟁논리와 막 분출되기 시작한 근로자들의 불만을 누그러뜨릴 필요가 있다는 박정희 대통령의 정치적 결단이 있었다고 합니다. 당시의 사회적 여건으로는 불가능에 가깝다는 의견이 대부분이었다고 합니다. 그래도 '하면 된다'는 개발논리를 앞세우던 당시의 사회적 분위기는 결국 '가능한 사람들부터 우선 시작하고, 차차 가입률을 끌어올리면 되겠다!'는 돌파구를 찾아냈던 것입니다. 처음에는 제도의 정착에 30년 정도 소요될 것으로 추정하였습니다. 하지만 불과 12년 만인 1989년 7월 1일 도시지역 의료보험이 시행되면서 전 국민 의료보험 시대가 열리게 되었습니다.

의약품 사용에 따른 보상 문제 근절이 화두가 되면서 적지 않은 의사들이 처벌을 받는 등 사회적 파장이 커진 적이 있습니다. 이 파장에는 의료보험의 도입과 정착과정, 그리고 우리 사회를 뜨겁게 달구었던 2000년의 의약분업파동이 핵심적인 배경으로 작용합니다. 막 출범한 김대중 대통령 정부는 의료계를 강력하게 추진하던 '개혁'의 대표적 목표로 정한 것입니다. 의약분업제도가 '의료개혁을 위한 출발점'으로 '선택'되었던 것입니다. 즉, "의약분업 자체가 중요했다기보다는 의약분업의 실시라는 커다란 변화를 지렛대로 삼아서, 해묵은 보건의료 분야의 수많은 불합리와 부조리를 한꺼번에 해소하는 계기를 만들고자 했던 것"이라고 합니다. 의료보험제도의 도입처럼 의약분업 역시 당연히 해야 하는 정책임에도 불구하고 독특한 역사적 배경으로 미루어져 왔던 것일 뿐이라고 정책 당국은 보았습니다. 물론 의약분업제도가 도입된다고 해도 국민건강 측면에서 당장 가시적인 성과를 기대할 만한 것은 아니었습니다. 의약분업제도를 재평가하자는 의료계의 오랜 요구에 대하여 의약분업제도는 도입 명분이나 도입에 따른 성과가 분명하다는 정부 당국의 설명과는 상당한 거리가 있어 보입니다.

3부는 앞으로 한국 의료가 맞닥뜨리게 될 미래의 모습과 나아가 더 건강한 대한민국을 만들기 위하여 위리가 함께 고민하고 노력할 점들을 다루었습니다. 의사들은 보수적인 집단으로 분류됩니다. 그들의 직업이 갖는 특성 때문입니다. 즉 검증을 거쳐서 확인된 시술만을 환자에게 제공해야 혹여 발생할지 모르는 위해로부터 환자를 보호할 수 있습니다. 그렇기 때문에 변화에 대한 반응도 늦기 마련입니다. 의료는 문화라고 앞서 말씀드렸습니다. 개별 국가의 의료 문화에 따라서 차이는 있습니다. 하지만 작금의 세계적 변화를 보면 의료의 기본 틀이 달라질 것이라고 누구나 예상하고 있다는 점이 문제입니다. 의료행위의 변화된 모습을 따라가려면 결국은 정부의 정책이 뒷받침되어야 가능합니다. 결국 정부의 보건의료체계의 틀을 새롭게 바꾸는 일이 선행되어야 할 것입니다.

건강한 대한민국을 만들기 위하여 "개념 있는 의사들이 많아져야 하고, 개념 있는 시민들이 많아져야 하고, 그런 국민에 대한 신뢰를 바탕으로 하는 개념 있는 의료정책이 만들어져야 한다."고 저자는 마무리합니다. 보건의료정책이라고 하면 딱딱하고 이해하기 어렵다는 선입관을 가지기 마련입니다. 하지만 저자는 초등학생도 이해할 수 있도록 기사를 쓰는 훈련이 되어 있는 언론계에 오래 몸담아 왔습니다. 그러니만큼 저자의 맛깔스러운 글솜씨로 한국 의료의 문제점과 해결 방안을 이해하기 쉽게 정리해 냈다고 말씀드리겠습니다. (라포르시안: 2013년 11월 4일)

12

나쁜 의사들

(미셸 시메스, RSG)

▒ 아우슈비츠의 '나쁜 의사들'

　　　　　이 글을 쓸 무렵 동유럽을 다녀왔습니다. 첫 번째 여정은 생소한 이름의 오시비엥침이었습니다. 폴란드어로 오시비엥침(Oświęcim)이라고 하는 곳은 독일어로는 익숙한 아우슈비츠(Auschwitz)입니다. 제2차 세계대전 당시 나치가 강제수용소를 세워 유대인 등을 학살하고, 심지어는 인체실험을 자행한 곳입니다. 종전 무렵 소련군은 예상보다 빠르게 이 지역을 압박하였습니다. 당황한 독일군이 허겁지겁 퇴각하는 바람에 학살현장이 고스란히 남을 수 있었습니다. 1947년 폴란드 정부는 이곳에 박물관을 설립하여 수용소 건물, 철조망, 막사, 교수대, 가스실, 소각장 등, 나치가 자행했던 집단 학살의 상황을 재현해 놓았습니다.

　『나쁜 의사들』은 나치가 세운 수용소에 똬리를 틀고서 살아 있는 사람을 대상으로 끔찍한 인체실험을 수행한 의사들에 관한 이야기입니다. 책을 쓴 미셸 시메스(Michel Cymes)는 프랑스에서 방송인으로 활동하는 의사입니다. 특히 그는 아우슈비츠에서 할아버지를 잃은 희생자 가족입니다. 아우슈비츠를 찾았을 때 나치 의사들이 이곳에서 인체실험을 했다는 사실을 알고서 이 책을 쓰게 되었습니다. 가족이 죽음을 맞은 곳, 그것도 정상적인 죽음이 아니라 학살을 당한 곳을 방문하는 것이 결코 쉽지 않았을 것입니다.

"수많은 인간 실험동물들이 '의사'라고 불리는 자들의 가혹행위를 겪은 곳"에서 저자는 '(그들이 한 일은) 무엇을 위해서였을까?'라는 의문이 들었습니다. 그리고 '생명을 구하는 것이 궁극적인 목적인 직업과 연을 맺어 놓고, 어떻게 사람들을 더 이상 인간으로여기지 않고 죽이고자 할 수 있을까?' 하는 의문으로 이어졌습니다. 그리하여 죽음의 의사들이 이곳에서 한 짓을 증언하라는 사명감을느끼게 되었던 것입니다. 취재과정에서 '그들이 한 일은 나쁘지만, 그래도 의학을 발전시켰잖아.'라는 알쏭달쏭한 말도 들었습니다. 하지만 '윤리를 자양분으로 삼은 의사로서의 내 작은 뇌 속에서 잔학행위는 의학의 진보로 연결되지 않는다.'라고 다짐했습니다.

저자는 실력도 형편없으면서 자기과시욕으로 똘똘 뭉친 죽음의의사들이 만들어낸 성과 역시 아무 쓸모없는 것으로 단정했습니다. 하지만 실제로는 그 추악한 의사들 모두가 미친 것도 무능한 것도아니었습니다. 이뿐만 아니라 그들의 성과에 대하여도 논란이 많았다고 합니다. 그래서 역사가의 시각이 아니라 그저 의사라는 전문가적인 시각으로 어떤 일이 있었는지를 대중에게 알리고자 이 책을쓰게 되었습니다. 그래서 저자는 "이 글은 반인류 범죄의 희생자들을 추모하는 부서지기 쉬운 기념물에 조촐하게 보탠 나의 작은 돌이다."라고 서문을 마무리하였습니다.

1945년 11월부터 1946년 10월까지 뉘른베르크에서 진행된 전범재판이 끝나고 나치의 비호 아래 인체실험을 자행한 의사들에 대한 재판이 있었습니다. 전쟁범죄위원회 산하 전문가 위원회가 강제수용소의 나치 의사들을 조사를 맡아, 수많은 자료와 명백한 증거물, 증인들을 모았고, 그들이 수용된 사람들에게 가스실보다 혹독하고 유례없는 고통을 가했다는 사실을 확인했습니다. 아우슈비츠에서 쌍둥이실험을 주도한 요제프 멩겔레는 남미로 도주했지만, 스무 명의 의사들을 피고인석에 앉힐 수 있었습니다. 그리고 다하우에서 저체온증을 연구했던 지그문트 라셔는 사형이 집행되었습니다.

제2차 세계대전 동안 인체실험을 했던 의사나 과학자들에 대한 비판과 반성을 통해 1947년 「뉘른베르크 강령」이 만들어졌습니다. 과학자의 연구윤리에 관한 10개 항의 기준을 담았습니다. 뉘른베르크 강령은 재판을 위하여 법률가들이 만든 것입니다. 따라서 의사들 스스로 전문적인 지침을 만들 필요가 있다는 주장이 대두되었습니다. 세계의사회는 1953년부터 인체실험에 관한 문제를 심도 있게 논의하기 시작하였습니다. 그 결과가 1947년의 뉘른베르크 강령을 수정 보완하여 만든 규범, 「사람을 대상으로 한 의학 연구에 대한 윤리적 원칙」입니다. 1964년 핀란드 헬싱키에서 열린 제18회 세계의사협회 총회에서 이를 채택하였습니다. 모두 열네 개의 항으로 되어 있는 헬싱키선언의 핵심은 '피험자의 이익에 대한 고려를 과학 및 사회의 이익에 우선시해야 한다.'입니다. 피험자의 안전과 이익에 초점을 맞춘 것입니다.

『나쁜 의사들』에서 다룬 죽음의 의사들과 그들의 범죄행위를 이렇게 요약할 수 있습니다. 먼저 공군에서 복무한 지그문트 라셔는 조종사들이 고공에서 탈출 할 겪는 압력과 기온 차를 극복할 방법을 찾아야 했습니다. 동물실험이 법으로 금지되어 있어 실험설계가 어려웠던 라셔는 사형수를 대상으로 한 실험을 힘러에게 요청했습니다. 감압실과 얼음을 넣은 수조를 동원하여 실험을 수행하였습니다. 실험과정에서 사망한 사람들은 부검을 통하여 병변을 확인했습니다. 라셔의 연구가 '추위로 인한 쇼크 상태의 치료 문제를 해결했다는 점은 인정해야 한다.'라는 평가도 있었습니다. 하지만 인간을 위하여 인간을 대상으로 실험했다는 변명은 적절치 않습니다.

역시 공군에서 복무한 내과 전문의 빌헬름 바이글뵉은 해수음용 실험을 수행하였습니다. 바다에 추락한 비행사가 갈증으로 사망하는 상황을 해결하라는 힘러의 요구가 있었습니다. 연구진 가운데 셰퍼는 필터를 이용하여 해수를 거르는 방식을 개발하였습니다. 그리고 베르카는 설탕과 비타민C를 혼합한 물질을 해수에 투입하여 해수의 짠맛을 없애는 방식을 개발하였습니다. 바이글뵉은 두 방식을 검증하였습니다. 40명의 집시들을 네 집단으로 나누어 해수와 베르카 방식을 적용한 해수, 셰퍼의 필터로 거른 해수, 그리고 식수를 각각 먹였습니다. 첫 번째 실험은 6일 동안, 두 번째 실험은 12일 동안, 그리고…. 며칠이 지나자 해수를 마시거나 베르카의 방식을 적용한 해수를 마신 피험자들은 갈증과 고통을 호소했고, 경련과 정신착란을 일으켰지만, 그에 합당한 조처를 취하지 않았습니다. 실험자들은 장기의 변화를 관찰하기 위하여 간 생검조직검사를 시행하였습니다. 전범재판에서 15년을 선고받은 바이글뵉은 겨우 절반의 형을 마치고 1952년 석방되었습니다. 그리고 1963년 사망할 때까지 북스테후데 병원에서 의사로 일했다는 것입니다.

아리베르트 하임은 수용소생활을 할 수 없는 수감자를 처형하는 역할을 맡았습니다. 그는 사람의 심장에 휘발유나 독을 직접 주사하거나, 마취도 하지 않고 장기를 적출하는 반인륜적 방식을 사용하였습니다. 사람들은 그를 토드(Tod, 독일어로 죽음, 사신을 뜻함) 박사라고 불렀습니다. '마우트하우젠의 도살자'에 불과했던 것입니다. 1941년 말 하임은 돌연 친위대 북부사단으로 전출되어 핀란드로 갔다가 종전과 함께 체포되었지만 이내 석방되었습니다. 그리고 바덴바덴에서 산부인과의사로 평화롭게 살다가 1962년 전범으로 기소되면서 도주하였습니다. 카이로에 정착한 그는 이름을 바꾸고 이슬람으로 개종하여 살다가 1992년 대장암으로 사망하였습니다.

아우슈비츠의 '죽음의 천사'로 불리던 요제프 멩겔레는 수용소에 도착하는 유대인들을 선별하여 가스실로 보내는 작업을 수행하였습니다. 한편으로는 유전학적으로 완전히 동일한 인간들의 삶에 대한 호기심을 채우기 위한 쌍둥이 연구에 몰두했습니다. 멩겔레는 독일 우생학의 거장 오트마르 폰 페르슈어 박사의 조교를 지냈습니다. 페르슈어 박사는 '유전적으로 병들고 가치 없는 사람들의 재생산 제한을 목표로 한 사회적 위생실천'을 주장하였습니다. 그의 가르침을 받은 멩겔레는 쌍둥이의 비밀을 밝혀 독일이 세계를 지배하는 데 기여하려 했습니다. 집시, 쌍둥이, 난쟁이 등등에 대한 모든 것을 기록하고 그림을 그려 분류했지만 손에 잡히는 것이 없었습니다. 멩겔레는 다음 단계로 대상을 해부해서 장기를 분석하기로 했습니다. 당연히 죽여야 했습니다. 하지만 그는 부검을 통해서도 역시 찾아낸 것이 없었습니다.

1945년 러시아군이 아우슈비츠에 진입했을 때 멩겔레는 탈출에 성공하여 고향 바이에른에 정착했습니다. 전쟁의 혼란이 가라앉고 체포될 우려가 높아지자, 1949년 부에노스아이레스로 망명합니다.

페론 정권은 대외적으로는 중립을 내세웠지만 돈을 들고 온 나치의 전직 고관들을 거리낌 없이 받아들였습니다. 그는 헬무트 그레고르라는 이름으로 소아과 의사가 되었고 부에노스아이레스 사교계에서 활동하였습니다. 1956년에는 본명을 되찾아 결혼도 하였습니다. 1958년에는 제약사의 주주가 되기도 했습니다. 하지만 프랑크푸르트 대학이 그의 학위를 취소하면서 합법적으로 의술을 시행할 수 없게 되었습니다. 그는 범죄인 인도 요청을 받고 있음에도 불구하고 대학에 이의를 제기하는 오만함을 보였습니다. 멩겔레는 결국 부에노스아이레스를 떠나야 했습니다. 알프레도 마옌이라는 이름으로 파라과이의 호에나우에 정착한 멩겔레는 1979년 브라질 베르지오 해변에서 해수욕을 하다가 심장마비로 죽음을 맞았습니다.

제2차 세계대전 기간 중에 반인륜적 범죄를 저지른 자들에 대한 처리가 완벽하게 끝나지 않은 이유가 따로 있습니다. 미국의 경우는 페이퍼클립작전을 통하여 나치의 수많은 과학자들을 미국으로 데려와 독일의 첨단기술을 연구하게 하였습니다. 공산주의와 맞서기 위하여 과학기술과 인적 자원이 절대적으로 필요했기 때문입니다. 이 과정에서 수백 명에 이르는 나치 흉악범들이 법의 심판을 피할 수 있었습니다. 미국뿐 아니라 소비에트연방도, 영국도, 프랑스도 마찬가지였습니다.

어떻거나 저자는 나치에 협력한 의사들에 대하여 '의학계의 수치'라고 결론을 맺었습니다. 이 책을 통하여 우리는 나치의 수용소 의사들이 했던 일의 의미를 분명하게 새겨볼 수 있습니다. (라포르시안: 2016년 9월 12일)

13

이타적 유전자

(매트 리들리, 사이언스북스)

▨ 인간의 도덕·사회성은 '이타적 유전자'의 명령

　　　　　우리나라에서 출간된 서적 가운데 가장 인기가 많은 과학 분야의 책은 리처드 도킨스의 『이기적 유전자』라고 합니다. 하지만 저는 『이기적 유전자』를 읽고 약간 실망했습니다. 그 첫 번째는 출간하고서 30년이 넘는 세월 동안 내용이 별로 바뀌지 않았습니다. 2판을 내면서 달아둔 보주에 초판에 대하여 제기된 비판과 그간의 학문적 성과를 보완하는 정도에 그쳤기 때문입니다. 두 번째는 도킨스 교수가 제안한, 문화도 모방되고 복제되어 전파되고 전달될 수 있다는 개념을 담은 단어, 밈(meme)이라는 용어에 대한 생각입니다. 곡조, 사상, 표어, 의복의 유행, 단지 만드는 법 등을 밈의 예라고 한다면, "밈풀에서 펴져 나갈 때에는 넓은 의미로 모방이라 할 수 있는 과정을 거쳐 뇌에서 뇌로 건너다닌다."는 설명이 작위적이라는 생각이 들었습니다. 도킨스 교수는 생물이란 단지 '자기복제자'라고 명명한 유전자의 명령을 수행하는 기계에 불과하다고 합니다. 생기가 넘치는 생물체를 피동적인 기계에 비유한 것이 과연 적절한 것인가 하는 불편한 감정이 세 번째 이유였습니다.

『이기적 유전자』를 읽고 들었던 불편함이 매트 리들리의 『이타적 유전자』를 읽어보게 했습니다. 'The Origins of Virtue'라는 원저의 제목을 『이타적 유전자』로 바꾼 것은 제1장 '이기적 유전자의 이타적 사회'에서 힌트를 얻었거나, 리처드 도킨스의 『이기적 유전자』의 인기를 고려했던 것 같습니다. 도킨스 교수 역시 『이기적 유전자』의 제1장 '사람은 왜 존재하는가?'에서 이기주의와 이타주의를 설명합니다. "생물은 '종의 이익을 위하여' 또는 '집단의 이익을 위하여' 행동하도록 진화한다."는 대목은 집단선택설에 근거한 것입니다. 개체의 이타적 희생도 알고 보면 집단의 이익을 위한 이기적 행동으로 해석됩니다. 하지만 이기주의적 개체도 있기 마련이고 그런 개체가 잘 살아남게 된다고 하였습니다. 다만 이기주의적 개체만으로 구성된 생물계는 결국 파국을 맞을 수밖에 없으므로 이타주의적 개체들과 균형을 맞추게 된다는 설명입니다.

어떻게 보면 제1장 '이기적 유전자의 이타적 사회'가 이 책의 전체를 요약하는 총론에 해당한다고 볼 수 있습니다. 도킨스 교수가 정리한 '이기적 유전자'라는 개념은 1960년대 중반 조지 윌리엄스와 윌리엄 해밀턴이 주도한 생물학계의 혁명적 변화에서 시작되었습니다. "어떤 개체의 행동을 결정하는 일관된 기준은 그 소속 집단이나 가족의 이익이 아니며, 그 개체 자신의 이익도 아니라는 것이다. 개체는 오로지 유전자의 이익을 위해 행동한다. 어떤 개체이든 그 선조들의 행동을 이어받았기 때문이다."라는 내용이 혁명의 골자였습니다.

저자나 도킨스 교수가 인용하고 있는 개미와 꿀벌집단의 협동체계는 인간사회가 추구하는 목표, 즉 공동선과 조화를 지향하는 조화로운 사회라고 볼 수 있습니다. 이들 군체(群體)를 생물체와 비교하여 개체 하나하나를 유전자라고 본다면 개체가 모인 군체는 유전자들이 모여 만든 염색체가 되어 생물체 전체를 이루는 것으로 볼 수 있습니다. 로마의 현인 메네니우스 아그리파는 평민들을 설득하기 위하여 인체 기관들에 관한 우화를 이야기했습니다. 인체를 구성하고 있는 다양한 기관들이 서로 협동해야 건강을 유지할 수 있다는 이야기입니다. 유전자 역시 서로 협동하는 것으로 최대의 행복을 얻을 수 있습니다. 이것은 원시지구에서 처음 등장했던 유전자들이 다양한 방법으로 결합하여 복합생물체로 진화해 온 이유일 것입니다.

물론 유전자의 돌연변이에 의하여 상호 협동체계가 무너지는 상황을 맞기도 합니다. 하지만 이런 돌연변이를 제어할 수 있는 대응체계가 발동하여 균형을 맞추는 것이 생명체의 오묘함입니다. 간혹 암과 같은 이기적 돌연변이 유전자가 이런 대응체계의 감시를 벗어나기도 합니다. 결국 개체의 사망이라는 파국적 결말에 이르게 됩니다. 즉 개체에 치명적 영향을 미치는 이기적 돌연변이는 영원히 살아남을 수 없습니다.

리들리는 노동의 분업화를 통하여 효율을 극대화할 수 있는 집단 간의 협동체계로 흡혈박쥐들의 사례를 꼽았습니다. 사냥해 온 피를 서로 나누는 이타적 행위가 유전자의 이기적 목적에서 이루어진다는 것입니다. 그리고 새롭게 등장한 이타주의에 관한 가설을 소개합니다. 인간의 뇌는 다른 동물의 뇌보다 뛰어나기도 하지만 전혀 다르게 작동하는 점이 있다는 것입니다. 바로 호혜주의를 구사하여 사회를 이루며 살아가는 이점을 충분히 활용하는 특별한 재능입니다. 인간의 호혜성을 이끌어내는 것은 감정(感情)인데 감정은 이타주의가 궁극적으로 이익이 되도록 우리를 인도한다는 것입니다.

호혜주의에서 한 걸음 발전한 이론이 헌신성 모형입니다. 경제학자 로버트 프랭크가 『도덕감정론』에서 제안한 것입니다. 인간의 감정은 합리적 계산에서는 드러나지 않는 미래의 비용을 현재의 시점으로 앞당겨 도입함으로써 호혜주의에서 기대하는 이타적 행동에 대한 이기적 반대급부의 문제를 해결할 수 있었습니다. 눈앞의 이기적 반대급부를 기대하지 않는 진심에서 우러나오는 선행은 우리의 도덕 감정에서 나오는 것입니다. 예측할 수 없는 장래에 기회를 열어주기 때문에 가치가 있습니다. 유전자의 이기적 측면을 강조해 온 지금까지의 해석에서 한 걸음 나아간 셈입니다.

리들리는 개체의 헌신성 모형으로 이타성을 설명하면서도 집단의 폭력성에 대하여 우려합니다. 특히 영장류인 침팬지와 인간이 집단의 협동을 통하여 다른 집단과 경쟁하는 과정에서 죽고 죽이는 폭력까지도 일어난다는 것입니다. 특히 침팬지와 달리 인간은 무기를 사용한다는 점에서 그 심각성이 더한다고 보았습니다. 대부분의 동물들이 집단을 형성하는 것은 무리 밖에 홀로 있는 것보다 안전하다는 자기 이익을 추구하려는 목적이 큽니다. 저자는 집단을 형성하지만 폐쇄성이 없는 암컷 코끼리 사회를 참조할 필요가 있다고 합니다.

집단의 폭력성은 부족주의적 사고방식에서 기인합니다. 집단을 만들고 연합을 형성하며 폐쇄적으로 살아온 유인원의 진화적 유산입니다. 특히 종교적 교리가 거의 예외 없이 집단 내부와 외부의 차별을 강조해 온 점을 지적합니다. 대부분의 종교가 부족으로 분할된 폭력적 사회에서의 배타적 숭배로부터 시작되었다는 점에서 보면 놀라운 일이 아닙니다. 저자가 인용하고 있는 인류학자 존 하통의 말입니다. "편협성은 대부분의 종교가 지닌 특징이다. 종교는 대부분 다른 집단과의 경쟁에서 이겨야만 생존할 수 있는 그런 집단에서 시작되었기 때문이다. 그런 종교, 그리고 그것이 품고 있는 배타적 도덕성은 그것을 잉태시킨 경쟁보다도 더 오랫동안 살아남는 경향이 있다." 세월이 흐르면서 특정 집단만을 대상으로 하던 교리를 수정해 온 것도 이교도들을 집단 내부로 끌어들여 타 종교와 경쟁에서 비교우위에 서려는 종교집단의 생존전략이라는 해석이 가능할 것 같습니다.

저자는 교역이 집단 이기주의의 이로운 측면이라고 주장합니다. 대립과 경쟁관계에 있는 집단들 사이에 교역을 매개로 하여 협동이 가능해진다는 것입니다. 근대적 발명품이라고 생각하는 교역이 이미 석기시대에서도 볼 수 있었을 것이라는 추론은 오스트레일리아 북부 요크반도의 원주민 이르요론트족의 사례를 바탕으로 한 것입니다. 이는 노동의 분화의 결과라는 점을 지적합니다. 하지만 현대사회에 들어서 총성 없는 교역전쟁이 일어나고 있는 현상을 보면 교역이 집단 이기주의의 이로운 측면만 있는 것은 아닌 듯합니다.

마지막 빙하기가 끝난 홍적세 시기에 북아메리카로 이주한 인디언들의 조상은 짧은 기간에 대형 포유동물의 73%를 살육했습니다. 근세 들어서도 마다가스카르섬, 하와이, 오스트레일리아대륙 등에서 자행된 살육을 통하여 무수한 생물들이 멸종되었습니다. 이는 자연을 무절제하게 사용해 온 인류의 탐욕 때문입니다. 그렇기 때문에 자연과 조화를 이루고 산다는 생각 자체가 사실에 근거한 것이 아니라 희망에 근거한 관념이라고 리들리는 비판합니다. '늦었다고 생각할 때가 실행에 옮길 때'라는 금언이 있습니다. 리들리가 이성적인 낙관을 하는 것은 인류가 종 다양성을 유지할 수 있는 특별한 대책을 곧 마련해 낼 것이라고 믿기 때문이 아닐까 싶습니다.

죄수의 난제는 이기성(利己性)이 인간됨의 원형이라고 볼 수 있습니다. 다만 서로를 식별할 수 있는 조건에서 실험을 반복해 보면 시합은 늘 선한 시민의 승리로 끝납니다. 그래서 저자는 시합이론이 황금알을 낳는 거위를 죽이는 이기적인 자연착취자들의 행위를 멈출 수 있게 할 것으로 기대합니다. 모두의 것은 누구의 것도 아니라는 인식에서 자원의 남용이 일어난다고 설명합니다. 하지만 저자는 공동의 소유인 경우는 서로 간의 견제를 통하여, 개인의 소유인 경우는 지속 가능한 자원 활용을 고려하기 때문에 자원의 보존이 가능해질 것이라고 봅니다. 따라서 공동 소유의 것을 정부가 관리한다는 것은 해결책이 아니라 비극의 주범이 될 것이라 경고합니다.

저자는 『이타적 유전자』를 통하여 인간의 정신은 이기적 유전자에 의해 만들어졌지만 사회성과 협동성과 신뢰성을 지향한다고 설명합니다. 인간은 사회성 본능을 가지고 있기 때문에 태어날 때부터 협동의 방식을 계발하고, 믿을 만한 사람과 그렇지 못한 사람을 구별하고, 스스로 믿을 만한 사람임을 과시해 좋은 평판을 쌓고, 재화와 정보를 교류함으로써 노동분화를 이룬다는 것입니다. 이는 인간만이 가지는 능력이라는 결론에 도달합니다. '인간의 도덕과 사회성은 유전자의 명령이다.'라는 문구와 '『이기적 유전자』의 인간을 위한 제2권이 있다면, 바로 이 책이어야 한다.'는 도킨스 교수의 추천사가 이해되는 이유입니다. (라포르시안: 2013년 6월 3일)

제2부

/

여
행

제2부 여행

1. 그리스 미학 기행(김진영, 이담북스)

2. 여행의 기술(알랭 드 보통, 청미래)

3. 프랑스 역사학자의 한반도 여행기, 코리아에서
   스코틀랜드 여성 화가의 눈으로 본 한국의 일상
   (장 드 팡주&콘스탄스 테일러, 살림출판사)

4. 독도에 살다(전충진, 갈라파고스)

5. 느리게 걷는 즐거움(다비드 르 브르통, 북라이프)

6. 장소의 재발견(앨러스테어 보네트, 책읽는 수요일)

7. 훔볼트의 대륙(울리 쿨케, 을유문화사)

8. 인류학자처럼 여행하기(로버트 고든, 펜타그램)

9. 앙코르와트(비토리오 로베다, 문학동네)

10. 스페인은 가우디다(김희곤, 오브제)

11. 베네치아의 돌(존 러스킨, 예경)

12. 메카로 가는 길(무함마드 아사드, 루비박스)

13. 과이라 공화국, 또 하나의 파라과이(구경모, 이담북스)

1

그리스 미학 기행

(김진영, 이담북스)

▓ 오래된 길, 오랜 땅… 그리스로 떠나다

철학과를 졸업하고 문화재를 전공하신 김진영 님의 『그리스 미학 기행』의 책갈피에는 "시작은 니체의 책 한 권이었다"라고 적혀 있습니다. 니체의 『비극의 탄생』이 바로 그 책입니다. 서구 예술의 뿌리가 바로 '그리스 비극'으로 연결되어 있다는 점을 자신 있게 설파한 니체의 해석은 저자로 하여금 청춘의 열망을 들끓게 만들었습니다. 그래서 "그리로 가야만 했다."고 합니다. 그렇게 시작한 작가의 그리스 여행은 여러 차례 이어졌습니다. 그는 그곳에서 미노아, 미케네, 고전 시기, 비잔틴의 미술과 신화, 철학, 문학, 종교 등에서 예술의 의미를 발견하였습니다.

그래서 저도 『비극의 탄생』을 읽어보았습니다. 니체는 그리스 비극의 본질을 해부하고 그리스 비극에서 음악이 차지하는 역할을 정리하고, 이어서 독일 음악과의 관계를 추구했다는 느낌이 들었습니다. '음악정신으로부터 나온 비극의 탄생'이라는 작은 제목의 글은 이렇게 시작됩니다. "예술의 발전은 아폴론적인 것과 디오니소스적인 것의 이중성과 관련이 있다." 그리스 예술의 구조가 아폴론적이라고 하면 이용기술은 디오니소스적이라 해석할 수 있습니다. 그리스 비극에서 대사로 구성되는 부분을 아폴론적인 장치라고 한다면 디오니소스적인 장치는 바로 합창단을 통해서 구현되는 음악입니다. 니체가 "그리스 비극의 아폴론적 대화 부분에서 표현되는 것은 모두 단순하고 투명하며 아름답게 보인다."라고 적은 것을 보면, 그리스 비극이 비극다운 것은 바로 합창단의 음악을 통하여 표현되고 있다고 해석한 것입니다.

대학 시절 활동했던 연극동아리에서 소포클레스 원작을 장 아누이가 각색한 연극 『안티고네』를 공연했을 때 제작에 참여했습니다. 장 아누이의 희곡에서는 합창단을 대신하여 '코러스'라는 등장인물이 무대의 상황을 설명합니다. 이로써 니체가 말한 디오니소스적 요소가 배제되었다고 본다면 소포클레스의 의중이 제대로 전달되었을까 싶습니다.

『비극의 탄생』을 읽고 나서야 저자와 함께 『그리스 미학 기행』에 나섰습니다. 여행에 나서면 '관광' 혹은 '유람'에 머물지 않고, 그 장소에 얽혀 있는 모든 것을 아우르는 인문학적 여행이 되도록 노력하는 편입니다. 당연히 여행을 떠나기에 앞서 나름대로 준비를 많이 합니다. 그래서 여행지에서의 느낌보다 여행을 준비하면서 얻는 즐거움이 큰 경우도 적지 않습니다. 그런 점에서 본다면 김진영님과 함께하는 『그리스 미학 기행』은 좋은 여행의 참고서가 되었습니다.

저자와 함께하는 그리스 여행길은 아름다웠던 그리스 고전미술, 영웅의 땅 펠로폰네소스, 그리스 종교, 니코스 카잔차키스로 대표되는 그리스 문학을 주제로 한 4부로 되어 있습니다. 작가가 직접 찍은 엄청난 양의 사진이 곁들여 있습니다. 사진은 구구절절 설명이 없더라도 구석구석 읽어낼 수 있어 좋습니다. 우리도 잘 알고 있는 것처럼 그리스는 한때 경제적 위기를 맞기도 했습니다. 그리스는 비효율적인 정부 운용, 심각한 관료주의, 부정부패 등 내부적으로 해결되지 못한 문제들 때문에 많은 채권국들의 신뢰를 잃었습니다. 결국 채권국의 요구에 따라 공공 부문 인력감축과 연금 등 복지지출 삭감을 진행할 수밖에 없었습니다. 이런 과정에서 사회불안이 심화되어 대규모 파업 등 시위가 이어졌던 것입니다. 그 무렵에는 그리스 여행을 결심하기에 부담스러울 수밖에 없었습니다. 결국은 5년이나 지난 2018년에 다녀왔습니다.

어디를 가더라도 그곳에 사는 사람과 부딪히게 됩니다. 따라서 그곳 사람들을 이해하면 도움이 많이 됩니다. 여행을 시작하면서 저자는 그리스 남자들의 특징을 소개하는 친절을 베풀었습니다. 그리스 남자들은 능글맞으면서도 퉁명스러운 편입니다. 호메로스의 서사시 『오디세이아』의 주인공 영악한 오디세우스(Willy Odysseus)야말로 그리스 남자의 전형입니다. 바로 속임수를 써서라도 고난을 벗어나려는 영악함을 갖추고 있다는 것입니다.

혹시 여행지에서 묘지를 방문해 보셨습니까? 저는 워싱턴을 방문했을 때 웰링턴 국립묘지를 찾은 적이 있습니다. 그곳에서 꺼지지 않는 '영원의 불'과 죽은 자를 경배하고 수호하는 근위병을 보았습니다. 그때 미국 사람들은 나라를 위하여 목숨을 바친 사람들을 결코 잊지 않는다는 점을 깨달았습니다. 미국의 힘이 어디에서 나오는지 알 듯했습니다. 갑자기 묘지 이야기를 하는 이유는 저자가 아테네에서 관광객이 별로 찾지 않은 케라메이코스로 독자를 안내하였기 때문입니다. 이곳에서 멀지 않은 곳에 플라톤의 아카데미아가 있기 때문이기도 합니다. 죽은 자의 부활을 기원하는 종교행렬이 바로 케라메이코스에 있는 '히에라' 문에서 시작합니다. 저자는 "죽은 자의 땅 케라메이코스는 역설적으로 삶의 의미를 생각하게 한다."고 적었습니다. 우리를 케라메이코스로 안내한 이유를 알듯 말 듯 사뭇 철학적입니다.

저자를 따라가다 보면 고집스럽게 대중교통을 이용하거나 걷게 됩니다. 저도 2012년 보스턴에 갔을 때 시내에 흩어져 있는 볼거리를 걸어서 돌아보았습니다. 무리한 탓인지 무릎에 부상을 입고 몇 개월째 고생해야 했습니다. 저자는 굳이 걷기를 선택하는 이유를 이렇게 적었습니다. "걷는다는 것은 머리가 아닌 몸으로 생각하는 방법이다. 몸으로 생각하는 경험은 훨씬 직관적이고 오랫동안 기억에 남는다. (…) 몸으로 생각하는 경험은 걸으면 닿는 길의 감촉, 목덜미를 감싸게 하는 바람, 등을 데우는 태양까지도 기억한다." 역시 철학하시는 분은 다르다 싶습니다.

앞서 인용한 그리스 사람들의 성품에 관한 이야기를 하나 더 하겠습니다. 저 역시 쉽게 이해되지 않는 부분이고, 혹시 그리스를 찾게 되는 경우 당황하지 않기 위해서라도 기억해야 할 것 같아서입니다. 버스 정류장에서 15분 전에 떠난 버스를 타보신 적이 있습니까? 아니면 누군가 뒤늦게 버스를 타려는 사람을 위하여 15분 이상 기다리는 차에 앉아 있었던 적은요? 노동절에 올림피아로 가는 길에 막차를 놓친 저자에게 터미널의 티켓창구의 남자가 베풀어준 친절은 누구도 상상할 수 없을 것입니다. 이미 떠난 버스의 운전사와 통화를 해서 기다리도록 한 다음에 택시를 타고서 버스를 따라가

탈 수 있도록 해주었습니다. 기다리고 있는 버스에 올라탔을 때 외국 여행자들은 수군거리는 듯했지만, 정작 그리스 사람들은 그저 무심할 뿐이었다고 합니다.

약간은 비아냥대는 투로 '적당히 무질서'한 면이라고 할 수도 있겠습니다. 하지만 저자는 오히려 '모호하다'는 표현이 적절할 것 같다는 의견입니다. 우리는 흔히 '남이 하면 불륜이고 내가 하면 로맨스'라는 이중적 생각을 가지는 경향이 있습니다. 그런데 그리스 사람들의 이러한 모호함은 '남이 해도 그럴 수 있고 그러니 내가 해도 남들이 납득할 것'이라 생각하는 데서 온다고 합니다. 그리스식 절충주의가 보다 더 현실적이라는 것입니다. 이는 인간의 본성에 충실한 내면의 목소리, 즉 '다이몬(daimōn)의 소리'라는 것입니다. 그리스어에서 다이몬($\delta \alpha \mu \omega \nu$)은 영혼이나 작은 정령으로 '초자연적 존재'를 의미합니다. 인간이 태어나면서부터 갖게 되는 수호령을 말합니다. 인간에게 갑작스럽게 찾아드는 불가사의한 운명적 사건은 좋은 결과를 가져오든 나쁜 결과를 가져오든 모두 다이몬이 하는 것이라고 생각한답니다.

저자는 메테오라에 있는 그리스정교 수도원으로 독자들을 안내합니다. 이들 수도원은 그리스가 오스만튀르크의 지배를 받는 동안 그리스의 문화와 정신을 지켜온 보물창고의 역할을 했습니다. 수도원들은 아슬아슬하게 솟은 바위 위에 올라앉아 있어 가느다란 밧줄에 의지하여 출입이 가능할 정도로 폐쇄적인 곳입니다. 이런 장소에서는 고독이란 단어가 저절로 떠오를 것 같습니다. 저자가 이곳을 찾은 이유는 바로 "수도자들의 수행과 그 공간이 여전히 우리를 들뜨게 하는 것은 바로 고난과 고독 속에서 빛나는 정갈한 감동"을 느낄 수 있기 때문이라고 합니다.

　저자와 함께하는 그리스 미학 여행은 어느 덧 마지막 기착지 크레타섬으로 가는 여객선이 떠나는 피레우스의 선착장에 이르게 됩니다. "항구도시 피레우스에서 조르바를 처음 만났다. 나는 그때 항구에서 크레타섬으로 가는 배를 기다리고 있었다."라고 시작하는 니코스 카잔차키스의 소설 『그리스인 조르바』에 나오는 바로 그곳입니다. 저자를 따라서 들어간 크레타섬에서는 크노소스 궁전과 베네치아 사람들의 흔적을 볼 수 있습니다. 그리고 카잔차키스의 묘소를 비롯한 흔적도 볼 수 있습니다. 카잔차키스는 『그리스인 조르바』에서 크레타섬의 풍광을 이렇게 묘사했습니다. "언덕 위로 올라사위를 내려다보았다. 화강암과 단단한 석회암의 풍경이 펼쳐졌다. 짙은 콩나무, 올리브나무, 무화과와 포도넝쿨도 시야에 들어왔다. 어두운 계곡으로는 오렌지나무 숲, 레몬나무와 모과나무가 보였으며, 해변 가까이로는 채소밭도 보였다. 바다가 펼쳐지는 남쪽으로는 아프리카에서 달려온 듯한 파도가 크레타섬의 해안을 물어뜯고 있었다. 가까이 있는 모래섬들은 막 솟아오르는 아침 햇살에 장밋빛으로 반짝거렸다."

　책 읽기를 통하여 그리스를 여행하면서 저자의 마음에 남은 울림을 얼마나 전해 받을 수 있을지 모르겠습니다. 그래서인지 저자는 에필로그에 그리스 여행에 대한 자신의 느낌을 남기고 있습니다. 앞서 '케라메이코스의 오래된 묘비가 주는 삶과 죽음에 관한 근원적 묵상'만을 인용하였습니다만, 저자는 여행지마다 느낀 점을 한 줄로 요약하면서 다음과 같이 종합하고 있습니다. "니체가 예술 탄생의 배경으로 지목한 그리스인의 이중성은 마치 기쁨과 슬픔같이 인간이면 누구나 가지는 것이었다. 다만 그들의 일상에서 날것처럼 살아 있다는 점이 달랐다."

니체가 『비극의 탄생』을 통하여 갈라놓은 것처럼 그리스인들은 아폴론적인 면과 디오니소스적인 면을 같이 가지고 있으면서도 둘 사이의 경계가 분명하지 않은 모호함이 있습니다. 이런 모호함은 예측할 수 없는 파괴력을 가지고 있다는 설명입니다. 왼쪽과 오른쪽의 얼굴 표정이 다른 야누스는 서로 반대쪽을 지향하는 것이 아니라 같은 방향을 바라보고 있습니다. 이중성의 파괴력을 설명하는 좋은 비유입니다. 그리스인들의 이중성은 그 경계가 모호함에도 불구하고 하나의 이상으로 연결되어 있어 빛나는 예술을 탄생시킬 수 있었던 것입니다. (라포르시안: 2013년 1월 7일)

2

여행의 기술

(알랭 드 보통, 청미래)

▨ 알랭 드 보통이 소개하는 '여행의 기술'

　　　　　미국에서 공부할 적에 저의 선생님께서는 공부하는 동안 미국을 두루 돌아보라고 권하셨습니다. 미국이라는 나라, 그리고 미국인을 이해하려면 그만큼 그들의 삶을 겪어보는 것이 좋겠다는 의미였을 것입니다. 한국에서 미국의 유명하다는 곳을 구경하러 가려면 부담이 적지 않을 터라 좋은 기회였습니다. 그래서 우리에게 잘 알려진 명소는 물론 그곳으로 가는 길 주변에 흩어져 있는 자잘한 장소까지도 두루 섭렵하려 노력했습니다. 그러다 보니 여행 때마다 일정을 빠듯하게 잡곤 했습니다. 요즘 말대로 인증사진 찍고, 바람같이 다음 장소로 달려가는 주마간산식 여행을 했습니다. 혼자서 하는 운전이었는데도, 하루 평균 500마일을 이동했고, 하루에 1,200마일을 운전한 날도 있습니다.

　이런 식의 여행이다 보니 공들여서 일정을 준비해야만 했습니다. 일단 여행 장소와 일정이 결정되면 놓치지 말고 구경해야 하는 장소에 대한 정보를 모아들입니다. 그리고는 이들을 최대한으로 엮어서 여행코스를 정합니다. 그리고 구경하는 데 소요되는 시간을 감안해서 하루 단위로 나누었습니다. 사실 제 입장에서는 여행 기간 동안 사고 없이 계획된 일정에 맞추어 이동하는 것이 최우선의 과제였습니다. 그래서 여행하는 일보다는 여행을 계획하는 일이 즐거웠습니다.

그때는 한 곳이라도 더 볼 수 있다면 최선이라 생각했습니다. 하지만 지금 와서 생각해 보니 그런 여행을 통해서 저나 가족들이 얻은 것이 과연 무엇이었나 싶습니다. 한국에서 오신 부모님들 그리고 처가 식구들을 한국 사람들이 즐겨 찾는 미국의 명소로 안내했다는 만족감은 있었습니다. 하지만 명소들의 진면목을 제대로 보지 못했구나 싶습니다. 물론 여행을 하면서 느낀 점들을 메모해 두었다가 저녁에 숙소에 들르면 그런 느낌들이 희미해지기 전에 글로 정리해 두었습니다. 다시 읽어보면 간략하기만 하고 건조한 느낌으로 가득한 글만 남았습니다.

알랭 드 보통의 『여행의 기술』을 진즉 읽었더라면 미국에서의 여행이 실속과 의미를 더할 수 있었을 거라는 아쉬움이 더합니다. 이 책의 영어 제목은 'The art of travel'입니다. 흔히 'art'를 예술 혹은 미술로 이해하게 됩니다만, 영한사전에는 '기술, 기교, 재주, 기예, 방법' 등의 의미도 나옵니다. 그래서 『여행의 기술』이라는 제목이 전혀 생뚱맞다고 할 수는 없습니다. 그래도 뭔가 아쉬움이 남습니다. 무언지 모르게 건조하고 가벼워 보이는 느낌이 든다고나 할까요? 에리히 프롬의 'The art of loving'을 『사랑의 기술』로 번역한 이래 생긴 관성효과일지도 모르겠습니다. 뭐 원제목에 담겨 있을 예술적인 느낌을 살리는 우리말은 없을까요?

알랭 드 보통이 소개하는 여행을 잘 하는 기술을 소개해 드리기

전에 『여행의 기술』이라는 책이 가지고 있는 독특한 점을 먼저 짚어보겠습니다. 저자는 바베이도스, 마드리드, 시나이 사막, 프로방스, 레이크 디스트릭트, 암스테르담 등의 여행에서 느낀 점을 적었습니다. 흥미로운 점은 출발, 동기, 풍경, 예술, 귀환이라는 다섯 가지 주제에 맞게 여행의 느낌을 나누었습니다. 바베이도스로 출발해서 바베이도스에서 귀환하는 형식을 취하고 있습니다. 먼 곳에 다녀오기 위해서 공항을 이용하기 마련입니다. 당연히 출발할 때와 도착할 때 이용하는 공항에서 떠오르는 느낌도 다를 수 있겠다 싶습니다. 어떻든 여행을 하게 되면, 동기가 있을 것이고, 여행지의 풍경을 구경하게 되고, 특히 방문한 장소에 박물관과 같은 예술품을 감상할 기회도 있을 것입니다. 그리고 출발한 장소로 돌아오게 되겠죠.

여행에 관한 이 책의 독특한 서술구조를 먼저 적었어야 합니다. 모두 아홉 꼭지로 나뉘어 있는 여행에 관한 작가의 서술은 자신의 여행에 관한 이야기가 한 축을 이룹니다. 그리고 소위 안내자로 지목하고 있는 사람과 관련된 여행 이야기가 또 다른 한 축을 이룹니다. 예를 들어보면 '동기' 편에 나오는 이야기 「호기심에 대하여」를 예로 들어보겠습니다. 저자가 회의에 참석하기 위하여 마드리드를 방문하는 여행을 알렉산더 훔볼트라는 이름의 스물아홉 살 난 독일 사람이 안내합니다. 생물학, 지리학, 화학, 물리학, 역사에 대한 전문지식을 갖춘 훔볼트가 1799년 떠난 남아메리카 탐험여행의 기록을 요약하여 보통 자신의 마드리드 여행을 버무려 놓은 것입니다.

"훔볼트는 보통 사람이라면 그냥 지나쳤을 것들을 놓치지 않았다. '해발 5,076미터인데도 눈 위로 바위 이끼가 보였다. 이끼를 마지막으로 본 것은 800미터 정도 아래였다. 봉플랑 씨[훔볼트의 동행자]는 해발 4,500미터에서 나비를 한 마리 잡았으며, 거기에서 500미터를 더 올라가서도 파리를 볼 수 있었다.'"라는 인용만 보더라도 훔볼트의 남아메리카 탐험여행은 놀라운 것입니다. 물론 탐험여행이라고는 하지만 훔볼트의 뛰어난 관찰력과 관찰한 내용을 기록으로 남기는 습관은 그가 박물학자가 되기에 충분한 자질을 갖추고 있었음을 알게 됩니다.

작가는 마드리드 탐험에 나섰다고는 하지만, 당시 마드리드에 관한 측정치는 모두 알려져 있던 것이라고 눙치면서, 정작 마드리드에서 느낀 점은 내놓지 않습니다. 하지만 그 역시 만만치 않은 관찰력과 관찰한 내용을 환상적인 글로 옮기는 재능을 가지고 있음을 다른 여행 이야기에서 드러내고 있습니다. 그는 마드리드의 호텔 근처 공터에 서 있는 건물들 사이로 돌아가는 고속열차의 움직임을 이렇게 적었습니다. "아파트 안에서 사람들은 텔레비전을 보거나 부엌을 돌아다니고 있었다. 열차 안의 많지 않은 승객들은 뿔뿔이 흩어져 바깥의 도시를 물끄러미 바라보거나 신문을 읽고 있었다. (…) 승객과 아파트 거주자들은 서로에게 거의 관심을 가지지 않았다. 그들의 삶은 서로 만나지 않는 평행선을 달리고 있었다. 궁상맞은 호텔을 피하고 싶어 산책에 나선 관찰자의 망막에서만 짧은 순간 만났을 뿐이다."

작가는 과거에 살았던 다양한 안내자의 여행을 통하여 뽑은 '여행을 제대로 즐기는 방법'을 독자들에게 소개합니다. 윌리엄 워즈워스가 태어나고 삶의 대부분을 보냈던 영국 북서부의 호수지역을 찾았을 때는, 워즈워스가 이곳을 산책하면서 얻은 영감을 작품에 담았다는 것을 확인합니다. 워즈워스는 자연현상이야말로 고귀한 시재(詩材)가 된다고 보았습니다. 그때까지의 시인들이 시의 소재가 되는 자연현상을 대수롭지 않게 여기거나 의식(儀式)의 틀 내에서 보았던 것과는 다른 점입니다. 워즈워스는 여름이 지난 뒤 나이팅게일이 지저귀는 소리를 듣고 느낀 기쁨을 이렇게 적었습니다. "오, 나이팅게일이여! 그대는 진정 / 불의 심장을 가진 생물이로다…. / 그대는 마치 포도주의 신 덕분에 발렌타인 같은 순교자라도 된 듯이 노래하는구나." 이 부분에 대하여 보통은 "이런 시들은 아무렇게나 즐거움을 표현한 것이 아니다. 그 배후에는 자연에 대한 심오한 철학이 자리 잡고 있다."고 해석하였습니다.

우리는 흔히 여행을 하면서 사진을 많이 찍게 됩니다. 아마도 여행지에서 느낀 감동을 나중에 다시 회상하기 위해서일 것입니다. 카메라가 없던 과거에는 어떻게 했을까요? 그림에 조예가 있는 분이라면 그림으로 남겼을 것이고, 글쓰기에 조예가 있는 분이라면 글로 남기려 했을 것입니다. 고려 말 시인이자 문장가 김황원은 대동강 부벽루에 올라 풍광을 돌아보고 감동을 받았습니다. 그런데 부벽루에 걸려 있는 다른 이들의 시가 감동을 제대로 담아 내지 못했다는 생각이 들어 모두 뜯어냈습니다. 그런데 막상 자신이 느낀 감동을 글로 적으려니 도저히 표현할 길이 없었습니다. 그저 "…"이라고 점을 찍고 말았다는 고사(古事)가 있습니다. 이처럼 글로 옮기기에 너무 벅찬 감동을 느끼는 경우가 있습니다.

작가 역시 "아름다움을 만나면 그것을 붙들고, 소유하고, 삶 속에서 거기에 무게를 부여하고 싶다는 강한 충동을 느끼게 된다. '왔노라, 보았노라, 의미가 있었노라'라고 외치고 싶어진다."고 했습니다. 그리고 여행지에서 만나는 아름다움을 붙드는 방법은 19세기 말 런던에서 태어나 사람들에게 소묘를 가르쳤던 존 러스킨으로부터 배울 수 있다고 소개하였습니다.

러스킨은 재능이 없는 사람도 소묘를 연습할 가치가 있다고 했습니다. 소묘가 우리에게 보는 법을 가르쳐주기 때문입니다. 러스킨은 "나는 풀밭에 누워 자라는 풀잎을 그리곤 했다. 초원의 구석구석, 또는 이끼 낀 강둑이 나의 소유가 될 때까지."라고 했습니다. 과연 소묘는 분명 사진과 다른 차원에서 자연을 받아들이는 방법이 아닐 수 없습니다. 그러가 하면 러스킨은 여행자들의 맹목과 성급함을 개탄했습니다. 사람이 아무리 느리게 걸으면서 본다고 해도, 세상에는 늘 사람이 볼 수 있는 것보다 더 많은 것이 있기 마련이라고 생각했기 때문입니다.

러스킨은 또한 여행에서 본 아름다움에 대한 인상을 굳히려면 소묘에 더하여 "말로 그려야" 한다고 했습니다. 즉 글로 써두어야 한다는 것입니다. 러스킨이 말하는 '말 그림'은 어떤 장소의 생김새를 묘사하는 방법입니다. 그뿐만 아니라, 심리학적 언어로 그 장소가 우리에게 주는 영향을 분석하는 방법이기도 합니다. 따라서 강력한 힘을 발휘하는 것입니다. 러스킨이 알프스에서 만난 소나무와 바위를 묘사한 글을 소개합니다. "알프스 절벽 밑에서 소나무들을 올려다보노라면 오래지 않아 경외감을 느끼지 않을 수 없다. 소나무들은 사람이 도저히 접근할 수 없는 거대한 벽의 돌출부나 위험한 바위 턱에 고요히 모여 있는데, 각기 옆에 있는 나무의 그림자 같다. 그러나 꼼짝도 하지 않고 꼿꼿하게 서서 서로를 알지 못한다." 놀랍지 않습니까? 이런 '말 그림'을 그려내려면 평소 주변을 잘 관찰하고 묘사하는 연습을 꾸준하게 할 필요가 있습니다.

알랭 드 보통의 『여행의 기술』은 저의 여행 방식을 바꾸는 계기가 되었습니다. 당연히 작가의 의도대로 여행하는 방법을 개선하는 책 읽기가 된 셈입니다. 하지만 같은 책을 읽은 장성주 님의 경우는 "여행은 장소들의 숭고함을 들이키는 문화적 행위이다."라고 정의하고, 자연이 품고 있는 숭고함을 깨닫기 위하여 여행을 떠나는 것이라고 했습니다. 저와는 차원이 다른 책 읽기라는 생각이 들었습니다. (라포르시안: 2013년 4월 15일)

3

프랑스 역사학자의 한반도 여행기,
코리아에서 스코틀랜드 여성 화가의
눈으로 본 한국의 일상

(장 드 팡주&콘스탄스 테일러, 살림출판사)

▩ 프랑스 역사학자와 스코틀랜드 여성 화가가 본 20세기 초 한국

미국과 중국의 힘겨루기가 점입가경에 들고 있습니다. 세계는 다시 미국과 중국을 중심으로 편가르기를 하고 있습니다. 그 사이에 끼어 있는 우리나라의 입장에서는 입지가 점점 좁아지고 있습니다. 게다가 문재인 정부가 친북, 친중국 노선을 취하면서 전통적 우방인 미국은 우리나라를 의심의 눈초리로 지켜보았다는 평가였습니다. 혹자는 한국이 전통적 우방인 미국이 우려할 정도로 중국과의 관계를 긴밀하게 하는 것 아닌가 우려했습니다. 하지만 이미 양국 간의 교역량을 비롯하여 다양한 영역에서의 교류를 고려할 때 중국과의 관계를 긴밀하게 하는 것이 국익을 위해 필요하다고 인식하는 분들도 적지 않았습니다.

한반도를 둘러싸고 벌어지는 현재의 국제정세가 20세기가 열리던 시점과 매우 닮아 있습니다. 물론 국제정세에 둔감하던 당시와는 사정이 다릅니다. 하지만 상황을 잘못 읽는다면 비슷한 결과를 빚을 수도 있지 않을까요? 울안에 있는 사람은 자신이 처한 상황을 제대로 이해할 수 없습니다. 바둑이나 장기를 두고 있는 당사자들이 판을 제일 잘 읽을 것이라고 생각합니다. 그런데 수가 낮더라도 구경하는 사람이 묘수를 발견하는 경우가 있습니다.

한국문학번역원이 기획 출간한 '그들이 본 우리 총서'는 시의적절합니다. 김주연 원장은 발간사에서 '그들이 본 우리 총서'는 "서구가 바라보았던 우리 근대의 모습을 '번역'을 통해 되새기는 것은 서로의 거리감을 확인하면서 동시에 서로에게 다가가기 위한 과정"이라고 했습니다. "그들이 묘사한 우리의 근대화 과정을 통해 과거의 우리를 확인하고, 지금의 우리가 과거의 우리를 바라보는 깨어 있는 시각을 요청한다."라는 것입니다.

루이스 프로이스의 『임진란의 기록』으로 시작한 '그들이 본 우리 총서'는 "16세기부터 20세기 중엽까지 서양인의 눈에 비친 우리의 궤적을 살피면서 오늘날의 우리가 형성되어 온 과정을 고찰하려는 시도"입니다. 임진란, 일본의 한국 통치, 청일전쟁, 병인양요, 러일전쟁 등 한국을 둘러싼 국가들 사이의 갈등을 주제로 한 책들이 있습니다. 조선 사람들의 삶을 조명하거나 심지어는 서울에서 치른 감옥생활 혹은 한국에서 보낸 신혼여행에 대한 책도 있습니다. 여기 소개하는 책은 프랑스 역사학자와 스코틀랜드 여성 화가의 글은 『프랑스 역사학자의 한반도 여행기 코리아에서 스코틀랜드 여성 화가의 눈으로 본 한국의 일상』이라는 아주 긴 제목을 달았습니다. 원래 제목대로 『코리아에서/한국의 일상』으로 하면 너무 밋밋할 것 같았던 모양입니다.

국호가 대한제국이던 1902년경으로 추정되는 「코리아에서」와 비슷한 시기에 쓰인 것으로 보이는 「한국의 일상」은 각기 다른 시선으로 우리의 과거를 들여다보았습니다. 「코리아에서」를 쓴 장 드 팡주는 프랑스 명문 귀족 출신의 남성 역사학자입니다. 일본에서 제물포를 거쳐 서울에 들어왔습니다. 그리고 금강산과 원산을 여행하고 다시 서울로 돌아온 자신의 여정을 글과 사진으로 기록하였습니다. 그런가 하면 「한국의 일상」을 쓴 콘스탄스 테일러는 스코틀랜드의 여성 화가입니다. 일반사료에서는 보기 드문 여성과 하인들의 생활, 결혼 및 장례 문화, 인사 예절, 명절 모습, 복식과 가마, 신발과 갓의 모양에 이르기까지 한국의 일상적인 모습을 아주 섬세하게 적었습니다.

장 드 팡주의 「코리아에서」는 이렇게 시작합니다. "조급한 '미국화'의 열기에 사로잡혀 용을 쓰고 있는 현대 일본의 '일급 호텔들'과 체계적으로 개발된 경관을 벗어난 지 얼마 안 되어 코리아(Corée)에 발을 내딛는 순간, 우리는 잊을 수 없는 어떤 평온함을 느끼게 된다. 북아프리카의 지중해 연안 사람들을 연상시키는 헐렁한 흰색 옷차림의 무사태평한 코리아 사람들을 보노라면 황화론(黃禍論)의 망령 따위는 이내 사라지고 만다." 일견해서는 우호적인 시각으로 조선을 보았구나 싶기도 합니다. 하지만 어쩌면 오랫동안 유럽을 바라보던 일본이 어느 사이 시선을 미국으로 돌리고 있다는 의구심으로 생긴 반작용이 아닐까 싶습니다.

그런가 하면 황화론을 인용한 데서 유럽 사람들이 가지고 있는 동양인에 대한 뿌리 깊은 두려움의 한 조각을 느낄 수 있습니다. 황화론은 독일 황제 빌헬름 2세가 청일전쟁 말기인 1895년경에 주장하였습니다. '황인종이 융성하고 번성하는 것은 백인종에게 위협이 될 것이므로 유럽 열강이 단결하여 그에 대처해야 한다.'는 이론입니다. 유럽사회를 공포로 몰아넣었던 몽골의 유럽원정이 바탕에 깔려 있습니다. 황화론은 아시아 국가가 주목을 받을 때마다 불거지곤 했습니다. 신흥제국으로 성장하고 있는 일본이 유럽을 위협하는 존재가 될 것 같지 않다는 저자의 속내를 무사태평한 조선 사람들의 모습을 빌려 에둘러 표현한 것 같습니다.

조선 사람들도 무사태평하지만은 않았습니다. 청일전쟁이 끝나고 서울에 주둔한 일본군들은 상투와 담뱃대 그리고 저고리 소매를 자르는 등 조선의 전통을 말살하려 들었습니다. 일본의 이런 움직임에 대하여 전국 곳곳에서 의병이 봉기하여 항일투쟁을 전개하였던 사실에 저자는 주목합니다. 흥미로운 점은 조선의 첫 번째 임금 태조 이성계를 왕위 찬탈자로 규정한 것입니다. 혹시 옮긴이의 해석의 차이에서 온 것인지는 모르겠습니다. '찬탈'이라 함은 임금의 자리나 국가 권력, 정권 등을 반역을 하여 빼앗는 것입니다. 국호나 국가의 정체성에는 변화가 없는 상황에서 단종을 폐위시키고 왕위에 즉위한 세조가 찬탈의 대표적 사례입니다. 그렇다면 태조 이성계의 경우는 역성혁명으로 새로운 왕조를 열었다고 하는 것이 옳습니다. 조선왕조의 통치이론의 근간이 되었던 유교 때문에 불교가 탄압받게 된 것을 아쉬워하는 마음에서 조선왕조에 대한 저자의 부정적 인식이 드러난 듯합니다. 하지만 불교가 고려왕조의 몰락에 어떻게 기여했는지를 알았더라면 다른 해석이 나오지 않았을까요?

제3장에서는 국제정세의 흐름에 둔감한 조선의 사정을 안타깝게 여기는 저자의 심정이 드러나 있습니다. "오늘날 이곳에 살고 있는 사람들에게는 불행한 일이 되고 말았지만, 코리아는 자연의 혜택을 가장 많이 받은 나라들 중 하나이다. (…) 인구 밀도가 낮고 자신들의 부를 활용할 줄도

모르는 주민들이 살고 있는 이 나라의 해안을 따라 일본 열도가 펼쳐져 있는데, 일본으로서는 먹여 살릴 수 없는 초과 인구를 이주시킬 새로운 땅을 획득하는 것이 아주 절박한 당면 과제이다." 저자는 대륙을 향한 일본의 야심을 정확하게 파악하고 있었습니다. 나아가 러시아, 미국 등 한반도를 둘러싼 열강들의 각축을 적시했습니다. 정작 조선 사람들만이 일본의 속셈을 파악하지 못하고 있는 것을 안타까워했습니다.

두 번째 이야기 「한국의 일상」은 스코틀랜드의 여성 화가 콘스탄스 테일러의 기록입니다. 그녀가 어떤 경로를 통하여 조선에 들어왔는지는 분명하지 않습니다. 1884년 조선과 영국이 수호조약을 맺은 뒤 영국 여행자들이 빈번하게 조선을 찾게 되었다고 합니다. 이런 점을 고려하면 당시 여러 화가들과 함께 조선에 들어온 것으로 보입니다. 그녀는 1894년부터 1901년까지 머물렀습니다. R이라고 하는 여성과 같이 서대문 근처에 있는 집에서 살았습니다. 그녀들은 중국인 요리사와 한국인 여종들을 부렸습니다.

「한국의 일상」은 저자가 소묘한 그림과 보고 들은 것들을 회화적으로 서술하고 있는 점이 특징입니다. 서울을 묘사하는 제2장은 이렇게 시작합니다. "나는 화사한 여름 저녁에 처음으로 서울 도성 곳곳을 산책했다. 이 시각이면 동서로 뻗어 있는 주요 거리는 항상 사람들로 웅성거린다. 저물어가는 태양이 이 세상에서 가장 아름다운 그림 같은 군중들 위로 차분한 빛을 던진다. 사람들은 아주 옅은 푸른색이나 연한 초록색, 엷은 자주색, 옅은 황색, 혹은 눈처럼 흰 긴 옷을 나부끼며 이리저리 움직였다. 머리에 쓴 검은 모자는 다채롭게 섞인 색깔과 어울리며 중심을 잡아주었다."

장 드 팡주는 역사학자이면서도 조선의 역사를 구체적으로 언급하지 않았습니다. 반면 콘스탄스 테일러는 별도의 장을 할애하여 기자조선으로부터의 조선에 이르기까지의 역사를 정리하였습니다.

기자조선은 요하와 대동강 사이에 위치하고 있었는데, 기원전 107년 중국 황제가 정복해서 자신의 영토로 삼았다고 적었습니다. 아마도 한사군을 설치한 내용을 말하고 있는 것으로 보입니다. 기원 무렵 부여와 고구려가 중국 주변에서 유일하게 국가 체제를 갖추고 있었지만 664년 중국에 점령되었다고도 기록하였습니다. 기원 3세기 무렵 일본의 신공황후가 한반도의 남부지역을 정복했다는 임나일본부설에 대하여는 추측에 불과하다고 일축하였습니다. 그러나 임진왜란 이후 일본군이 1876년까지 부산을 점령하고 있었다고 적고 있는 등, 조선 역사에 대한 그녀의 기록은 전반적으로 소략하면서도 표현이 정확하지 않습니다.

장 드 팡주와 마찬가지로 콘스탄스 테일러 역시 한글의 존재는 알고 있었지만, 세종대왕의 창의적 발상으로 창제되었다는 사실은 알지 못하고, 그저 산스크리트어에서 파생된 문자로 이해한 것 같습니다. 이들이 한성에 머물 당시만 해도 한글 서적들이 풍부하게 유통되고 있었던 점을 고려한다면 한글에 대한 이들의 이해 부족을 탓할 수밖에 없을 것 같습니다. 그럼에도 불구하고 한국이 유일하게 기회가 되면 다시 방문하고 싶은 멋진 매력을 가진 나라로 자리매김하고 있다는 점에서 그녀의 여행기에 별점을 드려야 하겠습니다. (라포르시안: 2014년 7월 28일)

4

독도에 살다

(전충진, 갈라파고스)

▒ 어느 기자의 파란만장 독도 체류기

조어도(釣魚島; 댜오위다오/센카쿠열도)를 둘러싼 중국 정부와 일본 정부가 충돌도 불사할 것 같은 상황을 연출한 적이 있습니다. 영토에 관한 한 양보는커녕 타협의 여지가 없는 것이 국제적 통례 같습니다. 그럼에도 불구하고 우리나라는 독도 문제만 나오면 국제사회의 주목을 받는 것이 유리하지 않다는 이유로 쉬쉬해 왔습니다. 그 사이 일본은 치밀한 외교전을 통하여 독도가 영토 분쟁지역임을 기정사실화했습니다. 이제는 초등학교 교과서에까지 수록하여 자국 국민들을 세뇌시키려는 속내를 감추려 하지 않을 뿐만 아니라 어느 정도 성과를 내고 있는 모양입니다. 그럼에도 불구하고 독도가 한국 땅이라고 인식하는 일본의 식자층이 적지 않은 것도 사실입니다. 관련 분야의 학자들에 따르면 독도가 우리 영토라는 사실은 한국이나 일본의 다양한 역사자료를 통하여 증명된다고 합니다. 그리고 실효적으로 점령하고 있는 현실이 중요하겠습니다. 독도가 우리 영토임을 세계에 분명하게 인식시키는 구체적 행동이 필요한 상황입니다.

이제 독도가 한국 땅이라는 사실을 관련 자료를 통하여 증명하는 일에 더하여 우리 국민 모두가 그 내용을 잘 알고 있어야 하겠습니다. 그런 점에서 본다면 가수 정광태 님이 1982년 발표한, "울릉도 동남쪽 / 뱃길따라 이백리 / 외로운 섬하나 / 새들의 고향 / 그누가 아무리 / 자기네 땅이라고 우겨도 / 독도는 우리땅…"이라는 가사의 <독도는 우리 땅>이 매우 중요한 역할을 했습니다.

모든 국민들이 독도의 전문가가 되는 것도 중요하지만, 한국 사람들이 그곳을 생활 터전으로 삼고 있으며, 독도에 관한 심층연구가 이루어지고 있음을 세상에 제대로 알리는 일이 중요할 것입니다. 그동안 독도가 한국 땅이라는 점을 주장하고 있는 일본인 나이토우 세이추우 씨의 『일본은 독도(죽도)를 이렇게 말한다』도 좋은 예입니다. 그리고 동해에 대한 해양과학적 연구 성과를 정리한 남성현, 김윤배 박사의 『동해, 바다의 미래를 묻다』 역시 동해와 독도가 왜 중요한가를 일깨우는 좋은 내용을 담았습니다. 그럼에도 불구하고 뭔가 아쉽다는 느낌이 남아 있던 참에 전충진 기자의 『독도에 살다』가 반갑고도 반가웠습니다.

2008년 일본 정부는 교과서해설서를 통하여 '독도 도발'을 일으켰습니다. 대구 매일신문사에서 근무하던 전충진 기자는 이를 계기로 독도에 관한 새로운 접근이 필요하다고 생각하였습니다. 그리하여 독도상주 기자로 근무하기를 자청했습니다. 2008년 9월부터 2009년 8월까지 만 1년 동안 독도에 주재하였습니다. 그는 독도에서의 현지 체험과 인문·자연환경을 82회에 걸쳐 기사로 보도하였습니다. 2011년에는 1년간 신문에 연재한 글을 묶어 『여기는 독도』를 출간한 바 있습니다. 『독도에 산다』는 저자가 독도에 주재하기를 결심하면서부터 주재가 끝날 때까지의 생생한 뒷이야기를 담았습니다. 사실 이런 이야기가 더 재미있지 않습니까? 사람 사는 냄새가 나는 것 같아서 말입니다. 들어가는 글에서 저자는 이 책을 내게 된 사연을 적었습니다. "내가 경험한 독도 1년은 대구-울릉도-독도로 이어지는 공간이다. 이는 뭍으로부터 격절된 공간이 아닌, 삶의 영역이 확장된 연속의 공간인 것이다. 나는 지금 '독도살이' 1년 동안 겪었던 일들을 적고자 한다. 이는 곧 독도에 우리나라 사람이 살고 있음을 확인하는 작업이다. 나는 이 글로써 '우리 땅의 연속성'이 확인되기를 기대하는 것이다. 그것으로 응당 독도가 대한민국 땅임을 증빙하고자 한다."

저 역시 아이들이 초등학교를 다닐 무렵 지방에서 6년여를 근무하면서 주말에만 가족과 함께 지내야 했습니다. 이런 경험을 통하여 아버지의 부재가 아이들에게 주는 영향이 만만치 않다는 것을 알게 되었습니다. 그래서 저자가 고1과 중3인 자녀를 포함한 가족들과 떨어져 지내야 하는 상황을 감수하는 용기를 냈다는 점도 높이 사게 됩니다.

동해 멀리 있어 외로울 것 같은 지리적 상황을 잘 나타내는 듯한 독도(獨島)의 옛 이름이 '독섬' 혹은 '돌섬'이었다는 것도 처음 알았습니다. 어쩌면 우리말로 된 독섬이 더 좋을 것 같다는 생각은 지나친 국수주의적 발상일까요?

울릉도에서 연락선을 타고 가서 만난 독도의 첫인상을 저자는 이렇게 적었습니다. "9월, 풀들의 동도는 푸르고, 나무 없는 서도는 우람했다. 동도는 안으로 끌어 모아 움츠리고 있고, 서도는 밖으로 활짝 내뻗치고 있다." 참으로 눈매가 날카롭지 않습니까? 저자는 독도를 마주한 순간 '대화는 입으로 하는 것이 아니라 가슴으로 하는 것'이라는 자각이 들었다고 합니다. 그래서 '독도의 형형한 기상과 깊은 침묵이

나에게 독도와 가슴으로 대화할 것'을 가르쳐주었다고 하였습니다.

독도 입주와 관련한 뒷이야기를 읽다 보면 우리나라의 행정 담당자들의 경직된 사고의 한 면을 엿볼 수 있습니다. 주소지 이전에 관한 일입니다. 저자가 독도에 1년간 주재하기로 결정되었음에도 신분은 방문객에 불과하기 때문에 주소지 이전이 불가하다는 것이 행정 당국의 해석이었습니다. 행정법상 3개월 이상 거주하면서 주소지를 이전하지 않으면 주민등록법을 위반하는 것인데도 말입니다. 독도에 상주하고 있는 사람은 3명의 경찰과 40명의 경비대원, 3명의 등대지기, 그리고 독도주민 김이장 부부가 전부였습니다. 오랜 세월 사람들이 상주해 오지 않은 까닭에 독도의 환경이 크게 훼손되지 않은 채 지켜질 수 있었습니다. 이런 점을 고려하여 앞으로도 환경훼손을 최소화하려는 취지였다고 이해할 수도 있겠습니다. 하지만 구전에 따르면 과거에 수많은 사람들이 독도를 다녀갔고 또 살기도 했다는 것을 고려한다면 지나치게 경직된 사고가 아닌가 싶습니다.

먹거리 타령을 먼저 늘어놓는 것 같습니다만, 물 반 고기 반이라는 독도에 들어가 사배기, 꺽더구회를 물리도록 먹었다는 이야기도 흥밋거리입니다. 하지만 결정적인 것은 저자가 요약하는 독도에 관한 것으로 일본 정부도 인정한 세 가지 행정조처는 우리 모두가 분명하게 기억할 필요가 있겠습니다. 그 첫 번째는, 1693년 조선 숙종 때 안용복이 일본에 납치된 사건이 계기가 되어 일어난 '울릉도쟁계'에서 에도막부는 '울릉도와 독도는 조선의 땅이니 누구도 건너가지 못한다'는 도해금지령을 내렸습니다. 두 번째는 1870년에 작성한 「조선국교제시말내탐서」라는 일본 정부 내 보고서에도 '울릉도와 독도가 조선의 부속으로 된 시말'이라는 항목에 상세하게 기록되어 있습니다. 그리고 세 번째는 1877년 일본이 실시한 전국 지적조사 때, 시네마현이 울릉도와 독도의 포함 여부를 질의한 바 있습니다. 당시 일본 국정의 최고 책임자인 태정관이 '울릉도 외 일도(一島), 즉 독도는 일본과 관계가 없다는 것을 마음 깊이 새겨라.'라고 지시했습니다.

2003년 설치했다는 울릉우체국 관할의 우체통이 그저 전시행정으로 남아 있는 것을 바꿀 필요가 있다는 저자의 지적이 참으로 옳다고 생각합니다. 요즈음에는 울릉도에서 독도를 왕복하는 관광선이 하루 서너 차례 왕복하고 있지만, 파도가 심하면 배를 댈 수 없어 접안율이 50%를 밑돈다고 합니다. 하지만 동도의 선착장에 접안을 하면 30분 정도 체류할 수 있다고 합니다. 독도로 가는 관광선에서 독도의 비경을 담은 우편엽서를 판매하고 이 우편엽서를 독도우체통에 붙일 수 있도록 한다면 독도를 찾는 내외국인들을 통하여 독도가 한국 땅임을 전 세계에 자연스럽게 알릴 수 있을 것입니다.

『독도에 산다』를 읽는 재미는 그저 독도에 대한 자존감을 세우는 데 있지만은 않습니다. 저자가 그려내는 독도의 진면목이 너무 생생해서 마치 저자와 함께 독도의 비경을 감상하는 느낌이 절로 드는 것도 흥미롭습니다. "섬의 바람은 지향하는 바가 없다. 대양을 거침없이 질주하다가 느닷없이 바위섬에 부딪힌 바람은 놀라서 어쩔 줄 모른다. 돌진하는 바람을 보고 조마조마해하는 섬의 사정은 봐주지 않고 저 혼자 비명을 질러대는 것이다. 바람은 절벽을 타고 하늘로 치솟았다가, 회돌이 하다가, 내리꽂히기를 거듭한다. 지칠 줄 모르고 들이닥치는 바람은 새들의 날개를 꺾어 바위틈으로 몰아넣는다. 바위틈의 새들은 굶주리고 기진한 채 바람이 스스로 주저앉아 주기를 기다린다."

독도를 방문한 단체가 독도경비대의 제지를 무시하고 돌출행동을 하는 모습도 기록하였습니다. 법보다 무력이 앞서나가 원칙을 웃음 거리로 만들 수 있다는 현실에 전율한다고 했습니다. 그리고 내국인 이 그럴진대 냉혹한 국제관계에서 특정 국가가 독도를 공격해 오는 상황을 가정하지 않을 수 없었던 모양입니다. 그래서 저자는 독도를 둘러싼 한국과 일본의 사정을 비교하기에 이릅니다. 일본은 독도를 향해 전투기가 발진할 수 있는 활주로 시설이 불과 157.5km 떨어진 오키섬에 있지만, 우리는 가까운 대구공항 활주로가 325km 떨어져 있다는 것입니다. 동일한 성능의 전투기가 독도까지 도착하는 데 일 본이 4분 걸린다면 우리는 8분이나 걸린다는 것입니다. 백번 양보해 서 동시에 도착한다고 해도 도착하는 데까지 연료가 더 소모되기 때문에 작전시간이 제한적일 수밖에 없습니다. 그 밖에도 한국과 일 본이 보유하고 있는 조기경보기와 이지스함의 숫자에서도 열세를 면치 못하는 상황입니다. 독도를 두고 양국이 실제 상황으로 맞붙게 된다면, '설마 우리가 밀리기야 하겠어?'라는 생각은 상황을 지나치 게 낙관적으로 보는 순진한 생각에 불과합니다.

어떤 곳을 제대로 느껴보려면 적어도 4계절을 지나봐야 합니다. 아무리 같은 곳이라고 하더라도 하루도 시간마다 다를 것이고, 계 절마다 느낌이 다를 것이기 때문입니다. 그래서 저자가 독도에 체 류한 1년의 기록을 통하여 자연스럽게 저자와 동거(?)하면서 독도 의 사계를 느낄 수 있습니다.

누리망 서점 예스에서 '독도'를 검색어로 넣어보면, 모두 360건 의 국내도서와 10건의 외국도서가 검색되는데 모두 일본 서적입니다. 물론 수입되고 있는 도서에 한정된 것이라서 외국어로 된 독도 관련 도서가 얼마나 되는지는 모르겠습니다. 하지만 세계인들의 머릿속에 독도가 한국 땅이라는 인식을 심어주려면 독도에 관하여 우리의 입장에서 외국어로 쓴 이야기가 더 많이 만들어져야 하겠습니다. 앞서 말씀드린 독도 우체통 활성화와 함께 독도에 관하여 외국어로 쓴 책들이 많아졌으면 좋겠습니다. 그런 점에서 저자께서는 혹시 이 책을 우선 영어로 번역하실 생각은 없으신지 여쭙고 싶습니다. (라포르시안: 2014년 8월 4일)

5

느리게 걷는 즐거움

(다비드 르 브르통, 북라이프)

▨ 가장 우아하게 시간을 잃는 방법 '느리게 걷기'

10여 년 전에는 아내와 함께 주말을 이용해서 서울 근교에 있는 걷기에 좋은 길을 찾아다녔습니다. 그 무렵 다비드 르 브르통 교수의 『걷기예찬』을 만난 것은 행운이었습니다. 걷기에 관한 글을 써달라는 청탁이라도 받으면, 『걷기예찬』의 모두(冒頭)에 나오는 다음 구절을 꼭 인용하게 되었으니 말입니다. "걷는 것은 자신을 세계로 열어놓는 것이다. 발로, 다리로, 몸으로 걸으면서 인간은 자신의 실존에 대한 행복한 감정을 되찾는다."

브르통 교수는 프랑스 스트라스부르 대학에서 사회학 교수로 재직하면서 '몸'의 문제를 천착하여 『몸과 사회』 등 많은 저서를 냈습니다. 『걷기예찬』은 단순한 산문집이 아닙니다. 철학적이고 진지하고 깊이가 있습니다. 걷기를 통하여 몸의 세계를 회복하자는 의미를 담았습니다. 기계문명이 발전하면서 우리는 어느새 우리 몸의 본래적 기능을 상실해 가고 있습니다. 그래서 걷기는 우리 자신을 인간 본연의 차원으로 되돌려 놓은 중요한 역할을 할 수 있다는 생각입니다.

여기 소개하는 『느리게 걷는 즐거움』은 '걷기'에 '느림의 미학'을 더한 책입니다. 걷기에 느림을 더한 것은 걷기가 단순히 공간에서만 이루어지지 않고 시간도 동원되는 행위라는 점을 깨달았기 때문입니다. 걷기는 시간을 버는 행위가 아니라 오히려 우아하게 잃는 일입니다. 여기에서 저자는 "걷기는 시간을 충분히 차지하되 느릿느릿 차지하는 일이며, 삶의 의욕을 꺾는 현대의 그 절대적인 필요성들에 대한 일종의 저항이다."라고 규정하였습니다.

사실 느림은 옛것으로의 회귀를 의미하는 새로운 경향입니다. 모 통신사의 '빠름빠름빠름'이라는 광고 문구가 빠름을 추구하는 추세를 표현한 것이라면, '느림'은 빠름을 추구하는 경향에 대한 반동입니다. 밀란 쿤데라는 소설 『느림』에서 "속도는 기술혁명이 인간에게 선사한 엑스터시의 형태"라고 하면서 느림의 즐거움이 사라진 것을 한탄하였습니다. 느림의 미학을 설파한 피에르 상소는 일찍이 "(느림) 그것은 모든 것이 우리를 서두르게 만들고 있는 이 사회, 그리고 우리가 자발적으로 그 요구에 따르고 있는 이 사회 속에서 건강한 삶을 유지하기 위해 절실하게 필요한 과제이다."라고 했습니다. 그리고 '길은 느리게 살 수 있는 지혜와 작은 일에도 감탄할 줄 아는 지혜를 준다.'라고 적었습니다. 역시 걷기가 느림을 회복하는 좋은 방법이 되는 이유라는 것을 설파하는 것이 아니겠습니까?

일에 쫓기던 제가 걷기의 매력에 눈을 뜨게 된 것은 대책 없이 불어나는 체중을 줄이려고 산책을 시작하면서였습니다. 처음에는 운동 효과를 높이기 위하여 그저 빠르게 걸었습니다. 체중이 적절한 수준으로 줄어든 다음에도 체중을 유지하기 위하여 산책을 이어갔습니다. 내친김에 주말을 이용하여 근교로 도보여행에 나섰습니다. 『주말이 기다려지는 행복한 걷기 여행』에 소개된 52개의 여정을 따라 걸었습니다. 이 무렵부터는 걷기의 매력에 흠뻑 빠져들게 되었고, 느리게 걷는 즐거움을 발견하였던 것입니다.

『걷기예찬』을 세상에 내놓은 10년 후에 저자는 걷기에 대한 생각을 다음과 같이 다시 정리했습니다. "오솔길이나 도로 지나기, 숲이나 산을 활보하기, 힘겹게 언덕을 올랐다가 내려가는 기쁨을 만끽하기, 이 모든 걷기는 오로지 자신의 신체 수단 하나에만 몸을 맡긴 채 세상과 연결되는 느낌을 누리고자 하는 인간에게 어울리는 일이다." 그리고 '빠른 속도, 유용성, 수익, 효율성을 중요시하는 요즘 세상과는 어울리지 않는 걷기는 느림, 유연성, 대화, 침묵, 호기심, 우정, 무용성을 우선시하는 저항행위'로 규정하였습니다. 나아가 저자는 우리가 걷는 길에 대해서도 다음과 같이 정의합니다. "길은 대학과도 같다. 단순히 지식을 나눠주는 선에서 그치지 않고, 정신을 다듬고 늘 겸손한 자세로 돌아가 길이 가진 절대적인 힘을 돌아보기에 알맞은 존재의 철학까지 전파하기 때문이다."

자, 그럼 느림을 더한 브르통의 '신(新) 걷기예찬'을 살펴볼까요? 저자는 걷기야말로 인간의 본질로 회귀하는 길이라고 설파합니다. "천천히 길을 걷노라면 세계 내의 존재가 관능의 극치에 도달하는 순간들을 맞이하게 된다. 받을 줄 아는 자에게는 은총이 넘쳐나는 세상의 낯익은 구성 속 작은 돌파구, 평행한 세계에서 감춰진 비밀의 천 사이로 보이는 장면들과도 같은 순간들이다." 제가 주말에 다녀온 산책길 가운데 오산에 있는 마등산 솔숲 사이로 난 길이 유독 기억에 남아 있습니다. 빽빽하지 않은 소나무들 사이로 난 좁은 오솔길에는 솔가루가 수북하게 떨어져 있고, 솔향이 진하게 넘치고 있었습니다. 걷는 것에 더하여 볼거리와 냄새까지 더해진 것이 기억을 강하게 한 것 같습니다. 아! 산비둘기가 우는 소리도 있었습니다. 라이너 마리아 릴케 역시 카프리의 정원을 걷다가 공간을 찢는 듯한 새 울음소리를 듣고 깨달음을 얻었다고 합니다.

탈것으로 이동할 때보다 걸을 때는 자연에 대한 관심이 예리해집니다. 그리고 느리게 걸을수록 더 많은 것들을 느낄 수 있습니다. 도심에서는 보행자의 안전을 위협하는 요소들이 사방에 널려 있고 사람들과 자동차들이 만들어내는 소음으로 오감이 혼란스러울 수밖에 없습니다. 하지만 자연에 들면 오감을 뒤흔드는 소음들이 사라지면서 자연이 만들어내는 다양한 자극을 오롯하게 받아들일 수 있습니다.

길은 때로 세상의 경계가 무너진 장소로 안내합니다. 저자는 쥘리안 그라프가 프랑스 중부 트롱세 지역의 숲길을 걸었을 때의 경험을 인용합니다. 달도 없는 밤 깊은 숲을 가로지르다 보니, 숲은 질서와 무질서가, 어둠과 빛이, 생기와 무기력이, 믿음과 두려움이 결합되어 뒤섞인 세계였습니다. 시각은 거의 먼 곳을 보지 못하고 귀를 쫑긋하고 세워 청각을 극도로 긴장시켜도 세상의 분명한 경계를 가늠할 수 없었습니다. 제가 고등학교에 다닐 무렵 내장산 숲속에서 길을 잃은 적이 있었습니다. 대낮이었음에도 불구하고 우리를 세상으로 안내할 길을 찾을 수 없어 당황했습니다. 길은 때로 세상의 경계가 무너진 곳으로 안내한다는 저자의 설명에 공감하는 이유입니다.

저자는 밤의 익명성을 이렇게 설명합니다. "밤은 어떤 이들에게는 감사와 안도감 그리고 내향성을 주는 공간이기도 하지만, 또 다른 이들에게는 제 스스로 만들어내는 것인지도 모른 채 공포와 위협을 구현하기고 한다." 하지만 제 생각에는 전자보다는 후자인 편이 더 많을 것 같습니다. 제가 삼군사관학교에서 16기 군의후보생 훈련을 받을 때, 처음 생겼다는 100km 행군에 나섰습니다. 저녁을 일찍 먹고 학교를 떠나 이튿날 해 질 무렵에 복귀하는 훈련입니다. 학교를 출발해서 어둠이 오기 전까지는 그런대로 대오가 유지되었습니다. 하지만 자정 무렵이 되면서 대오가 흩어지고 말았습니다. 앞에 가는 대원도, 뒤에 따라오는 대원도 눈에 들어오지 않고 오로지 동행하는 대원 하나만이 있을 뿐입니다. 그렇게 밤길을 가다 보면 곁에 가는 대원이 정말 사람일까 싶은 생각이 들어 무서운 느낌이 들기도 했습니다.

그래서 저자는 별이 총총한 밤에 대한 낭만주의는 버려야 할 것이라고 권했는지 모릅니다. 하지만 존 뮤어가 요세미티 계곡에서 보낸 밤처럼 특별한 경우도 있습니다. 그래서일까요? 밤에 걷는 일은 시간을 기막히게 과거로 거슬러 올라가는 일이라고 저자는 말합니다. 하늘에 별이 총총한 그 세계, 어슴푸레한 달빛은 태초 이래로 거의 바뀌지 않았기 때문입니다. 옛날에는 밤길이 더 낭만적이었을까요?

『희망의 발견』의 저자 실뱅 테송(Sylvain Tesson)은 "장거리 보행자에게 글이란 가장 강렬한 진정의 순간이다. (…) 저녁마다 글을 쓰면서 여행자는 또 다른 표면으로 길을 계속 이어가고 페이지 위에서 전진을 연장한다."라고 했습니다. 걸으면서 경험하는 찰나의 느낌마저도 잊지 않고 기록으로 남겨놓는 습관은 매우 중요합니다. 여정의 흔적을 사진으로 남기는 사람, 혹은 꼼꼼한 부분까지 기록으로 남기는 사람, 아무런 기록도 남기지 않는 사람 등 다양한 부류로 나눌 수 있습니다. 언젠가 기억은 신이 인간에게 준 선물이지만, 망각은 신이 인간에게 준 축복이라고 한 적이 있습니다. 망각의 영향으로 여정의 흔적은 시간이 흐르면서 점점 희미해지기 마련입니다. 하지만 걸을 때 느낀 감동을 기록으로 남겨놓으면 뒷날 읽어보면서 그때의 감정을 되살릴 수 있습니다. 그리고 이렇게 붙들어온 느낌을 다시 기억으로 간직할 수 있습니다. 기록은 또한 나 아닌 다른 이에게 그와 같은 여정을 뒤따르고자 하는 동기를 제공합니다. 제가 『주말이 기다려지는 행복한 걷기 여행』을 따라간 것처럼 말입니다.

서울 성곽을 따라 남산의 북쪽 산책길을 걸은 적이 있습니다. 그때 남긴 글에 "도심에 4km 가까운 산책길을 만날 수 있는 대도시가 얼마나 될까 싶다"라고 적었습니다. 서울 도심에는 특색 있는 산책길이 많습니다. 피에르 상소는 시골길을 걸을 때만큼이나 우리의 후각을 설레게 해주는, 독특한 향기를 풍기는 은밀한 길들을 도시에서도 일찌감치 발견할 수 있었다고 고백하였습니다. 도시 역시 우리에게 소리를 들려주고, 냄새를 풍기고, 감촉을 느끼게 합니다. 이런 느낌들은 실체적인 것이 아니라 나라는 존재와 도시의 존재 사이에 교감이 일어남을 느낀다는 것입니다. 그리고 도시에서 특유의 고유한 음색과 분위기를 느끼려면 우리에게 말을 걸어오는 도시에게 섬세한 주의를 기울여야 한다고 권합니다. 역사가 오래된 서울은 참으로 다양한 모습을 감추고 있습니다. 초현대적인 모습이 있는가 하면, 북촌처럼 수백 년 전의 모습을 간직한 곳도 있습니다. 그런 곳들은 천천히 걷지 않고는 볼 수가 없습니다.

『느리게 걷는 즐거움』을 마무리하면서 저자는 '걷기는 용어의 물질적 그리고 정신적 의미에서 땅에 발을 딛는 것, 즉 자신의 존재 속에 똑바로 서는 일이다.'라고 정리합니다. 그리고 "모든 길은 우선은 자신의 내면에 묻혀 있다가 발길 아래 기울고, 특정한 목적지로 이끌기 전에 자신에게로 이끈다. 그리고 때로는 마침내 자아의 행복한 변화에 도달하는 좁은 문을 열어준다."라고 마무리하였습니다. (라포르시안: 2014년 9월 7일)

6

장소의 재발견

(앨러스테어 보네트, 책읽는 수요일)

▓ 도시를 여행하는 히치하이크를 위한 안내서

초등학교 6학년 때 생명을 잃을 수도 있는 큰 사고를 당한 적이 있습니다. 마침 만우절인 4월 1일이라서 친구들 사이에서는 거짓말이라고 알려진 사고였습니다. 학교 옆 작은 계곡에서 놀고 있었는데, 비탈 위에 있던 친구가 놓친 작은 돌덩이가 굴러 내려와 저의 뒤통수를 맞혔습니다. 다행히 돌이 머리에 쓰고 있던 모자의 테에 부딪혔기 때문에 목숨을 구할 수 있었습니다. 여기에 더하여 머리뼈에 구멍이 생겼기 때문에 출혈이 머리뼈 밖으로 흘러나올 수 있어서 뇌 안에 고이지 않았다는 것입니다. 1960년대만 해도 신경외과를 전공하시는 의사 선생님이 손으로 꼽을 정도였으니 지방 소도시에서는 속수무책일 수밖에 없었습니다.

야트막한 산비탈을 따라 교실이 늘어서 있던 학교 주변에는 작은 계곡이 널려 있어 천혜의 놀이터였습니다. 존 웨인이 감독과 주연을 맡았던 영화 <알라모>를 단체로 관람했던 우리들은 영화에서처럼 요새를 구축하는 놀이에 빠졌습니다. 그러고 보면 또래 아이들은 남들이 모르는 비밀스러운 장소에 대한 환상 같은 것을 가지고 있었던 것 같습니다. 그 비밀스러운 장소는 오랜 세월이 흘렀음에도 아스라한 기억 속에 남아 있어 찾아갈 수 있을 것 같습니다. 이처럼 기억에 남아 있는 장소가 있는가 하면 기억해야 할 곳임에도 불구하고 잊혀 가고 있는 장소도 있습니다.

앨러스테어 보네트의 『장소의 재발견』은 우리가 살고 있는 곳에 숨겨진 비밀을 다루었습니다. 뉴캐슬 대학의 사회지리학과 교수인 저자는 서양 세계의 사상, 향수와 기억의 지리학과 정치 문제, 반인종주의와 '백인성'의 국제역사, 유럽 아방가르드의 지리학적 이론 등을 주로 연구하고 있습니다. 런던 근처에 있는 작고 오래된 마을 에핑(Epping)에서 태어난 저자는 어린 시절의 저처럼 어른들의 눈을 피해 언제라도 숨을 수 있는 비밀 장소 만들기를 좋아했습니다. 이탈로 칼비노의 『보이지 않는 도시들』과 J. G. 발라드의 『물에 잠긴 세계』를 즐겨 읽었던 그는 장소야말로 우리의 상상력을 자극하는 요소라고 생각합니다. 런던이 비대해지면서 자신의 고향을 삼켜버린 것을 안타깝게 생각하면서 지리학의 다양한 연구를 하게 되었습니다.

묘하게 끌리는 제목도 그렇지만, 2015년에 터키를 여행하면서 찾아간 카파도키아의 지하도시를 목차에서 발견하고는 읽게 되었습니다. 기왕에 이야기를 꺼냈으니 카파도키아의 지하도시 이야기를 먼저 하겠습니다. 카파도키아 지방의 데린쿠유(Derinkuyu)라고 하는 지하도시입니다. 데린쿠유는 터키어로 '깊은 우물'이라는 뜻을 가졌습니다. 닭을 치던 주민이 자꾸만 사라지는 닭을 찾다가 우연히 발견하게 되었습니다. 이 지하도시의 규모는 3만 명이 생활할 정도로 거대한 공간입니다. 외적이 쳐들어오면 숨어드는 장소였습니다. 지상을 점령한 적을 피해 지하에서 양까지 치면서 생활하고, 때로는 양을 지상으로 방목하기까지 했다고 합니다. 데린쿠유의 지하도시는 8개의 층에 걸쳐 조성될 정도로 방대한 규모입니다. 위쪽으로 주거공간이 있고, 마구간과 식품창고들까지 있고 맨 아래층에는 지하교회도 있습니다. 지하교회의 규모는 작은 주거공간에 비하면 상대적으로 큰 편인데도 20여 명이 들어서면 꽉 들어찰 정도에 불과합니다. 따라서 기독교를 믿는 사람들이 상주하였다는 도시 규모에 비하면 교회의 규모는 턱없이 작아 보였습니다. 따라서 데린쿠유의 지하도시는 적이 침략해 왔을 때 임시로 대피하던 시설로 보는 것이 아닌가 하는 의문이 들었습니다.

8세기경 데린쿠유 지역은 비잔틴 제국의 변경지대에 위치했습니다. 그래서 이교도들의 침략이 잦았던 것입니다. 이곳에 살던 기독교인들이 피난처로 삼기 위하여 만들었을 것으로 추정됩니다. 카파도키아 지역은 응회암지대로 견고하면서도 깎아내기가 수월해서 일찍부터 돌집을 만들어 거주하는 전통이 있었습니다. 기원 1세기 전 로마의 건축가 비트루비우스는 500년 전에 이곳에 살던 프리지아(Phrysia)인들은 '자연 상태 그대로의 언덕을 골라서, 자기한데 편리한 만큼 뚫고 파냈다.'라고 기록했습니다. 목재를 구하기 어려웠기 때문입니다. 프리지아인들보다도 1000년이나 앞선 히타이트(Hittite)인들로부터 시작된 주거형태라는 주장도 있습니다.

이처럼 저자는 세계 곳곳에 산재하고 있는 47개의 특별한 장소들로 우리를 안내합니다. 그곳들은 우리가 잃어버린 곳이기도 하며, 또는 우리의 관심으로부터 멀어진 장소일 수도 있습니다. 그런가 하면 주인이 없는 장소이거나 고립된 곳일 수도 있습니다. 때로는 아주 먼 곳일 수도 있고, 바로 우리 주변에 있는 장소일 수도 있습니다. 대부분 한국의 독자들에게는 생소한 장소들입니다만, 한국에 있는 장소도 한 곳 등장합니다. 바로 죽은 도시들 가운데 하나로 소개되는 기정동입니다. 대부분의 한국 사람들에게조차 생소한 기정동(機井洞)은 1953년 남한과 북한이 맺은 평화협정의 산물입니다. 남북한 사이에 폭 4킬로미터의 비무장지대를 두면서 그 안에 각각 한 개씩의 정착촌을 두기로 한 것에 따라 남한에서는 대성동을, 북한에서는 기정동을 조성하였습니다.

기정동이 저자의 관심을 끈 이유는 첫머리에서 감지할 수 있습니다. "기정동(機井洞)은 창문에 유리조차 끼우지 않은 고층건물 안에 조명등만 켜놓은 가짜 장소이다. 이곳에는 주민도 없고, 방문객도 들어갈 수 없다. (…) 북한의 기정동, 일명 '평화마을'은 남한의 잠재적 망명자를 유혹하기 위해서, 그리고 공산주의 국가의 발전과 현대성을 과시하기 위해서 지어졌다." 남한의 평화마을 대성동이 벼농사를 짓는 주민들이 거주하는 것과는 대조적이기 때문에 '죽은 도시'로 분류한 것입니다.

서울역 고가도로 공원화사업에 관하여 생각해 볼 수 있는 「시간의 경관」이라는 제목의 이야기도 있습니다. 오래전에 건설되어 노후화된 고가도로가 도심의 경관을 해치면서도 교통의 흐름에 크게 도움이 되지 않고 있다는 이유로 대부분 철거되고 있는 상황입니다. 유독 서울역 고가 차도를 공원화하여 남겨두겠다는 서울시장의 발상은 뉴욕의 하이라인파크에서 따온 것이라고 합니다. 지금도 흉물스러운 고가 차도를 도심의 스카이라인과 조화를 시키기 위해서는 웬만큼 단장하지 않고서는 어려울 듯합니다. 그만큼 도시와 자연이 공존하는 공간을 만들어내는 일이 만만치 않다는 점을 저자는 「시간의 경관」에서 설명합니다.

「시간의 경관」에는 뉴욕의 라과디아 플레이스와 웨스트 휴스턴 스트리트가 만나는 길모퉁이에 있는 1,000제곱미터의 공간도 등장합니다. 울타리를 쳐서 사람들의 출입을 금한 이 공간은 일종의 생태공원입니다. 1978년 미술가 앨런 손피스트가 17세기 이전에 뉴욕지역에서 흔히 볼 수 있던 붉은 삼나무, 흑벚나무, 풍년화, 미국담쟁이덩굴, 미국자리공, 아스클레피아스 같은 토착종 식물을 심어 조성하였습니다. 이른바 상실된 자연에 헌정된 「시간의 공간」이라는 제목의 작품입니다. 이 작품은 '이 도시가 한때는 숲이었음을 상기시키는 것'으로 '강과 샘과 자연적 노두(露頭) 같은 자연현상의 삶과 죽음'을 우리에게 상기시키는 반성의 장소로 활용하자는 주장에 근거하는 것입니다.

그런데 문제는 세월이 흐르면서 「시간의 공간」은 나팔꽃이나 방가지똥 같은 외래종 잡초들의 침입으로 오염되기 시작하였습니다. '이곳은 폐쇄된 공간이 아니라, 오히려 개방된 실험실'로 여러 종의 식물 사이에 일어나는 상호작용을 염두에 두었던 것이라고 손피스트는 해명하였습니다. 이러한 작가의 주장에 대하여 저자는 "그것이 사실이라면 「시간의 공간」은 공허한 기념물일 뿐이다. 이 장소가 이 도시의 다른 녹색 공간들과 차별화되는 요소는, 바로 이곳이 과거를 엄밀하게 환기시킨다는 점이다."라고 비판하였습니다. 저자는 여러 도시에서 자주 조성되는 환경 미술, 또는 대지 미술의 상당수가 넓은 자연경관 안에다가 방향을 상실한 듯한 인간의 장소를 만들어내고 있는 것에 불과하다고 잘라 말합니다.

1997년 요트를 타고 북태평양을 항해하던 찰스 무어가 발견한 북태평양의 거대한 쓰레기 구역(GPGP, Great Pacific Garbage Patch)

에 대한 이야기에서는 환경오염의 심각성을 경고합니다. 주로 플라스틱과 어망이 해류를 따라 흐르다 모여들어 만들어낸 GPGP는 그 규모가 한반도 면적(22만㎢)의 7배에 달합니다. 우리가 버린 플라스틱 병이 강물에 흘러들고, 강물을 따라 바다로 나가 해류를 타고 흘러가다 마지막으로 도착하는 곳입니다. 그래서 쓰레기의 무덤이라고 할 수 있습니다. 문제는 이렇게 만들어진 쓰레기 섬이 결국은 다양한 경로를 통하여 환경에 영향을 미치고 그 결과가 인간에게 돌아올 것입니다.

제가 살고 있는 곳 가까이 있는 도심 하천가에는 오래전에 들어온 너구리 한 쌍이 퍼뜨린 새끼들이 이제는 영역을 다툴 정도로 개체 수가 늘어났습니다. 옛날에는 너구리들이 사람들 눈에 거의 띄지 않게 숨어 다녀 실체를 보기 어려웠습니다. 그런데 요즘 너구리들은 대낮에 산책길을 어슬렁거리기도 합니다. 생태학자들은 자연과 사람들 사이의 간격이 좁혀진 것을 반기는 것 같습니다. 그래도 수의학자들은 이들 야생동물을 통하여 광견병과 같은 치명적인 질병에 걸리지 않도록 조심할 것을 당부합니다. 그런데 저자가 살고 있는 영국의 뉴캐슬은 물론 호주의 멜버른, 노르웨이의 오슬로, 독일의 슈투트가르트, 캐나다의 토론토, 가까운 일본의 삿포로 같은 대도시에서는 작은 여우들이 도심에 출몰하고 있다고 합니다. 우리나라의 경우는 토종 여우가 멸종단계에 있기 때문에 도심에서 쉽게 볼 수 있는 날을 기대하기 어려울 수도 있습니다. 하지만 멧돼지가 도심에 출몰하는 것이 일상이 되어가고 있는 것을 보면, 머지않은 앞날에 우리나라의 도심에서 여우를 볼 수 있는 날이 오기를 기대합니다.

저자는 이 책을 읽은 독자들에게 토포필리아(Topophilia), 즉 '장소에 대한 사랑'의 개념을 설명합니다. 소수의 지도에서만 발견되거나 심지어는 어떤 지도에서도 발견되지 않는 장소들을 찾아가는 여행을 통하여 일상으로부터 탈출하려는 심리적 욕망을 채우고, 장소에 대한 상상력을 키워 나가며, 우리를 자연으로 연결시켜 나가게 되기를 기대합니다. (라포르시안: 2015년 9월 21일)

7

훔볼트의 대륙

(울리 쿨케, 을유문화사)

▨ 19세기판 '정글의 법칙' 훔볼트의 남미 탐험

#훔볼트에 대한 기억 1

벌써 20년 가까이 지난 일입니다. 베를린에서 열린 국제회의 마지막 날 시내 구경에 나섰습니다. 독일 분단과 통일의 상징 브란덴부르크 문을 지나 훔볼트 대학에도 들어가 보았습니다. 헬름홀츠의 동상이 서 있는 건물에 기념품 매장이 있었습니다. 두 아이들을 위해서 대학 표시가 새겨진 모자 달린 윗도리를 사왔는데, 두 아이들이 즐겨 입어서 다행입니다. 훔볼트 대학에 들어가면 "철학자들은 세계를 단지 다양하게 해석했을 뿐이다. 중요한 것은 세계를 바꾸는 것이다(Die Philosophen haben die Welt nur verschieden interpretiert, es kommt darauf an, sie zu verändern)." 라는 칼 마르크스의 말이 새겨져 있습니다. 앞 문장보다는 뒤 문장에 무게를 두어야 할 것 같습니다.

1810년 프로이센의 황제 프리드리히 빌헬름 3세의 칙령에 따라 교육부장관 빌헬름 폰 훔볼트가 세운 대학입니다. 처음 교명은 베를린 대학교였는데 1828년 황제의 이름을 따서 프리드리히 빌헬름

대학교로 바꾸었습니다. 19세기 후반 설립자의 동생 알렉산더 폰 훔볼트가 주도하여 규모를 확대하였습니다. 나치로부터 탄압을 받았으며 제2차 세계대전 중에는 많은 건물이 파손되고, 교원들이 죽거나 실종되는 피해를 입었습니다. 종전으로 문을 닫았다가 1946년 소련군정의 주도로 다시 문을 열었습니다. 1949년에는 동독의 독일사회주의통일당이 훔볼트 대학으로 교명을 바꾸었습니다.

이 대학의 졸업생이나 교수 출신 가운데 40명이 노벨상을 수상하였습니다. 철학자 게오르크 빌헬름 프리드리히 헤겔과 요한 고틀리프 피히테, 물리학자 알베르트 아인슈타인, 문화비평가 발터 벤야민, 법학자 헤르만 헬러 등이 교수를 지냈습니다. 사회주의 철학자 칼 마르크스와, 마르크스주의를 창시한 프리드리히 엥겔스, 사회학자 게오르크 지멜, 물리학자 막스 플랑크 등이 이 학교를 졸업하였습니다.

#훔볼트에 대한 기억 2

앞에서 소개한 알랭 드 보통의 『여행의 기술』에서도 훔볼트를 만난 적이 있습니다. 여기 소개하는 알렉산더 훔볼트는 호기심이라는 주제를 담은 마드리드 여행을 안내했습니다. 주마간산하듯 스쳐가는 여행이 아니라 꼼꼼하게 관찰하고 느끼는 여행을 하라는 메시지를 담기에 알렉산더 훔볼트가 제일 마땅한 안내자였습니다.

알랭 드 보통은 훔볼트의 남미여행에 대하여 이렇게 적었습니다. "훔볼트는 보통 사람이라면 그냥 지나쳤을 것들을 놓치지 않았다. '해발 5,076미터인데도 눈 위로 바위 이끼가 보였다. 이끼를 마지막으로 본 것은 800미터 정도 아래에서였다. 봉플랑 씨[훔볼트의 동행자]는 해발 4,500미터에서 나비를 한 마리 잡았으며, 거기에서 500미터를 더 올라가서도 파리를 볼 수 있었다.'" 알렉산더 훔볼트는 5년에 걸쳐 남미를 여행하면서 채집한 자료를 토대로 『신대륙의 적도 지역 여행』이라는 제목으로 30권의 방대한 저술을 남겼습니다. 우리나라에는 『식물지리학 시론 및 열대지역의 자연도』가 번역 소개되어 있습니다.

미국의 평론가 랠프 월도 에머슨은 훔볼트를 이렇게 평했습니다. "훔볼트는 아리스토텔레스, 율리우스 카이사르, 크라이턴 제독과 마찬가지로 이따금 세상에 나타나서 인간 정신의 가능성, 재능의 힘과 범위를 보여주는 경이로운 인간, 즉 보편적 인간의 한 예이다." 훔볼트만큼 위대한 이름도 흔치 않을 것입니다. 그의 이름을 딴 지명, 동물 및 식물 이름, 기관 등은 헤아릴 수 없습니다. 아메리카대륙을 발견한 크리스토퍼 콜럼버스 정도가 비교된다고 합니다. 독일에서는 훔볼트의 이름을 딴 거리는 셀 수 없을 정도입니다. 미국에서도 훔볼트의 이름을 딴 도시가 여덟 곳, 군(郡) 아홉 곳이며, 열아홉 종의 동물과 열다섯 종의 식물 역시 훔볼트의 이름을 땄습니다. 그런데 제가 알고 있는 것은 페루의 앞바다를 흐르는 훔볼트해류 정도였습니다.

#훔볼트에 대한 기억 3

알렉산더 훔볼트의 남미여행 과정을 살펴본 『훔볼트의 대륙』을 소개합니다. 저자 울리 쿨케는 독일의 저명한 일간지 벨트(WELT)의 기자입니다. 세계의 탐험여행을 집중적으로 취재하고 이에 대한 저서를 여러 권 출판하였습니다. 알랭 드 보통의 『여행의 기술』에서 소개한 훔볼트의 남미여행이 단편적이었던 아쉬움을 채울 수 있습니다. 쿨케 기자는 훔볼트의 성장 배경으로부터 남미탐험 그리고 유럽으로 돌아와 저술활동을 통하여 남미에서 발견한 것들을 알리고 죽음을 맞기까지 훔볼트의 일생을 잘 요약하였습니다.

우리는 흔히 완벽함을 이야기할 때 천시(天時), 지리(地利), 인화(人和)의 삼박자가 맞아떨어졌다고 합니다. 훔볼트야말로 재능과 노력 그리고 배경까지 어느 하나 부족함 없이 완벽함 그 자체였습니다. 아버지 알렉산더 게오르크 폰 훔볼트는 프로이센의 대령으로 황태자의 근위관을 지내면서 황실과 돈독한 관계를 맺었고, 어머니는 부유한 위그노파 가문 출신으로 막대한 유산을 남겼던 것입니다. 이렇게 좋은 배경이라면 굳이 험지에 직접 가지 않아도 그의 형 빌헬름 폰 훔볼트처럼 국내에서 명망가로서 성장할 수 있었을 것입니다. 그런데 알렉산더 훔볼트는 어려서부터 적도여행을 꿈꾸었습니다. 특히 제임스 쿡 선장의 세계일주여행이 소년 훔볼트를 세계여행으로 이끌었습니다.

훔볼트는 막연히 꿈만 꾸지 않고 세계여행에 필요한 지식들을 쌓아 갔습니다. 프라이부르크 대학에서 광산학을 공부하였고, 화산을 연구하기 위하여 이탈리아를 여행하기도 했습니다. 그리고 동물학자, 식물학자, 물리학자, 천문학자들과의 교류를 통하여 다방면의 지식을 쌓았습니다. 공부한 것들을 확인하기 위하여 드레스덴, 프라하, 빈, 잘츠부르크, 파리 등에 있는 대학, 천문대, 학자들을 찾아다녔습니다. 한편으로는 탐험여행에 필요한 최신 장비들, 고도계, 나침반, 온도계, 기압계, 수중계, 크로노미터 등을 사들였습니다. 심지어는 알파벳, 화살표, 상징 부호 등을 비롯하여 각종 분류에 사용할 약호 등을 정하는 등 치밀하게 준비를 했습니다. 감나무 아래서 입을 벌리고 있다고 감이 똑 떨어지는 것이 아니듯 행운은 예비하고 있는 사람에게 찾아오는 법입니다.

나폴레옹의 프랑스군에 합류하여 북아프리카로 가려고도 했습니다. 아쉽게 이 계획은 실패했지만 그 과정에서 식물학자 에메 봉플랑을 만나게 되었습니다. 봉플랑은 훔볼트의 남미탐험의 동반자가 되었으니 훔볼트의 파리행이 무의미한 것만은 아니었습니다. 행운은 역시 훔볼트 편이었습니다. 당시 남미를 여행하려면 남미를 지배하던 스페인의 허가를 받아야 했습니다. 작센공사의 도움으로 스페인 국왕 카를로스 4세를 알현하는 자리에서 훔볼트는 여행허가증을 얻어냈습니다.

훔볼트와 봉플랑은 1799년 5월 말 스페인의 북서쪽 갈라시아 지방의 라 코루냐의 항구에서 쿠바로 가는 배에 올랐습니다. 첫 번째 기착지 카나리아제도에서 해발 3,718m의 피코 데 테이데 산을 등정하였습니다. 그리고 5년간에 걸쳐 훔볼트가 남아메리카와 북아메리카에 걸쳐 탐험한 거리는 대략 25,000km에서 30,000km에 달하였습니다. 그 과정에서 6,200종의 식물을 수집하였으며, 700여 가지의 천문 관측실험을 수행했습니다. 훔볼트는 자신이 경험한 것과 측정한 것들을 모두 6만여 쪽의 기록으로 남겼습니다.

자연과학자이면서도 인문주의적 성향을 가졌던 훔볼트는 남미에서 만난 인디오들이 선하다고 느꼈습니다. 그런데 스페인 사람들이 노예를 매매하는 모습을 보고서 충격에 빠지기도 했습니다. 후에 미국을 방문했을 때 토머스 제퍼슨 대통령에게 노예매매를 중지하라고 요청했습니다. 스페인의 남미 지배에 대하여 비판적 시각을 가졌음에도 불구하고 현지의 스페인 사람들과는 우호적 관계를 이어갔습니다.

훔볼트는 오리노코강을 측량하기 위하여 내륙지방의 정글로 향했습니다. 악어와 전기뱀장어가 득실거리는데다가 격류가 흐르는 강물을 거슬러 오르는 것은 쉬운 일이 아니었을 것입니다. 인디오들을 고용하여 노를 젓거나 폭포를 만나면 배를 매고 육로로 거슬러 올라가야 했습니다. 그래도 "새로운 세계에 발을 디딘다. 자연이 문명화된 해안가와 원시의, 그리고 미지의 내륙 사이에 만들어 놓은 빗장 뒤로 왔음을 느낀다."라고 적었습니다. 훔볼트의 탐사는 그때까지 아마존을 나누고 있던 스페인과 포르투갈이 잘못 알고 있던 것들을 바로잡는 역할을 했음이 분명합니다. 오리노코강과 네그루강 사이에 엘도라도, 즉 황금의 땅이 있다는 소문이 잘못된 것이라는 사실도 포함됩니다.

훔볼트는 남미를 탐험하면서 기회가 될 때마다 작성한 보고서를 유럽으로 보냈습니다. 그 보고서는 대중의 인기를 끌었습니다. 훔볼트는 자신도 모르는 사이에 유명 인사가 되어 간 셈입니다. 보고서가 뜸하면 훔볼트가 탐험여행 중에 사망했다는 소문이 돌기도 했습니다. 이런 방식이 탐험여행에 결정적으로 도움이 된 사건도 있었습니다. 누에바 바르셀로나에서 쿠마나로 향하는 도중에 영국의 무장선박에 나포된 것입니다. 이미 신문을 통하여 훔볼트의 탐험기를 읽은 바 있던 영국의 선장이 존경하는 훔볼트를 석방했습니다. 그뿐만 아니라 그리니치 천문대의 관측 자료까지 제공하는 후의를 베풀어 훔볼트의 천문관측에 크게 도움이 되었습니다.

쿠마나를 출발하여 쿠바의 아바나에 도착한 훔볼트는 오리노코강 탐험에서 얻은 자료들을 유럽으로 보냈습니다. 그리고 지금의 콜롬비아와 볼리비아를 거쳐 페루의 리마에 이르는 경로의 탐험에 나섰습니다. 그 여정에는 당시까지 세상에서 제일 높은 산으로 알려져 있던 볼리비아의 침보라소산 등정이 포함되었습니다. 이 책의 178쪽과 179쪽에 정리된 침보라소산의 탐험자료를 보면 훔볼트의 자료 정리 방식에 놀라지 않을 수 없습니다. 당시 훔볼트와 봉플랑이 등정한 높이는 5,881미터였습니다. 이 기록은 그때까지 인간이 올라간 가장 높은 곳으로, 이후 50년 동안 기록이 깨지지 않았습니다. 이들은 침보라소산의 정상까지는 도달하지는 못했습니다. 고산병의 증세가 나타났고, 인디오들도 5,100미터에서 돌아갔기 때문입니다. 훔볼트는 이때의 심정을 이렇게 기록하였습니다. "암석들이 스스로 양극을 다 가져 자기 바늘에 영향을 주는 이 산에서 암석이 안 보이는 평원이나 혹은 자기장의 영향을 받지 않는 산 위로 도구들을 400m 더 높이 가지고 간들 무슨 소용이 있으랴." 화산학에 관심이 많았던 훔볼트는 만년설로 덮여 있는 정상에 분화구가 있는지 확인하지 못한 것을 안타깝게 생각했습니다.

침보라소산에서 페루의 리마에 이르는 동안 훔볼트는 잉카인이 만들어놓은 유적들을 보고 경외감을 가졌습니다. 반면 리마를 차지한 유럽 사람들의 삶에는 오히려 환멸을 느꼈습니다. 리마의 항구 카야오에서 과야킬과 멕시코의 아카풀코로 향하면서 훔볼트는 차가운 바닷물이 해안을 따라 북쪽으로 향하고 있음을 발견했습니다. 그리고 이 조류가 남극에서 오는 것이라고 설명했습니다. 이 해류를 오늘날 훔볼트해류 혹은 페루해류라고 부르고 있습니다. 1837년 프로이센의 지리학자 하인리히 베르크하우스가 훔볼트해류라는 이름을 지었을 때, 정작 훔볼트는 '이것은 칠레부터 파이타까지, 뱃사람이라면 어린아이까지 누구나 다 아는 해류'라면서 이의를 제기해서 사람들을 놀라게 했습니다.

요즈음 여행을 하면서 사회관계망을 통하여 실시간으로 독자를 만나는 여행가들도 많습니다. 그런데 언론을 통하여 탐사여행 과정을 중계했던 훔볼트야말로 매체를 활용한 여행의 효시라고 할 만합니다. 유럽으로 돌아왔을 때 훔볼트는 이미 유명 인사가 되어 있었던 것입니다. (라포르시안: 2016년 1월 4일)

8

인류학자처럼 여행하기

(로버트 고든, 펜타그램)

■ 인류학자가 쓴 실용 여행안내서

　　　　　외국의 어디를 가더라도 우리나라 사람들을 만날 수 있을 정도로 외국여행이 일반화되었습니다. 해외여행에 관심을 둔 사람들이 많다 보니 여행 관련 서적도 넘쳐나고 있습니다. 하지만 사회관계망에서도 만날 법한 신변잡기 수준의 값싼, 천편일률적인 감상을 늘어놓는 경우가 많습니다. 여기 소개하는 『인류학자처럼 여행하기』는 해외여행을 많이 다니는 사람이나 처음 나서는 사람 모두에게 생각할 거리를 얻을 것 같습니다.

　우리에게는 다소 생소한 인류학(anthropology)이라는 분야는 인간을 종합적으로 연구하는 학문입니다. 시간을 통하여 종으로는 인간 역사의 모든 시대를 통하고, 횡으로는 지구상에 살고 있는 모든 인간에 관한 일체의 현상을 연구대상으로 합니다. 인류학은 다양한 영역으로 구분되어 있습니다. 크게는 인간의 체질현상을 자연과학적 방법으로 연구하는 체질인류학(體質人類學)과, 인간의 사회문화 현상들을 인문·사회과학적 방법으로 연구하는 문화인류학(文化人類學)으로 나눕니다.

19세기 중엽 서구에서 시작한 인류학은 서구 중심의 비교해석이 중심을 이룬 적도 있습니다. 하지만 이제는 지역에 따른 다양한 인간현상들의 우열을 가리는 절대적인 기준은 있을 수 없고 상대적인 것으로 보는 상대적 관점이 확립되었습니다. 인류학의 기본이 되는 연구방법은 현지조사입니다. 연구대상이 되는 지역에 들어가 그곳 사람들과 같이 생활하면서 관찰하고 질문하며 필요한 기록문서를 수집하여 분석합니다. 따라서 여행은 인류학 연구의 시발점이 되는 셈입니다.

『인류학자처럼 여행하기』를 쓴 로버트 고든(Robert Gordon)은 미국 버몬트 대학교(The University of Vermont) 인류학과 교수입니다. 한편으로는 남아프리카공화국 프리 스테이트 대학교(The University of The Free State)의 연구원으로, 아프리카의 나미비아, 레소토, 남아프리카공화국, 그리고 파푸아 뉴기니 등지의 현지 조사에 참여했습니다.

『인류학자처럼 여행하기』는 인류학적 연구를 위한 해외여행의 경험을 바탕으로 일반 사람들이 낯선 곳을 여행할 때 꼭 기억해야 할 것들을 정리하였습니다. 크게 두 부분으로 된 이 책의 제1부에서 저자는 혼합된 여행의 특징들을 통하여 여행자들이 빠질 수 있는 잘못된 관점을 인류학적 시각으로 바로잡고자 하였습니다. 제2부는 현지인들과 유대 관계를 설정하고 구축하고 유지하는 데 필요한 방법들을 정리하였습니다. 해외여행에서 기억해야 할 실용적인 조언들입니다. 저자는 해외여행을 통하여 그곳 사람들의 관습과 문화를 배우려고 하는 사람들이 보다 생산적인 성과를 내기 위한 계획을 세우는 데 이 책이 도움이 되기를 희망합니다.

내용을 요약해 보면, 1부에서는 해외여행의 성격을 설명합니다. 실용적인 내용을 다룬 2부에 관심이 많을 수도 있습니다. 6장에서는 여행 준비 목록을 짤 때 고려해야 할 요소들을 담았고, 7장에서는 여행에 꼭 가지고 가야 할 필수품이 무엇인지 소개합니다. 8장에서는 현지인과의 소통 문제를 다룹니다. 현지인들과의 대화는 인류학 연구의 핵심이 되는 현지조사의 진수에 해당되는 것으로 이런 활동을 둘러싼 쟁점들을 논합니다. 또한 돌아다니면서 어떻게 정보를 모으고 학습해야 하는지에 대하여도 이야기합니다. 9장에서는 여행객들이 간과하기 쉬운 안전과 건강 문제입니다. 보통 여행안내서에서는 볼 수 없는 개인위생과 배변에 관한 이야기까지도 다루고 있습니다. 마지막 10장에서는 글쓰기입니다. '왔노라! 보았노라! 느꼈노라!'에서 끝난다면 비싼 돈과 시간을 들여 다녀온 해외여행이 시간이 지나면서 의미가 퇴색될 것입니다. 여행의 완성은 글쓰기입니다. 해외여행을 통하여 얻은 지식을 끊임없이 기록하고 성찰함으로써 자신의 것으로 심화시키는 데 글쓰기보다 나은 것이 없습니다. 좋은 이야기 능력을 계발할 수 있는 저자의 몇 가지 조언은 특히 주목할 만합니다.

『인류학자처럼 여행하기』를 읽으면서 눈길을 끌었던 점을 몇 가지 소개합니다. 저자는 '문화적 상대주의' 개념이야말로 인류학이 성취한 가장 위대한 업적이라고 합니다. 앞서 잠깐 언급하였습니다만, 서구 중심으로 인류학이 태동할 무렵에는 서구 중심적으로 다른 문화를 해석하는 경향으로 편견과 차별이 뚜렷했습니다. 레비-스트로스는 『슬픈 열대』에서 브라질 지역의 원주민과 조우한 서구 사람들이 끊임없이 그 사회를 파괴하는 침략성을 보인 데 대하여 분노하였습니다. 그리고 자신이 서구 문명의 침입으로 인하여 파괴되고 사라져 버린 원주민 문명, 즉 '사라져 버린 실체'를 탐구하고 있는 민족학자라는 역설적 직업을 가진 것에 대한 비통함을 토로하였습니다.

해외여행에 나서는 이유를 물어보면 다른 지역을 배우기 위하여, 혹은 자아발견을 위해서라고 합니다. 하지만 여행 동기가 분명치 않은 경우가 대부분입니다. 단순히 '즐거운 시간'을 보내기 위하여, 혹은 사회적 지위를 과시하기 위한 새로운 상징을 수집하려는 생각일 수도 있습니다. 이런 여행일수록 현지에서 위험에 빠질 가능성이 높습니다. 현지인들에게 여행객은 보호막이 없는 먹잇감으로 인식될 수도 있습니다. 저자는 아프리카 잔지바르의 관광지의 분위기를 소개합니다. 이곳의 여행안내인 가운데 거머리라는 의미로 부르는 파파시(papasi)라는 부류가 있습니다. 이들은 '금방 떨어질 것 같은 잘 익은 과일'이라는 의미로 마도도(madodo)라고 부르는 젊은 여성 여행객에게 접근합니다. 그리고 성관계 등의 인연을 맺어 궁극적으로는 아프리카를 탈출하는 기회를 잡으려는 생각을 가지고 있습니다.

변비에 관한 문제를 다룬 것처럼 해외여행에서의 저자의 관심 대상은 거칠 것이 없어 보입니다. 해외여행에서의 성적 모험도 그 가운데 하나입니다. 대체적으로 여행객과 현지인 사이의 관점의 차이가 존재할 수 있습니다. 그러한 모험을 시도하는 가운데 겪을 수 있는 위험에 대하여도 적시하고 있습니다. 해외여행에서 즐긴 모험을 자랑하는 사람들의 후기에서는 자신이 당한 위험하고도 치욕스러운 부분을 읽어본 기억이 별로 없습니다. 이런 종류의 여행기를 읽은 사람들은 그보다 더 무모한 도전에 나섰다가 커다란 위험에 빠질 수도 있습니다. 소 잃고 외양간을 고치는 우를 범하지 말고 '좀 더 분별 있게 행동해야 한다.'는 저자의 조언은 절대적으로 기억해야 합니다. '여행은 무모한 행동을 부추기는 것 같다.'라고 전제한 저자는 '자기 나라 어디에서도 후미진 골목을 혼자 걷거나, 교회에 갈 때 노출이 심한 옷을 입거나, 모르는 사람 차에 선뜻 올라타지 않듯이 해외에서도 그런 짓은 절대 해서는 안 된다.'라고 경고합니다.

여행을 준비하는 과정에서 우리가 참고하는 다양한 안내서를 보면, 왜곡된 세계관이 넘쳐나고 있다고 잘라 말합니다. 일반적으로 여행안내서는 정보제공, 홍보, 유인이라는 세 가지 유형으로 나눌 수 있습니다. 대부분 행선지의 인상을 매력적이고 멋진 장소로 구축하고, 여행 희망자에게 실용적인 정보를 제공하는 두 가지 목적으로 만들어집니다. 결국은 읽는 사람들로 하여금 그곳으로 여행을 떠날 마음이 생기도록 유혹합니다. 여행안내서는 그곳 사람들의 평범한 일상보다는 화려한 볼거리와 그것을 즐기는 사람들에 초점을 맞추기 마련입니다. 대부분의 여행자들은 여행안내서에 적힌 내용을 자신의 여행기에 복사하여 확산시키는 역할에 머무는 경향이 있습니다.

여행에 앞서 많은 것들을 꼼꼼하게 챙겨야 하겠지만, 저자는 건강 문제를 제일 먼저 짚었습니다. "해외에서 한 달 이상 장기 체류하는 경우 떠나기 전에 건강 및 치과 검진을 받는 것이 바람직하다. 검진 결과 치료가 필요할 수도 있으니 검진은 가급적 출발 몇 주 전 아니면 몇 달 전에 받는 게 좋다." 얼마 전부터는 저 역시 여행을 떠나기 전에 신경이 가장 많이 쓰이는 점입니다. 여행을 하다가 병원에 가야 할 정도로 아프게 되면 자신의 여행을 망칠 뿐 아니라 일행에게도 피해를 줄 수 있습니다.

해외여행은 분명 일상과는 다른 새로운 경험이기 때문에 기획단계에서부터 일지를 쓰기 시작할 것을 권합니다. 준비과정을 세세하게 적는 것은 물론 여행의 동기, 기대하는 바, 예상되는 두려움 등에 대하여도 적는다면 자신을 성찰하는 데도 많은 도움이 될 것입니다. 그런데 저자는 누리사랑방에 쓰는 개인기행문과 여행일기에 대하여 부정적으로 이야기합니다. 누리망에서 나타나는 탈억제효과 (외부 요인에 의하여 억제력을 잃는 현상)로 인한 부작용을 우려하기 때문입니다. 누리망에 올린 글은 다양한 성향의 사람들에게 공개됩니다. 글쓴이의 견해에 공감하지 않는 사람들 가운데 지나친 반응을 보이기도 합니다.

저자는 사회관계망에 올리는 글은 보통 깊이 생각하지 않고 쓰는 경향을 우려합니다. 특히 여행 중에는 사려 깊지 못한 표현이 들어갈 수도 있습니다. 과거에는 소수의 사람들에게 노출되는 것으로 끝났던 문건이 이제는 사이버세계에 영구히 남게 될 뿐만 아니라 엄청난 속도로 확산되는 생명력을 가질 수 있습니다. 결국은 인간관계를 무너뜨리고 일신상의 심각한 피해를 부르는 화근이 될 수도 있다는 점을 고려한 글쓰기가 되어야 할 것입니다.

여행 경험을 글로 쓰는 일은 매우 중요한 일입니다. 자기 과시와 출세를 위하여, 이해나 소통에 기여하고자, 혹은 단순한 즐거움을 위하여 등 다양한 이유로 글쓰기를 합니다. 여행 경험을 글로 옮길 때는 읽는 이를 즐겁게 하고, 생각을 불러일으키도록 이야기를 풀어내야 합니다. 그런데 저자는 머릿속에 있는 초안을 키보드로 바로 옮긴다는 생각을 버리라고 합니다. 이야기를 구성해 가는 일은 여기저기를 어수선하게 땜질하는 것과 같기 때문입니다. 그래서 순서도를 만들어두면 이야기 조각들을 전체 맥락 사이에서 연관성과 관계를 파악하는 데 유용하다고 합니다. 순서도에 따라서 이야기들을 다시 매만져서 이야기의 논리를 유연하게 풀어낼 수 있다는 것입니다.

이 책의 장점은 특히 전자 기기와 각종 매체의 발달에 따라 즉각적 소통이 가능해진 사회관계망 시대에 바람직한 여행법을 제시하고 있다는 점입니다. 이 책을 통하여 해외여행에서뿐만 아니라 자기 삶의 모든 순간을 새로운 방식의 여행으로, 또 그런 여행을 창조적인 혁명적 순간으로 바꾸어 보기를 기대한다고 옮긴이는 말합니다. (라포르시안: 2016년 2월 1일)

앙코르와트

(비토리오 로베다, 문학동네)

역사의 퇴적층 속에 묻힌 '신이 살다가 버린 도시'

　　　　2014년 캄보디아를 여행할 때 앙코르와트 사원에서 보았던 신비한 미소가 아직도 기억에 생생하게 남아 있습니다. 그 느낌을 간단하게 정리해 두긴 했습니다만, 크메르인들이 정글 속 깊숙이 감추어 두고 싶었던 것은 무엇인지 공부해 봐야겠다는 생각을 가지고 있었습니다. 자료를 찾던 중에 비토리오 로베다의 『앙코르와트』를 발견했습니다. 앙코르와트 유적에 관한 사항들이 잘 정리되어 있어 여기 소개합니다.

　앙코르와트 전문가로 인정받고 있는 비토리오 로베다는 지질학과 층위학으로 박사학위를 받았습니다. 1990년부터 1995년까지 싱가포르에서 아시아 예술사를 가르쳤습니다. 1999년에는 런던 대학 '동양과 아프리카' 연구소에서 크메르 부조의 이야기 기법에 관한 논문으로 두 번째 박사학위를 받았습니다. 박사학위 하나를 받는 것도 대단한 일인데, 서로 다른 분야에서 박사학위를 둘씩이나 받은 것을 보면 참 대단하신 분입니다. 여기 소개하는 『앙코르와트』를 비롯하여 크메르의 신화를 해석하는 일에 정열을 바치고 있습니다. 크메르 하면 캄보디아만 떠올리기 쉽습니다. 하지만 앙코르 유적을 지을 무렵의 크메르 제국은 지금의 태국과 라오스에 이르는 방대한 지역을 차지하고 있었습니다. 따라서 씨엠립에 남아 있는 앙코르 유적만으로는 크메르 문명을 제대로 이해한다고 할 수 없는 노릇이겠습니다.

인접한 문화는 많은 영향을 서로 주고받기 마련입니다. 따라서 이웃 인도에서 들여온 힌두문화와 불교문화가 크메르 문명에 커다란 영향을 미쳤습니다. 그래서 로베다는 크메르 문명을 이해하기 위하여 힌두교와 불교의 신화와 전설에도 많은 관심을 쏟고 있다고 합니다. 『신의 이미지』에는 2,400개가 넘는 천연색 사진들을 인용하고 있어 읽는 즐거움에 보는 즐거움을 더하고 있다고 하니 우리나라에도 번역 소개가 되면 좋겠습니다.

앙코르와트 유적이 남아 있는 앙코르(Angkor)는 옛 크메르 제국의 수도였습니다. 지금은 캄보디아의 북서쪽에 있는, 톤레사프 호수의 북쪽 지역에 해당됩니다. 크메르 제국의 앙코르 시대는 크메르의 힌두교도 황제 자야바르만 2세가 스스로를 "만국의 군주"라고 선언한 802년에 시작되었습니다. 지금의 타일랜드 지역을 다스리던 시암 왕국의 침입으로 수도 앙코르를 비우고 프놈펜의 남쪽으로 이주를 한 1431년에 막을 내렸습니다.

앙코르 왕조는 28명의 왕이 이어서 630여 년을 통치를 했습니다. 1150년 수르야바르만의 사후에 일어난 내전이 진행되던 1177년, 메콩강과 톤레사프 호수를 타고 수로로 침공한 참족(Champa)에게 정복당한 적도 있습니다. 당시 참족은 지금의 베트남 지역을 지배하였습니다. 하지만 자야바르만 7세가 중심이 되어 이를 격퇴하였습니다. 앙코르 왕조는 힌두 신앙을 배경으로 하였지만, 참족의 침략을 물리치고 왕으로 등극한 자야바르만 7세가 불교신자가 되면서 앙코르 왕국의 종교가 힌두교에서 불교로 바뀌었습니다. 따라서 힌두교 사원에 부처를 모시게 되었습니다. 외적의 침입으로 왕조가 위기에 몰리게 되면 민심을 달래기 위하여 종교를 바꾸기도 했던 것입니다. 이를테면 '힌두의 신이 나라를 제대로 지켜주지 않아 환란이 생긴 것이다. 따라서 이제는 부처에게 의지해야 한다.'라고 내세우는 것입니다. 자야바르만 7세가 죽은 다음에는 힌두교가 다시 부활하게 되면서 불상을 훼손하는 일이 횡행했습니다.

크메르 제국이 오늘날에도 신비에 싸여 있는 이유는 왕국의 기록이 남아 있지 않아서입니다. 오직 사원 벽에 산스크리트어로 새겨져 남은 많지 않은 기록만으로 미루어 짐작할 뿐입니다. 1296년 중국 원나라의 사신으로 앙코르를 방문한 주달관(周達觀, 1266~1346년)이 남긴 진랍풍토기(眞臘風土記)가 유일한 기록물입니다. 주달관은 1년 정도 머물면서 앙코르의 종교나, 법제도, 왕위, 농경, 노예제도, 새, 식물, 목욕, 의식주, 도구, 동물, 상거래 등을 관찰하고 40장 분량의 기록을 남겼습니다. 개인기록인 탓에 주관적인 점을 걸러내고 본다면 당시 앙코르 사회를 이해할 수 있는 중요한 사료로 평가됩니다.

사람들의 기억에 묻혀 있던 앙코르와트 유적은 19세기 들어 다시 주목을 받게 되었습니다. 1860년대 동남아시아를 여행하던 프랑스의 탐험가 앙리 무오가 앙코르 유적지를 발견하였습니다. 그의 여행기에 담긴 앙코르 유적의 신비한 모습이 유럽 사람들의 호기심을 끌었습니다. 하지만 캄보디아 사람들 사이에는 앙코르 유적의 존재가 구전되어 왔던 것으로 보입니다. 캄보디아 사람들이 앙코르 유적의 존재를 공론화하지 않은 데는 이유가 있었습니다. 외세의 침략에 시달린 앙코르의 지배자들이 앙코르지역은 더 이상 신의 가호를 받을 수 없는 저주의 땅이 되었다고 선언하고 이곳에 살던 사람들을 모두 소개(疏概)하는 전략을 구사했기 때문입니다. 저주받은 땅을 입에 올리는 것만으로도 불행해질 것이라는 생각이 크메르인들의 뇌리에 각인되었을 것입니다.

사람들이 떠난 자리에는 금세 자연이 돌아와 사람의 흔적을 지우기 마련입니다. 게다가 이곳은 만물이 왕성한 열대계절풍 지역입니다. 사람들이 떠난 앙코르 유적은 금방 밀림으로 뒤덮였습니다. 목재 건축물들이었다면 흔적도 없이 사라져 버렸을 것입니다. 돌로 만든 앙코르 유적은 역설적으로 자연의 힘으로 천 년이 넘게 보존될 수 있었습니다. 건축물 위에 떨어진 나무열매가 싹을 틔워 뿌리가 내렸습니다. 이렇게 뻗어나간 나무뿌리가 사람들이 쌓은 돌 더미를 움켜쥐는 효과를 나타냈기 때문에 붕괴를 막는 역설적인 현상이 일어난 것입니다. 하지만 이것도 한계가 있어서 최근에는 거대하게 자란 나무들의 힘으로 건축물의 균형이 깨지고 있습니다. 보존 대책이 시급한 한계 상황에 이른 것입니다.

앙코르 유적은 이 지역을 식민 통치하게 된 프랑스 정부가 발굴에 관심을 보일 때까지 밀림에 묻혀 있었습니다. 프랑스 극동학원이 탐사와 발굴작업을 주도하여 숲을 제거하고, 제단을 수리하고, 배수로를 설치하여 붕괴를 막았습니다. 그러던 중에 폴포트가 주도한 캄보디아 내전으로 중단되었다가 1993년 이후에 재개할 수 있었습니다. 이제는 유네스코를 중심으로 프랑스와 일본이 합작한 국제위원회를 만들어 보존에 힘쓰고 있습니다. 제가 앙코르와트를 방문했을 때도 일본 동경대학팀이 실측을 하는 모습을 볼 수 있었습니다.

비토리오 로베다는 특히 인도 문화의 영향을 받았지만 '크메르적 독창성', 즉 자신만의 독특한 예술 언어를 창조해 냈음에 주목하였습니다. 바푸온 사원의 이야기 부조가 보여주는 익살과 해학, 앙코르와트의 '우유바다 휘젓기'와 '역사 속 행렬'의 추상적 명징성, 랑카 전투의 화려한 역동성을 따라올 만한 부조는 같은 시대의 인도나 중동, 유럽 어디에도 없을 것이라고 단언합니다.

앞서 말씀드린 대로 공식기록으로 남아 있는 크메르 제국의 역사는 희소합니다. 따라서 크메르 제국의 정체를 어떻게 그려낸 것인가를 설명하는 데 40여 쪽을 할애하였습니다. 이어서 유적에 남겨진 부조의 내용을 이해하는 데 필요한 크메르의 신화와 전설을 소개합니다. 크메르 사람들에게 영향을 미친 신화와 전설로는 라마의 전설, 크리슈나 신화, 시바 신화, 인드라 신화를 비롯한 힌두 신화들이 있고, 여기에 불교 신화가 더해져야 합니다. 이어서 저자가 주목하고 있는 부조들에 담긴 이야기를 소개하였습니다. 앙코르와트를 포함하여 모두 열여덟 곳의 유적에 남아 있는 부조들을 설명합니다. 대표적인 유적들은 발굴이 완료되어 관광객들에게 공개되고 있습니다. 하지만 여행 일정 때문에 돌아볼 수 없는 곳도 많아서, 저 역시 타프롬, 바욘, 코끼리 테라스와 문둥이왕 테라스, 바푸온, 그리고 앙코르와트 등 다섯 곳의 부조만을 볼 수 있었을 따름입니다.

크메르의 부조가 가지는 의의는 '건축의 미학적 가치를 높여주는 장식적 요소'에 더하여, '앙코르의 종교와 신화, 역사, 윤리, 도덕에 관한 중요한 개념들이 들어 있는 일종의 암호문'으로 해석하는 경향이 생겼습니다. 지금까지 앙코르 유적의 부조는 사원을 찾는 방문객을 교육하고 계몽하기 위한 것이라고 해석해 왔습니다. 하지만 최근에는 왕실 구성원과 종교의 권력자들을 위한 것이었을 것이라는 견해가 나왔습니다. 일종의 의식절차를 기록해 두기 위한 목적이었다면 세부 사항까지도 정확하고 분명해야 했을 것입니다. 우리의 문화유산 가운데 의식절차를 기록한 의궤와 맥을 같이하는 것이라고 보면 될 것 같습니다. 크메르의 부조에 담긴 이야기들은 대개는 인도 신화나 불교 설화에서 뽑은 사건이나 크메르의 역사에 있었던 사실들이 주를 이루고 있습니다.

비토리오 로베다의 『앙코르와트』는 부조의 해석에 중점을 두었습니다. 따라서 부조가 많은 곳, 예를 들면 반티아이 스레이, 바푸온, 앙코르와트, 반티아이 삼레, 바욘 등 부조가 많은 유적에서 특히 부조의 내용에 대한 설명이 길게 이어집니다. 하지만 부조 이외의 것들은 간략한 설명으로 지나는 아쉬움이 있었습니다. 앙코르와트를 예로 들면, 사방의 회랑벽을 장식하고 있는 부조는 물론 각각의 문 위나 모퉁이에 있는 작은 방의 부조까지도 설명해 줍니다. 반면 65m에 이르는 중앙탑이 힌두교에서 말하는 우주의 중심축인 '메루산'이라고도 부르고, 중앙탑을 중심으로 하여 네 귀퉁이에 있는 10m 정도 낮은 탑들은 메루산 주변의 봉우리를 의미한다거나, 중앙사당에는 수르야바르만 2세의 유골이 안치되었다는 등의 설명은 빠져 있습니다. 또한 앙코르와트의 2층에 안치된 불상에 관해서도 따로 설명이 없습니다.

앞서 소개한 바 있습니다만, 20세기 초에 우리나라를 방문하여 금강산에 있는 절을 찾았던 장 드 팡주가 "이내 독송 소리가 울려 퍼졌다. 이상하게도 그 소리를 들으면 달빛 가득한 앙코르 사원의 거대한 층계 꼭대기에 웅크린 승려들의 독경 소리가 떠오른다."라고 소략하지만 강렬한 느낌을 남긴 것과 비교하면 아주 건조하다는 생각이 들었습니다. 그럼에도 불구하고 앙코르 유적에서 만나는 수많은 부조에 담긴 의미를 제대로 이해하는 데 큰 도움이 될 것으로 생각합니다. (라포르시안: 2015년 4월 6일)

10

스페인은 가우디다

(김희곤, 오브제)

▨ 130년째 짓고 있는 성가족 대성당… 스페인은 가우디다

저는 2014년부터 늦게 시작한 본격적인 해외여행을 이베리아반도에서 시작하였습니다. 스페인, 포르투갈, 모로코를 연결하는 참좋은 여행사의 단체여행상품이었습니다. 이베리아반도는 오랜 세월을 두고 아랍 문명과 유럽 문명이 첨예하게 충돌하던 곳입니다. 여행을 통하여 두 문명이 서로에게 어떠한 영향을 미쳤는지 가늠할 수 있을 것으로 기대하였습니다. 여행을 안내한 조형진 님은 역사, 건축은 물론 미술과 음악 그리고 춤에 이르기까지 다양한 분야에 걸쳐 박식한 분이었습니다. 같이 여행하면서 앎의 지평을 광범위하게 넓힐 수 있었습니다.

스페인 여행길에 바르셀로나에서는 그 많은 가우디의 건축물 가운데 성가족성당, 구엘 공원만 구경했을 뿐입니다. 그것도 번갯불에 콩 구워 먹듯 했습니다. 오후에 바르셀로나에 도착해서 다음 날 아침 떠나야 했기 때문입니다. 성가족성당과 구엘 공원 등이 가우디예술의 결과물이라고 한다면 이튿날 방문한 몬세라트 수도원은 가우디에게 예술적 영감을 준 곳입니다.

여기 소개하는 『스페인은 가우디다』에서 김희곤 교수님은 가우디의 건축예술을 이렇게 말합니다. "가우디 이전의 대부분의 건축가들은 건축을 시대정신에 부합하는 양식의 틀로 재단했다. 하지만 가우디는 홀로 보이는 대로, 보고 싶은 대로 자연과 유적과 전통을 사유하면서 자신만의 상상력으로 건물을 지었다." 19세기 스페인 건축에 새로운 지평을 연 가우디가 21세기에도 여전히 기억되는 것은 그의 건축철학이 요즈음의 사조에 부합하기 때문입니다.

가우디는 1852년 6월 25일 바르셀로나 서쪽 작은 도시 레우스에서 태어났습니다. 대장간을 하던 친가와 외증조부가 목수 일을 하던 외가 모두 수공업과 관련 있는 기술자 집안이었습니다. 그가 천부적인 공간감각을 이어받았을 것이라고 짐작되는 대목입니다. 가우디가 태어난 레우스 그리고 가까이 있는 타라고나는 로마 시대에 100만의 인구가 살던 전진기지였습니다. 이후에 이 지역을 잠시 점령한 이슬람의 영향을 받은 독특한 건축양식을 볼 수 있습니다. 가우디는 이곳에서 구축물 자체의 구조체를 강조하는 로마건축물과 빛과 조각이 만들어내는 환상적인 기하학의 비례와 장식효과를 강조하는 이슬람 건축물에 주목하였습니다. 이로부터 가장 스페인적이고, 가장 카탈루냐적이며 가장 가우디적인 건축기술로 발전시킬 수 있었습니다.

바르셀로나에 도착해서 제일 먼저 찾아간 곳이 람블라스 거리(Las Ramblas)입니다. 김희곤 교수님은 "람블라스 거리를 걸어보지 못한 사람은 바르셀로나의 낭만을 느끼지 못한 사람이며, 세상 끝으로 향하는 길을 걸어보지 못한 사람이다."라고 단언하였습니다. 이 거리에서 저자의 말대로 '도시의 모퉁이에서 정신적 위기를 내

장처럼 드러내고 살아가는 도시의 영혼들이 다른 영혼들과 함께 길을 걸으며 고뇌를 청소'하기에는 겨우 20여 분 주어진 자유 시간이 너무 짧았습니다. 게다가 람블라스 거리는 관광객의 소지품을 노리는 불청객으로 넘쳐나고 있다는 주영은 안내인의 경고 때문에 마주 오는 유럽 관광객들의 여유마저도 의혹의 눈초리로 바라보아야 했습니다.

지금도 건축이 진행되고 있으며 완공일이 정해지지 않은 성가족 대성당을 짓는 일이 약관 31세의 가우디에게 넘겨진 것은 1891년 3월이었습니다. 자신의 구상을 설명하기 위하여 성 요셉 영성회 소속 회원들 앞에 선 가우디의 손에는 달랑 한 장의 사생도가 들려 있었습니다. 그 사생도에는 고작해야 버섯 모양의 탑들이 하늘을 향하여 삐죽삐죽 솟아 있는, 지금까지 한 번도 보지 못한 투박한 그림이 그려져 있었습니다.

하지만 그 사생도에는 기하학적 질서가 한눈에 드러나 있었습니다. 그리고 다음과 같이 확신에 찬 가우디의 설명은 요셉 영성회 회원들의 마음을 흔들기에 충분했습니다. "십자형으로 다섯 개의 복도와 바실리카 양식의 큰 회랑 세 개를 만들 것입니다. 마요르카 거리에 면한 남쪽 정면에는 세 개의 정문을 통과하여 다섯 개의 회랑과 연결되는 다섯 개의 입구를 낼 것입니다. 그리고 동, 서 측면의 입구에는 다섯 개의 회랑과 연결되는 세 개의 입구를 만들 것입니다. 북쪽 후원 주위에는 입구를 설치하지 않고 제단을 둘러싼 외벽은 지하제실의 외벽과 이어질 것입니다." 현대 건축물이 방대한 양의 설계도를 기반으로 지어지고 있는 것을 감안한다면 성가족 대성당처럼 엄청난 규모의 건축물을 변변한 설계도 없이 짓는다는 것이 과연 가능하다고 믿었을까 싶습니다.

성가족 대성당의 건축이 고난의 길을 걷게 된 것은 전적으로 성

금에 의존하였기 때문입니다. 하지만 최근에는 이곳을 찾는 수많은 관광객들이 내는 입장료 수입만으로도 건축비를 충당할 수 있어 오히려 입장객을 제한하고 있습니다. 저와 아내 역시 각각 25,000원 정도의 입장료를 냈으니 성가족 대성당의 건립에 일조를 한 셈입니다. 자유여행객은 입장권을 구입하기 위하여 기다리는 시간도 만만치 않다고 합니다. 단체여행이 편한 이유입니다.

일행은 탄생의 파사드를 통해 성가족 대성당에 입장하여 성당 내부를 돌아보고, 수난의 파사드로 빠져나왔습니다. 입구에서 전체의 모습을 카메라에 담을 수 있을 것이라는 생각은 처음부터 틀린 것이었습니다. 옥수수를 닮은 네 개의 첨탑이 우뚝 솟은 탄생의 파사드는 앞에 있는 공간을 최대한 물러서도 전체의 모습을 담아낼 수가 없었습니다.

가우디 생전에 완성한 탄생의 파사드는 그의 예술세계만큼 복잡하게 표현되어 있어 길지 않은 시간에 모두 감상하기 어려울 것 같습니다. 주영은 안내인의 설명으로 핵심을 파악할 수 있었습니다. 성가족 대성당의 건립이 세기를 건너오고 있음을 한눈에 알 수 있었습니다. 오래전에 올라간 부분의 화강석이 검게 변색된 것과는 달리 최근에 세워진 부분은 우윳빛 화강석으로 빛나고 있었기 때문입니다. 이 두 가지를 비교해 보면서 시간의 깊이를 감상하는 것도 좋을 것이라고 김희곤 교수님은 조언했습니다.

성당에 들어서면 밖에서 보는 것과는 달리 웅장한 내부 공간이 한눈에 들어옵니다. 김희곤 교수님은 대성당의 내부를 "거대한 빛의 숲은 상상 속의 에덴동산을 돌로 빚은 것이다."라고 표현하였습니다. 동, 서, 남 각 정문에 세워진 12사도를 상징하는 4개의 탑은 내부의 예배 공간을 보호하고 있고, 십자가 회랑의 교차점에는 예수를 상징하는 중앙 첨탑이 4개의 첨탑의 호위를 받으면서 교회의 중심을 상징합니다. 성가족 대성당을 구성하는 영광의 파사드는 현실이자 부활을 상징하고, 탄생의 파사드는 과거를, 수난의 파사드는 미래를 상징합니다. 영광의 피사드에서 수난의 파사드로 이어지는 벽은 수많은 창과 스테인드글라스를 통하여 들어오는 빛으로 대성당의 내부를 밝히고 있습니다. 제단 앞에 걸린 화려한 천개 아래로 예수상이 매달려 있습니다. 천개의 위에는 밀이 자라고 아래로는 포도넝쿨이 걸려 있습니다. 예수의 살과 피를 의미하는 빵과 포도주의 상징입니다.

서쪽 수난의 파사드로 대성당을 나서면 동쪽 탄생의 파사드와는 전혀 다른 분위기의 조각상을 볼 수 있습니다. 예수와 성모, 천사, 12사제를 싣고 하늘로 떠나는 거대한 노아의 방주를 연상케 합니다. 수난의 파사드 벽면의 조각은 가우디 사후에 조각가 수비라치가 조성해 오고 있습니다. 예수의 수난과 죽음을 안타깝게 바라보는 인간의 마음을 현대적 조각으로 빚어냈습니다.

성가족 대성당의 주출입구가 될 영광의 파사드는 베일에 가려 있었습니다. 출입문에는 다양한 언어가 기록되어 있는데, '오늘 우리에게 필요한 양식을 주옵소서'라는 한글이 새겨져 있습니다. 성가족 대성당은 가우디 사후 100주년이 되는 2026년 완공을 목표로 가우디의 후예들이 열심히 공사를 진행하고 있었습니다. 성가족 대성당을 보고서 구엘 공원으로 이동하는 버스에서 카사 바티에와 카사 밀라를 일별하고 말았습니다.

구엘 공원은 1898년 미·서 전쟁에서 패한 스페인이 좌절의 깊은 수렁에 빠져들 무렵에 착공한 건축물입니다. 집단거주단지를 조성할 때 높은 곳은 깎아내고 낮은 곳은 돋우는 건축방식에 익숙한 우리로서는 쉽게 이해하기 어려운 점도 있습니다. 하지만 대지가 가지고 있는 약점을 그대로 살려낸 가우디의 구엘 공원을 김희곤 교수님은 이렇게 표현하였습니다. "뜻밖의 풍경을 품고 있는 구엘 공원은 끊임없이 인간의 위치와 방향과 높이를 조정하며 시간 위로 흐르는 빛의 파편으로 자연을 조각하고 있다." 구엘 공원의 초입에 있는 카탈루냐 문장 속의 뱀 머리나 도마뱀 모양의 퓨톤의 입에서 흘러내리는 물은 알람브라 궁전에서 본 환상적인 수리체계를 연상케 합니다.

여행 두 번째 날 방문한 몬세라트 수도원은 로마네스크 양식의 검은 성모상을 기념하기 위하여 12세기에 세워졌습니다. 수도원이 있는 몬세라트산은 영적인 기운이 서려 있는 영산으로 카탈루냐 민중의 마음에 자리합니다. 수도원 뒤로 우뚝 서 있는 몬세라트산은 언뜻 보면 주상절리처럼 보입니다. 하지만 화강암인 주상절리가 각진 모습을 보이는 것과는 달리, 퇴적암으로 되어 있는 이곳은 흙의 질에 따라 차별적으로 풍화되어 완만하면서도 기묘한 형상을 만들어냈습니다. 어찌 보면 곰 한 마리가 손가락으로 하늘을 가리키며 천상천하 유아독존을 외치는 듯하면서도 달리 보면, 역시 곰 한 마리가 하늘을 향해 비스듬히 누워서 하늘을 품으려 드는 모습으로 보입니다. 미국 콜로라도의 브라이스 협곡에 서 있는 부두(boodoo)와 닮은 것 같기도 합니다.

저자는 몬세라트산과 가우디의 건축과의 관계를 이렇게 설명합니다. "가우디 건축은 몬세라트의 작은 환영이라고 할 수 있다. 하늘로 솟아오르는 몬세라트의 육감적인 암석기둥은 성가족 대성당의 첨탑으로 부활했고, 천사들의 얼굴을 두르고 있는 몬세라트의 암벽은 카사밀라의 외벽과 지붕으로 변주되었다. 구엘 성지의 지하제실의 원시적인 화강석 기둥은 거친 몬세라트의 암석에 기반을 두고 있다." 저자의 이러한 설명은 "하늘 아래 독창적인 것은 아무것도 없다. 단지 새로운 발견에 지나지 않는다."라는 가우디의 말을 재해석한 것으로 보입니다.

겨우 반나절 동안 가우디의 작품을 중심으로 돌아본 바르셀로나 이야기만 지나치게 늘어놓은 것 같습니다. (라포르시안: 2014년 10월 27일)

11

베네치아의 돌

(존 러스킨, 예경)

▨ 존 러스킨의 '베네치아의 돌'

베네치아는 2015년에 다녀온 발칸 여행의 마지막 일정으로, 2018년에는 이탈리아 여행에서 각각 가보았습니다. 여기 소개하는 존 러스킨의 『베네치아의 돌』을 소개한 다음이었습니다. 그러니까 베네치아 여행을 미리 준비한 셈이 되었습니다.

존 러스킨(1819~1900년)은 19세기 영국의 작가이자 화가, 예술비평가인 동시에 위대한 사회개혁 사상가였습니다. 그는 예술을 비롯하여 문학, 자연과학(지질학과 조류학), 정치학, 경제학, 사회학 등 다방면에 걸쳐 있어 많은 작품을 남겼습니다. 우리나라에는 『나중에 온 이 사람에게도』, 『존 러스킨의 드로잉』, 『황금강의 임금님』, 『베네치아의 돌』 등이 소개되어 있습니다. 러스킨과의 만남이 이어진 것은 프루스트 덕분입니다. 일찍이 러스킨에 매료되어 있던 프루스트는 러스킨의 『참깨와 백합』을 프랑스어로 번역하면서 방대한 분량의 역자 서문을 붙였습니다. 이 서문은 프루스트의 『독서에 관하여』에 소개되었습니다. 프루스트는 『독서에 관하여』에서 "독서란 우리 주변에서 만날 수 있는 그 누구보다도 지혜롭고 훌륭한 사람들과의 대화라고 주장한다."라는 러스킨의 말을 인용하여, "독서는 대화와는 다르게 혼자인 상태에서, 즉 고독한 상태에서 지적인 자극을 계속해서 즐기고 영혼이 활발히 활동하게 하는 것"이라는 자신의 독서관을 보였습니다.

『잃어버린 시간을 찾아서: 사라진 알베르틴』에서도 러스킨의 영향을 찾아볼 수 있습니다. 알베르틴의 비밀을 알게 된 마르셀이 그녀의 문제에 무관심해지기 위하여 어머니와 함께 베네치아로 향합니다. 그 대목에서 "점심 식사 뒤, 혼자서 베네치아의 시가를 산책하지 않을 때에는, 러스킨에 관한 연구를 적어 둔 공책을 가지러 내 방에 올라갔다."라고 적었습니다. 그러고는 곤돌라를 타고 수로를 지나면서 만나는 풍경을 마치 중계하듯 그려내기도 합니다. "곤돌라를 타고 대운하를 거슬러 올라가면서, 양쪽에 늘어선 귀족 저택이 장밋빛 측면에 빛과 시각을 반사시키고 있는 광경을, 그것이 유명한 건물이라든가 사저라기보다도, 저녁 무렵에 쪽배를 타고 일몰을 보기 위해서 그 밑까지 간, 잇닿은 대리석 절벽같이 시시각각으로 변하는 그 풍치를 바라보았으니까 말이다."

프루스트의 작품을 읽다 러스킨의 『베네치아의 돌』을 읽어보고 싶어졌습니다. 하지만 『베네치아의 돌』은 절판되어 구할 수 없었습니다. 그러다가 마을 도서관의 귀퉁이에 숨어 있는 이 책을 발견하였을 때 기쁨보다는 놀라움 같은 것을 느꼈습니다. 그런데 우리말로 번역된 『베네치아의 돌』은 러스킨이 1851년부터 1853년까지 집필한 모두 3권의 책의 내용을 요약한 내용을 담았다고 해서 크게 실망했습니다. 내용이 너무 방대하여 트레블러 출판사에서는 1877년 원본의 4분의 1 정도의 요약본을 출간했습니다. 요약본에서는 건축의 원리를 제시한 '건축의 길잡이(do it yourself)'와 '고딕의 본질(The Nature of Gothic)'에 관한 글이 생략되었습니다.

그런데 옮긴이는 저자의 요약본에서 빠졌던 첫 번째 책의 내용들을 대부분 포함시켰으며, 오히려 장식에 관해 장황하게 설명한 부분을 생략했습니다. 아마도 옮긴이가 건축을 전공했기 때문에 장식에 대한 배려가 소홀했던 것이 아닌가 싶습니다. 그런가 하면 『베네치아의 돌』이 '분명 대단히 독보적이고 흥미로운 책이며, 순수한 교과서적 건축론으로서 그 의의가 크다.'라고도 했습니다. 건축학을 전공하는 학생들을 위한 교재로 사용하기 위한 장치가 아니었을까 싶습니다.

목차에 첫 번째 책과 두 번째 책은 나타나지만 세 번째 책에 대한 언급은 없는 것으로 보아 이 책에서는 아예 빠져 있는 것으로 보입니다. 벽, 코니스, 아치, 지붕, 버트레스, 중첩을 비롯하여 장식을 논하고 있는 것을 보면, 첫 번째 책의 내용은 주로 건축의 원리에 관한 내용을 다룬 것 같습니다. 그리고 두 번째 책은 베네치아에 세워진 건물들을 중심으로 비잔틴 시대, 고딕 시대 그리고 르네상스 시대의 건축양식을 설명합니다.

러스킨은 제1장 탐색에서 왜 베네치아의 건축을 논하게 되었는지 설명합니다. 모든 건축은 나쁘건 좋건, 옛것이건 새것이건 간에 그리스에서 파생되어 로마를 거쳐 왔으며 동방에 의해 채색되어 완성되었습니다. 그런데 베네치아의 건축이 그 기원에서부터 줄곧 나머지 유럽의 건축과 연관되어 있기 때문이라고 합니다. 제가 미국에서 공부할 때 같은 동네에 건축을 전공하시는 분이 계셨습니다. 이분이 시카고로 이사를 가시면서 하셨던 말씀이 생각납니다. 시카고는 미국의 근대 건축의 박물관이라는 것입니다. 시카고에 세워진 건물들이 미국의 근대 건축의 시대적 변모상을 오롯이 나타내고 있다고 합니다. 러스킨에 따르면 베네치아의 건축이 유럽 건축의 시대적 변화상을 담고 있다는 것 같습니다. 베네치아 사람들이 예술에 있어서만큼은 적들의 가르침을 받아들일 준비가 되어 있었기 때문에 가능하였던 것입니다.

러스킨은 건축물이라고 하면 세 가지 미덕을 가져야 할 것이라고 전제합니다. 1. 건물은 기능이 좋아야 하고, 의도한 대로 최상의 효율로 이루어져야 한다, 2. 건물은 잘 설명되어야 하고, 의도한 대로 가장 좋은 언어로 표현되어야 한다, 3. 건물은 보기 좋아야 하고, 기능이나 표현이 어떻든 간에 건물이 있음으로 해서 기쁨을 주어야 한다, 등입니다. 결론적으로 건물은 보는 사람이나 사용하는 사람 모두에게 기쁨을 주는 존재가 되어야 한다는 것입니다. 3장에서는 보호와 위치라는 건축의 임무를 제시하면서 '건축의 6가지 분류'를 제목으로 내세웠음에도 불구하고 분류의 어느 한 항목도 보이지 않아서 무슨 내용을 담았는지 궁금하게 만듭니다.

건축물의 벽체의 전형으로 알프스를 든 것은 러스킨의 사유의 폭이 얼마나 놀라운 것인지를 잘 보여주는 것 같습니다. "알프스는 벽체의 전형이 어떠한지를 보여줄 수 있는 중요한 특성을 지니고 있는 건축물의 한 단편으로서 아주 뛰어난 예라 할 수 있다. (…) 이 꼭대기의 코니스는 거의 150피트(약 46m)의 높이에서 육중한 측면을 굽어보고 있는데, 이는 빙하면에서 3,000피트(약 900m), 해수면에서 14,000피트(약 4,200m) 위에 있는 것이다. 즉 그것은 진실로 장엄한 벽이며, 알프스산맥 몬테체르비노 전역에서 가장 가파르고 가장 견고한 존재이다."

옮긴이는 장식에 관한 부분이 지나치게 장황하여 생략했다고 합니다. 하지만 장식에 관한 러스킨의 생각은 매우 독특한 것 같습니다. 러스킨은 장식은 신의 창조물과 인간의 창조물로 구분하고, 모든 고귀한 장식은 신의 창조물에 대해 느끼는 인간의 즐거움을 표현한 것이라고 정의합니다. 즉 인간 자신이 창조한 것들은 천박하고 저급한 것으로 치는 것입니다. 장식의 기능이란 그것을 보는 동안 우리를 행복하게 해주는 것인데 "진정한 행복은 신을 응시하는 것으로, 신이 하는 일들과 신의 존재를 바라보는 것, 그리고 신의 율법을 따르고 신의 의지에 당신을 맡기는 것에서 찾을 수 있다." 라고 본 것입니다. 신이 창조한 것이라면 무엇이나 장식의 소재가 될 수 있는데, 추상적인 선, 대지, 물, 불, 하늘의 네 가지 요소와 동물의 유기체를 모방한 형태 등으로 분류할 수 있다고 했습니다.

두 번째 책은 베네치아 지역에 세워진 건물들을 건립 방식에 따라 비잔틴 시대, 고딕 시대, 그리고 르네상스 시대로 분류합니다. 비잔틴 시대의 대표적인 건축물로는 베네치아에서 북쪽으로 7마일 정도 떨어진 곳에 있는 토르첼로섬에 있는 토르첼로 성당과 베네치아의 산 마르코 성당을 들었습니다. 러스킨은 건물의 모양만을 두고 논의한 것이 아니라 그 건물이 자연과 어떻게 조화를 이루는지까지도 살폈습니다. "토르첼로 교회는 심지어 황혼이 깊을 때조차도 조각품과 모자이크들이 지극히 세밀한 부분까지도 자세히 드러난다. 슬픔에 잠긴 사람들에 의해 세워진 교회에 햇빛이 자유롭게 들어오도록 허용되었다는 것을 알고 나면 거기에는 더더욱 우리를 감동시키는 무엇인가가 있을 것이다."

저자는 고딕 시대의 건축물을 이야기하기에 앞서 고딕의 본질을 설명합니다. 우리는 흔히 로마 제국을 멸망시킨 고트족의 문화적 배경이 얕은 점을 꼬집기 위해서 고딕양식이란 이름을 붙였다고 알고 있습니다. 그리하여 야만성을 고딕의 정신의 맨 위에 두곤 합니다. 하지만 러스킨은 변화성과 자연주의, 견고성 그리고 잉여성 등을 고딕의 특징으로 꼽고 있습니다. 즉, 예술적 창안이나 계획은 위대한 로마네스크나 비잔틴의 장인보다 못했지만, 장식적 감성과 풍부한 상상력에 더하여 사실에 대한 사랑을 더한 점을 높이 산 것입니다. 기독교 신자인 고딕의 장인들은 자신의 불완전함을 고백하는 겸손을 바탕으로 하여 자연을 진실되게 표현하려고 노력했다는 것입니다. 고트족의 후예로서의 시각이 개입한 것은 아니었을 것이라는 생각입니다. 두칼레 궁전은 고딕양식으로 지어진 대표적인 건축물입니다. 러스킨은 '두칼레 궁전에 대한 글은 내 생애 가장 중요한 산물 중의 하나이다.'라고 할 만큼 중요한 의미를 부여합니다. 두칼레 궁전은 산 마르코 광장을 사이에 두고 산 마르코 대성당과 복합적 형태로 지어졌고, 건축 이후에 몇 차례 화재가 있었기 때문에 비잔틴양식과 고딕양식의 건축물이 섞여 있습니다. 그래서 개별 양식의 원형으로 기준이 되는 모습을 하고 있다고 합니다.

베네치아를 구경하기 전에 읽은 탓에 『베네치아의 돌』에 담은 러스킨의 생각을 제대로 이해할 수는 없었습니다. 하지만 베네치아의 건축물들의 감상법을 정립하는 기회가 되었던 것 같습니다. (라포르시안: 2015년 7월 27일)

12

메카로 가는 길

(무함마드 아사드, 루비박스)

▒ 태양과 뜨거운 바람과 사막… 메카로 가는 길

2014년 말 우리말로 번역된 『메카로 가는 길』은 1954년에 출간된 대표적인 이슬람교의 안내서입니다. 이 책은 유럽 출신의 저명한 무슬림 작가 무함마드 아사드(1900~1992년)가 이슬람에 매료되고 무슬림이 되기까지의 과정을 그린 자전적 기록입니다. 저자는 1900년 오스트리아령이었던 폴란드의 르보프(지금은 우크라이나령이라고 합니다)의 유복한 유대계 가정에서 레오폴트 바이스라는 이름으로 태어났습니다. 대를 이어 유대교 랍비가 되는 가풍 덕분에 일찍 유대교의 경전을 공부하였습니다. 공부 끝에 오히려 유대교에 대하여 회의가 들었다고 합니다. 저자는 경전 전반에 걸쳐 강조되는 도덕적이고 올바른 삶, 예언자들의 신심 등에는 물론 경의를 표할 만하다고 생각했습니다. 하지만, 구약이나 탈무드에서 말하는 신은 과도하게 의례에 집착한다고 보았습니다. 그뿐만 아니라 히브리인 외에 다른 민족에는 도통 관심이 없어 보였던 것입니다.

모험과 사건에 관심이 크던 10대 후반 무렵 제1차 세계대전이 발발했습니다. 나이가 어려 전쟁터에 나가지는 못했습니다. 종전 후에 비엔나 대학에서 2년간 예술사와 철학을 공부하였습니다. 이 때 그는 서구의 종교가 말하는 '신의 뜻'이란 인간의 독단적 판단에 불과하다는 생각을 하게 되었습니다. 즉 독선적인 종교 수호자들이 스스로 신을 '정의'할 권한이 있다고 자의적으로 해석하는 바람에 세상이 혼란에 빠진 것으로 보았습니다. 결국 아버지의 반대에도 불구하고 대학을 그만두고 기자의 길로 선택했습니다. 독일의 권위 있는 일간지 『프랑크푸르트 자이퉁』의 외신부 기자로 아라비아, 팔레스타인, 이집트, 이란, 이라크, 시리아, 아프가니스탄 곳곳을 누볐습니다. 그러다 보니 중동 사람들의 시선으로 본 중동의 문제들을 기사로 송고했고, 그의 기사는 유럽사회는 물론 중동국가의 유력자들로부터 주목을 받게 되었습니다.

『메카로 가는 길』은 이슬람과 서구 사이의 높은 장벽을 조금이라도 낮추어보려는 의도에서 쓴 것입니다. 저자는 "이 책은 리비아사막과 눈 덮인 파미르고원, 보스포루스 해협과 아랍해 사이에 있는 거의 모든 국가를 여행하며 보냈던 시간을 기록하고 있으며, 1932년 여름이 끝나가던 무렵 메카로 향했던 마지막 사막 여행의 시점을 기준으로 하고 있다."고 요약하였습니다.

사막에서 해가 지는 모습을 구경한 적이 있습니다. 서쪽 하늘이 붉게 물들어가는 장관을 지켜보면서 숨도 크게 쉬지 못할 정도로 감동을 받았습니다. 해 지는 모습이 그토록 아름다운 사막이지만 그곳을 가로질러 가는 여행은 상상이 되지 않습니다. 저자는 사막 여행을 이렇게 묘사했습니다. "낙타 두 마리가 저마다 한 사람씩 태운 채 터덜터덜 앞으로 나아간다. 이글거리는 태양 아래 타오르는 듯한 붉은빛 모래언덕이 끝도 없이 이어지고, 숨 막히는 침묵이 주위를 감싼다. 휘청휘청

걷는 낙타 등에 올라타고 있노라면 최면에 걸린 듯 정신이 몽롱해지면서 태양도, 뜨거운 바람도, 사막도 모두 뇌리에서 사라진다."

그저 막막하기만 할 뿐 사람의 그림자도 볼 수 없을 것 같은 사막에서도 사람들을 만나고 그와 같은 만남을 통해서 자연스럽게 옛날이야기가 이끌려 나옵니다. 토끼 한 마리가 만들어낸 작은 사건은 저자를 사막폭풍으로 몰아넣기도 합니다. 사막의 지형을 바꾸어놓은 폭풍 때문에 길을 잃은 저자는 물 한 방울 없이 사흘 동안 사막을 헤매기도 합니다. 절체절명의 위기 상황에서 저자는 "공포와 굶주림, 궁핍과 실패로 반드시 너희를 시험할 것이다. 그래도 굴하지 않는 이들에게는, 고난 앞에 '보라, 우리는 신께 돌아가야 한다.'고 말하는 이들에게는 기쁜 소식이 기다리고 있을 것이다."라는 코란의 한 구절을 떠올립니다. 사막은 텅 비어 있지만 역설적인 아름다움으로 채워져 있고, 그런가 하면 수많은 위험이 도사리고 있는 곳이기도 한 것 같습니다.

중동과 아프리카의 이슬람지역이 이방인들에게는 위험천만한 곳이란 인식이 널리 퍼져 있습니다. 하지만 저자가 이 지역을 누빌 때만 하더라도 사막의 베두인족들까지도 이방인들에게 우호적이고, 가지고 있는 것을 나누어주는 모습을 볼 수 있습니다. 지중해지역원이 펴낸 『지중해의 전쟁과 갈등』에는 이슬람원리주의가 잘 요약되어 있습니다. 1300여 년 이상을 아랍민족에게 보편적 삶의 방식을 자리 잡아 온 이슬람은 정교일치의 지도이념으로 강력한 정치체제를 유지할 수 있었습니다. 그런데 근세에 들어 부상한 서구 문명의 영향을 받게 되었습니다.

서구의 발전된 문명을 접한 아랍의 집권자들은 이슬람국가의 개혁에 나섰습니다. 하지만 이슬람 일각에서는 전통 이슬람이 정치현실에 무관심해지고 부패하면서 무슬림 공동체가 쇠락해진 것으로 생각하게 되었습니다. 결국은 이슬람만이 유일한 해결 방안이라는 인식이 태동하게 되었습니다. 그리하여 초기 이슬람으로 돌아가자는 움직임이 시작되었습니다. 즉 이슬람 부흥의 단초를 전통에서 찾아내겠다는 인식입니다. 세계 문명의 용광로 역할을 했던 초기 이슬람의 '열린 인식'과는 맥을 달리하는 것입니다. 집권자들의 세속적 정책에 대항하기 위하여 급진적이고 배타적인 행동들이 출현했습니다. 특히 1970년대 말 이란에서 이슬람혁명이 성공하면서 이슬람원리주의가 우후죽순처럼 일어나기 시작했습니다. 일부 급진적 성향의 이슬람원리주의자들의 과격한 무장활동은 대다수의 이슬람원리주의자들이 폭력주의자로 오해받는 결과를 가져왔습니다.

7세기 예언자 무함마드가 창시한 이슬람교를 중심으로 이슬람공동체가 성립했습니다. 다음 세기에는 동으로는 인도 북부, 북으로는 카스피해 북쪽, 서로는 아프리카 북부를 거쳐 유럽의 이베리아반도에까지 영역을 넓혔습니다. 이토록 광대한 영역을 다스리기 위한 철학이 필요했습니다. 이슬람 문명은 그리스 문명은 물론 페르시아, 인도, 멀리는 중국의 문명까지도 받아들였습니다. 그 결과 의학, 응용수학, 천문학, 점성술, 연금술, 논리학 등 다양한 부문에서 인류의 문명이 발전하는 데 결정적인 기여를 했습니다. 그런데 수백 년에 걸쳐 번창했던 이슬람 문명은 십자군전쟁을 계기로 정치적으로 분열이 일어났습니다. 한편 종교적으로는 보수화되어 문화적 다양성이 사라지고 쇠퇴의 길로 접어들었던 것입니다.

일면으로는 무슬림 세계가 쇠락한 원인을 이슬람이라는 종교에 두고 있는 서구의 시각이 틀리지 않다고 볼 수도 있습니다. 서구의 시각으로 이슬람은 기독교나 유대교와 비교하여 종교라 부르기 어려운 측면이 있다는 것입니다. 이슬람에는 사막 특유의 광신, 미신 숭배, 어리석은 운명론이 뒤섞여 있기 때문에 인간을 우민화의 사슬로 옭아매고 있다는 것입니다. 이슬람 사회에 들어가 직접 체험한 저자가 보기에 서구의 이런 시각을 왜곡된 것으로 보았습니다. 코란은 신의 창조물을 이성적으로 받아들일 뿐 아니라, 지적인 욕구와 육체적 충동, 영적인 갈구와 사회적 필요성이 조화를 이루고 있었습니다. 결국 이슬람 세계가 퇴보하고 있는 것은 이슬람이라는 종교 자체의 결함 때문이 아니라 무슬림이 이슬람의 가르침을 제대로 따르지 못했기 때문이라는 것입니다.

저자는 서구 문명 역시 인간의 육신과 사회적 필요, 그리고 영적 욕구의 조화를 실현하는 데 실패했다고 주장합니다. 오만한 서구인들은 자신들의 문명이 세상에 행복과 빛을 가져다줄 것이라 믿어 의심치 않았습니다. 18~19세기에는 기독교가 인류를 구원할 수 있을 것이라는 믿음에 매몰되어 기독교를 전 세계에 전파시키기 위하여 온갖 방법을 다 동원했습니다. 하지만 이제 그들의 종교는 동력을 상실해 가고 있습니다. 그러자 종교를 대신해서 과학이 인간의 문제를 해결할 수 있을 것이라며 '서구식 생활양식'을 전파하고 있다는 것입니다. 기계와 기술에 의존하여 실존을 증명하려 애쓰게 되었습니다. 기계는 새로운 욕망과 두려움을 만들어내고, 새로운 기계에 대한 채워지지 않는 갈증이 심화되었습니다. 애초에 인간의 삶을 풍요롭게 만들려고 기계를 발명했습니다. 그런데 끝이 보이지 않는 기계에 대한 인간의 욕망은 기계를 탐욕스러운 신으로 탈바꿈시켰고, 기계를 만들어내는 과학자들이 사제의 자리를 차지하게 되었다는 것입니다.

이슬람 세계의 매력에 빠져들던 저자가 이슬람으로 개종하게 된 결정적인 계기는 아프가니스탄을 여행할 때였습니다. 눈 덮인 힌두쿠시를 넘어 헤라트에서 카불로 여행하면서 만난 사람들이 이슬람에 대한 신앙심이 먼 생활을 하는 것을 보면서 안타까운 마음이 들었습니다. 타고 있던 말의 편자가 벗겨지는 바람에 쉬게 된 하자라자트에서 만난 하킴과 이야기를 나누게 되었습니다. 이야기 중에 믿음이 확고했던 무슬림들이 불과 한 세기 만에 자신감을 상실하고 서구의 이념과 관습에 쉽게 물들고 말았다는 이야기가 나오게 되었습니다. 저자는 하킴에게 명확하고 단순한 예언자의 가르침이 억측과 말장난에 가려지고, 이슬람의 가치관을 모두 부정하는 아타튀르크 같은 가짜 무슬림이 중흥의 상징이 되어 버린 이유를 물었습니다. 하킴은 저자에게 '당신도 무슬림이 아닙니까?' 하고 되물었습니다. 저자는 '저는 무슬림은 아나 이슬람의 아름다움을 무슬림들이 그저 손가락 사이로 흘려보내는 것이 안타까워서 그런다'고 대답하였습니다. 그러자 하킴은 '당신은 무슬림이 맞습니다. 아직 그 사실을 깨닫지 못했을 뿐이지요.'라고 개종을 촉구했습니다. 1926년의 일입니다. 베를린으로 돌아와 미루던 결혼을 한 직후에 아내와 함께 전철을 타게 되었습니다. 한창 번영의 물결을 타고 있던 시절임에도 전철에서 만난 사람들은 모두 지옥 같은 고통을 감내하고 있는 것처럼 보였습니다. 집에 돌아와 펼친 코란에서 "무덤에 들어가는 순간까지 탐욕은 계속 커진다. 아니다. 그대는 결국 깨닫게 될 것이다. (…) 그날이 오면, 귀중한 인생을 무엇에 썼느냐는 질문을 받게 될 것이다."라는 구절을 읽게 되었습니다. 그리하여 저자는 바로 베를린의 작은 무슬림 공동체 지도자를 찾아가 '신 외에 신은 없으며 무함마드가 그의 전령임을 증언한다.'라고 선언하여 개종을 하였습니다.

저자는 이슬람을 미화하고자 하는 의도나 이슬람교를 포교하려는 목적으로 이 책을 쓴 것은 아니고, 다만 이 책을 통해 무지와 편견으로 가려져 있던 안개가 걷히며 이슬람의 정신과 문화에 한 발짝 다가설 수 있기를 희망한다고 했습니다. (라포르시안: 2015년 1월 26일)

13

과이라 공화국, 또 하나의 파라과이

(구경모, 이담북스)

▨ 과이라 공화국과 '과이레뇨', 또 하나의 파라과이

　　　　　　　2016년 초에 남미를 여행하면서 그야말로 눈 깜짝할 사이라 할 동안 파라과이를 구경했습니다. 브라질과 파라과이 사이를 흐르는 파라나강에 세워진 이타이푸(ITAIPU)댐을 구경한 김에 내쳐서 국경에서 멀지 않은 파라과이의 시우다드 델 에스테(Cuidad del Este)를 찾았던 것입니다. 높이 196m, 길이 7.76km에 달하며 저수량은 190억㎥에 달하는 이타이푸댐은 싼샤댐에 이어 세계에서 두 번째로 큰 규모의 수력발전소를 운영하고 있습니다. 머문 시간은 비록 짧고, 여권에 입국 도장도 찍히지 않은 파라과이 이지만 그래도 그 땅에 머물렀던 인연으로 읽게 된 구경모 교수의 『과이라 공화국, 또 하나의 파라과이』입니다.

　'또 하나의 파라과이'라는 표현이 독특한 것처럼 파라과이의 중남부에 위치한 과이라주, 특히 주도인 비야리카(Villarrica)를 중심으로 한 사회현상을 조사한 문화인류학적 연구서입니다. 과이라주의 면적은 3,846㎢, 인구는 190,035명(2002년 기준)이며, 주도인 비야리카의 면적은 247㎢, 인구는 56,385명입니다. 비야리카는 파라과이 내에서 상당히 이질적인 존재로 취급받고 있습니다. 저자는 역사적 사실들을 조사하고, 현지인들을 면접조사하는 방식으로 비야리카가 이질적인 존재로 자리매김하기까지의 과정을 정리하였습니다. 많은 나라에서 정도의 차이는 있지만 갈등을 빚는 지역이 있기 마련입니다. 하지만 파라과이의 비야리카 사례는 시사하는 바가 컸습니다.

문화인류학은 이제는 어느 정도 친숙해진 학문의 영역입니다. 문화인류학이란 오지 사람의 삶을 우리네 삶과 비교하는 학문이라는 편견을 가졌던 시기도 있었습니다. 이제는 시기적으로 혹은 지역적으로 다른 사회의 독특한 면을 조사하여 그 원인을 규명하는 학문으로 인식하게 되었습니다. 어쩌면 한국문화인류학회가 편찬한 『낯선 곳에서 나를 만나다』를 편찬하는 등 문화인류학이라는 학문의 정체를 알리려 노력한 결과가 아닐까 싶습니다.

파라과이 사람들은 비야리카를 중심으로 한 과이라주 사람을 과이레뇨(Guaireño)라고 부릅니다. 그래서 '과이레뇨가 반대로 한다.'라며 자신들과 구별하거나, '과이레뇨가 독립을 하길 원한다.'는 식으로 비판한다고 합니다. 자유당으로 대표되는 과이레뇨가 파라과이의 현대사를 통하여 일어났던 두 차례의 내전을 주도한 데서 기인하는 것입니다. 1947년 홍색당이 정권을 잡았던 시기에 자유당 세력들이 과이라주를 중심으로 하여 내전을 일으켰다 실패했습니다. 결과적으로 과이레뇨가 반국가 세력이라는 이미지를 갖게 된 것입니다.

저자는 과이레뇨가 특별한 존재라는 인식이 굳어지게 된 문화사회적 요인과 사건들을 정리하여 이 책에 담았습니다. 먼저 인종적으로도 차이가 있습니다. 라틴아메리카 지역에는 메스티소라고 하는 유럽 남성과 원주민 여성 사이에서 태어난 혼혈인종의 비중이 높다고 흔히 말합니다. 하지만 안데스 산간지방에는 원주민의 비중이 높고, 반면 아르헨티나와 우루과이, 브라질 서남부 지역 그리고 파라과이의 일부 지역에는 백인들의 비중이 상당히 높은 편입니다. 아르헨티나의 홀리오 아르헨티노 로카(1843~1914년) 장군이 파타고니아 지역을 정복하면서 원주민들을 학살하거나 칠레 쪽으로 추방하는 극단적 조처를 취한 결과입니다. 그리고 유럽계 이민자들이 경제적으로 활기찬 부에노스아이레스로 몰려들었던 것도 또 다른 이유입니다.

비야리카가 중심이 되는 과이라주가 처음 세워진 것은 지금의 위치가 아니라 브라질의 상파울루 아래 해안으로부터 파라과이 쪽으로 향하는 지역이었습니다. 포르투갈 사람들이 침입해 오자 이곳에 살던 원주민들이 스페인계 파라과이 정부에 지원을 요청하였던 것입니다. 1554년 파라과이 정부는 요청에 따라 원주민을 보호하고 덤으로 무역로를 개척하기로 하였습니다. 그리하여 군대를 파견하여 새로운 도시를 건설한 것입니다. 하지만 사탕수수밭을 경영하면서 많은 노동력이 필요했던 브라질의 포르투갈계 정복자들이 수시로 비야리카를 침입하여 원주민들을 잡아갔습니다. 그 바람에 과이라 지역 사람들은 이주를 거듭하여 오늘날의 파라과이 동부 지역에 자리 잡았습니다.

한편 과이라 지역에 유럽계 이민이 급증하게 된 직접적인 계기는 브라질, 아르헨티나, 우루과이의 동맹 3국과 치른 삼국동맹전쟁(1864~1870년) 뒤입니다. 삼국동맹전쟁이 일어나기 전까지 파라과이는 남미에서 가장 발전한 국가였습니다. 당시에도 파라과이는 내륙국 신세였습니다. 파라과이강과 파라나강을 거쳐 아르헨티나와 우루과이의 국경을 흐르는 라플라타강 하류를 통해야 대서양으로 나갈 수 있었습니다. 따라서 해안선 확보가 절실하게 요구되었던 것입니다. 카를로스 안토니오 로페스 파라과이 대통령은 브라질 남부의 땅을 확보하여 항구를 얻을 속셈으로 전쟁을 준비하였습니다. 1864년 브라질은 우루과이 국경에서 일어난 갈등을 계기로 전쟁을 벌여 승리한 뒤 우루과이에 친 브라질계 정부를 세웠습니다. 파라과이는 브라질이 우루과이를 침범했을 때는 개입하지 않다가 두 달 후 브라질에 선전포고를 하였습니다. 석 달 후에는 아르헨티나에도 선전포고를 하고 전쟁을 개시하였습니다. 우루과이는 당연히 브라질 편에 섰습니다.

초기에는 파라과이가 전쟁을 주도하였습니다. 하지만 1865년 6월 11일, 리아추엘로강 전투에서 막강 파라과이 함대가 브라질 함대에 패하면서 전황이 바뀌었습니다. 결국 파라과이는 멸망 일보 직전까지 몰리고 말았습니다. 전쟁 전에 53만에 달하던 인구는 약 22만 명으로 줄었는데, 특히 남성 인구는 90%가 사망해서 2만 8천 명만 살아남았습니다. 전쟁에 패한 파라과이는 부과된 전쟁배상금은 결국 지불하지 않았습니다. 대신 140,000㎢ 정도의 영토를 브라질과 아르헨티나에 넘겨주어야 했습니다. 그 결과 파라과이에 속했던 이구아수 폭포는 파라과이, 아르헨티나, 브라질 세 나라에 걸치게 되었습니다.

전후 부에노스아이레스에 망명해 있던 인사들을 중심으로 구성된 파라과이 정부는 전후재건사업을 펼쳤습니다. 줄어든 인구를 회복하기 위하여 외국인에 관대한 이민정책을 폈습니다. 전쟁으로 중단되었던 아순시온과 비야리카 사이의 철도부설 사업도 속개되었습니다. 여기에 참여한 이탈리아계 철도노동자들이 비야리카에 정착한 것이 시작이었습니다. 철도 개통 이후 교통의 요지가 된 비야리카에는 유럽계 이주민들이 몰려들었습니다. 그 결과 대부분 메스티소로 구성된 파라과이에서 비야리카를 중심으로 한 과이레뇨들은 인종적으로 이질적인 집단이라는 인식이 생겨났던 것입니다.

삼국동맹전쟁이 끝나고 1887년 제헌국회의 출범을 앞두고 두 개의 정치집단이 등장하게 됩니다. 식민 시기부터 아순시온을 중심으로 권력을 잡고 있던 카우디요(Caudillo)들이 클럽 코무날(Club Comunal)을 먼저 만들었습니다. 메스티소나 크리오요로 이루어진 카우디요들은 민족주의를 표방하였습니다. 그런가 하면 유럽의 자유주의적 분위기에 익숙한 이주민들이 많이 살던 비야리카의 과이레뇨들은 카우디요들의 오랜 독재에 반발하여 클럽 포풀랄(Club Popular)을 만들었습니다. 이는 각각 홍색당(Partido Colorado)과 자유당(Partido Liberal)으로 발전하게 됩니다. 이로써 과이레뇨들은 정치적으로도 특수한 집단으로 인식되었습니다.

1904년 혁명으로 자유당이 정권을 차지하면서 홍색당을 탄압하였고, 이후에는 2월 혁명당, 공산당 등이 혼전을 벌이게 됩니다. 홍색당이 다시 정권을 차지하게 된 것은 1947년입니다. 1932년부터 4년 동안 이어진 차코전쟁(Guerra del Chaco)과 냉전이라는 세계사적 흐름이 배경이 되었습니다. 차코전쟁은 1878년에서 1884년까지 칠레와 벌인 태평양전쟁에서 패한 볼리비아가 해안선을 모두 칠레에 빼앗긴 것과 관련이 있습니다. 내륙국 신세로 전락한 볼리비아가 라플라타강을 통하여 대서양으로 나가는 항로를 개척하고, 막대한 석유자원이 있다고 여긴 그란차코를 차지하려 들었습니다. 결국 파라과이와 충돌이 일어났고, 전쟁은 파라과이의 승리로 끝났습니다.

한편 제2차 세계대전 이후 라틴아메리카 지역에 친미 정권을 세우려는 미국은 파라과이에서 광범위한 민중적 지지기반을 가진 홍색당을 선택하였습니다. 그리고 여기에 반발한 2월 혁명당이 자유당 및 공산당과 연합하게 되었습니다. 1947년 2월 혁명당이 아순시온의 경찰청을 습격하는 것으로 시작된 내전은 홍색당과 반홍색당이 대결하는 양상으로 치달았습니다. 비야리카에서도 자유당이 혁명군을 구성하여 공동전선을 구축하였습니다. 하지만 혁명군이 콘셉시온에서 세력을 모아 8월 15일 다시 아순시온으로 진격하다가 패함으로써 내전은 수습되었습니다.

1959년에 벌어진 5월 14일 운동은 1947년의 내전에 비하면 상당히 조직적이었습니다. 라틴아메리카 좌파 세력의 지원을 받았던 5월 14일 운동에서 혁명군은 아르헨티나에서 거사를 준비하였습니다. 결전의 날 파라나강을 건너 파라과이로 진입하였지만 사전에 정보를 입수하고 대기하던 파라과이군의 기습으로 궤멸되고 말았습니다. 47년 내전 이후에 비야리카의 경제를 주도하던 자유당원들이 도피의 길에 오르면서 비야리카의 경제가 하강국면에 접어들었습니다. 5월 14일 운동 이후 스트로에스네르 정권은 혁명군을 지원한 아르헨티나와의 관계를 줄였습니다. 반면 브라질과의 교역을 늘리기 위하여 이구아수 폭포 건너편의 밀림 지역에 자신의 이름을 딴 도시를 건설하였습니다. 그리고 수도 아순시온과 스트로에스네르항을 잇는 국도를 건설하였습니다. 스트로에스네르항은 뒤에 시우다드 델 에스테로 이름을 바꾸었고 성장을 거듭하여 결국 비아리카를 추월하였습니다. 지금은 22만 명의 인구가 거주하는 파라과이 제2의 도시로 발돋움하였습니다. 시우다드 델 에스테에는 한국인들이 적지 않게 거주하며 상당한 영향력을 발휘하고 있다고 합니다.

역사는 돌고 돈다고 했던가요? 2008년에는 56년 만에 자유당이 정권을 다시 잡았습니다. 과이레뇨들은 파라과이 내부에서 떠돌던 비판적 담론을 부정적으로 수용하기보다는 역사 만들기를 통하여 자신들의 정체성을 새롭게 하는 노력을 기울인 결과가 아닐까 싶습니다. 파라과이 비야리카의 사례에서 분명 우리가 배울 무엇이 있을 것이라는 생각을 해봅니다. (라포르시안: 2016년 5월 16일)

제3부

/

사회학

제3부 사회학

1. 시민의 과학(시민과학센터, 사이언스북스)

2. 이분법 사회를 넘어서(송호근, 다산북스)

3. 100억 명(대니 돌링, 알키)

4. 새로운 부의 시대(로버트 J. 실러 등, 알키)

5. 우리는 모두 식인종이다(클로드 레비 스트로스, 아르테)

6. 복지사회와 그 적들(가오렌쿠이, 부키)

7. 나쁜 뉴스의 나라(조윤호, 한빛비즈)

8. 공개사과의 기술(에드윈 L. 바티스텔라, 문예출판사)

9. 맨박스(토니 포터, 한빛비즈)

10. 작은 학교의 힘(박찬영, 시공사)

11. 현대사회와 자살(서강대학교 생명문화 연구소, 한국학술정보)

12. 행복의 정복(버트런드 러셀, 사회평론)

13. 가족의 발견(최광현, 부키)

1

시민의 과학

(시민과학센터, 사이언스북스)

▒ 과학정책 결정 과정서 시민참여는 항상 옳은가

       돌이켜 보면 이명박 정부처럼 과학자들의 전문적 판단이 중요한 사안들이 사회적 쟁점이 되었던 적도 없었던 것 같습니다. 2008년 새 정부 출범 직후 미국산 쇠고기 수입을 둘러싸고 시작된 광우병 논란으로 시작하여, 4대강 사업, 천안함 피격사건, 일본 후쿠시마 원전사고와 관련한 원자력 에너지의 안전성 문제 등이 서로 다른 과학적 근거를 바탕으로 격돌하였습니다.

  사실은 노무현 정부 시절에도 새만금개발사업, 부안 핵폐기장 선정, 경부고속철도 천성산터널공사 관련, 북한산관통터널공사 등의 국토개발사업들이 환경보존과 관련한 사회적 쟁점이었습니다. 이들 사업은 시민사회의 반발로 인하여 사업추진이 지연되는 결과를 가져왔던 공통점이 있습니다. 대부분 사업들은 계획보다 늦어졌지만 결국 진행되었습니다. 사업이 마무리되고서는 시민단체에서 제기했던 환경문제들이 실제로는 주장과 달랐던 것으로 드러났습니다.

  대표적인 사례로 경부고속철도공사 구간에 있는 천성산에 굴이 뚫리면 일대의 늪이 마르고 생태계가 파괴되어 도롱뇽이 서식지를 잃게 될 것이라는 주장이 제기되었습니다. 시민단체는 도롱뇽을 원고로 하여 공사를 취소하라는 소송을 제기하였습니다. 3년여의 지루한 송사 끝에 공사가 재개되었습니다. 경부고속철이 개통된 다음해 봄 천성산 늪에는 도롱뇽이 여전히 알을 낳는 등 달라진 풍경이 없었습니다.

이와 같은 사태들이 반복되면서 보다 근본적인 대책이 요구되었습니다. 시민사회가 우려하는 사안에 대하여 관련 분야의 전문가들이 면밀하게 검토하는 절차가 필요해졌습니다. 그리고 그 결과를 제대로 전달하여 이해시키는 절차가 요구된 것입니다. '과학의 공공성 회복을 위한 시민 사회의 전략'이라는 부제를 달고 있는 『시민의 과학』에서는 시민사회의 요구가 그동안 어떻게 발전해 왔는가를 정리했습니다. 열한 명의 필진은 시민과학센터에서 활동하고 계신 분들입니다. 시민과학센터는 '참여연대과학기술민주화를 위한 모임'으로 1997년 출범한 시민단체를 뿌리로 합니다. 일반 시민의 참여를 통한 과학기술정책의 민주화와 궁극적으로 인간과 자연이 조화를 이루는 과학기술의 실현을 추구합니다.

1970년대에 과학기술 선진국에서 출범한 과학기술학(STS, Science and Technology Studies)이 우리나라에도 전해져 일어난 사회적 운동입니다. 과학기술학은 과학기술과 사회의 관계를 다양한 인문학적, 사회과학적 접근을 통해 연구하는 분야입니다. 그간의 연구를 통하여 과학과 기술이 단지 자연법칙을 반영하는 가치중립적 지식이나 도구가 아니라 현실의 맥락에 영향을 받아 결과가 도출된다고 하였습니다.

과학기술학에서는 전문가들에 의하여 독점되었던 과학기술에 관한 의사결정 과정에 일반 시민들이 참여함으로써 과학기술의 불확실성과 위험에 효과적으로 대응할 수 있다고 주장합니다. 이는 통제된 실험실에서 지식을 축적한 전문가들과는 달리 일반 시민들은 통제되지 않은 일상생활 속에서 오랜 경험을 통해 축적한 일반적 지식을 갖추고 있기 때문에 가능하다고 전제합니다.

저 역시 과학기술정책을 결정하면서 다양한 견해를 수렴할 필요가 있다고 생각합니다. 제가 식품의약품안전청(지금은 식품의약품안전처가 되었습니다)에서 근무하던 2002년에 「독성물질 국가관리사업」을 주관하여 도입하였습니다. 미국에서 이미 운영하고 있는 같은 사업에서 의사결정을 하는 과정에도 참여할 기회가 있었습니다. 이 사업은 정부가 주도하는 일종의 규제정책입니다. 따라서 모든 회의에는 관련 단체, 업계를 비롯하여 일반에게까지 절차가 사전에 예고됩니다. 회의는 누리망을 통하여 실시간에 중계되고, 회의 참석자들이 발언한 내용은 녹취되어 기관의 홈페이지를 통하여 공개됩니다. 제가 주관하던 「독성물질 국가관리사업」에서도 이 방식을 도입하여 운영해 보았더니 참석자들 발언이 신중해지는 효과가 있었습니다.

과학기술정책 수립과정에 시민이 참여하는 방식은 참여정부 시절 일부 이루어졌습니다. 하지만 실효적으로 운영되었는지는 의문입니다. 그럼에도 불구하고 지속적으로 개선하여 발전시켰더라면 좋았을 것입니다. 새 정부 들어 유명무실하게 되고 말았기 때문입니다.

이영희 교수는 일반시민이 참여하는 여론조사, 투표, 합의회의, 시민 배심원 회의 등이, 엘리트 시민이 참여하는 공청회, 청문회, 여론조사 라운드 테이블 등, 시민이 직접 참여할 수 있는 방식을 제시하였습니다. 다만 시민사회단체의 대표자를 정예시민이라는 이름으로 일반시민과 차별하고 있는 점은 의외였습니다.

어떻든 대부분의 시민참여 방식은 일반에게도 많이 알려져 있습니다. 하지만 시민 배심원제도는 생소한 것 같습니다. 미국 법원의 배심원제도를 따서 발전시킨 제도입니다. 무작위로 선택된 시민들이 4~5일간 만나 공공적으로 중요한 문제를 주의 깊게 숙의하는 절차로 구성됩니다. 지원자로 구성되는 것이 아니라 무작위로 추출되는 15명 내외의 보통시민으로 구성됩니다. 배심원들은 전문가들의 증언을 듣고 해결책을 토론하고 숙의하는 과정을 거쳐 나온 최종 의견을 정책권고안의 형태로 채택하게 됩니다. 우리나라에서도 몇 차례 시민배심원제도를 통하여 의견을 수렴한 사례가 있었다고 합니다. 하지만 대표성 문제 등을 포함하여 합의도출 절차 등 다양한 문제가 노정되었던 것 같습니다.

각종 보건의료정책과 밀접한 관련을 맺고 있는 의료계 역시 시민단체의 입장에 관심을 가져야 함에도 불구하고 무관심한 것 아니냐고 지적하는 분들이 많습니다. 전문직이라는 특수성에 안주하는 경향 때문에 시민사회활동이 미흡할 뿐만 아니라 시민단체와의 소통에도 소극적이라는 평가를 받고 있는 것입니다. 과거 조류독감과 같은 국가재난질환 대응체계를 검토하는 시민배심원 회의가 있었습니다. 여기 참여한 의료계 단체가 의료계를 대표할 수 있다고 동의하는 의료계 인사도 많지 않았습니다. 이들이 어떤 과정을 통하여 인선이 이루어졌는지도 분명치 않습니다.

앞서도 절차에 참여하는 시민대표가 과연 대표성을 인정받을 수 있는가 하는 것이 시민참여제도의 문제점으로 지적되었습니다. 그동안 사회적으로 논란이 컸던 사건들을 보면 정부 측에서는 적절한 절차를 통하여 시민들의 의견을 수렴했다고 주장합니다. 하지만 정부정책에 반대하는 견해를 가진 분들이 시위 등 적극적 행동으로 반대 입장을 표명하곤 했다는 사실을 잘 알고 있습니다. 따라서 사전회의가 과연 필요한 것인가 의문이 아닐 수 없습니다. 제주 강정마을의 해군기지건설 사업의 경우도 환경영향평가와 지역 주민들의 의견을 수렴하여 사업이 추진되었습니다. 그럼에도 불구하고 외부 인사들이 중심이 되어 사업백지화 혹은 원점에서부터 재검토를 주장한 것이 대표적 사례입니다.

배아줄기세포연구와 인간유전정보의 보호 문제 등이 관련된 생명윤리법은 의료계가 많은 관심을 쏟아야 할 사안입니다. 황우석 교수 사건에서도 볼 수 있었지만, 의학적으로 문제가 있는 사안에 대하여 전문가로서 빠르고도 명확한 견해와 기준을 제시하여 시민들의 혼란을 예방할 수 있도록 노력을 기울여야 하겠습니다. 2008년 미국산 쇠고기 수입과 관련한 광우병 파동 역시 빠트릴 수 없는 사례입니다.

당시 대한의사협회로 대표되는 의료계가 적절하게 대응하지 못함에 따라서 국민적 혼란을 가져왔다고 지적하는 분도 적지 않았습니다. 대한의사협회는 광우병의 위험성에 대한 의학적 견해를 빨리 내놓지 못하였을 뿐 아니라, 관련 분야의 의학전문가들 역시 사회적 혼란에 휩쓸리는 것을 피하기 위하여 광우병 위험에 대하여 적극적으로 설명에 나서지 않아 사태를 조기에 수습하는 데 도움이 되지 못하였다는 것입니다.

『시민의 과학』이라는 제목은 마치 시민이 과학의 주인이라는 인상을 강하게 주는 것 같습니다. 과학정책이 밀실에서 소수 전문가들의 손에서 결정되는 것은 분명 적절하지 않다는 데 동의합니다. 시민들의 의견이 합리적으로 반영되어야 한다는 점에도 동의합니다. 다만 시민참여가 정부정책 결정에 들러리가 되지 않도록 다양한 견해를 가진 전문가들이 시민의 입장에서 검토할 수 있으면 좋겠습니다. 즉, 전문가들의 판단에 맡기되 논의과정을 공개하도록 하는 방안이 더 적절하지 않을까 생각합니다.

또한 시민단체의 요구가 과학적 판단기준을 넘어서는 것도 적절치 못하다는 생각입니다. 2008년 광우병 파동 때 일본 정부의 광우병전수조사제도가 자주 인용되었습니다. 이 제도는 최초의 광우병 발생사례를 숨기려 들었던 일본 당국의 실수가 불러일으킨 국민적 분노를 가라앉히기 위하여 대응 방안으로 도입된 것입니다. 결국 도축되는 소 전부에 대하여 광우병검사를 하는 전수조사에 투입되는 막대한 비용이 무거운 재정 부담으로 전락하고 말았습니다. 그럼에도 불구하고 일본 정부는 국민들의 눈치를 보느라 광우병전수조사의 철회를 미루어야 했습니다.

『시민의 과학』을 읽으면서 시민사회가 과학정책의 결정과정에 어떻게 참여할 수 있는지 공부할 수 있는 좋은 기회가 되었습니다. 다만 시민과학센터에 참여하시는 분들이 주로 인문과학을 전공하신 분들도 자연과학 부문에 대한 견해가 다소 소홀하게 다루어진 점은 없었는지, 혹은 자료가 적절하게 검토되었는지 궁금합니다. 박병상 박사가 맡은 '책으로 돌아보는 과학 기술의 이면'에서는 과학적 사실을 확인할 필요가 있는 부분이 있음에도 저자의 주장을 액면대로 받아들이고 있어 아쉬웠습니다. (라포르시안: 2012년 4월 2일)

2

이분법 사회를 넘어서

(송호근, 다산북스)

▒ 너도 나도 모두가 헷갈리는 사회

언제부터인가 우리 사회가 이념적으로 양분화되는 경향이 뚜렷해진 것 같습니다. 이성이 자리할 여유가 없이 오직 이념적으로 내 편이 아니면 네 편으로 분류하다 보니, 중립적 시각을 가진 사람들 역시 어느 편이든 선택을 강요받고 있는 것입니다. 이는 상대편을 굴복시키기 위한 전략이기도 합니다. 결국 이념으로 무장한 거대한 두 세력이 좁디좁은 반도 안에서 치열하게 싸우고 있는 형국입니다. 그러다 보면 무한경쟁 시대에 접어든 지구촌에서 살아남기 위한 힘을 모으는 일도 힘들어질 것 같습니다. 결국은 선진국 문턱에서 좌절하여 사회적 혼란이 반복되는 남미의 전철을 따라가지 싶습니다.

우리는 서구 선진국에서 건강한 보수와 진보가 서로 견제하면서 발전하는 과정을 보아 왔습니다. 물론 오랜 세월을 거치면서, 때로는 피를 흘리면서까지 이루어낸 성과입니다. 20세기 후반 압축성장이라고 표현되는 경제적 성장을 이루어낸 우리 사회는 이어서 민주화를 이루는 과정으로 넘어갈 수 있었습니다. 그런데 민주화 과정에서는 성장이 더디어지고 이념 간의 갈등이 깊어지고, 길어지는 암초를 만났습니다. 그래서 우리 사회의 미래가 점점 짙어지는 안개 속으로 매몰되어 가고 있는 것 아닌가 하는 우려가 커지고 있습니다. 서울대학교 사회학과 송호근 교수님의『이분법 사회를 넘어서』는 좌우 진영 논리에 매몰되어 미래를 보지 못하는 대부분의 우리들에게 현실을 진단하고 미래를 내다보는 눈을 뜨게 해줄 것으로 기대합니다.

송호근 교수님은 정치와 경제, 사회를 넘나드는 넓은 안목과 정교한 분석으로 국내외에 널리 알려진 대표적인 사회학자입니다. 서울대학교 사회학과를 졸업하고, 미국 하버드 대학에서 수학하여 박사학위를 받았습니다. 1990년대 성장 위주의 국가정책이 빚어낸 노동 문제와 불평등의 한국적 결합구조를 '시장기제적 통제'로 이론화하여 주목 받았습니다. 유럽사민주의와 비교한 한국의 민주주의와 복지의 발현 메커니즘에 관한 탁월한 업적으로 '제도주의적 정책사회학'의 선두주자로 평가 받았습니다.

이런 학문적 배경을 가진 그는 우파로 분류되기도 하지만, 스스로는 이념적으로 중도우파라고 평가하고 있습니다. 2000년 의약분업제도를 도입하는 과정에서 충분한 의견수렴이 이루어지지 못한 것에 반발한 의료계가 총파업을 벌이는 초유의 사태가 있었습니다. 이를 지켜본 그는 2001년에 한국의 의료 문제를 분석한 내용을 담은 책『의사들도 할 말 있었다』를 낸 바도 있어 의료계의 속사정도 잘 이해하고 있다고 하겠습니다.

송 교수님도 좌우의 진영 논리에 매몰되어 헤매고 있는 우리 사회의 현실이 답답하기만 했던 모양입니다. 그래서 "매일 터지는 사건과 쏟아지는 사회적 쟁점들 속에서 나를 어디에 두어야 할지, 어떤 기준으로 살아가야 할지 헷갈릴 수밖에 없는 세상이 되고 말았다.”라는 한탄으로 서문을 열었습니다. 시대가 변하고 있는데, 변하고 있는 시대에 걸맞은 새로운 대응 방법을 찾아내지 못하고 있는 우리 사회의 구성원들이 안타깝다는 것입니다. 이분법적 대응이 통하던 시절이 있었습니다. 개발을 앞세운 독재가 통하던 1970~1980년대에는 독재에 대항한 반독재는 정의 자체였습니다. 당시에는 독재와 민주의 간단한 이분법이 가치관과 행동수칙을 정했습니다. 그래도 정의와 개념이 명료했고 일말의 회의도 없었다고 저자는 기억합니다.

독재의 시대가 가고 민주의 시대가 왔습니다. 다양한 학문, 예술, 사상 등의 영역에서 각기 자기의 주장을 펴는 백화제방(百花齊放)의 시대가 온 것입니다. 저자의 말대로 이분법의 시대가 가고 다분법의 시대로 진입하였습니다. 문제는 사람들은 여전히 이분법적 사고를 하고 있다는 것입니다. 그것은 아주 중대한 정치적, 사회적 갈등이 이념이 충돌하는 경계선에서 자주 일어나기 때문입니다. 갈등을 해소하기 위해서는 이해당사자들이 충분한 시간적 여유를 가지고 대화에 임하고 절충하여 타협을 이루어내야 합니다. 그럼에도 불구하고 우리는 그런 훈련이 부족했습니다. 서로를 신뢰하는 법을 배우지 못한 탓도 있습니다. 역지사지(易地思之)하지 못하니 각자의 주장을 관철하는 데 매몰될 수밖에 없습니다. 때로는 후퇴하는 것이 이기는 것이라는 단순한 전술도 몰랐던 것입니다. 진영 논리에 매몰되다 보니, 승패를 가리기 위하여 전력을 다하게 됩니다. 하지만 승부가 결정되면 패자는 승자를 축하하고 승자는 패자를 위로하는 아름다운 모습을 보이지 못하는 전통을 만들어가고 있습니다.

앞서 저자는 스스로를 중도우파로 평가한다는 말씀을 드렸습니다. 여기에는 다음과 같은 속내가 있는 것 같습니다. "저는 40대 초반 이후, 좌파 정권 10년, 우파 정권 5년을 겪었습니다. 좌우파 모두 공과(功過)가 있습니다만 모두 '선머슴 같았다'는 게 솔직한 심정입니다. 좌파는 우파를 부도덕한 집단으로 몰았고, 우파는 좌파를 위험한 사람들로 낙인찍었습니다. 실제로 그런 모습이 없는 것은 아니나, 거꾸로 얘기해도 틀리지 않습니다." 비슷한 시기를 살아온 저 역시 깊이 공감하는 점입니다. 그래서 저자는 우리의 미래를 위하여 좌파와 우파가 공감하는 시세와 처지에 대한 공통 인식, 즉 좌우파의 공동구역이라고 부를 수 있는 '시대방정식'을 세워 이념에 집착하는 정치인들이 우리를 헷갈리게 하는 짓을 극복하자고 제안하게 되었습니다.

코로나-19 사태에도 시위가 여전한 것 같습니다. 저자는 '시민들이 소통을 원하기 때문'이라고 진단합니다. 소통에 대한 요구가 봇물을 이루고 있는데, 정작 소통에 나서야 하는 쪽은 대응이 시원치 않은 것입니다. 시민들이 충족되지 않는 소통에 대한 욕구를 거리로 나서 풀기 시작한 것은 노무현 정부 시절부터입니다. 약자를 대변한다는 노무현 정부는 '불통 정권'이라는 비난을 피할 수 있었습니다. 반면 이명박 정부는 '듣기'에는 너무 미숙했고, '말하기'에도 너무나 서툴렀기 때문에 '불통 정권'이라는 오명을 쓰고 말았습니다. 불통 정권의 전통(?)은 박근혜 정부를 거쳐 문재인 정부에 와서는 더욱 견고해진 느낌입니다.

저자는 소통이란 상대적인 점을 들어 불통의 책임을 정부 혹은 권력에만 두지 않았습니다. 문제를 제기하는 교양시민이 많지 않은 것 또한 불통의 원인이라는 것입니다. 교양시민이란 전문지식과 학식, 품위와 윤리를 갖춘 데 더하여 공익에 대한 긴장을 내면화한 시민이라고 규정합니다. 하지만 교양시민층이 과연 얼마나 두터운 가 하는 질문에 답하기 어려울 것 같다고 합니다. 우리 사회에서 교양시민의 축적이 어려울 수밖에 없었던 사회적 배경이 있습니다. 해방 후 좌우 세력이 격돌하는 가운데 극악한 폭력과 물리적 수단 을 동원하여 이루어졌던 때문이라고 진단하였습니다.

커밍스가 냉소적으로 표현한 '이념의 정화(ideological purification)' 가 공론을 통하여 자율적으로 일어날 수 없었습니다. 그런 가운데 자 생적으로 뿌리를 내려가던 시민단체들이 정치권의 주목을 받으면서 이들을 정치적 호위 세력으로 끌어들였습니다. 결국 시민단체에는 정 치권에 줄을 대려는 사람들로 넘쳐나게 되었습니다. 보수와 진보의 격돌과 정치투쟁을 조정하고 걸러줄 진정한 의미의 시민운동은 방향 을 잃어버리고 정치권의 하수인으로 전락하고 말았습니다.

우리나라는 제2차 세계대전이 끝난 뒤에 독립한 국가들 가운데 선거를 통하여 민주적으로 정권을 교체한 유일한 나라입니다. 이뿐 만 아니라 바뀐 정권이 제 몫을 다하지 못하자 다시 정권을 바꾸기 까지 하였습니다. 즉, 오랜 세월을 거쳐 선거에 의한 민주주의가 정 착된 서구와는 달리 경제성장과 마찬가지로 민주화도 압축성장의 가도에 들어선 셈입니다. 민주화는 정치민주화, 사회민주화 그리고 경제민주화의 세 단계를 거친다고 합니다. 저자는 각 단계의 특징 을 이렇게 설명합니다. "정치민주화의 핵심은 정치 영역에서 '경쟁과 참 여' 촉진이고, 사회민주화의 핵심은 '기회균등'의 촉진과 '소득 불평등' 축소 이며, 경제민주화의 핵심은 '거대 자본의 과잉권력통제' 또는 '파행적 시장지 배금지'이다."

첫 번째 정권교체가 일어났던 김영삼 정부와 김대중 정부 시절

정치민주화의 기틀을 다졌다고 볼 수 있습니다. 두 번째 정권교체가 일어난 노무현 정부와 이명박 정부 시절에는 사회민주화라는 과제를 맡은 시기라고 할 수 있습니다. 그럼에도 불구하고 '비주류의 주류화'를 겨냥했던 노무현 정부는 과격한 '말의 정치' 때문에 좌절했습니다. 그런 이유로 이명박 정부는 '무(無)정치' 속에서 증발했다고 진단합니다. 정권 연장에 실패한 세력이 선거 패배를 인정하지 않고 새 정부를 끊임없이 흔들었기 때문입니다.

저자는 사회민주화에 이은 경제민주화를 설명하면서 무상복지에 대하여 우리가 오해하고 있는 진실을 설파하였습니다. 복지는 사회적 권리로서 누구나 태어나면 당연히 누려야 하는 혜택입니다. 중요한 점은 무상복지를 논하는 과정에서 '복지=기업 경쟁력 강화=일자리 지키기'라는 등식을 간과했다는 것입니다. 특히 노무현 정부 시절 기업을 노동자에게 돌아갈 이익을 빼돌리는 집단으로 몰았던 기억이 있습니다. 결국은 기업은 생산활동이 위축되었고, 생산시설을 3국으로 이전하는 선택을 할 수밖에 없었습니다. 노동시장은 그만큼 위축되는 결과로 나타났습니다. 기업활동의 위축에 더하여 기득권자의 방어벽이 함께 작동하여 새로이 노동시장에 들어서야 할 청년들을 위한 일자리 찾기는 하늘의 별 따기가 되고 말았던 것입니다. 그럼에도 불구하고 다시 집권한 진보 정권에서는 무상복지의 확대를 꿈꾸고 있습니다.

한국사회에서 일고 있는 복지논쟁의 이면에는 성장과 분배를 각각 강조하는 진영의 이념이 대립하는 구도가 자리 잡고 있습니다. 즉 이분법적 사회가 배태하고 있는 문제점입니다. 저자는 문제의 해결 방안으로 독일의 사례를 참고할 것을 추천합니다. 통일 독일은 천문학적 규모의 통일비용, 실업난, 높은 수준의 복지, 기업 경쟁력 하락까지 겹쳐 위기 상황에 몰렸습니다. 하지만 '사회적 시장경제'로 수렴되는 공공철학의 힘을 바탕으로 유럽경제의 사령탑으로 복귀할 수 있었습니다. 제 몫을 줄여서 일자리를 창출해 낸 독일인들의 공동체 우선 정신을 우리에 맞게 보완한 새로운 사회운동이 절실하게 필요합니다. (라포르시안: 2014년 6월 9일)

3

100억 명

(대니 돌링, 알키)

▓ 서기 2100년, 전 세계 인구가 100억 명을 넘는다면?

　　　　　'전 세계 100억 인류가 만들어낼 위협과 가능성'
이라는 부제가 달린 대니 돌링 교수의 『100억 명』을 처음 받아들
었을 때는 심란한 느낌이 들었습니다. 영국의 경제학자 토머스 로
버트 맬서스가 1798년 발표한 인구론이 떠올랐기 때문입니다. 다만
인구에 관한 맬서스의 주장은 관념적이고 분석적이라는 비판을 받
고 있다니 조금은 위안이 되는 것 같습니다. 맬서스가 경제적 비관
주의자의 원조라고 평가받고 있다는 점을 고려해야겠습니다.

　우리나라의 인구전망을 보면, 2012년 6월 23일 5천만 명을 돌파
한 우리나라의 인구는 2030년 5,216만 명으로 정점을 찍은 다음
하락해서 2045년에는 다시 5천만 명 아래로, 그리고 2067년에는
3,687만 명으로 감소하고, 2117년에는 1,510만 명으로 줄어들 것이
라고 합니다. 최근의 저출산 추세를 반영한 추계입니다. 그 이유는
여성의 사회활동이 많아지고 초혼 연령이 높아지면서, 평균출산 연
령이 2020년 기준으로 여성 30.8세, 남성 33.2세 늘어나고 출산율
이 0.84명으로 낮아지고 있기 때문입니다. 이와 같은 우리나라의

인구추이와는 달리 세계 인구는 꾸준하게 늘고 있다고 해서 조금은 혼란스러우면서도 관심을 가질 필요가 있을 것 같습니다.

사실 인구의 규모를 유추하는 일은 결코 쉽지 않습니다. 인구조사제도가 확립된 국가의 경우를 제외하고는 정확한 인구를 파악하기가 쉽지 않습니다. 현재도 세계 인구의 약 5분의 2는 추계에 의존할 수밖에 없는 실정입니다. 단편적인 기록을 바탕으로 한 것이지만 서력기원 전후의 세계 인구는 약 2억 내지 3억이었을 것으로 추산됩니다. 중세 봉건시대에는 인구의 증가가 주춤했습니다. 유럽에서는 흑사병과 같은 전염병의 유행과 잦은 전쟁으로 많은 인구가 줄어들었습니다. 인구의 지주 구실을 하는 생산력의 확대가 한계에 달했던 것도 한몫했습니다. 18세기 중반에 산업혁명이 일어난 뒤부터 세계 인구가 급속히 증가하기 시작하였습니다. 그리고 20세기 들어 의학과 농업의 발전으로 평균수명이 획기적으로 늘어나게 되었습니다. 세계 인구의 변화추이를 10억 명 단위로 보면, 10억을 돌파한 것이 1804년, 20억은 1927년, 30억은 1960년 그리고 1974년에 40억을 돌파했습니다. 1987년 7월 11일에는 50억을 돌파했고, 1999년 10월 12일에는 60억 명을 돌파하였습니다. UN은 2011년 10월 31일에 세계 인구가 70억 명을 돌파했다고 공식 발표했습니다. 세계 인구가 10억 명씩 늘어나는 시간이 짧아지고 있습니다.

이렇듯 세계 인구가 가파르게 늘어나다 보니 지나치게 비관적 시각이라는 맬서스의 인구론을 다시 검토해 봐야 할 것 같습니다. 즉 '10억 명의 인구가 증가하는데 소요되는 시간이 짧아지면서 인구폭발로 이어질 것인가?' 하는 우려 말입니다. 만일 그런 결과가 아니라면 '세계 인구의 증가세가 꺾이는 결정적 요인이 등장할 것인가?' 하는 희망을 가져볼 수 있을까요? 판도라의 상자에 남아 있다는 희망에 기대해 본다면 말입니다. 대니 돌링 교수의 『100억 명』은 최근 세계 인구의 동향을 분석하고 다양한 요인을 바탕으로 하여 앞으로의 추이를 전망하였습니다. 저자는 지나친 비관주의나 낙관주의를 경계합니다. 그래서 '이성적 낙관주의자 vs 화가 난 비관주의자'에 비유하여 스스로를 '현실적 개혁주의자'라고 했습니다.

다양한 생물의 멸종, 기후 재앙, 전염병, 문화의 충돌 그리고 경제의 위기 등, 우리가 두려워할 대상들 가운데 적어도 인구에 대한 두려움만큼은 별난 것이 없다고 저자는 주장합니다. 우리가 그동안 간과하고 있던 희망의 징후들이 보다 명백해지고 있기 때문입니다. 인류는 지속 가능한 삶을 유지하기 위해 집단적 선택을 할 것이라는 징후들이 많이 나타나고 있다고 합니다. 그리하여, "지금의 인구 폭발은 2050년 전후에 끝날 것이고, 세계 인구는 90~100억 명 수준을 유지할 것이다."라고 예언합니다. 즉, 참혹한 전쟁이나 전염병이 지구 전체를 강타하지 않더라도 이러한 균형을 맞출 수 있게 될 것이라고 합니다. 바로 그 희망의 징후에는 대다수의 사람들이 글을 읽고 쓸 수 있게 되었다는 점과 거의 모든 지역에서 여성이 남성보다 더 오래 살게 되었다는 점이 포함됩니다.

2003년 12월 9일, UN 인구과는 세계 인구에 관한 장기 전망을 담은 <2300년 세계 인구>라는 제목의 보고서를 발간했습니다. 그 내용을 보면 예측 범위의 중간지점에 해당하는 2100년까지 세계 인구가 91억 명으로 증가했다가 이후 서서히 감소하여 2300년에는 90억 명 수준에서 안정된다는 것입니다. 또한 평균적인 가정의 출산율이 조금 높을 경우 2300년 세계 인구는 364억 명이 될 것이며,

출산율을 낮게 가정하면 2300년 세계 인구는 23억 명에 불과할 것이라고 합니다. 2011년에 UN은 더 이상 2300년까지의 장기 예측을 내지 않기로 했습니다. 대신 2100년까지의 세계 인구를 예상하는 것으로 하였습니다. 높은 각본에 따른 예상치는 158억 명, 중간 각본에 따른 예상치는 101억 명, 낮은 각본에 따른 예상치는 61억 명입니다. 2003년의 예상치보다 다소 높은 수치입니다. 과거의 출산율을 반영한 극단적인 각본에 따른 예상치는 268억 명인데, 매우 낮아지는 시나리오는 예상치 않았습니다. 최근 독일, 이탈리아, 일본, 마카오, 홍콩, 싱가포르에서 나타나고 있는 인구 추이가 범세계적으로 확산되었을 때 일어날 수 있는 상황입니다. 그럼에도 불구하고 가까운 미래에 인구가 급격하게 감소하는 현상을 우려하는 사람들이 별로 없기 때문입니다. 하지만 노령인구가 빠르게 늘어나는 상황에서 전체 인구가 감소하는 현상이 인류에게 심각한 문제를 일으키지 않을 것이라고 보는 것도 문제가 아닐까 싶습니다.

UN이 2011년에 내놓은 대륙별 총출산율 동향자료를 보면 아프리카를 제외한 대륙에서 여성 1명당 자녀 수가 급속하게 감소하여 2명에 수렴하고, 유럽의 경우는 2명에도 미치지 못하였습니다. 유럽에서는 인구감소에 따른 공백을 메우기 위하여 제3세계로부터 이민을 받았습니다. 그런데 이들을 위한 복지 부담 때문에 부정적인 인식이 늘고 있다고 합니다. 통상적으로 유럽으로의 이민이 늘게 되면 세계 인구는 지금보다 훨씬 더 빠르게 감소하게 될 것으로 예측됩니다. 그 이유는 이민자들은 새로운 지역의 출산 경향에 빠르게 적응하기 때문입니다.

이 책의 제목으로 인용된 세계 인구 100억 명은 2100년에 도달할 것으로 예측됩니다. 재미있는 것은 그 절반에 해당하는 50억 명에 이르기까지는 인류의 기원이라고 할 기원전 6만 2000년부터 기원후 1988년까지 무려 6만 4천여 년이 걸렸다는 것입니다. 반면 나머지 50억 명이 늘어 100억 명에 도달하는 데 걸리는 시간은 불과 112년밖에 걸리지 않을 것이라고 합니다. 기원후 인구 증가율은 연평균 0.1%에 미치지 못하였고 1851년을 기점으로 하여 세계적인 인구증가세가 가속페달을 밟기 시작하였습니다. 그 이유는 분명하게 드러나지 않았습니다. 1851년 시작한 인구증가세는 세계대전이나 스페인독감, 대공황, 중국의 대기근과 같이 심각한 인구감소 요인이 있는 기간이 지나면 반등을 거듭하였습니다. 증가 추세는 1971년까지 이어져 정점을 찍은 다음 역시 빠르게 감소하고 있습니다.

세계 인구가 50억 명에서 60억 명이 되는 데 불과 12년밖에 걸리지 않았다는 점은 많은 사람들에게 충격이었습니다. 하지만 이 기간 중에 석유, 원재료, 미네랄, 비료, 시멘트, 물, 음식 등 모든 것들에 대한 소비가 정점을 찍고 하향세로 돌아섰다는 점에 주목하였습니다. 이와 같은 현상은 수요를 촉구하던 불평등에 대한 인식이 개선되면서 탐욕을 절제하기 시작한 결과라고 해석합니다. 70억 명이 되는 과정에서 세계는 에너지로 인한 환경오염과 함께 지속가능한 에너지 사용에 대하여 인식을 같이 하고 에너지 수요를 줄이기 위한 노력을 기울이기 시작하였습니다. 에너지 위기에 대하여 저자는 다행히 화석연료의 수요가 감소하고 있고, 추가로 발견된 화석연료 자원은 대체에너지를 에너지원으로 교체하는 데 필요한 시간적 여유를 줄 수 있을 것으로 기대합니다.

저자는 『이성적 낙관주의자』를 쓴 매트 리들리에 대하여 '기득권자이면서 오랜 세월에 걸쳐서 실패를 거듭하고 있음에도 불구하고 정치 권력자들이 그의 생각을 진지하게 수용하고 있다.'라고 지적합니다. 하지만 리들리는 인류가 급속하게 번영을 누리게 된 것은 물물교환과 노동의 분업을 발견하여 적은 노력으로 효과를 극대화할 수 있게 되었기 때문이라고 설명했습니다. 특히 현대에 들어 폭발적으로 증가하고 있는 정보를 연결하는 데 성공한 것이 인류가 다시 도약하는 계기가 될 것으로 확신합니다. 리들리의 이런 주장은 저자가 인용하고 있는 "지금까지의 기술만으로도 점점 늘어나는 세계 인구의 식량수요를 충족할 수 있다는 영국기계공업협회의 주장"과도 일맥상통하는 것 같습니다. 즉 현실적 개혁주의자라고 하는 저자 역시 이성적 낙관주의자의 범주에서 크게 벗어나지 않는다는 생각이 드는 것입니다.

세계 인구가 90억 명이 되는 시점에는 65퍼센트 이상의 사람들이 도시에 거주하게 될 것이라고 합니다. 그리고 인구 3,200만 명으로 이루어지는 거대도시가 대략 280개 정도 형성될 것으로 예상합니다. 이런 거대도시는 도시와 시골이 느슨하게 결합된 모습으로 확장된 경계 안에 논이 펼쳐지기도 하고, 공터도 있을 것입니다. 거대도시에는 가난한 사람들이 많이 모여들게 될 것입니다. 따라서 불평등이 심화될 수도 있습니다. 하지만 저자는 탐욕스러운 소수가 더 많은 것을 가지려는 열망 때문에 불평등하다는 인식이 확산되는 것으로 진단하고, 앞으로 인류의 다중지성이 이런 열망을 억누를 수 있을 것으로 기대합니다.

인류가 환경친화적으로 살아가는 법을 배운다면 세계 인구가

100억 명이 되더라도 지금 70억 명이 지내는 것보다 더욱 조화롭게 지낼 수 있을 것이라고 저자는 단언합니다. 나아가 이 책의 제목과는 달리 지구상에서 100억 명이 복닥거리며 살 것이라는 예상보다는 낮은 수준에 세계 인구가 수렴될 것이며, 또한 부의 수렴현상도 일어날 것으로 내다보고 있습니다. 2004년『바이오사이언스』에 발표된 이분석(異分析; metanalysis)은 이렇습니다. "모든 연구 결과를 종합적으로 고려할 때, 최선의 추정치는 77억 명이다. 그리고 지금의 기술을 고려할 때 상한과 하한은 각각 980억 명과 6억 5,000만 명이다." 지구는 여전히 살 만한 곳이지 않을까요? (라포르시안: 2014년 6월 30일)

4

새로운 부의 시대

(로버트 J. 실러 등, 알키)

100년 후에는 생존을 위한 투쟁이 사라질까?

옛날에는 새해가 되면 토정비결을 보곤 했습니다. 한 해의 운수를 미리 알아본다는 것인데, 맞을 거라는 생각보다 재미로 보았던 것 같습니다. 좋은 운을 기대하기보다는 조심하라는 대목에 무게를 두고 몸가짐을 다스려 재앙을 피하려는 생각이었습니다. 역술인들이 금년 한 해 생길 것이라는 사건들을 발표합니다. 물론 맞지 않은 경우가 많아서 지금은 볼 수 없는 풍경입니다. 그만큼 미래를 예측한다는 일이 쉬운 일이 아니란 것이겠지요.

미래를 예측하는 대표적인 사례는 일기예보가 아닐까 싶습니다. 저도 가끔은 '기상청 공무원들이 슈퍼컴퓨터로 게임을 하는 모양'이라고 농담을 합니다. 사실 한나절 뒤 기상 상황도 틀리는 경우가 많은 것을 보면 과학적 예측이라는 것도 결코 쉬운 일은 아닐 것입니다. 이렇듯 한나절 뒤의 기상을 맞히는 일도 쉽지가 않은데 100년 뒤의 세상을 미리 예측해 보는 책을 소개합니다. 런던 정치경제대학교의 이그나시오 팔라시오스-후에르타 교수가 기획한 『새로운 부의 시대』입니다.

1930년 경제학자 존 메이너드 케인스는 100년 후 세계를 예측한 짤막한 에세이 '우리 손주 세대의 경제적 가능성(Economic Possibilities for Our Grandchildren)'을 발표했습니다. 1930년이면 전 세계가 대공황의 소용돌이에 휩싸여 한 치 앞을 내다보기 어려울 때였을 것입니다. 당연히 미래를 부정적으로 보는 사람들이 많았을 것입니다. 그런데 케인즈는 이런 사람들의 예상을 완전히 무너뜨리며 '100년 후에는 생존을 위한 투쟁이 사라지고 잘 사는 법을 터득하는 시대가 들어설 것이며, 특히 생활수준이 네 배에서 여덟 배가량 좋아질 것이라 예측했습니다. 또한 사람들의 주당 근무 시간이 약 15시간으로 줄어들 것'이라고도 내다보았습니다. '경제 문제는 인류의 영원한 문젯거리가 아니다.'라는 것입니다.

　제 생각에도 2030년에 주당 근무 시간이 15시간으로 줄어들 것 같지는 않습니다. 그런데 케인즈의 에세이를 읽은 팔라시오스-후에르타 교수는 '지금 시대의 석학들은 100년 뒤를 어떻게 보고 있을까?' 하는 생각이 들었다고 합니다. 그리하여 미래를 예측하기 위한 드림팀을 구성하였습니다. '100년 뒤의 세상에 대한 의문은 어렵지만 흥미로운 것'이었기 때문입니다. 20세기 최고의 경제·사회학자들에게 100년 뒤의 세상을 예측해 달라는 제안서를 보냈는데, 우려와는 달리 폭발적인 반응을 얻었다고 했습니다. 앨빈 로스 교수는 '거절하기 힘들 정도로 매력적'이라면서, 케네스 애로 교수는 '확인할 수 없는 예측을, 확실한 지식을 가지고 예측하라는 제의는 단호히 거부해야 할 유혹'이라면서도 참여하겠다는 의사를 밝혔습니다. 하지만 '이런 문제에 대한 나의 견해를 사람들과 공개적으로 나눌 자신이 생기지 않는다.'라는 이유로, 혹은 '자신은 과거를 이해하려는 편이지 미래를 예측하지는 않는다.'는 이유로 완곡하게 거절한 분들도 계셨습니다.

이리하여 모두 열 분의 석학들이 참여하여 쓴 미래의 예측서를 각각의 장으로 구성하였습니다. 그런데 책 내용을 보면 원고의 분량에 제한을 둔 것 같지는 않습니다. 시각에 따라서는 미래를 긍정적으로 혹은 부정적으로 바라보는 차이가 있습니다. 제한된 지면이라서 열 분의 예측을 모두 정리할 수는 없는 노릇이라서 일부만 소개하려 합니다. 제 입맛에 맞는 예측만 골라보았습니다.

100년 뒤의 미래를 예측하는 프로젝트의 첫 번째 주자인 대런 애쓰모글루 교수를 건너뛰면 섭섭해할 것 같습니다. 『국가는 왜 실패하는가』를 쓴 MIT 경제학과의 교수입니다. 『국가는 왜 실패하는가』에서는 "한반도에서 발생한 어마어마한 제도적 차이에 전 세계 모든 나라가 부국과 빈국으로 나뉜 이유를 설명할 수 있는 일반 이론의 모든 요소가 포함되어 있다."면서 남북한을 예로 들어 '왜 그토록 여러 나라가 발전하지 못하는지' 더 나아가 오늘날 '번영과 빈곤, 세계 불평등의 기원은 어디에 있는지'를 간단하면서도 설득력 있게 설명하였습니다.

애쓰모글루 교수는 '사회학의 지난 예측 실적을 따져보면, 100년 뒤에 일어날 일을 예측하는 우리의 능력에 별다른 신뢰가 가지 않는 것은 사실'이라고 전제하면서도 '미래를 예측하다 보면, 앞에 놓인 도전 과제가 구체적으로 분명히 드러나는 경우가 많다.'고 하였습니다. 따라서 예측은 우리의 시대상을 규정하는 트렌드를 종합적으로 평가하는 좋은 기회가 된다는 것입니다.

100년 뒤를 예측하기 위하여 애쓰모글루 교수는 지난 100년간의 경제적, 사회적, 정치적 삶을 규정했던 중요한 트렌드를 먼저 정리했습니다. 1. 권리혁명, 2. 테크놀로지의 질주, 3. 거침없는 성장, 4. 고르지 않은 성장, 5. 노동과 임금의 변형, 6. 보건혁명, 7. 국경 없는 기술, 8. 평화의 세기, 전쟁의 세기, 9. 정치에서의 반계몽주의, 10. 인구폭발과 자원 그리고 환경 등입니다. 이것들은 지난 100년간의 통계자료를 바탕으로 설명되었습니다. 애쓰모글루 교수는 열 가지 트렌드를 견인하는 핵심을 권리혁명으로 보았습니다. 착취적 제도에서 포용적 제도로 향하는 움직임, 즉 권리혁명이 지난 수세기 동안 이어져 왔지만 여전히 완성에 이르지 못하고 힘을 축적하는 단계를 벗어나지 못하고 있다는 것입니다. 하지만 "20세기의 전반적 트렌드는 보다 포용적인 제도를 향해 나아갔고, 그것은 권리혁명과 행보를 같이 했다."라고 평가합니다. 그리고 분석된 과거 100년간의 트렌드가 다음 100년에는 어떻게 변화할 것인가를 예측하였습니다. 결국 그는 인류의 미래가 권리혁명의 향배에 달려 있다고 보았습니다.

디턴 교수는 현시점이 케인즈의 시대만큼 불확실하고 암울한 상황임을 지적하면서도 조심스럽지만 낙관적인 전망을 견지합니다. 부정적 주장은 너무 강하지만 경우에 따라서 틀리기도 했으며, 범위가 좁고 근거도 너무 빈약하기 때문입니다. 건강과 부의 측면에서 미래를 바라본다면, 1. 성장은 계속될 것이며, 2. 인류는 더 건강해질 것이고, 3. 기타 사항으로 폭력이 줄고, 민주주의는 더욱 확산될 것이며, 교육수준은 더 올라갈 것이라고 예측합니다. 다만 '인류가 기후변화를 적절하게 다룰 수 있을 것인가' 하는 문제는 낙관이 어렵다고 보았습니다. 다만 '임박한 위험에 맞서는 집단적 조치와 진보의 힘은 강력하기 때문에 기후 문제에 있어서도 인류는 해답을 찾아낼 것으로 믿는다고 했습니다. 로스 교수 역시 의학과 정보 분야의 발전을 바탕으로 하여 인류의 미래에 대하여 비교적 낙관적인 예측을 내놓았습니다.

글레이저 교수는 인간의 도덕적 특성에 주목합니다. 좀 더 풍족한 미래에는 탐욕과 물질주의가 수그러들 것이라는 케인즈의 예측이 잘못되었다는 것입니다. 케인즈 교수는 "일부러 시간을 내서 선행을 베풀며 사는 법을 가르쳐주는 사람들과, 사물에서 직접적인 기쁨을 찾아낼 줄 아는, 보기만 해도 즐거워지는 사람들을 존경하는 세상이 올 것이다."라고 예측했습니다. 하지만 글레이저 교수는 우리가 좋은 점과 나쁜 점을 엇비슷하게 가지고 있는, 여전히 같은 유형의 피조물인 까닭에 "전통적인 도덕적 관점에서 볼 때 부유해진다고 해서 탐욕, 시기, 나태, 폭음, 폭식, 정욕, 분노, 자만심 등 일곱 가지 대죄가 줄어들 것 같지는 않다."라고 하였습니다.

인류번영을 위협하는 요소로는 '갈등'과 '자연재해'를 들었습니다. 강대국의 갈등으로 인한 대형 전쟁의 위험은 크게 감소하였지만 국지전은 여전히 벌어지고 있습니다. 그래서 불량국가나 폭력집단을 이끄는 파괴주의자들의 위협이 현실화될 가능성이 높아질 것이라고 합니다. 자연재해에 대한 글레이저 교수의 예측에는 무언가 빠진 것 같은 느낌이 들었습니다. 태풍, 지진, 홍수와 같은 자연재해는 국지적으로는 막대한 피해를 야기할 수 있습니다. 그러나 그 영향은 오래가지 않습니다. 하지만 전염병은 심각한 결과를 초래할 수 있습니다. 대표적인 사례로 중세 유럽을 공포에 빠트렸던 페스트와 20세기 초반 전 세계적으로 엄청난 피해를 냈던 인플루

엔자가 있습니다. 그러나 현재 전 세계적인 유행을 보이고 있는 코로나-19에 대응하는 방식을 보면 현대의학의 수준이나 국제적 공중보건공조체계 역시 중세는 물론 20세기와도 수준이 달라졌습니다. 따라서 저의 개인적 견해로는 과거와 같은 치명적인 상황을 초래할 전염병은 그리 많지 않을 것으로 예상합니다. 다만 자연재해의 경우는 심각할 수도 있는 몇 가지 상황이 있습니다. 지구의 지배자 공룡을 전멸시킨 원인으로 지목되고 있는 소행성의 충돌, 혹은 지구적 환경변화를 초래할 수도 있는 대형화산의 폭발과 같은 상황에 대처할 수 있는 구체적 방법은 아직 없는 것 같습니다.

마지막으로 실러 교수의 미래 예측을 살펴보겠습니다. 제목이 '다음 세기의 위험과 그 관리법'입니다. 미래에 예측 가능한 위험을 어떻게 관리할 것인가를 주제로 합니다. 위험(危險)이란 일반적으로 손해의 가능성을 의미하는 개념입니다. 위험으로부터 입을 손해를 최소화하기 위한 노력이 위험관리라는 기법입니다. 위험을 관리하는 네 가지 요소가 있습니다. 먼저 위험 요소를 인식하고(risk identification), 위험한 정도를 평가하여(risk assessment), 위험요소를 관리하고(risk management), 그 결과를 다른 사람들과 공유(risk communication)하는 것으로 구성됩니다. 위험관리는 몇 가지 원칙이 있는데, 위험관리를 통하여 상응하는 가치를 창출할 수 있어야 하고, 필요한 사항들을 유기적으로 연결하여 시너지를 낼 수 있어야 하며, 전체의 과정이 투명해야 하는 것 등입니다. 실러 교수는 인류가 지금까지 축적한 방대한 양의 데이터를 활용하여 다양한 위험관리 방안을 도출해 낼 수 있을 것으로 예상합니다. 그리고 정보통신기술을 활용하고 장기적 계약에 따라 이행하게 되면 인간의 복지에 미치는 재앙의 영향을 지속적으로 줄여나갈 수 있을 것으로 전망합니다.

정리를 해보면 열 분의 필자들은 조심스럽지만 자신의 전문성을 바탕으로 충분히 예상이 가능한 미래 예측을 내놓고 있는 것 같습니다. 100년 뒤의 세계가 어떻게 펼쳐질지는 누구에게나 궁금한 일 아닐까요? (라포르시안: 2015년 2월 23일)

5

우리는 모두 식인종이다

(클로드 레비 스트로스, 아르테)

■ 우리는 모두 식인종이다

　　　　　자극적으로 보이는 제목에 이끌려 살펴보니 클로드 레비-스트로스의 유고집이었습니다. 레비-스트로스는 초기 작품 『슬픈 열대』로 우리에게 알려졌습니다. 레비-스트로스가 브라질에 체류하였던 1937년에서 38년 사이에 브라질 내륙지방에 사는 카두베오족, 보로로족, 남비콰라족, 투피 카와이브족 등 원주민 부족들에 관한 민족지(民族誌) 성격의 내용에 자신의 사상적 편력과 민족학에 투신하게 된 배경 등 자서전적 내용 등을 담았습니다.

　프랑스의 사회인류학자인 레비-스트로스는 구조주의 철학의 선구자로 자리매김되어 있습니다. 벨기에 브뤼셀에서 태어난 프랑스계 유태인 레비-스트로스는 파리 대학교에서 철학과 법률을 공부하였습니다. 졸업 후 잠시 중등학교에서 교편을 잡았다가 브라질 상파울루 대학교에서 사회학 교수로 재직하였습니다(1934~1937년). 그 당시 브라질의 원주민을 현지조사하고 프랑스로 돌아왔습니다.

　『슬픈 열대』는 레비-스트로스가 '원주민 사회에서 느낀 비애감이 우울하게 표현되어 있다.'라는 평가를 받았습니다. 오르한 파묵은『슬픈 열대』에 담긴 레비-스트로스의 감정은 '슬픔'이라고 정의하여 비애와 차별하기도 합니다. 『슬픈 열대』에 담긴 슬픔은 "열대 지역의 그 모든 가난한 대도시가, 무기력이, 인간 군상이 서양인들에게 느끼게 했던 감정이다. 그는 도시와 그곳에 사는 사람들의 정신상태가 아니라, 그곳에 도달한 서양인의 죄책감, 선입관과 구태의연함에서 벗어나고자 하는 노력, 그리고 그가 느꼈던 동정심과 혼합된, 극도의 인간적인 고통을 설명하고 있다."라고 했습니다.

박옥줄 교수는 '문명과 야만의 이분법적 사유에 대한 비판'에서, 레비-스트로스가 브라질 원주민들에게서 비애(혹은 슬픔)를 느낀 것은 초창기 다른 인류학자들과는 정반대의 시각으로 인류학적 탐구를 시작하였기 때문이라고 설명합니다. 다른 인류학자들은 자신들이 속한 사회의 '문화의 영광'에 대한 입증을 다른 미개민족의 후진성에서 발견하려는 경향이 있었습니다. 『우리는 모두 식인종이다』라는 제목에서부터 레비-스트로스의 이런 시각이 잘 드러나 있구나 하는 선입견(?)을 가지고 읽었습니다.

이 책을 기획한 모리스 올랑데는 레비-스트로스의 글은 "누구나 자신의 관습에 속하지 않은 것을 야만적인 것으로 부른다."라는 몽테뉴의 말을 떠올린다고 서문에 적었습니다. 1992년 몽테뉴 400주기를 맞아 레비-스트로스가 "계몽 시대의 철학이 인류 역사에 존재한 모든 사회를 비판하며 합리적 사회의 유토피아를 꿈꾸었다면, 상대주의는 하나의 문화가 권위를 앞세워 다른 문화를 재단하는 절대적 기준을 거부했다. 몽테뉴 이후로, 그의 선례를 따라 많은 철학자가 이런 모순에서 탈출할 출구를 끊임없이 모색해 왔다."라고 말한 이유를 알 것 같습니다.

이 책에서도 레비-스트로스는 '신화적 사고'와 '과학적 사고'의 관계는 떼어놓을 수도 어느 하나로 통합할 수 없다는 점을 잘 설명합니다. 프랑스에서는 1951년 크리스마스이브에 디종 성당 앞 광장에서 주일학교 아이들이 지켜보는 가운데 산타클로스를 불태우는 사건이 있었습니다. 이 사건은 산타클로스에 부여되는 상업적 중요성이 종교적 가치가 없는 신화를 대중에게 각인시키며, 성탄절의 진정한 종교적 의미를 왜곡하는 정도가 우려할 수준을 넘어서고 있다고 판단한 종교계의 단호한 입장을 나타낸 것이었습니다. 레비-스트로스는 이 사건을 통하여 사회적 축제에 대한 종교의 우려를 비판합니다.

이 사건의 이면에는 유럽의 성탄절 행사가 제2차 세계대전 이후 미국의 영향을 받아 전에 없던 규모로 커지고 있다는 것도 한 몫을 했을 것입니다. 레비-스트로스는 산타클로스의 정체를 양면적으로 설명합니다. 기원과 역할을 설명해 주는 신화나 관련된 역사적 이야기가 없기 때문에 산타클로스를 신화적 혹은 전설적 인물로 볼 수 없다는 것입니다. 그런가 하면 성탄절이라고 하는 정해진 기간이 되면 등장하여 전유적 역할을 하는 존재로 정의되는 산타클로스는 신적인 존재에 속합니다. 사람들은 성탄절이면 산타클로스가 찾아와서 한 해 동안 착한 일을 한 어린이에게는 선물을 주고 못된 짓을 한 아이에게는 벌을 준다고 믿습니다. 따라서 그의 존재를 믿는 어린이들에게 산타클로스는 신입니다. 차이가 있다면 어린이들에게 산타클로스를 믿으라고 온갖 속임수를 써가면서 부추기는 어른들은 산타클로스의 존재를 믿지 않는다는 것입니다.

레비-스트로스는 지금의 성탄절 무렵에 행해지던 로마의 사투르누스 축제를 인용하여 산타클로스의 존재를 해석합니다. 사투르누스 축제는 원귀(冤鬼)들을 달래는 축제였습니다. 로마 신화에 농경의 신으로 나오는 사투르누스는 하늘의 신 우라노스와 대지의 여신 가이아의 아들입니다. 아버지 우라노스를 제거하고 세상을 지배하는 위치를 차지합니다. 누이인 옵스를 아내로 맞았는데 아버지를 살해했다는 죄의식과 자신도 같은 운명을 걸을 것이라는 예감에서 아내가 자식을 낳는 족족 삼켜버립니다. 결국은 막내아들 주피터에게 살해되는 운명을 맞았습니다.

어린아이를 잡아먹는 사투르누스를 달래는 축제의 끝에는 어린아이에게 은혜를 베푸는 선량한 성 니콜라우스가 등장한 것입니다. 로마 제국의 말기에 기독교 교회는 이교도의 축제인 사투르누스축제를 기독교의 축제로 대체하기 위하여 예수의 탄생일을 12월 25일로 결정하였다는 이야기도 나옵니다. 레비-스트로스는 사투르누스를 계승한 산타클로스가 무질서의 지배자이면서도 정반대적인 존재로 자리매김을 해왔다고 설명합니다. 이와 같은 변화는 우리와 죽음의 관계가 개선되었다는 반증으로 해석합니다. 따라서 디종의 화형식을 통하여 산타클로스를 버리려 했던 디종의 성직자들의 희망과는 달리 오히려 산타클로스의 영속성을 입증하는 모순을 가져온 것이라고 합니다. 역시 철학적 해석은 복잡하고 어려운 것 같습니다.

이 책의 제목이기도 한 '우리는 식인종이다'를 생각해 봅니다. 1993년에 발표된 이 글은 1996년에 발표된 '미친 소의 교훈'과 연결하여 생각해 보는 것이 좋겠습니다. '우리는 식인종이다.'는 파푸아뉴기니에서 지역적으로 유행한 쿠루(kuru)병에 관한 이야기를 담았습니다. 그리고 '미친 소의 교훈은 2008년 우리 사회를 뜨겁게 달구었던 광우병과 관련된 내용을 담았습니다. 쿠루병은 파푸아뉴기니의 동부 고원지대에 사는 포레(Fore)족 사이에서 1950년대 무렵 갑자기 나타난 풍토병입니다. 뒤에 역학조사를 통하여 밝혀진 바에 따르면 쿠루병이 발생하기에 앞서 포레족에게 식인풍습이 전해졌습니다. 포레족은 전투를 통하여 살해한 적의 시신을 먹은 것이 아니라 사망한 가까운 친족들의 시신을 먹었습니다. 이는 사랑과 존경의 표시였습니다. 포레족에게 식인풍습이 전해진 다음에 어느 시점에서 백만 명에 한 명꼴로 발생하는 크로이츠펠트-야콥병(이하 CJD)으로 죽은 환자의 뇌를 나누어 먹었던 것이 화근이 되어 쿠루병이 생겼고 포레족 사회에 고착된 것입니다. 마치 광우병에 걸린 소에서 나온 물질을 먹고 인간광우병이 생긴 것처럼 말입니다.

시신을 먹을 수 있도록 조리하는 역할을 한 여성들이 조리과정에서 1차 감염되고, 신체적 접촉을 통하여 어린이들에게 2차 감염이 일어났다고 레비-스트로스는 설명합니다. 하지만 이는 사실과 다소 거리가 있습니다. 신체적 접촉을 통하여 프리온병이 다른 사람들에게 전달된 사례는 아직까지 없습니다. 쿠루병을 처음 밝힌 칼턴 가이듀섹은 파푸아뉴기니에서 쿠루병 환자가 죽은 뒤에 뇌를 맨손으로 꺼내곤 했지만, 그는 프리온병으로 사망하지 않았습니다.

레비-스트로스는 쿠루병과 성장장애를 앓는 어린이를 치료하기 위하여 사용한 성장호르몬 주사를 맞은 어린이들에서 CJD가 확산된 사건과 대비시켰습니다. 이 환자들에게 사용된 주사제는 성장호르몬의 분비를 자극하는 물질이 들어있는 사체의 뇌하수체를 모아 만들었습니다. 그 과정에서 CJD환자로부터 얻은 뇌하수체가 섞여 들어간 것이 문제를 일으켰습니다. 의료행위와 관련된 의인성 CJD와 죽은 사람을 먹는 식인행위를 같이 비교할 수 없는 일이라고 반박하는 사람도 있을 것입니다. 하지만 레비-스트로스는 두 가지 행위 사이에 근본적인 차이가 무엇이냐고 반문합니다. 과학으로 포장된 의료행위 역시 과학을 전공하지 않은 사람이 보기에는 여전히 미신이고 맹신이라고 잘라 말합니다.

우리나라를 비롯한 동아시아 사람들이 유럽 사람들과는 달리 프리온병에 취약한 코돈129번이 MM형인 빈도가 높은 것은 식인습관과 관련이 있을 것이라는 가설을 레비-스트로스가 알았더라면 식인관습에 관한 유럽 사람들의 편견을 맹렬하게 비난했을 것 같습니다. 코돈129번의 유전자형은 프리온에 감염되었을 때 증상이 나타나는 시기와 밀접한 관계가 있습니다. MM형이 가장 빠르게 나타나고 MV형, VV형으로 잠복기가 길어지는 것으로 알려져 있습니다. 결국 동아시아 사람의 선조들이 일찍이 식인풍습을 버렸기 때문에 굳이 MM형을 가지고 있어도 문제가 되지 않는 것입니다. 반면 식인풍습을 오래 유지했던 유럽 사람들은 집단을 보호하기 위하여 프리온의 발현을 지연시키는 쪽으로 유전자의 변화가 생겼다는 해석입니다.

여기 인용한 내용 이외에도 여성 할례와 대리 출산, 남미의 농경 방식을 인용한 발전의 유형별 차이에 대한 해석 등 다양한 주제에 대하여 색다른 시각에서 해석을 내놓고 있어 매우 흥미로운 책 읽기가 되었다는 말씀으로 마무리합니다. (라포르시안: 2015년 12월 14일)

6

복지사회와 그 적들

(가오롄쿠이, 부키)

■ 복지는 사람들을 나태하게 만든다? … 복지 사회에 관한
　7가지 거짓말

　　　　　　제2차 세계대전 이후 독립한 국가들 가운데 유일
하게 선진국으로 발돋움하고 있는 우리나라는 그동안 유보되어 있
던 복지에 대한 욕구가 강하게 분출하고 있습니다. 물론 필수적인
복지는 그동안에도 많이 개선돼 왔지만, 이제는 보편적 복지로 확
대해야 한다는 요구가 거세지고 있습니다. 새로운 복지수요를 충족
하기 위해서는 추가재원이 필요하기 때문에 사회적 갈등이 커지고
있습니다. 복지사회 구현을 위한 합의에 이르기 위해서는 보다 많
은 분야에 대한 앎이 선행되고 서로의 입장에 대한 이해가 있어야
하겠습니다. 『복지사회와 그 적들』을 소개하는 이유입니다.

　『복지사회와 그 적들』은 홍콩 루이쿠(睿庫)연구원의 가오롄쿠이
(高蓮奎) 부원장이 쓴 책입니다. 저자는 평형 경제학 원리, 신복지
사회 이론 등을 발표한 경제학자로 중국 런민대 충양금융연구원과
도 인연이 있습니다. 저자는 머리말에서 세계는 위기에 처해 있다
고 진단하고 그 해법으로 '저생존원가형 사회' 모델을 제시하였습

니다. 현재 선진 각국이 추구해 온 복지사회 모형을 보완하기 위한 것입니다. 그는 "복지사회는 인류의 생로병사와 교육 등 큰 문제들을 해결하지만 저생존원가형 사회는 인류의 의식주 등 세부적인 문제들을 해결할 것"이라고 주장합니다. 책을 읽다 보면 저자가 보완한 복지사회의 모형은 중국이 추구할 복지사회임을 시사합니다.

저자는 먼저 우리가 알고 있는 '복지사회'에 대한 개념 가운데 오해를 사는 점을 짚었습니다. 복지국가가 효율이 낮다는 주장을 비롯하여 그리스 부채 위기가 무리한 복지지출이라는 설명이 틀렸다는 것 등입니다. 핀란드, 스웨덴, 덴마크, 노르웨이 그리고 아이슬란드 등 북유럽 5개국이 운영해 온 고효율적인 복지사회 모형을 설명합니다. 하지만 아이슬란드는 2008년 세계적인 경제위기의 파고에 휩쓸리면서 IMF로부터 구제금융을 받기도 했습니다. 금융산업을 육성하면서 몰려든 외국자본의 덕으로 복지국가체계를 구축하였던 것이 거꾸로 발목을 잡은 셈입니다. 아이슬란드의 위기대처 방안도 독특해서 은행들은 망하게 두고, 국민들의 가계부채 탕감과 실업수당 지급 확충 등을 통하여 구제금융을 졸업할 수 있었습니다. 따라서 복지정책의 중요성을 강조하는 사례로 인용되기도 합니다.

하지만 저자는 고효율의 복지사회를 구현한 북유럽 5개국과 다른 나라들의 사정이 많이 다르다는 점을 놓치고 있는 것 같습니다. 인구 규모가 다르고, 자원 보유현황도 다르기 때문에 동일한 정책을 적용할 수 없는 원천적 한계가 있는 것입니다. 한국과 대만, 홍콩과 싱가포르는 아시아의 네 마리 용으로 지목되던 시절이 있습니다. 그 가운데 사회보장을 건국의 기초로 한 싱가포르를 제외한 나머지 국가들은 사회복지를 경시하는 편이었다는 지적도 마찬가지 관점에서 해석해야 합니다. 싱가포르의 정책기조는 '네 마리의 용 가운데 유일하게 눈부신 경제 발전을 이룬 선진국이다.'라고 잘라 말합니다. 1인당 GDP를 단순 비교한 결과라고 보이지만, 이면의 정치나 사회구조 등에 눈을 돌리면 과연 그럴까 싶습니다.

저자는 복지사회 구현에 반대하는 논리들 가운데 다음과 같은 7가지는 거짓말이라고 주장합니다. "1. 복지사회는 부자 나라에서만 가능하다, 2. 복지사회는 저효율을 야기한다, 3. 복지국가는 실패했다, 4. 복지사회는 시민적 자유를 훼손한다, 5. 복지사회는 국가부채를 늘린다, 6. 복지는 사람들을 나태하게 만든다, 7. 부자의 자선으로 사회복지를 대신할 수 있다." 물론 저자의 주장에 그릇된 점이 없어 보이지만, 견강부회한 점도 없지 않습니다. 예를 들면 복지사회는 부자 나라가 아니더라도 가능하므로 모든 나라가 복지사회를 지향한다는 것은 맞습니다. 하지만 모든 나라가 추구하는 복지사회의 수준이 동일해야 되는가도 문제가 될 것 같습니다. 결국 복지라는 개념도 사회구성원들이 전반적으로 받아들 수 있는 수준이라면 충분할 것 같습니다. 복지사회에 대한 사회구성원의 눈높이와 그 사회가 부담할 수 있는 능력 사이의 격차를 해소하는 방법에 따라 정책이 결정될 것 같습니다.

저자는 감세를 통한 민간기업 활동 지원이 결코 국민들을 부유하게 만들 수 없다고 주장합니다. 민간기업의 일자리 창출을 도모하는 정책인데, 저자는 오히려 민간기업보다는 공영기업이 일자리를 만드는 데 효과적이라고 합니다. 그런데 공기업이 일자리를 만드는 것은 좋은데, 생산효율성의 문제는 어떻게 될까요? 우리는 공기업을 방만하게 운영하다 결국은 국민의 세금으로 적자를 메웠던 사례들을 알고 있습니다. 공기업 민영화는 민간기업이 가지고 있는 조직관리기법으로 생산효율성을 높일 것이라고 기대하는 것입니다. 하지만 공기업에 근무하는 사람들은 민영화되었을 때 필연적으로 부딪혀야 하는 경쟁을 감당하는 것을 피하기 위하여 민영화에 반대하는 것 아닐까 생각해 볼 일입니다.

저자는 복지사회가 경제의 증진을 촉진시킬 수 있다고 주장합니다. 한 나라가 선진국 대열에 진입하려면 세 가지 단계를 거쳐야 합니다. 첫 번째 단계는 산업화와 도시화, 두 번째 단계는 자주적 혁신과 산업의 자립, 그리고 세 번째 단계는 사회복지와 사회보장제도의 수립입니다. 첫 번째 단계를 거치면 1인당 GDP가 1만 달러에 이르고, 두 번째 단계를 거치면 2만 달러, 세 번째 단계를 거치면 4만 달러에 도달하게 됩니다. 한국과 대만이 1인당 GDP가 2만 달러에 머물고 있는 이유는 적절한 시기에 세 번째 단계로 진입하지 못하였기 때문이라고 진단하기도 합니다. 하지만 그 밖에도 국제경제를 휘청거리게 한 몇 개의 사건으로 인하여 성장의 탄력을 이어가지 못한 것이 더 큰 이유가 아니었을까요? (참고로 2021년 1인당 GDP는 대한민국 35,196달러이고 대만은 33,402달러입니다)

복지사회 구현을 달성하기 위한 정책에 관한 저자의 관심은 중국으로 향하는 것으로 보입니다. 이제 산업화 단계로 진입하고 있는 중국이 어떠한 복지정책을 채택하는 것이 옳은가에 관한 내용입니다. 사실 중국사회는 과거 공산주의를 기반으로 한 복지가 시행되어 왔는데, 이를 대체할 새로운 복지제도를 수립하여야 한다는 것으로 이해됩니다. 저자는 현재 중국의 경제학계의 동향을 케인스주의나 신자유주의가 아닌 인민주의 경제학이라고 진단합니다. 삼류

경제학자들이 중국의 경제체계를 좌지우지하는 것이 문제라는 것입니다. 마르크스경제학이 퇴조한 이후 중국 경제학계는 하이에크를 추종하는 경제학자들이 주류를 이루고 있기 때문이라고 합니다.

저자는 하이에크의 삶은 물론 그가 세운 이론들을 모두 부정적으로 평가합니다. 하이에크는 시장 중심의 자유지상주의를 주장했습니다. 그래서 정부가 시장에 개입하기 시작하면 걷잡을 수 없을 것이라고 경고했다지만, 정부와 시장 사이의 경계에 대한 구체적 제안은 없었다는 것입니다. 또한 노조의 권리를 반대하고 인권을 반대했으며, 민주주의에도 반대했다고 주장합니다. 저자가 일방적으로 하이에크를 몰아세우고 있어, 아무래도 하이에크의 주장을 따로 읽어보아야 할 것 같습니다. 하이에크는 경제에서 정부의 역할이 커지면 반드시 전체주의가 된다고 한 적은 없습니다. 다만 정부 역할이 커졌을 때 드는 비용에 대하여 경고하였습니다.

제5장 세계 주요 국가들의 복지현황에서 다루고 있는 세계 주요 국가의 4가지 의료보장 형태도 참고할 만합니다. 영국을 비롯한 캐나다와 호주 등 영연방국가 및 스웨덴 등 북유럽국가들은 국가의료보험 모형을 시행하고 있고, 독일, 일본 그리고 우리나라는 사회보험 모형을, 그리고 미국이 대표적인 개인의료보험 모형을, 그리고 프랑스는 혼합형의 형태입니다. 영국이 시행하는 국가의료보험 모형에서는 의료서비스의 접근성이 문제입니다. 의료기관의 접근성이 높은 우리나라의 경우에는 재정 부담이 폭증할 가능성이 있습니다. 따라서 어느 정도는 서비스 제공의 제한이 불가피할 것으로 보여 소비자의 불만이 커질 수도 있습니다.

민영의료보험은 납부하는 보험료의 수준에 따라서 차별화된 의료서비스를 제공받을 수 있는 차이가 있습니다. 하지만 모든 환자가 동일한 수준의 의료서비스를 받아야 한다는 평등성이 유독 의료서비스 분야에서만 요구되고 있는 우리나라에서는 적용이 어려울 것으로 보입니다. 또한 부자들이 민영의료보험으로 이탈하게 되면 사회보험의 재정 확보에 어려움을 겪을 것이라는 우려 역시 민영의료보험의 도입을 어렵게 하는 것 같습니다. 독일이 공공의료보험에 민영의료보험을 더하여 운용함으로써 서로 보완하는 방식을 참고할 수 있겠습니다.

저자가 『복지사회와 그 적들』에 담아내고 싶었던 것은 중국의 발전 전략으로 보입니다. 이미 G2의 위치에 올라선 중국이지만 국가 전체를 놓고 보면 개발도상국 수준에 턱걸이한 셈입니다. 그런 중국이 중진국 함정을 피해 진정한 의미의 선진국으로 발돋움하려면 앞서 제시한 세 가지 단계의 마지막 사회복지와 사회보장제도의 수립에 있다는 것입니다. 저자는 2015년 기준 인구가 13억 7천만 명에 달하는 중국이 복지사회로 진입이 성공하기 위하여 지금까지의 공산주의 체제는 물론 서구의 발전모형인 자본주의체제가 아닌 새로운 무엇이 필요하다고 보았습니다. 그리하여 '저생존원가형 사회'를 제시합니다. 현대 자본주의는 인류 모두를 복지사회로 이끌기에는 역부족이라고 주장합니다. 복지국가의 복지정책은 다양하면서도 원가가 높은 한계를 가지고 있습니다. 즉, 높은 복지수준을 달성하려면 세수를 늘린다는 전제가 필요합니다. 공산주의의 철학에 따라 모두가 더 많이 누릴 수 있는 복지사회가 되어야 한다는 것인데, 고복지 고세수로는 한계가 있을 수밖에 없습니다. 따라서 생존원가가 낮은 복지사회를 추구해야 한다는 것입니다. 생존원가를 낮추면서도 품질을 높게 유지한다는 것은 어느 정도까지는 가능할 수 있습니다. 아무래도 북유럽 모형의 복지정책을 당장 시행하는 것은 어려우니 단계적으로 접근하는 방식을 제시하는 것이 아닐까 싶습니다. 이와 같은 모형의 복지사회를 구축하기 위해서도 중국은 상당한 개혁이 필요하다는 것이 마지막 장에 정리되어 있습니다. (라포르시안: 2016년 3월 14일)

7

나쁜 뉴스의 나라

(조윤호, 한빛비즈)

■ 기레기와 지라시 전성시대… 나쁜 뉴스의 나라

　　　　　　언제부터인가 기억은 분명치 않습니다만, 신문을
제대로 읽지 않고 지나가는 날들이 많아졌습니다. 아침저녁으로 배
달되는 종이신문은 물론 누리망 신문도 마찬가지입니다. 사무실이
나 집에서도 분명 종이신문을 구독하고 있는데도 말입니다. 처음에
는 종이신문이 손을 떠나더니 지금은 누리망 신문마저도 꼼꼼하게
읽지 않습니다. 그저 제목만 훑어보고는 관심이 가는 제목만 열어
서 기사를 읽고, 필요하면 누리사랑방에 저장합니다. 정치나 경제
는 워낙에 큰 관심이 없었던 터라 그렇다고 쳐도 문화 혹은 건강
면까지도 도매금으로 넘어간 이유가 분명치 않습니다.

　그래서인지 '우리는 왜 뉴스를 믿지 못하게 되었나'라는 부제가
달린 『나쁜 뉴스의 나라』에 대한 기대가 컸습니다. 신문을 다시 읽
게 되는 계기가 되지 않을까 해서입니다. 저자는 신문을 포함한 언
론이 대중의 외면을 받게 된 작금의 위기 상황은 기사를 생산하는
기자와 언론이 자초한 것이라고 진단합니다. 향응을 받고 특정인에
게 유리한 기사를 써주거나, 있을 수 없는 오보를 내거나, 권력기관

에서 흘리는 대로 받아쓰거나, 혹은 기사를 통해서 여론을 조작하는 언론의 행태를 고발하는 영화들이 잇따라 개봉된 것이 영양을 미쳤을지도 모릅니다. 물론 영화가 재미를 추구하기 위한 허구를 바탕으로 만들어질 수도 있습니다. 하지만 아니 땐 굴뚝에 연기날 수 없다고, 무언가 이야기를 전개할 만한 꼬투리는 현실에서 얻은 것일 수도 있기 때문입니다.

다양한 언론매체를 통하여 쏟아지는 정보가 너무 많은 데다가 같은 사안을 두고 전혀 다르게 해석하는 경우도 많습니다. 이런 현상이 언론을 외면하는 계기가 되었던 것은 아닌가 싶습니다. 믿어도 될지 아니면 믿지 말아야 할지는 물론 좋은 뉴스인지 아니면 나쁜 뉴스인지 판단하는 일까지도 결국은 정보소비자의 몫입니다. 따라서 스스로 판단할 수 있는 역량을 길러야 한다는 이야기가 나오는 것입니다. 생각해 보니 역사는 돌고 돈다는 말이 여기에도 적용되는 것 같습니다. 서슬이 퍼렇던 유신독재 시절에는 신문을 읽을 때 기자가 행간에 숨겨둔 의미를 찾아 읽어야 했습니다. 읽고 있는 기사를 통해서 기자가 전하려는 바가 무엇인지를 가려내기 위하여 다시 눈을 부릅떠야 하는 시절이 되돌아온 셈일까요?

기자가 기사를 작성하여 뉴스로 만들어지기까지의 과정은 물론 우리 언론계의 관행과 방침, 시스템을 알아야 좋은 뉴스를 골라 읽을 수 있습니다. 저자가 이런 책을 낼 수 있었던 것은 지금 일하고 있는 '미디어오늘'이라는 언론사의 독특한 위치 때문에 가능했습니다. '미디어오늘'은 기자들을 상대하면서 언론을 감시하고, 언론을 취재하는 언론입니다. 그리하여 미디어오늘의 기자들은 '이 기자는 왜 이런 기사를 썼을까?'를 고민하고 취재하는 게 일이라고 합니다.

저자는 대한민국 언론의 현실을 진단하고 치료 방법을 제시하고 미래를 도출한다는 전략에서 책을 구성하였습니다. 그리하여 '기레기와 지라시 전성시대'라는 자기비하적인 자아비판을 통하여 이런 오늘이 있기까지의 과정을 되짚어 보는 것으로 이야기를 시작합니다. 이어서 '뉴스란 무엇인가'에서는 뉴스 본연의 자세를 논한 다음, 초급, 중급, 고급편으로 나누어 놓은 '나쁜 뉴스 가려내기'의 방법을 정리하였습니다. 마지막으로는 '뉴스의 미래, 짐승 뉴스의 전성시대'라는 제목으로 앞으로 언론이 상대해야 할 경쟁자는 누구이며, 그 경쟁에서 살아남기 위하여 무엇을 어떻게 바꾸어야 할 것인지 고민하였습니다.

　저자는 오늘날 언론이 마주하고 있는 위기 상황은 자초한 일이라고 잘라 말합니다. '의도적으로 사실을 누락하거나 축소하고 왜곡하는 것, 언론의 기본을 지키지 않은 채 특정 정치 세력을 옹호하는 행위, 바로 정파 저널리즘이 언론의 신뢰 하락으로 이어진 원인'이기 때문입니다. 2015년 5월 14일 세월호가 침몰했을 때 대부분 매체는 사고 소식을 전했습니다. 하지만 그런 와중에서 「미디어오늘」이 단독으로 내보냈던 '유병언 계열사에 창조경제 지원금 67억 들어갔다'라는 제목의 기사가 누리꾼들의 주목을 받았습니다. 배용준과 박수진이 결혼한다는 뉴스가 동시에 떴기 때문입니다. 배용준 박수진 결혼설이 그 순간에 왜 나왔겠느냐는 누리꾼들의 의혹이 만들어낸 음모론이 영향을 미쳤을 것으로 해석합니다. 당시 그 기사에 달렸던 '이젠 다들 알죠. 연예인 특종이 뜨면 뭔가 있다는 것을'이라는 댓글이 시사하는 것처럼 음모론은 근거 없이 확산되기도 합니다.

당연히 음모론의 대상이 사실인 경우도 있습니다. 그 사례로 2011년 10월 26일 재보궐선거가 있던 날 중앙선거관리위원회 홈페이지에 장애가 발생하여 투표소를 검색하려던 시민들이 불편을 겪었던 사건이 있습니다. 이 사건은 유력한 야당 후보의 보좌관의 짓이었음이 밝혀졌습니다. 음모론에 곁들여 지라시 소식도 사실 왜곡에 한 몫을 합니다. 2007년 대선의 화약고로 지목되었던 BBK사건을 수사했던 검사들이 이명박 후보의 동업자였던 김경준을 회유하고 협박했다는 내용의 '시사IN'의 보도가 허위가 아니라는 판결이 있던 날에도 서태지-이지아 결혼설이 나왔습니다.

그리고 보니 언론의 위기를 가져온 상황을 설명하기 위하여 저자가 인용하는 사건들이 주로 정권이나 보수 매체 쪽의 것이라는 느낌이 들었습니다. 보수언론이 그런 짓을 했다면 진보언론은 상대적으로 이익을 얻었을 것이라고 생각할 수 있습니다. 왜 언론의 위기는 보수나 진보 모두에게 해당된다는 것일까요? 진보 쪽 언론도 마찬가지 행태를 보였던 것은 아닐까요? 이런 의문은 2008년 광우병 파동을 떠올리게 합니다. 당시 정부와 보수 언론들은 미국산 쇠고기의 안전성과 관련하여 큰 문제가 없다는 입장이었습니다. 반면 진보 경향의 사람들이나 매체들은 미국산 쇠고기를 들여오면 우리나라에 인간광우병이 퍼져서 엄청난 피해가 발생하게 될 것이라고 주장했습니다.

광우병 파동의 한가운데에 있던 필자는 광우병의 위험성을 지나치게 부풀리고 있는 진보언론이 위기를 맞을 수도 있다는 점을 걱정했던 기억이 있습니다. 2008년 광우병 파동을 경계로 하여 언론은 보수와 진보로 뚜렷하게 양분되었습니다. 즉 상대 쪽에는 비판의 날을 세우고 같은 편은 살살 다루거나 아예 눈을 감는 버릇까지도 생겼습니다. 그래서 결국은 언론의 위기는 보수나 진보나 크게 다를 바 없게 된 것 아닌가 싶습니다.

저자는 각자의 진영을 비판하다가 호되게 당한 사례로 보수진영의 경우는 TV조선의 <장성민의 시사탱크>의 '추적, 남한 종북 계보' 편을, 그리고 진보진영의 경우는 한겨레신문의 "DJ 유훈통치와 '놈현' 관장사를 넘어라"라는 기사를 각각 인용합니다. 저자는 언론 매체가 어느새 정파적 언론관에 빠져 있다고 비판합니다. "조선일보도, 한겨레도 믿지 마라. 믿을 것은 오로지 뉴스 소비자의 눈뿐이다."라고 합니다. 그럼에도 불구하고 문제가 된 사례는 대부분 보수쪽 혹은 정부 쪽 사례를 들고 있는 편향성을 스스로 드러내고 있는 듯하다는 점은 꼭 지적해야겠습니다.

저자는 뉴스가 해야 할 이야기를 연속극과 영화가 대신한 사례로 누리망 연재만화 <송곳>과 연속극 <미생>을 꼽았습니다. 만화나 연속극을 뉴스와 같이 놓고 비교하는 것은 적절치 않습니다. 저자의 말대로 누리망 연재만화나 연속극에는 등장인물이 있고 그들이 만들어내는 이야기 속에 전하고자 하는 바를 담습니다. 그렇기 때문에 독자 혹은 시청자의 마음을 움직이기가 수월합니다. 하지만 기사는 스토리를 담기에 적절치 않은 구조입니다. 기사는 진실을 담아내는 것으로 독자가 좋은 뉴스로 인식할 수 있다면 제 할 도리를 다하는 셈입니다. 감동을 담아내기 위하여 기사를 윤색하게 되면 아무래도 사실이 왜곡될 수도 있습니다. 당연히 기자는 보고 들은 것을 객관적으로 파악하여 사실이 아닌 것을 걸러내면 되는 것입니다. 사실에 대한 개인적 판단을 담아서 독자를 특정한 방향으로 유인해서도 안 되는 것입니다.

뉴스 가치가 조작되는 사례를 읽으면서 남 일 같지 않다는 생각이 들었습니다. 저자는 청주청원경찰이 기소중지자를 검거하는데 신임 여경이 활약했다는 보도자료를 인용했습니다. 사실 보도자료는 정부는 물론 공공기관에서 개인에 이르기까지 다양한 계층에서 만들어 언론사에 제공합니다. 이런 보도자료가 기사로 만들어지려면 특별한 무엇이 있어야 합니다. 그 특별한 무엇을 조작했다는 지적은 보도자료를 만들 때 참고하면 좋을 것 같습니다. 문제는 특별하다고 생각하는 것이 보도자료를 만드는 사람과 그 보도자료로 기사 쓰기를 결정하는 기자와는 눈높이의 차이였습니다.

작가는 JTBC의 손석희 사장이 담당하는 보도부에 대하여 상당히 호의를 가지고 있는 듯합니다. JTBC 보도부의 제작진이 내놓은 『팩트 체크』는 자화자찬하기 위하여 내놓은 것 아닌가 하는 의혹의 눈으로 읽었던 기억이 있습니다. 편성의 핵심이라고 할 '사실 확인이 제대로 되었는가?'와 함께 '정치적 의도는 없었는가?' 하는 의문이 들었던 것입니다. 하지만 저자는 JTBC 보도부가 주제 설정에서부터 주제 지키기에 이르기까지 독특한 점이 있다고 설명합니다.

그리고 저자가 일하고 계신 미디어오늘이 채동욱 검찰총장의 혼외자 의혹을 보도한 조선일보의 보도가 나온 뒤에 냈다는 '방일영 전 조선일보 회장, 혼외자식만 4남 2녀'라는 기사가 물타기는 아니었다는 해명으로 읽힌다는 점입니다. "'미디어오늘의 기사가 조선일보 너희는 얼마나 깨끗한데 채동욱 총장을 괴롭히냐'는 의미로 해석됐다는 뜻이다."라고 적고 있어서입니다. "~해석됐다는 뜻이다."라는 설명은 그런 의도가 없었다는 것으로 읽힌다는 점입니다.

저자는 누리집 관문(web portal)의 위력이 언론매체의 힘을 압도할 정도로 성장한 점을 우려합니다. 심지어는 '짐승 소식의 전성시대'가 도래할 것이라는 우울한 전망을 내놓았습니다. 하지만 제 생각에는 누리망 신문은 물론 종이신문 역시 수명이 언제까지 이어질지는 지금의 시점에서 단정할 수는 없을 것 같습니다. 그들이 현재에 안주한다면 모를까 말입니다. 어떻든 독자 입장에서는 좋은 소식을 가려내는 능력을 갖추면 되는 셈이니, 그런 면에서 본다면 『나쁜 뉴스의 나라』는 참 좋은 참고서가 될 것 같습니다. (라포르시안: 2016년 5월 30일)

8

공개사과의 기술

(에드윈 L. 바티스텔라, 문예출판사)

▨ 사과하려면 좀 제대로 합시다!

'사과'라는 단어를 적어놓고 보면, 달콤할 것이라는 느낌과 쓸 것 같다는 느낌이 차례로 떠오릅니다. 우선은 달콤하거나 때로는 새콤한 사과를 먹고 싶다는 생각과, 자신이 저지른 잘못을 어떻게 풀어갈 것인가를 고통스럽게 고민했던 순간이 떠오를 수도 있기 때문입니다. 여기에서는 느낌이 쓴 사과에 관하여 이야기하려고 합니다.

동양이나 서양 모두에서 자신의 잘못을 인정하고 사과하는 일이 나약함을 인정하는 것이라 생각하는 듯합니다. 미국에서는 '존 웨인법'이라는 말이 있습니다. 1949년에 제작된 서부영화 <황색 리본을 한 여자>에 출연한 영화배우 존 웨인이 연기한 남자 주인공 브리틀스 대위가 '이봐, 절대 사과하지 마. 그건 약하다는 표시야.'라는 말을 입에 달고 살았기 때문에 나온 말입니다.

하지만 세월이 변해서 이제 진정한 사과는 "패자의 변명이 아닌 지도자의 가장 쿨하고 현명한 전략"이 되고 있습니다. 『양기화의 BOOK 소리』에서 소개한 아론 아자르의 『사과 솔루션』에서는 사과가 왜 현명한 전략이 되는가를 소개합니다. 『사과 솔루션』의 독후감에서도 '사과'란 "일방, 즉 가해한 측이 자기 잘못이나 그가 얻게 된 원성에 대해 책임을 인정하고, 피해를 본 상대에게 후회나 양심의 가책을 표현함으로써 양측 당사자들이 조우하는 것"이라는 대목을 인용하였습니다. 그리고 '하지만 사과에 사용되는 단어와 상황에 따라서는 동정이나 유감의 뜻으로 변질되거나 오히려 사과의 의미가 오해를 불러일으키는 경우도 적지 않습니다.'라는 제 생각을 적었습니다. 사과의 뜻을 제대로 담는 것이 그만큼 중요하다는 것입니다.

에드윈 바티스텔라 교수의 『공개 사과의 기술』은 이런 고민을 더는데 도움을 줄 것으로 기대합니다. 그는 미국 오리건주 애슐랜드에 있는 서던 오리건 대학의 인문학부에서 언어의 형태적 현저성, 태도, 구문론 등을 연구하는 언어학자입니다. 사과 편지 쓰는 것을 도와달라는 친구의 부탁을 받고 사과의 뜻을 어떻게 표현하는가에 관심을 가졌고, 결국 이 책을 쓰게 되었습니다. 저자는 사과에 사용되는 언어, 철학, 사회학 등을 검토하여 사과가 어떻게 작동하는지를 보여주었습니다. 저자는 이 책을 읽은 사람들이 사과의 바탕에 깔려 있는 원칙을 이해함으로써 사과를 잘 할 수 있기를 희망합니다.

저자는 우선 캐나다의 사회학자 어빈 고프먼이 『공생적 관계』에 적은 '우리는 사과할 때 자신을 둘로 분리한 뒤 과거의 자신을 던져버린다.'라는 사과의 이론을 인용합니다. 고프먼은 "사과는 비난받아 마땅한 자신과, 한 발 물러서서 비난하는 사람들과 공감하는 자신, 다시 말해 정상적인 관계로 복귀할 만한 가치가 있는 자신으로 분리하는 행위를 나타낸다."라고 사과를 요약하였습니다. 잘못을 저지른 것은 분명 자신이기는 하나 과거의 자신이며, 잘못을 솔직하게 인정할 수 있는 자신과 같을 수 없다는 것입니다. 은연중에 새로운 자신은 과거의 자신과 달리 성숙한 모습을 보여줄 수 있어 자랑스럽다는 인식이 바탕에 깔려 있는 것입니다. 우리가 사과를 하는 데는 외적인 이유와 내적인 이유가 있다고 하는 아론 아자르의 설명과도 부합됩니다. 내적인 이유로는 피해를 당한 사람의 고통을 공감하고, 자신을 처벌해야 한다는 점을 이해하며, 자기 이미지에 값하지 못한 실수가 수치스럽다는 것입니다. 외적인 이유는 잘못을 바로잡고 자신의 평판을 복구할 기회가 되기를 희망한다는 것입니다.

사람들은 대체적으로 자신이 저지른 잘못을 솔직하게 인정하고 사과하기보다는 설명을 통하여 부득이했다는 점을 강조하려는 경향을 보입니다. 즉 사과보다는 해명을 선택한다는 것입니다. 해명과 사과는 언어를 통하여 잘못의 의미를 바꾼다는 공통점이 있습니다. 하지만 사과가 과거의 자신을 부정하는 데 반하여 해명은 자신의 잘못을 인정하지 않는 것을 전제로 하는 것입니다. 저지른 잘못에 대하여 사과를 한다는 것은 혼자만의 문제가 아니라 상대가 있다는 의미입니다. 따라서 제대로 된 사과가 이루어지려면 사과하는 사람보다는 사과를 받는 사람에 초점을 맞춰야 합니다. 상대와 교감이 잘 된 경우에는 수위가 낮은 사과도 받아들여질 수 있습니다. 하지만 상대의 뜻에 맞지 않은 사과는 넘치는 수위에도 불구하고 실패할 수 있습니다.

사과는 두 부분으로 이루어집니다. 가해자가 인정하거나 잘못한 내용을 적시하고 피해가 발생했음을 이해하는 '적시'의 단계와 가해자가 잘못에 대해 미안하다고 말하는 '보완적' 단계가 있습니다. 물론 사과에 대한 피해자의 응답 역시 수락하거나, 거부하거나, 재논의를 하는 등의 선택이 있을 수 있습니다.

사과하는 구체적 방법, 즉 사과를 어떻게 할 것인가를 다룬 부분을 읽으면서 문화적 차이를 실감합니다. 옮긴이도 많은 고민을 했을 것 같습니다. 영미권에서 사과에 보통 쓰이는 말로는 "sorry(미안합니다)", "regret(유감입니다)", "I was wrong(내 잘못입니다)", "forgive me(용서해 주세요)", "excuse me(실례합니다)", "pardon(미안합니다)" 등이 있습니다. 공식적으로는 "I apologize(나는 사과합니다)"를 흔히 사용합니다. "I apologize"에는 실제로 사과한다는 의미가 담겼지만, 다른 표현들은 사과의 의미가 표면에 드러나지 않고 암시하는 수준이라고 합니다. "sorry"는 화자의 감정을 드러내는 형용사이며, "regret"은 정신 상태를 알려주는 능동사, "I was wrong"은 도덕적 혹은 사실관계의 오류를 인정하는 말이며, "forgive me"는 정중한 지시로 표현된 요청입니다. "I apologize(나는 사과합니다)"의 경우도 완벽한 모양새를 갖추려면 '어떤 사람에게', '어떤 일로'라는 직접 목적어와 간접 목적어를 분명하게 밝혀야 합니다. 한 걸음 더 나가서 '진심으로'와 같은 부사를 사용하거나 '~를 하고 싶습니다'와 같은 어구를 더해서 사과의 의미를 보완하면 좋겠습니다.

미국의 철학자 존 설은 사과를 적절하게 하는 네 가지 조건이 있다고 했습니다. 1. 진술은 화자의 과거 행동을 언급하고, 2. 화자는 그것이 피해를 끼쳤음을 인정하며, 3. 그에 대해 진심으로 후회하고, 4. 그 언어 행동은 화자와 청자가 공유한 언어에서 사과로 간주된다는 것입니다. 이를 명제적 행동, 준비 조건, 신실성 조건, 필수 조건이라고도 합니다.

저자는 신실한 사과만 다룬 것이 아니라 자기변호, 즉 변명에 관해서도 언급합니다. 새뮤얼 존슨은 1775년에 펴낸 영어사전에서 apologize라는 동사를 '특정인이나 사물을 편들어 호소하다'라고 정의하고, 명사는 '변호보다 변명'에 무게를 두었다고 설명했습니다. 저자는 수사학자 B. L. 웨어와 윌 린쿠겔이 소개한 부인(denial), 생 색내기(bolstering), 차별화(differentiation), 초월(transcendence) 등 자 기변호의 네 가지 전략을 인용합니다. 이들은 각각 '나는 그것을 하지 않았다', '나는 그런 사람이 아니다', '그것은 겉으로 보이는 것과 다르 다', '나는 더 높은 소명의식이 있다'라고 설명됩니다. 베노이트는 이 전략을 부인(denial), 회피(evasion), 축소(reduction), 시정(correction), 굴 욕(mortification)의 다섯 가지 수사적 대응으로 세분하였습니다.

아무래도 정치인들의 행동이 사람들의 주목을 받게 되고, 그들이 무언가 잘못한 경우에는 그냥 넘어가는 법이 없는 것 같습니다. 그 래서 정치인들의 행보는 잘못과 그에 대한 사과로 점철되는 경향이 있지 않나 싶습니다. 그리고 뒷날까지도 입초시에 오르내리기도 하 는 것입니다. 닉슨 대통령의 워터게이트사건, 클린턴 대통령의 성 추문사건 등 대표적 사례에 대한 분석도 있습니다. 하지만 국가 차 원의 사과가 관심을 끌었습니다. 제2차 세계대전 당시 일본군이 진 주만을 공격하자 미국 정부는 모든 일본계 주민을 미국 국적 불문 하고 '전시 재배치 기구'에 신고토록 하였습니다. 모두 11만 7천 명의 일본계 미국인과 일본인들이 10개 수용소에 억류되었습니다. 억류 상황이 끝난 뒤 43년이나 지난 1988년에서야 미국 의회가 공 식적으로 사과했으며 조지 부시 대통령과 클린턴 대통령도 억류자 들에게 사과 편지를 보냈습니다.

저자는 태평양전쟁을 일으킨 일본의 전후 행보도 인용하였습니 다. 종전 후 전범처리과정에서 일황에게 책임을 지우지 않고 도조 등 일부 군국주의자들의 소행으로 정리하였습니다. 도조가 일본군 이 자행한 잔혹행위에 대하여 사과하는 것으로 마무리한 것입니다.

일본 정부는 그것으로 제2차 세계대전 기간 중에 주변 국가들에 끼친 잘못이 정리되었다는 입장을 견지해 왔습니다. 그러다가 1994~1996년 집권한 무라야마 도미이치 총리 시절에서야 보수주의자들의 격렬한 반대를 극복하고 '사과'라는 단어는 빠진 채 깊은 반성의 염을 표현한다는 수준에서 사과 결의안이 의회를 통과하였습니다. 저자는 무라야마 총리가 개인적 발언을 통하여 '진심 어린 사과'라고 표현한 것을 '독일 역사성 가장 어둡고 끔찍한 장'이라는 헬무트 콜 독일 총리의 묘사와 같이 사과를 분명하게 설명하거나 암시한다고 지적하였습니다. 최근 일본의 우경화와 관련하여 무라야마의 발언을 무효화하려는 움직임을 아예 언급하지 않은 것은 분명 저자의 잘못이라고 생각합니다.

저자는 '사과하는 옳은 방식 하나를 처방하기보다 사과가 어떻게 기능하고 어떻게 성공하며, 어떻게 실패하는지 묘사하는 것을 목표로 하였다고 적었습니다. 묘사가 처방에 선행해야 하는 것은 사과의 처방에서 수단의 성격보다 진실성을 앞세우는 것이 고매할 수는 있지만, 그 처방이 현실이나 유용성 가운데 어느 하나만 반영하는 것은 아닙니다. 책을 읽은 뒤 저자의 핵심 관심사는 사과의 언어라고 느꼈습니다. 문제는 사과의 언어에도 문화적 차이가 있을 것이라는 점입니다. 따라서 우리말을 사과의 용어로 사용하였을 때의 제반 문제점을 정리한 연구가 나와야 할 시점이라고 보았습니다. (라포르시안: 2016년 8월 22일)

9

맨박스

(토니 포터, 한빛비즈)

▓ 모든 문제는 남자들의 착각에서 비롯된다

　　　　신문 방송을 보면 여성에게 폭력을 행사했다는 사건, 심지어는 집단성폭행사건들이 하루가 멀다할 정도로 보도되고 있습니다. 사회심리학적으로 우리나라 남성들이 과거보다 위축되어 있다고들 하는데 이런 사건들은 어떻게 이해해야 할까요? 어쩌면 과거에는 쉬쉬하고 숨겨졌던 사건들이 봇물 터지듯 분출하는 것일 수도 있습니다.

　미국의 사회운동가 토니 포터의 『맨박스』는 이런 현상의 밑바닥에 깔려 있는 남성들의 심리를 이해하는 데 도움이 될 수 있습니다. 저자는 남성의 집단 사회화 과정과 여성 폭력 간의 공통분모를 연구하고 바람직한 남성성을 전파하기 위하여 노력하고 있습니다. 저자가 TED에서 한 「남성들에게 고함(A Call To Men)」이라는 제목의 강연은 미국 GQ매거진이 꼽은 '모든 남성들이 꼭 보아야 할 TED강연'의 상위 열 가지 안에 들었습니다.

　『맨박스』 역시 TED강연과 같은 맥락에서 저술된 것입니다. 즉, 남자들에게 '남자로서 가질 수 있는 훌륭한 자산(매사에 성실하고 가족을 돌보는 남편이나 남자 친구, 또는 아버지로서의 자긍심)은 지키되 남성성에 대한 잘못된 인식을 돌아보라는 당부'를 담았습니다. 여성에게 폭력을 행사한 남성들 가운데 상당수는 번듯한 직장을 가지고 있거나, 겉으로 보아도 착한 모습을 하는 경우가 많다고 합니다. 이렇듯 '착한 남자'들이 문제적 행동을 저지르는 바탕에는 사회적 학습을 통하여 만들어진 남자들만의 특권의식과 그릇된 남성성이 자리하고 있다는 것입니다. 그 결과로 가정폭력, 연인들 사이의 교제폭력, 성폭력, 성매매 그리고 여성에 대한 사회 전반적인 적대감을 불러오는 것입니다.

'맨박스'라는 용어는 '사회적으로 강요된 남성성의 규범'을 말합니다. 이런 규범 가운데 바람직하고 긍정적인 것들이 많습니다. 예를 들면, '남성들은 아내와 자녀들을 아끼고 근면 성실한 사회의 일꾼이며 누군가의 조언자 역할을 한다.'라는 것들입니다. 그런가 하면 '남자다움이란 여성들의 관점과 삶으로부터 가급적 멀리 떨어지는 것', '남성은 책임자이자 상황을 지배하는 사람'이라고 배우기도 합니다. 심지어는 '여자는 남자의 소유물이자 관심의 대상, 그중에서도 특히 성적인 대상'이라고 배운다는 것입니다.

저자는 자신의 경험을 통하여 남성성의 규범에 대한 인식이 형성되어 온 과정을 돌아보고, 그와 같은 인식에 변화가 생긴 이유를 설명합니다. 저자는 뉴욕의 할렘가에서 태어나서 브롱크스 지역에서 성장했지만, 나름대로는 건실하게 성장해 왔습니다. 하지만 지역적 특성으로 인한 10대 초반부터 이미 집단성폭행사건에 엮인 적이 있습니다. 물론 자신은 친구들과 같은 잘못을 저지르지는 않았지만, 적극적으로 나서서 말리지 못한 책임을 통감하고 후회하기도 합니다.

사건은 이렇습니다. 마을 소년들의 대장이 정신장애를 앓고 있는 여자아이를 성폭행하고는 마을 소년들을 불러 모아 집단성폭행을 유도하였습니다. 대장이 '할래?' 하고 물었을 때, 어린 생각에도 '결정 여하에 따라 남자로서의 평판이 심각하게 타격을 입을 수도 있겠다.'라고 판단했습니다. 그래서 동참은 하되 실제로는 한 척하는 것으로 허세를 부렸습니다. 그러고는 '직접 선동하거나 참여하지 않았다면 무죄'라고 오랫동안 믿어왔습니다. 하지만 적극적으로 나서서 친구들을 말리지 않은 것 자체가 잘못이었다고 고백합니다.

남성성의 규범이 만들어내는 인식 가운데 '동지애 또는 형제애라고 하는 남자들끼리의 동맹은 구성원 중 누군가가 부적절한 범죄를 저지르더라도 잘못을 묻지 않는다.'라는 것이 결정적 문제입니다. 오랜 세월에 걸쳐 내려오면서 단단하게 굳어진 규범이더라도 잘못된 것은 뜯어고쳐야 합니다. 역지사지(易地思之)해 보면 의외로 어렵지 않습니다. 예를 들면 지나가는 여성에게 치근대고 있는 남성이 있습니다. 그 지나가는 여성이 자신의 아내 혹은 딸이고, 생면부지의 남자가 치근대는 장면을 본다면 어떨까요? 아마도 당장 쫓아가 주먹을 날리지 않겠습니까?

물론 가족들에게 폭행이나 성범죄를 저지르는 남성도 없지 않습니다. 문제는 이런 상황에 대한 사회의 인식도 바뀌어야 할 점이 많습니다. 가정폭력으로 고통받는 여성들에게 '왜 그런 남편하고 헤어지지 않습니까?'라고 물으면서도 폭력을 행사하는 남편에게 '왜 폭력을 멈추지 않습니까?' 하고 비난하는 경우는 없습니다. 아내가 아닌 다른 여성을 때린 남성은 형사법원에서 다룹니다. 반면 아내를 때린 남편은 가정법원에서 다루게 됩니다. 이는 대부분의 사회와 법체계가 남성성의 규범에 고착되어 있기 때문입니다.

저는 딸이 없어 직접 경험해 보지는 못했습니다. 딸을 얻어 처음 눈을 맞추게 되면 대부분의 남성들은 자신의 세계가 변하기 시작한다고 합니다. 즉 지금껏 자신이 주변 여성들에게 내주었던 것보다 훨씬 더 많은 것들이 자신의 딸에게 주어지기를 바라게 됩니다. 딸이 자신과 같은 남자와 결혼하면 좋을지를 생각해 보면 스스로를 바꾸게 될 것입니다. 남성들은 자신의 기존행동이 주는 편안함보다 새로 알게 된 지식이 주는 불편함이 더 크게 느껴지면 변하기 시작합니다. 사회적 변화를 이루기 위해서는 두려움과 불안감을 떨쳐내야 합니다. 관성의 법칙을 깨기 위해서는 더 큰 힘이 필요합니다. 하지만 잘못된 규범을 깨는 일이야말로 진정한 남자의 모습이라는 것을 깨닫게 되면 그리 어려운 일이 아닙니다.

6장 「아이들이 알아야 할 진짜 남자다움」이야말로 이 책의 핵심입니다. 즉 남성으로서의 규범이 결정되는 시기의 남자 어린이들을 바람직한 방향으로 이끌어주는 것이 어른들의 의무이기 때문입니다. 태어나서부터 다섯 살 무렵까지 남자아이들은 여자아이들과 대체적으로 같은 경험을 공유합니다. 하지만 다섯 살에서 열 살 사이의 시기의 남자아이들은 '남자답기 위해' 여자아이들과는 다른 방식으로 생각하는 법을 배우게 됩니다. 여자아이들에게 관심을 두지 않고, 심지어는 혐오감을 드러내도록 학습합니다. 남자아이들이 미래에 어떤 모습으로 성장할 것인가를 생각할 때, 우리의 딸들을 위해 만들고자 하는 세상을 기준으로 삼아야 한다고 저자는 말합니다. 즉 딸들이 평등하게 존중받는 세상에서는 남성들은 매우 친절하며 예의가 바를 것입니다. 이러기 위해서는 남자아이들도 자신의 감정을 솔직하게 표현하고, 어른들은 그런 감정들을 공유하고 도움을 줄 수 있어야 합니다.

지금까지의 남성성의 규범을 해체하는 작업이 쉽지 않을 것이라는 점은 분명합니다. 그럼에도 불구하고 충분히 가능한 일입니다. 남성들은 새로운 것을 배울 때 일어나는 인식의 변화 과정을 흥미롭게 생각하는 경향이 있기 때문입니다. 이는 기득권이라고 생각해 온 무엇을 포기하는 일이 될 수도 있습니다. 그래서 저자는 편하다고 생각할 수도 있는 규범 안에서의 삶이 오히려 불편하다고 느끼게 만들려는 노력을 기울였습니다. 실제로 저자가 인용하고 있는 남성의 여성 폭력과 관계된 사건들을 보면 저자의 말대로 규범 안에서의 삶이 혐오스럽다는 생각이 들게 됩니다. 저자는 남자다움에 대한 새로운 정의, 즉 새로운 규범이 만들어질 날이 올 것으로 믿습니다.

저자에 따르면 오늘날 남자다움의 정의, 즉 남성성의 규범은 세 가지 큰 축으로 구성되어 있습니다. 첫째, 여성은 남성보다 열등하다는 인식입니다. 둘째, 여성은 남성의 소유물이라는 인식입니다. 그리고 셋째, 여성은 남성의 성적 도구라는 시각입니다. 이와 같은 인식은 여성에 대한 폭력과 차별 문화를 조장해 온 남성중심주의가 만들어낸 허상입니다. 왜곡된 남자다움을 만든 주범인 남성중심주의를 하루 빨리 없애야 할 것입니다.

서구 남성들은 여성을 보호받아야 할 존재로 인식하고 있다고 우리는 믿어왔습니다. 그런데 저자는 오히려 서구 남성들은 여성을 소유물로 생각하는 경향이 있다고 합니다. 저자는 결혼식의 한 장면을 예로 들었습니다. 서구화 물결을 타고 우리 주변에서도 일상처럼 보는 장면입니다. 결혼식에서 신부 아버지가 딸의 손을 붙잡고 입장해서는 사위가 될 남성에게 인계하는 것은 딸에 대한 소유권이 이전된다는 것을 공식적으로 인정하는 행위라는 것입니다. 나아가 결혼한 여성이 처녀 때 성을 버리고 남편의 성을 따르는 것도 같은 맥락에서 이해됩니다. 우리나라의 전통 혼례에서는 볼 수 없는 장면이기도 합니다. 역시 우리네 옛것이 좋은 것 같습니다.

저자는 여성에 대한 남성들의 폭력의 뿌리가 닿아 있는 규범을 개선하기 위하여, 다음과 같은 일곱 가지의 변화를 요구합니다. 1. 남성중심주의는 사라져야 합니다, 2. 가정폭력과 성폭력을 근절하는 노력은 전적으로 남성들의 몫입니다, 3. 폭력과 차별은 종류와 관계없이 사라져야 합니다, 4. 여성들이 내는 목소리에 귀 기울여야 합니다, 5. 여러 억압 행위에는 교차점이 존재한다는 점을 기억해야 합니다, 6. 지역사회에 기반을 둔 참여를 유도해야 합니다, 7. 남성 스스로 남성에 대한 희망을 가져야 합니다. 저자는 '사회에 자리 잡은 남자다움에 대한 인식을 바꾸고 남성들이 이끄는 여성 폭력 방지 운동을 만들어내려는 꿈을 가지고 있습니다.

저자 토니 포터와 함께 ACTM(A Call To Men)을 창설한 테드 번치는 가정폭력 대응 과정을 운영하였습니다. 이 과정은 법원의 명령으로 26주에 걸쳐 상습 폭력방치 치료를 받는 남성을 대상으로 하는 것이었습니다. 토니와 만난 테드는 가정폭력, 성폭력, 성매매 그리고 여성을 향한 다양한 학대 문제를 해결하기 위하여 남성들의 참여가 필요하다는 데 인식을 같이하였습니다. 그리고 ACTM 활동의 토대가 될 이론을 세우고 이를 확산시키기 위해 노력했습니다. 초기 ACTM 활동은 방관자적 태도를 개선하는 데 중점을 두었습니다. 그리고 점차 남성성의 모든 면을 다루게 되었습니다. 결국 모든 남성들과 남자아이들이 다정하고 정중하며, 모든 여성들과 여자아이들이 소중하고 안전하게 대우받는 세상을 만들 수 있도록 남성성을 진화시킬 필요가 있다는 이론으로 발전시킨 것입니다. 여성의 진정한 해방은 남성들이 전통적인 남성성의 규범에서 해방되는 것과 직결되어 있다는 것입니다. 동의하십니까? (라포르시안: 2016년 9월 5일)

10

작은 학교의 힘

(박찬영, 시공사)

▓ 공교육 혁명을 일으킨 작은 학교들

2014년 박근혜 대통령의 독일 방문을 계기로 '히든 챔피언'이라는 생소한 용어를 들었습니다. 히든 챔피언이란 세계시장에서 높은 지배력을 가진 중소·중견기업을 뜻한다고 합니다. 이런 기업의 이야기를 담은 헤르만 지몬의 『히든 챔피언』이 2008년에 이미 우리나라에 번역되어 소개되었습니다. 발간 당시에는 경제 분야에 관심을 가진 독자들의 주목은 받았지만 대중적으로 조명되지는 못했던 모양입니다. 아니면 비슷한 개념으로 이해되고 있는 강소기업이라는 용어로 번역되었을 수도 있습니다. 기업을 하시는 분들이라면 자신의 회사를 대기업으로 성장시켜 보겠다는 꿈을 가졌을 것입니다. 하지만 대기업은 대기업대로, 중소기업은 중소기업대로 각각의 장점과 단점이 있습니다. 예를 들면, 대기업은 자금 동원이 비교적 쉽고, 상호 연관이 있는 사업 부문을 연결하여 시너지 효과를 극대화할 수 있다는 점이 강점입니다. 반면 중소기업은 몸집이 작기 때문에 의사결정이 빠를 수 있겠습니다.

작고 강한 기업이 이처럼 주목을 받고 있는 것처럼 작은 학교가 가지고 있는 잠재력을 설명하는 책을 읽었습니다. "아이의 미래, 작은 학교가 답이다"라는 문구가 인상적인 『작은 학교의 힘』은 15년 동안 초등학교에 몸담고 계신 박찬영 선생님께서 쓰셨습니다. 마치 자신의 아이들을 위한 심정을 담아서 '내 아이를 위한 좋은 학교의 조건'은 무엇인가를 정리해서 초등학교에 다니는 자녀를 둔 학부형들에게 조언하는 내용으로 구성되어 있습니다.

박찬영 선생님은 충남 논산군에 있는 도산초등학교에서 처음 교단에 섰습니다. 당시 이 학교는 전교생이 37명에 불과한 논산에서도 제일 작은 학교였습니다. 부임 직후에 이 학교의 학생 4명이 창작 로켓 만들기 충청남도 대회에 나가서 대상을 받아 온 것을 보고 놀랐습니다. 처음에는 어쩌다 그럴 수 있겠거니 했던 선생님은 이 작은 학교의 학생들이 과학이면 과학, 글짓기면 글짓기, 미술이면 미술, 운동이면 운동, 다양한 분야에서 뛰어난 성과를 일구어내는 모습을 지켜보면서 이 작은 학교에 감추어진 힘이 무엇인지 찾아보게 되었습니다. 이런 경우 우리는 흔히 아이들 교육에 열정을 가진 선생님들의 뛰어난 지도력이 중요하다고 생각하게 됩니다. 하지만 도산초등학교 학생들에게는 '강한 자존감'이라는 특별한 힘이 더해졌더라는 사실을 발견했습니다.

제가 1960년에 입학한 초등학교는 지방의 작은 도시에서도 한참 떨어진 들녘 한복판에 있었습니다. 학교 앞으로 지나는 2차선 국도는 그때만 해도 포장되지 않아서 차가 지나갈 때마다 흙먼지가 뽀얗게 피어오르곤 했습니다. 학교 뒤편에 있는 운동장 끝으로는 멀리 야트막한 산자락이 보이는 널따란 들판이 펼쳐졌습니다. 한 학년에 두 학급이 있었는데, 학급의 학생 수는 정확한 기억은 아닐 수 있습니다만 30명이 안 되었던 것 같습니다. 초등학교 3학년 때 전학 간 지방도시에 있는 학교에서는 60명이 넘는 친구들과 같이 공부했던 것과 분명 비교되는 여유가 많았던 곳이었습니다. 그래서 인지 이 책을 읽는 동안, '그때는 분명 이런 분위기가 있었어.' 하는 추억이 떠오르곤 하였습니다.

학부모들은 흔히 대도시의 중심에 있는 큰 학교가 좋은 학교라고 생각하기 마련입니다. 하지만 학교 선생님들은 자녀들을 변두리의 작은 학교에 입학시키는 분들이 많다고 합니다. 그 이유는 큰 학교에서는 선생님 한 분이 학생의 특성을 파악하고, 잠재력을 이끌어내는 교육을 펼치기에 너무나 많은 숫자의 학생을 맡고 있는 현실을 잘 알고 있기 때문입니다. 무언가를 아주 뛰어나게 잘하거나 혹은 심각한 문제를 가진 학생들은 선생님의 눈에 띄지만, 대부분의 평범한 학생들은 학급 전체의 분위기에 그냥 묻혀서 지나가기 마련입니다.

외국의 유명한 외과의사는 초등학교에 다닐 때 어느 선생님께서 "너는 손이 크고 힘이 세니 훌륭한 외과의사가 되겠구나."라고 해주신 말씀이 자신의 일생에 중요한 지표가 되었다고 합니다. 이처럼 초등학교 시절은 학생이 가진 잠재력을 발견하고 가능성을 발전시켜야 하는 아주 중요한 시기입니다. 그렇기 때문에 자신의 소질이 무엇인지 찾아내지 못하면 커다란 손실이 아닐 수 없습니다. 그래서 선생님은 이 책을 통하여, '큰 학교가 좋은 학교'라는 학부모들의 인식이 어떤 점에서 잘못되었는지 설명하고, 왜 큰 학교 교육보다 작은 학교 교육이 아이들의 인성이나 학업 성취도, 자존감에서 좋은 성과를 낼 수밖에 없는지 보여주려 합니다.

4부로 구성된 이 책에서 선생님은 우선 누구도 행복하지 못한 학교의 속사정을 가감 없이 털어놓았습니다. 어떻게 보면 학교 선생님으로서 감추고 싶었을 내용까지도 읽을 수 있습니다. 그 첫 번째 이야기는 친구들이 두려워 유령 친구를 만들어내는 아이들 이야기입니다. 매튜 딕스의 환상소설 『이매지너리 프렌드』의 주인공으로 장애를 가지고 있는 맥스는 실재하지 않는 상상 친구를 만들어냅니다. 하지만 이 책에 나오는 '유령 친구'는 카카오스토리를 하는 우리 청소년들 사이에서 유행하는 신조어로서 실재하는 존재입니다. 즉, "카카오스토리 ID를 서로 공개하고 친구를 맺지만 댓글을 다는 등 친분을 쌓는 일은 절대로 하지 않는 친구를 가리킨다고 합니다. 저도 해보았습니다만, 카카오스토리에서는 친구가 적으면 공연히 쪽팔릴 것 같다는 생각을 할 수 있습니다. 이처럼 사회관계망에 친구가 없어 보이는 게 싫은 청소년들이 이런 방식으로 친구 맺기를 하는 것입니다. '친구가 별로 없는 아이'로 낙인찍히면 왕따의 대상이 될 수 있다는 걱정 때문입니다.

하지만 학부모들은 큰 학교에서 근무하시는 선생님들이 더 열성적이고 뛰어날 것이라고 생각합니다. 하지만 사실은 그렇지 못할 가능성이 더 높다고 합니다. 큰 학교의 신입 교사는 허드렛일을 맡게 되는 경우가 많은 반면, 일손이 부족한 작은 학교에서는 부임 첫해부터 중요한 일을 맡아야만 합니다. 작은 학교의 교사들은 선배들의 지원을 받으면서 교사로서의 역량을 키워 나갈 수 있을 뿐 아니라 승진에 필요한 성과를 내기도 쉽다는 것입니다. 그렇기 때문에 열정을 가진 선생님들은 도시의 큰 학교보다는 시골의 작은 학교를 선호하는 경향이라고 합니다. 반면 승진에 관심도 없고 자기 계발을 위하여 노력할 생각도 없는 분들은 이들에게 밀려서 도시에 있는 큰 학교에 배치된다는 것입니다. 이런 학교일수록 학생들의 문제행동을 바로잡기 위한 선생님의 노력이 거꾸로 학부모의 몰이해로 사태를 악화시키는 경우가 많다고 합니다. 선생님과 학부모 사이에 서로 의견을 나누는 기회가 많다면 절대로 일어나지 않을 상황일 것입니다.

작은 학교가 가지는 힘에서는 교사와 학부모 간의 소통도 크게 한 몫을 합니다. 작은 학교의 경우 교사와 학부모가 한 동네에 사는 경우가 많습니다. 따라서 교사와 학생, 교사와 학부모 사이에 절대적인 신뢰관계를 쉽게 만들 수 있습니다. 큰 학교에서 볼 수 있는 아이들 간의 왕따 문제도 작은 학교에서는 일어나기 힘들다고 합니다. 왜냐하면, 학생 수가 적기 때문에 누구 하나라도 빠지면 놀이를 할 수가 없기 때문입니다. 옛날에는 친구와 코피를 흘리며 싸우더라도 언제 그랬느냐는 듯 어깨동무하고 집에 가곤 했던 기억이 있습니다. 아이들은 싸우면서 큰다고 합니다. 그런데 요즈음은 아이들 싸움이 어른 싸움으로 확대되는 경우가 많은 것 같습니다. 아이들에게 관심을 두는 것도 좋습니다만, 우리 아이가 귀한 만큼 다른 집 아이도 귀하다고 생각해야겠습니다.

이 책에 등장하는 학교들 가운데는 폐교의 위기를 타개하기 위하여 특별한 선택을 한 경우가 많습니다. 저자가 처음 교편을 잡았다는 도산초등학교의 경우도 2009년 부임하신 교장선생님께서는 방과 후 수업으로 골프, 승마, 발레, 바이올린 같은 특별교육을 도입했습니다. 그리고 교육청에 건의하여 학구 제한을 풀었습니다. 그 결과 인근 지역에서 전학 오는 학생들이 늘어서 2009년에 37명이던 학생 수가 불과 4년 만에 107명으로 늘었습니다. 서울에서 가까운 남한산성 안에 있는 공립학교 남한산초등학교 역시 특화된 교육과정을 운영하고 있습니다. 그래서 강남에서 전학 오는 학생들이 늘고 있다고 합니다.

이 학교에서는 주입식교육을 배제하고 그룹별 토론과 발표로 80분간 수업을 진행합니다. 다양한 자료를 활용해서 학생들이 적극적으로 참여하도록 합니다. 이러한 교과과정은 교사와 학부모들이 각종 모임과 회의, 공개 수업 등을 통하여 끊임없이 연구하고 의논하여 만들어집니다. 결국 학부모들 또한 아이들의 교육에 직접 참여한다는 자부심과 책임감을 가지는 효과가 있는 것입니다. 졸업생들의 학습성취도를 추적하여 확인해 본 결과 80% 이상이 최상위권의 성적을 유지하고 있는 것으로 나타났습니다. 즉 남한산초등학교의 실험적 교육 방식이 입시 위주의 교육 체계에서도 충분히 경쟁력을 가질 수 있다는 사실이 증명되었다고 하겠습니다.

경기도 양평의 조현초등학교의 경우는 삶을 가르치는 데 중점을 두어 학생들의 사회성과 감수성 그리고 창의성을 기르는 것을 목표로 교과과정을 구성하였습니다. 학생들이 직접 농사를 짓는 체험학습을 통하여 생태적 감수성을 기르고 있습니다. 또한 맞벌이 부부와 결손 가정 아이들을 돌보는 야간 보육 과정을 특성화 사업으로 운영하고 있습니다. 아이들이 부모들의 관심 밖에서 방치되지 않도록 하는 효과를 거두고 있어 학부모들의 좋은 반응을 얻고 있습니다.

마지막으로 작은 학교 교육이 바람직한 프로그램으로 자리매김할 수 있도록 학부모, 교사 그리고 교육행정가들이 같이 고민해야할 점들을 정리하였습니다. 학생들이 자존감을 가질 수 있도록 교사와 학부모가 기다려주는 인내심이 필요합니다. 또한 교사의 자율성이 보장되고, 맡기는 교육에서 참여하는 교육으로 학부모의 인식이 전환되어야 합니다. 그리고 학구제의 제한을 풀어야 하는 행정적 지원이 뒤따라야 하겠습니다. 저자는 그동안 이루어져 온 작은 학교에서의 교육 방식을 원용하여 큰 학교에도 적용할 수 있는 교과과정을 개발해야 한다고 하였습니다. 특히 초등학교에 다니는 자녀를 두고 계신 독자라면 관심을 가질 만한 내용을 담고 있다고 생각되어 소개드렸습니다. 교육은 우리 시대의 커다란 숙제이기 때문입니다. (라포르시안: 2014년 3월 31일)

11

현대사회와 자살

(서강대학교 생명문화 연구소, 한국학술정보)

자살공화국 대한민국을 진단한다

우리나라의 자살률은 지난 10년 동안 OECD 국가 가운데 1, 2위를 지키고 있어 "자살공화국"이라는 자조적인 이야기도 나오고 있습니다. 그만큼 자살은 중요한 사회적 이슈가 되고 있는 것이라 하겠습니다. 자살(自殺)은 "자기의 목숨을 스스로 끊음"이라는 사전적 의미를 가지고 있습니다. 라틴어의 'sui(자기 자신)'와 'cædo (죽이다)'의 두 낱말을 합성하여 영어 suicide가 나왔습니다.

대한신경정신의학회 2012춘계학술대회 개막 심포지엄의 주제 가운데 하나는 "자살의 생물학적 이해와 치료적 접근"이었습니다. 우리 사회의 중요한 이슈가 되고 있는 자살에 대하여 의료계의 보다 적극적인 개입이 필요하다고 인식한 까닭입니다. 4개의 연제 가운데 개인적으로 포항공대 박상기 교수님이 발표하신 "자살의 동물행동학적 모델"이 인상적이었습니다. "동물도 자살을 하는가?" 하는 의문에 대한 답이 될 수도 있는 발표였습니다.

중국에서는 2살 난 페니키아 품종의 개가 주인이 죽자 보름이 넘도록 음식을 거부한 끝에 죽음을 맞았다고 합니다. 그 밖에도 비단

털쥐과에 속하는 소형 설치류인 레밍쥐는 3~4년에 한 번씩 무리의 개체수가 갑자기 많아지는 폭발현상과 이주현상이 나타납니다. 특히 노르웨이 레밍쥐(*Lemmus lemmus*)의 이동은 가장 극적이어서 많은 쥐들이 바다에 빠져 죽기도 합니다. 레밍쥐는 물에 들어가기를 싫어해서 이동경로에서 나타나는 물을 헤엄쳐 건너는 일은 없습니다. 그래서 이 현상을 적정 개체수를 유지하기 위한 집단자살행위라고 해석하는 것 같습니다. 이런 현상을 바탕으로 동물에서 자살모델을 구현할 수 있겠다고 착안한 것 같습니다.

사람의 질병을 구현할 수 있는 실험동물을 개발하면서 현대의학이 극적으로 발전하게 되었습니다. 동물실험을 통하여 질병의 발병기전을 밝히고 개발된 치료 방법의 효능을 비교 검증할 수 있게 된 것입니다. 그렇다면 인간에서만 볼 수 있었다고 생각한 자살이란 독특한 행동양식도 동물에서 구현할 수 있을까요?

그 밖에도 고려대학교 이헌정 교수님이 발표하신 '자살의 유전학적 연구방법론', 김용구 교수님의 '우울증에서의 자살의 생물학적 표지자' 그리고 가천의과대학 이유진 교수님의 '자살시도자에 대한 다양한 개입방법과 효과' 등의 연제도 깊은 관심을 가지고 들었습니다. 정신의학 분야에서는 자살이라는 주제를 놓고 이처럼 많은 임상연구와 치료성과를 거두고 있었습니다. 그럼에도 불구하고 사회적으로는 크게 주목을 끌지 못하는 이유가 무엇인지 잠시 생각해 보았습니다.

교육현장에서 왕따에 시달리던 청소년이 스스로의 목숨을 끊었다는 소식이 늘고 있습니다. 이처럼 자살에 대한 사회적 관심이 많아지고 있어 자살에 관한 책을 골라보았습니다. '왜 한국 사람들은 스스로의 생명을 버리는가'라는 부제를 단 『현대 사회와 자살』이라는 책입니다. 서강대학교 생명문화연구소가 주관하여 자살 문제를 연구하고 계신 여러 분들이 분야별로 나누어 쓴 글을 모아 묶은 책입니다. 주제가 무겁고 다양한 분야에서 관심을 두고 있기 때문입니다. 모두 여덟 분이 심리, 철학, 교육, 의학, 연예, 윤리, 사회 등의 시각으로 자살을 논하고 있어 자살에 대한 다양한 접근 방식을 개괄할 수 있는 장점이 있습니다. 물론 분야별로 심도 있는 논의가 다소 부족하지 않았나 하는 아쉬움을 느낄 수도 있겠습니다.

일단 '왜 한국 사람들은 스스로의 생명을 버리는가'라는 부제는 해석하기에 따라 유독 한국 사람만 자살을 하는 것처럼 읽힐 수도 있습니다. 혹은 다른 나라 사람들의 자살에서는 보지 못하는 한국 사람들에서만 독특한 원인이 있는 것이라 읽힐 수도 있습니다. 아마도 후자로 해석하는 것이 옳을 것 같습니다.

「한국사회의 자살: 정신의학적 측면에서 이해와 대처」라는 제목의 글은 자살이라는 행동을 정신의학적 측면에서 정리한 것입니다. 자살성(suicidality)의 개념과 원인, 자살자의 마음, 자살의 예방 등에 대하여 논하였습니다. 개인적으로는 정신의학과 교과서를 지나치게 축약해 놓고 있는 듯하여 아쉬웠습니다. 차라리 자살위험이 높은 정신질환을 범위를 좁혀서 자살행동을 유발하는 징후와 자살시도를 막기 위한 적극적 개입 방법을 소개하는 것이 좋았겠습니다. 그런 점에서 본다면 학술대회에서 이유진 교수님께서 소개한 자살시도자에 대한 약물치료와 심리적 지지요법 등의 효과가 독자들에게 실질적인 도움이 되지 않을까 합니다. 자살자의 마음이라는 소제목으로 된 짧은 글을 읽으면서 정말 자살자의 마음이 무엇이었는지 정확하게 알 수 있을까 의문이 들었습니다. 물론 자살에 성공한 사람이 남긴 글을 통해서 심리상태를 유추해 볼 수도 있겠습니다. 하지만 자살에 성공한 사람들로부터 당시의 심리상태를 들어볼 수 없다는 한계를 극복할 수 있을까요?

흔히 유명인의 자살에 따르는 베르테르효과를 이야기합니다. 경남 봉하마을의 부엉이바위에서 70대의 할머니가 투신해 목숨을 끊은 사건이 있었습니다. 부엉이바위는 노무현 전 대통령이 스스로 몸을 던진 곳입니다. 당시로서는 대단한 충격이 아닐 수 없었습니다. 노무현 대통령의 자살도 그렇지만, 그리 드물지 않게 접하게 되는 유명 연예인의 자살 소식을 다루는 언론보도의 경향을 꼭 짚어야 하겠습니다. 무명 연예인의 자살 소식도 가끔 신문에 나기도 합니다. 대개는 사회면 구석에 단신으로 처리됩니다. 하지만 사회적으로 화제가 되거나 혹은 인기를 모으는 연예인이 자살하는 경우는 차원이 다릅니다. 자살 소식이 전해지는 순간 연예편성은 물론 정규뉴스 시간에서도 주요 소식으로 다루고 심지어는 특집방송을 편성하기도 합니다. 심지어는 장례식을 생방송으로 중계하는 경우도 있습니다. 하지만 시간이 조금 지나면 언제 그런 사건이 있었는지 까맣게 잊어버리고 마는 것도 현실입니다. 그러면서도 자살하는 사람이 많아 우리 사회가 큰 문제라고 호들갑을 떠는 것이 옳을까요? 죽은 분들도 과연 자신의 죽음이 화제에 오르는 것을 즐길까요?

문학평론가 이명원 씨는 「스펙터클로서의 연예인의 죽음」 제목의 글에서 이들의 죽음이 던지는 의미를 새겼습니다. 현대사회에서 인기 연예인은 일종의 영웅으로서의 숭배의 대상이라는 지지문화 (fandom)가 형성되고 있습니다. 그런데 대중이 바라는 역할을 해야 할 인기인이 어느 날 스스로 목숨을 끊어 숭배의 대상으로서의 역할과 의무를 방기한 것에 대한 대중의 분노가 상징적 폭력으로 분출하는 현상이라는 해석이 저로서는 쉽게 이해되지 않았습니다. 또한 연예인의 죽음을 전하는 언론의 행태를 알튀세와 소쉬르 등 구조주의 철학의 개념으로 접근한 해석 역시 구조주의철학에 대한 저의 공부가 부족한 탓에 본질에 접근할 수 없어 아쉬웠습니다.

프란츠 카프카의 『학술원에 드리는 보고』와 지크문트 프로이트의 『쾌락원리의 저편』을 중심으로 우울증에 대한 철학적 고찰을 하신 김봉규 교수의 「빨간 피터의 고뇌: 우울증에 대한 철학적 단상」역시 많은 것을 생각하게 합니다. 아마도 제목은 연극 <빨간 피터의 고백>에서 따온 것 같습니다. 오래전 작고하신 연극배우 추송웅 씨가 프란츠 카프카의 『학술원에 드리는 보고』를 무대에 올리면서 제작, 기획, 장치, 연출, 연기까지 1인 5역 하여 흥행돌풍을 불렀던 연극입니다. 김 교수님은 우울증을 '명확히 하나의 의학적 질병'으로 규정하여 '그 병 자체에 대한 진단 및 치료의 임상적 접근이 의사의 몫이지 철학자의 몫이 아니라는 점'을 분명히 합니다. 그러면서도 철학자의 입장에서 '기본적으로 우울증에 대한 우리의 전제는 그것을 질환이나 문제로 보는 부정적 시각'을 코페르니쿠스식으로 전복시키려는 의도를 숨기지 않았습니다.

철학이 인간의 삶을 추구하는 학문이라는 점은 이제 겨우 깨닫고 있습니다. 김 교수님께서는 앤드류 솔로몬의 『한낮의 우울』을 인용하여 결론을 시작합니다. "인간의 삶이 진정 고(아마도 '苦'일 듯합니다만)라면 사실 우울증의 치료는 실제 우울증의 치료가 될 수 없음을 의미한다. 우울증은 치료될 수 없고 억제될 뿐이다." 이런 전제는 의학의 입장에서 보면, 타당한 전제인가 싶고 상당히 위협적이라는 생각을 하게 됩니다.

철학과 사촌 격이라 할 신학과 윤리학적 시각으로 자살에 대하여 논한 글도 있습니다. 중세의 토마스 아퀴나스의 자살론부터 시작하여 자살에 관한 사유의 발자취를 좇고 있어 그 흐름을 이해하는 데 도움이 되었습니다. 하지만 현대적인 해석을 구체화하지 못하고 있는 것 아닌가 하는 아쉬움이 남았습니다. 역시 제 공부가 부족한 탓일 것이라 생각합니다.

끝으로 이순성 교수님의 「자살예방책: 그 한계와 대안」과 강이영 교수님의 「자살위기의 이해와 대처」라는 제목의 글에서 우리 사회의 안녕을 해칠 수 있는 위기 상황에까지 이른 자살 문제에 대한 구체적 접근 방식을 논하였습니다. 전편을 통하여 정신의학 분야의 전문가의 참여가 없어 아쉬운 점은 있습니다. 일차의료현장을 중심으로 자살예방에 적극적으로 나서기를 의료계에 주문하고 있는 사회적 분위기를 감안할 필요가 있습니다. 즉 정신의학과를 중심으로 하여 자살의 병리현상을 진단하고 치료할 수 있는 구체적 방안 마련이 시급하겠습니다. (라포르시안: 2012년 4월 30일)

12

행복의 정복

(버트런드 러셀, 사회평론)

■ '행복지수 OECD 최하위' 한국에서 행복으로 가는 길은…

　　　　　　동화 『파랑새』는 벨기에 출신 극작가 모리스 마
테를링크가 1906년에 발표한 6막 12장의 희곡을 각색한 것입니다.
2년 뒤 『파랑새』는 러시아 연극계의 거장 콘스탄틴 스타니슬랍스
키의 연출로 모스크바 예술 극장 무대에 올려져 큰 성공을 거두면
서 세인들의 주목을 받았습니다. 스타니슬랍스키는 현대연기론을
정립하여 연기를 꿈꾸는 사람이라면 그의 『배우수업』을 읽지 않은
사람이 없을 것입니다.

　『파랑새』의 줄거리는 이렇습니다. 어느 날 밤 초라한 오두막집에
사는 틸틸과 미틸 남매를 찾아온 요술쟁이 할머니는 아픈 딸이 파
랑새를 보고 싶어 한다면서 찾아달라고 부탁합니다. 남매는 할머니
가 건네준 다이아몬드가 달린 마법의 모자를 쓰고 파랑새를 찾아
나섭니다. '추억의 나라', '밤의 궁전', '미래의 나라' 등 남매는 사
람들을 꿈에서나 볼 수 있는 환상의 세계로 안내합니다. 가는 곳마
다 우여곡절 끝에 파랑새를 만나게 되지만 파랑새들은 날아가 버리
거나, 색깔이 변하거나 심지어는 죽어 버립니다. 결국 남매는 파랑

새를 손에 넣지 못하고 실망해서 집으로 돌아오게 됩니다. 그런데 집에 돌아온 남매는 그렇게 찾아 헤매던 파랑새가 자기 집 새장에 들어 있는 것을 발견합니다. 결국 파랑새는 먼 곳에 있는 것이 아니었습니다.

희곡 『파랑새』의 작가 마테를링크는 '별것 아닌 것처럼 보이는 이 작품을 제대로 이해하기란 사실 철학서 한 장을 번역하는 것보다 더 어렵다.'라고 말했습니다. 『파랑새』에는 '죽음', '행복', '시간', '운명' 등이 의인화되어 등장하고, 남매가 만나는 사람들은 하나같이 무지하고 탐욕스럽습니다. 게다가 보기에는 고요하고 평화로워 보이는 자연 속에서도 인간에 대한 증오심에 불타는 '나무들'과 '동물들'이 숨어 있는 것처럼 저자는 『파랑새』에 많은 상징과 비유를 담아냈습니다.

그러한 비유 가운데서도 마테를링크가 말하는 가장 큰 주제는 바로 '행복'입니다. 빛의 요정은 '세상에는 사람들이 생각하는 것보다 훨씬 많은 소박한 행복들이 있거든요. 하지만 대부분의 사람들은 그런 행복을 전혀 알아보지 못해요.'라고 말합니다. 이처럼 행복은 우리 곁에 있지만 우리는 그것을 깨닫지 못합니다.

파랑새를 빌려서 행복에 관한 이야기를 시작하는 것은 버트런드 러셀의 『행복의 정복』을 소개하기 때문입니다. 행복이란 정복할 수 있는 것인지에 대한 논란은 물론, 러셀이 생각한 행복의 개념이 한 세기가 흐른 오늘날에도 같은 의미를 가질 수 있는지도 같이 고민해 보는 책 읽기가 될 것 같습니다.

수리논리학 분야의 저작들과 평화운동, 핵무장 반대운동을 비롯한 사회정치운동으로 유명하며, 1950년 노벨 문학상을 수상한 버트런드 러셀(Bertrand Russell, 1872~1970년)은 영국의 모머스셔 트렐렉에서 태어났습니다. 두 살 때인 1874년 어머니가 디프테리아로 병사했고 18개월 뒤 아버지도 돌아가시는 바람에 조부모 밑에서 성장하였습니다. 개인교습을 통하여 교육을 받은 러셀 경은 지식의 확실성에 대한 믿음이 굳어져 갔습니다. 그리고 모든 것에 대하여 회의하는 버릇이 생겼습니다. 경험을 통하여 논리적 확실성에 도달할 수 없다는 점을 알게 된 그는 11살 무렵 수학의 확실성을 알고 기뻐했습니다. 동시에 기하학의 공리(公理)는 증명하는 문제가 아니라 믿어야 하는 것임을 알고 실망했습니다.

1893년 케임브리지 대학교 트리니티 칼리지에서 수학을 전공하였습니다. 졸업 후에는 철학으로 전공을 바꾸었습니다. 케임브리지 대학교 형이상학자 J. M. E. 맥태거트의 영향으로 잠시 관념론에 심취하기도 했습니다. 결국은 넓은 의미의 경험주의자·실증주의자가 되었습니다. 그의 철학은 '과학적인 세계관이 대체로 옳은 견해'라는 전제를 바탕으로 3가지 주요 목표를 추구했습니다. 첫 번째 목표는 인간 지식의 겉치레들을 최소한으로, 그리고 가장 단순한 표현으로 줄이는 것이고, 두 번째 목표는 논리학과 수학을 연결하는 것이었으며, 세 번째 목표는 논리적 분석입니다.

그러면 다시 행복이라는 파랑새를 만나보기 위하여 러셀의 『행복의 정복』으로 돌아가 보겠습니다. 『행복의 정복』은 크게 '행복이 당신을 떠난 이유'와 '행복으로 가는 길'의 두 부분으로 구성되어 있습니다. 러셀답게 분석적이고 논리적으로 접근하는 것입니다. 사실은 '행복이 당신을 떠났다'라기보다는 당신이 행복하다고 느끼지 못하는 이유가 맞겠습니다. 왜냐면 행복은 파랑새처럼 언제나 그

자리에 있었을 테니까요. '행복은 생각하기 나름'이라는 것이 제 생각입니다.

그런 점에서 본다면 러셀의 접근 방식은 행복에 관한 파랑새 이론과 흡사한 것으로 보입니다. 행복이 당신을 떠나간 이유, 즉 당신이 행복하지 않다고 생각하는 이유를 아홉 가지나 늘어놓았습니다. 어쩌면 그보다도 훨씬 더 많을지도 모릅니다. 저자는 외부적 요인 때문에 불행해진 사람을 논의 대상에서 제외하였습니다. 2부에서 설명하고 있는 것처럼 불행하다고 생각하는 사람들을 심리적 치유를 통하여 행복을 되찾게 하겠다는 의지를 나타낸 것이라고 볼 수 있습니다.

이유 없는 불행은 없는 법, 저자는 끊임없는 경쟁이야말로 불행의 근원적 원인으로 지목합니다. 물론 이어 나오는 단조로운 일상 때문에 불행한 사람도 있기 때문에, 적당한 경쟁은 삶에 활력을 불어넣는 효과가 있습니다. 하지만 지나친 경쟁은 사람들을 쉽게 지치고 좌절하게 만드는 경향이 있습니다. 특히 경쟁이 습관화되면 자신과 직접 관계가 없는 부분에까지 침투하여 쓸데없이 힘을 소모하게 만듭니다. '일정한 기간 동안 소비되는 재화의 수량이 증가할수록, 그 재화의 추가분에서 얻는 한계 효용은 점점 줄어든다.'라는 한계효용체감의 법칙을 행복에도 적용할 수 있습니다. 어떤 일로 즐거움을 얻게 되었을 때는 같은 일로 즐거움을 얻기 위하여 다음 번에는 강도가 더 높아지거나 빈도가 높아져야 합니다.

지나친 경쟁은 걱정을 불러일으킵니다. 일종의 연쇄반응인 것입니다. 걱정은 두려움으로 발전하고 결과적으로는 정신적 피로를 가중시킵니다. 그리고 경쟁이 가중되다 보면 경쟁 대상에 대한 질투의 감정이 생깁니다. 사실 질투는 행복에 별 도움이 되지 않는, 도덕적으로 보나 지적으로 보아 나쁜 버릇입니다. 경쟁상태의 훌륭한 점을 인정하고 축하할 수 있는 열린 마음을 가지는 것이야말로 질투라고 하는 소모적 감정에 빠지지 않는 좋은 방어수단입니다.

불합리한 죄의식 역시 사람을 불행으로 몰고 가는 중요한 원인입니다. 본의 아니게 도덕 원칙에 어긋나는 일을 저지른 경우 합당한 속죄의 과정을 거쳐야 합니다. 그럼에도 불구하고 죄의식을 털어내지 못하면 자존감이 손상되고 심하면 절망감으로 고통을 받게 됩니다. 특히 종교인의 경우, 신과의 약속을 지키지 못한 경우 심한 죄의식으로 스스로를 학대하는 경향이 있습니다. 경쟁에서 우위를 차지하지 못하는 경우, 주변의 모든 사람들이 자신만을 미워한다는 피해망상에 빠질 수도 있습니다. 사실 주변 사람들은 아무 관심도 쏟지 않고 있는데도 불구하고 혼자서 그렇게 생각하는 것입니다. 이와 같은 피해망상이 심해지면 스스로를 방어하기 위하여 지나친 행동을 보이기도 합니다.

문제를 정확하게 진단하게 되면 해결 방안은 쉽게 찾을 수 있습니다. 저자는 먼저 사람이 느끼는 행복에는 두 가지가 있다고 했습니다. 두 가지 행복 사이에는 중간 상태의 여러 가지 행복이 존재할 수 있다고도 했습니다. 그러면 두 가지 행복은 무엇일까요? "두 종류의 행복은 평범한 것과 엄청난 것, 또는 동물적인 것과 정신적인 것, 감정적인 것과 지성적인 것으로 구분할 수 있다."라고 변죽을 울립니다. 그리고 "두 가지 종류의 행복이 가진 차이를 가장 간단하게 묘사한다면, 하나는 모든 인간에게 허용되는 행복이고, 다른 하나는 글을 읽고 쓸 수 있는 사람에게만 허용된 행복이라고 할 수 있다.”라고 했습니다. 결국 행복을 느끼는 데 있어 학습의 중요성을 말한 것입니다. 이어서 열정, 사랑, 노동, 관심 그리고 노력 등이 행복을 제대로 느끼는 데 있어 중요한 요소라는 점을 설명합니다.

이 책이 발표된 이후로 벌써 여러 세대가 지나갔음에도 불구하고 행복에 관한 저자의 인식은 요즈음 사람들에게 바로 적용해도 큰 문제가 없을 정도로 탁월한 것입니다. 시대적 변화에 따른 차이는 어느 정도 있는 것 같습니다. 예를 들면, 사랑을 정의하면서 사랑에는 일종의 보호적 요소가 있다는 것은 큰 틀에서 틀리지 않은 것입니다. 하지만 ‘사랑이 소유욕의 위장된 형태인 경우가 많은데, 상대에 대한 걱정은 두려움을 불러일으켜 상대방에 대한 보다 완전한 지배권을 획득하려는 목적도 있다.’라는 견해는 쉽사리 수긍하기 어렵습니다. 남자가 여자를 보호하는 과정에서 그 여자를 지배하게 된다는 견해는 여성들의 반발을 불러일으키기 안성맞춤이라고 생각합니다.

그런데 “독신 여성으로 남아 있을 경우에 누릴 수 있는 새로운 자유 때문에, 여성들은 어머니가 될 각오를 하려면 예전보다 훨씬 더 많은 것을 희생해야 한다. 이제는 예전에 부모 노릇을 하면서 느낄 수 있었던 단순한 기쁨은 사라지고 없다.”라는 구절을 읽다 보면 바로 지금의 시점에 꼭 맞는 이야기가 아닐까 싶었습니다. 가사에 전념하는 여성들은 남성들이나, 가정 밖에서 일하는 여성들보다 훨씬 불행한 사람들이라는 인식도 마찬가지입니다. 다만 최근에 가사 노동의 가치를 재평가하고 그 의미를 소중하게 생각하는 경향이 일고 있는 것은 바람직하다 하겠습니다.

저자는 행복이란 마치 무르익은 과일처럼 운 좋게 입 안으로 굴러 들어오는 것이 아니라고 보았기 때문에 '행복의 정복'이라는 제목을 붙였습니다. 이 세상에는 피할 수 있는 불행과 피할 수 없는 불행으로 가득 차 있기 때문에 이런 세상에서 행복하게 살려는 사람은 개개인을 둘러싸고 있는 엄청나게 많은 불행의 원인들을 다룰 수 있는 방법을 찾아내야 합니다. 『행복의 정복』에 담긴 행복에 대한 보편적 진리를 새삼스럽게 재확인해 보면 좋을 것 같습니다. (라포르시안: 2015년 10월 19일)

13

가족의 발견

(최광현, 부키)

▦ '응답하라' 나의 가족들

        아버지가 어머니를 때리는 장면을 지켜보다 흉기로 아버지를 찔러 죽음에 이르게 한 11살 소년이 화제가 된 적이 있습니다. 아버지의 폭력이 어제오늘의 일은 아닙니다만, 11살에 불과한 소년이 흉기로 아버지를 찌르게 된 상황에 대한 심층조사가 필요하겠습니다. 굳이 이 사건을 예로 들지 않더라도 가정폭력이 위험 수위를 넘어서고 있다는 우려의 목소리가 커지고 있습니다.

  일반적으로 가정폭력은 폭력의 주체와 대상이 모두 가족구성원이 되는 아동학대, 남편학대, 아내학대, 존속학대 등 모든 가족 사이에서 일어나는 신체적, 정신적, 경제적 문제 행위가 포함됩니다. 가정폭력은 아동기에 이미 씨가 뿌려진다고 할 수 있습니다. 아동기에 폭력을 직접 경험하거나 보고 자라면 공격 행위와 자기를 합리화하는 기술을 습득하며 그런 행위에 대하여 죄의식을 느끼지 않게 되는 것입니다. 혹자는 가정폭력의 당사자가 정신질환, 인성적 결함, 알코올과 약물남용 등과 같은 개인의 비정상적 속성으로 일어난다고 설명합니다. 하지만 모든 경우에서 볼 수 있는 것이 아니며, 특히 성격적, 정신적 특성으로 생기는 가정폭력의 경우는 많지 않습니다.

폭력으로까지 발전되는 것은 아니지만 가족끼리도 서로에게 부정적 영향을 미치는 경우가 적지 않습니다. 대부분의 경우는 긍정적 영향을 미치는 경우와 상쇄되어 드러나지 않는 경향이 있습니다. 하지만 때로는 마음의 상처로 남기도 합니다. 이렇게 상처로 남을 수도 있는 심리적 부담을 덜어내는 방법을 찾는 것은 중요하겠습니다. 가족은 자신에게 힘이 되어 줄 수 있는 마지막 보루이기 때문입니다. 가족심리치유 전문가 최광현 교수의 『가족의 발견』은 우리가 미처 모르는 사이에 가족들에게 상처를 줄 수 있다는 점과 그렇게 생긴 상처를 치유하는 방법을 소개합니다.

독일 본 대학교에서 가족상담학으로 박사학위를 받은 저자는 특히 상처를 안고 있는 가족을 치료하는 분야를 전공하였습니다. 학위를 받고서 본 대학병원에서 임상상담사로 일하였고, 루르(Ruhr) 가족치료센터의 가족치료사로 활발히 활동하면서 내담자들의 가족이 안고 있는 갈등과 아픔을 목도하였습니다. 가족치료는 가족들 사이에 있었던 갈등으로 인한 상처를 잊게 하거나 애써 무시하도록 이끄는 것이 아니라, '의미 전환', '재구성', '긍정적 되먹임'이라고 부르는 치료기법, 즉 심리적 상처를 바라보는 관점을 변화를 이끌어내도록 도와주는 것입니다.

살다 보면 힘든 일을 많이 겪을 수 있습니다. 때로는 마음에 상처로 남을 수 있는 충격적인 상황도 있습니다. 심리적 외상(psychotic trauma)을 겪으면, 자기를 보호하기 위한 기전이 작동하게 됩니다. 아무래도 세상과 다른 사람을 볼 때 지나치게 자기 중심적이거나 부정적인 경향을 가지게 됩니다. 이런 상황이 거듭되면 세상에 대한 부정적 관점이 견고해지면서 타인과의 사이에 벽을 쌓게 됩니다. 이런 사람들에게 고통을 안겨준 기억을 없애 주거나 부정적인 감정을 해소해 줄 수 있다면 완벽한 치료가 될 것입니다. 신경과학자들은 "전기경련요법(ECT, electroconvulsive therapy)을 사용하여 불편한 사건에 대한 기억을 선택적으로 교란해 떠오르지 않게 할 수 있다."는 것을 보여주었습니다. 하지만 아직은 실용화 단계까지 이른 것은 아닙니다.

심리적 외상으로 고통을 받는 사람들은 현실적으로 심리학의 도움을 받을 수 있습니다. 저자에 따르면 심리적 외상을 바라보는 관점을 바꾸어주는 것으로 치유가 가능하다는 것입니다. "회피하지 않고 현실을 있는 그대로 바라보게 해준다. 사고의 틀을 바꾸어, 지금까지와는 다른 시각으로 자신의 상처를 바라보는 것에서부터 트라우마는 회복될 수 있다."라고 합니다. 이때 중요한 것은 가족과의 소통과 공감이 큰 힘이 됩니다. 물론 가족 역시 아픔과 고통을 안겨줄 수도 있습니다. 그런 경우에는 가족들로부터 벗어나고 싶어지지만 그럼에도 불구하고 가족은 우리가 기댈 수 있는 마지막 보루라는 점을 기억해야 합니다.

저자는 주제와 관련된 자신의 상담 사례를 인용하면서 또 사례에 잘 맞는 심리학 분야의 논문을 이끌어 와서 문제를 진단하고 해결 방안을 제시합니다. 첫 번째 주제인 착한 사람 콤플렉스에서는 모두의 기억 저편으로 사라졌을 서울올림픽에서 있었던 일화를 소개합니다. 당시 요트 남자 470급에 출전한 캐나다의 로런스 르뮤 선수는 갑자기 불어온 강풍에 밀려 싱가포르 선수들이 바다에 빠지자 곧바로 뛰어들어 구해 냈습니다. 그때 르뮤 선수는 2위를 달리고 있어 메달 획득이 유력하였고, 경기장에는 안전요원이 배치되어 있기 때문에 싱가포르 선수들은 구조될 상황이었습니다. 르뮤 선수의 행동은 위대한 스포츠 정신의 표상으로 칭송을 받아 마땅합니다. 올림픽경기의 정신 또한 그러하기도 합니다. 그런데 올림픽경기가 국가 간 경쟁으로 변질되어 가고 있는 현실에서 본다면 캐나다 선수단이나 국민들 입장에서는 아쉬웠을 것 같습니다.

르뮤 선수는 평소에도 도움이 필요한 사람을 지나치지 못하는 착한 사마리아인이었습니다. 저자의 경험으로 보면 심리상담실을 찾아오는 대부분의 사람들은 착한 사마리아인이라고 합니다. 어릴 때부터 착한 어린이가 되라고 배워 왔기 때문입니다. 하지만 학교를 떠나는 순간 세상이 그리 호락호락하지 않다는 것을 금세 배우게 되고 갈등에 빠지게 됩니다. 그러면서 내 안에 지킬 박사와 하이드 씨가 공존하고 있다는 사실을 깨닫게 됩니다. 자신의 감정과 욕망을 누르고 타인에게 나를 맞추려는 노력은 자신의 내면에서 커다란 긴장과 갈등을 일으킵니다. 그러한 긴장이 임계점을 넘어설 때 무너지게 되는 것입니다. 더 참아야 했던 것 아니냐고 따질 수도 있겠습니다만, 사람마다 임계점이 다르다는 것을 인정해 줄 필요가 있습니다.

조금 더 버티지 못하고 무너진 것에 대하여 수치심과 죄책감으로 인하여 심리적 상처를 받게 됩니다. 이러한 상처를 안고 있는 사람들에 대한 저자의 조언은 수치심이나 죄책감이라는 감정은 '현재의 것이 아니라 과거의 것'이라는 사실을 인식해야 한다는 것입니다.

이러한 감정이 오히려 긍정적인 방향으로 나아가는 힘이 될 수 있습니다. 이런 과정이 없다면 과거의 경험은 언제까지나 고통으로 남을 수밖에 없습니다. 다음 단계로는 스스로를 '용서'하는 것입니다. 물론 용서가 쉽지 않습니다. 나에게 상처를 준 사람을 용서하는 일보다도 스스로를 용서하는 일은 더 어렵습니다. 그러고는 상처가 된 고통스러운 기억을 잊도록 하는 것이 중요합니다. 마음의 고통은 사실 기억을 되새기기 때문에 치유되지 않습니다. 고통스러운 기억을 되새기는 일은 좁은 시각으로 사건을 들여다보기 때문입니다. 그래서 저자는 마르쿠스 아우렐리우스의 『명상록』에 나오는 "새의 시각으로 보면 그대를 괴롭히던 많은 쓸데없는 것들이 지워진다."라는 대목을 기억하라고 권합니다. 하늘 높이 떠서 세상을 넓게 보는 새처럼 시야를 넓혀서 문제를 조망하게 되면 고민하던 문제가 별게 아니라는 것을 깨닫게 된다는 것입니다.

외견상으로 보아 아무런 문제가 없는 것 같은 가정에 의외로 문제가 숨어 있는 경우가 많습니다. 드러내 놓고 표현을 하지 않아서 가족의 구성원이 서로에게 주는 고통과 상처의 원인과 결과를 인식하기 어렵기 때문입니다. 저자는 우리의 기성세대가 가지고 있는 '돈만 벌어오는 가장', '중독', '무기력'이라는 3종 세트가 가족에게 아픔과 상처를 안기는 중요한 원인이라고 합니다. 특히 가족 안에서 건강한 아버지 역할을 제대로 못 하는 두 가지 유형을 들었습니다. 첫 번째는 가족을 지나치게 통제하고 간섭하는 아버지입니다. 두 번째는 가족에게 무관심하고 무신경하고 방관하는 아버지입니다. 사실 두 유형은 아버지의 역할에서 극단에 해당하는 양 끝이라고 할 수 있습니다. 두 유형을 조화시켜 중용을 지키는 것이 가장 좋은 아버지의 역할이라고 할 수 있습니다.

헬리콥터 부모라는 신조어가 주목을 끌었습니다. 저 역시 헬리콥터 아버지가 아닐까 생각한 적도 있습니다. 자상한 차원을 넘어서는 부모 탓에 자녀들이 불편한 모든 것을 부모에게 의존하여 해결하려는 경향까지도 생기는 것이 문제입니다. 심지어는 자녀의 회사일까지도 도와주는 부모도 있다고 합니다. 간호사로 일하는 딸이 힘들까 봐 어머니가 보내준 도우미가 병원 일을 거들어준 사례도 있었다고 합니다. 과보호는 오히려 자녀를 망치는 길이기도 합니다. 장성해서 독립할 나이가 되면 둥지를 떠나보내는 것이 자녀를 위한 길입니다. 빈 둥지만 남더라도 말입니다.

가족의 문제를 해결하는 데 있어 가장 중요한 요소는 소통입니다. 저의 선친께서는 '대화효'를 강조하였습니다. 화제가 무엇이든 이야기를 나누는 것이 효라는 것입니다. 선친께서도 제가 하고 있는 일에 대하여 자주 물으시기도 했지만, 물으시는 일 이외에도 보고 들은 이야기를 전해 드렸습니다. 평소에는 지켜보시는 편이었지만, 문제라고 보신 상황이 생기면 적극적으로 개입하여 해결 방안을 같이 고민하시기도 하는 중용에 가까운 위치를 잘 지키셨던 것입니다.

가정에서 문제가 생기지 않도록 하기 위하여 독일 상담가 에바 마리아 추어호르스트의 말을 새기는 것이 좋겠습니다. "가족 관계에서 가장 중요한 것은 열심히 일하고, 마음을 열고, 상대에게 베풀고, 용서하는 것이다. 이 네 가지를 실천하면서 산다면 그동안 서로 치열하게 싸웠던 자신들을 객관적으로 보게 되고 갈등의 플로우 상태에서 벗어날 수 있다." 서로 간에 갈등을 빚는 일은 줄을 마주

당기는 것과 같습니다. 줄을 마주 당기다 보면 팽팽해지는데, 어느쪽에서 느슨하게 풀어주지 않으면 결국은 줄이 끊어지면서 파국으로 치닫게 되는 결과를 낳습니다. 그렇다고 일방적으로 끌려가라는 이야기가 아니라 밀고 당기는 지혜를 발휘하라는 것입니다. 대립과 갈등이 파국으로 치닫는 악순환의 고리를 끊어내면 양보와 화합의 선순환으로 들어설 수 있습니다.

독일 심리학자 이름트라우트 타르는 "가족 안에는 태초부터 내려오는 신뢰가 존재한다."라고 했습니다. 사실 현대 들어서면서 대가족이 해체되어 핵가족화 되면서 가족들 사이의 연대가 많이 희석되었습니다. 먼 곳에 있는 가족보다는 가까운 이웃이 더 낫다는 말도 있습니다만, 그래도 혈족이라는 말이 공연히 나온 것은 아닐 것입니다. 가족의 소중함을 다시 새기는 좋은 책 읽기였습니다. (라포르시안: 2016년 1월 18일)

.

제4부

/

인문

제4부 인문

1. 지식의 미래(데이비드 와인버거, 리더스북)

2. 교양인의 삶(이정일, 이담북스)

3. 하버드 교양 강의(스티븐 핑커 등, 김영사)

4. 통찰력을 길러주는 인문학 공부법(안상헌, 북포스)

5. 일상의 인문학(장석주, 민음사)

6. 나를 위한 교양수업(세기 히로시, 시공사)

7. 인간의 품격(데이비드 브룩스, 부키)

8. 삶의 격(페터 비에리, 은행나무)

9. 문예적인, 너무나 문예적인(아쿠타가와 류노스케, 한빛비즈)

10. 신경과학의 철학(맥스웰 베넷 등, 사이언스북스)

11. 헤겔의 눈물(올리비아 비앙키, 열린책들)

12. 니체가 눈물을 흘릴 때(어빈 D. 얄롬, 필로소픽)

13. 삶이 나에게 가르쳐 준 것들(마르쿠스 아우렐리우스, 리더북스)

1

지식의 미래

(데이비드 와인버거, 리더스북)

▦ 예방접종이 자폐증 유발? … 과학이 대중과 충돌할 때

　　　　　　체격이나 운동능력만을 고려하면 인간보다 월등한
생명체는 무수히 많습니다. 그럼에도 불구하고 오늘날 인류가 지구
별에서 최우세종의 지위에 오를 수 있었던 것은 개체가 습득한 지식
을 후세에 전달하는 방식이 획기적으로 개선되어 왔기 때문입니다.
여타 생명체들도 언어능력을 가지고 있습니다만, 발성기관의 진화로
다양한 언어를 구사하게 된 것이 첫 번째 기회였을 것입니다. 그러나
기억이라는 보조장치에도 불구하고 찰나에 머무는 것이 언어의 단점
입니다. 그래도 자식을 양육하는 과정에서 주로 언어를 통해서 전달
되는 지식의 양은 대를 이어가면서 확대되었습니다. 그뿐만 아니라
이러한 지식은 타인과의 접촉을 통하여 집단으로 확산되어 집단의
기억으로 남았습니다. 집단을 떠나 홀로 생존하게 되는 인간은 인류
가 남긴 어떠한 지식도 가지지 못하게 되었습니다. 지식은 유전을 통
하여 후대에 전달되는 것이 아니라 가족은 물론 타인과의 관계를 통
하여 후세에 전달되는 것입니다. 리처드 도킨스는 『이기적 유전자』
에서 밈(meme)이라는 개념으로 이를 설명하였습니다.

인류가 공유를 통하여 축적하는 지식의 양이 한 단계 발전하게 된 최초의 계기는 문자의 발명입니다. 수렵과 채취를 통하여 먹거리를 해결하던 시절에도 서로 간에 정보를 교환하기 위하여 표시를 주고받았을 가능성이 있습니다. 중동의 비옥한 초승달 지역에 정착한 인류 집단이 채취경제에서 농업경제로 전환하면서 잉여농산물의 유통이 가능해졌습니다. 이들은 유통과정을 원활하게 하려고 문자와 그 문자를 기록하는 수단을 발명하였습니다. 점토판에 돌에 나무쪽에 기록된 문자들은 정보의 정확성을 높이고 수명을 연장하는 효과를 가져왔을 것입니다.

인류가 보유하는 정보의 양과 질에 획기적인 변화를 가져온 것은 종이의 발명입니다. 종이가 발명되면서 인류에게 유용한 정보는 체계적으로 정리되어 책이라는 행태로 유통이 가능하게 되었습니다. 활자의 발명은 책의 유통량을 늘리는 데 기여하였으며, 여기에 더하여 인쇄술의 발전은 정보의 유통을 획기적으로 끌어올리는 효과를 가져왔던 것입니다. 이 단계에서 이미 인류가 쌓아 올린 정보의 양은 어느 개인이 종합할 수 있는 단계를 넘어섰습니다. 그런데 전자산업의 발전은 정보의 저장 공간을 획기적으로 축소시켰을 뿐만 아니라 정보의 보존 기간 역시 획기적으로 늘릴 수 있게 되었습니다. 동시에 개발된 누리망을 통하여 정보의 유통의 범위가 무한대로 늘어나게 되었습니다. 이제 인류는 새로운 지식의 축적이라는 과제에 더하여 이렇게 쌓아 올린 지식을 효율적으로 관리하는 방안도 같이 고민해야 하는 단계입니다.

지식 기반이 변화하고 있는 시점에서 지식의 형태와 본질은 앞으로 어떻게 변화하게 될까에 주목할 필요가 있습니다. 데이비드 와인버거의 『지식의 미래』는 인류가 쌓아 온 지식의 미래를 전망하는 기회가 될 것 같습니다. 저자는 하버드 대학교 법과대학 산하 '누리망과 사회 연구소'인 버크만 센터(Berkman Center)의 선임연구원입니다. 저자는 누리망이 인간관계, 소통 방법, 사회를 어떻게 변화시키는지를 집중적으로 연구해 왔습니다. 이 책의 원제목 『Too Big Too Know』는 정보산업의 발전으로 정보가 넘쳐흐르는 현실에 걸맞습니다. 저자는 '세상은 다 알기에 너무나도 크기' 때문에 지식의 네트워크화가 반드시 필요하고 생각합니다. 나아가 세계는 빠르고 복잡하게 연결되는 연결망으로 인하여 좁아지고 과거에는 특출한 천재가 새로운 기술의 개발을 주도했습니다. 하지만 이제는 다양한 분야의 전문가들을 잘 엮어서 능력을 발휘할 수 있도록 조직하는가에 따라서 성과의 수준이 달라지고 있습니다. 이런 현상을 일러 집단지성효과라고도 합니다. 집단지성이란 '다수의 개체들이 서로 협력 혹은 경쟁을 통하여 얻게 되는 지적 능력에 의한 결과로 얻어진 집단적 능력'을 말합니다. 전통적으로 사용되어 온 중지(衆智, 대중의 지혜)라는 개념의 중요성이 제대로 평가받게 되었습니다. 집단지성이 적용되어 성공한 대표적 사례로는 대중참여(crowd sourcing)와 자료공유(open source)라는 단어를 익숙하게 만든 리눅스의 예가 있습니다. 이처럼 집단지성이 긍정적 효과를 불러온 경우도 있지만, 구성원에 따라서 정보의 정확성이나 산출물의 질이 달라질 수 있습니다. 참여자들의 협동을 총괄하는 기능이 제대로 작동하지 않는 경우 특정 세력의 선동이나 전체주의로 나아갈 위험이 내재되어 있습니다.

저자는 전문가들의 영역이었던 지식이 일반화, 대중화되면서 지식이 위기를 맞고 있다고 주장합니다. 누리망은 소문, 험담, 거짓말이 무편집 상태로 뒤섞여 있는 공간이라는 사실이 확실해지고 있습니다. 그래서 생겨난 복합적인 두려움 속에서 위기가 더욱 분명하게 드러나고 있다고 전제한 저자는 '지식의 위기'를 이렇게 설명합니다. "구글은 우리의 기억력을 저하시키고 멍청하게 만든다. 인터넷은 열정적인 혹은 광신적인 아마추어들을 중심에 세우고 전문가들을 몰아낸다. 인터넷은 짐승 같은 인간들의 부상, 표절주의자들의 승리, 문화의 종말을 불러왔다."

이러한 지식의 위기를 해결하려면 결국 우리를 똑똑하게 만들어 줄 수 있는 연결망을 건설하는 것입니다. 『지식의 미래』는 그런 연결망을 구축하는 방법을 알려줍니다. 모두 아홉 개의 장으로 구성된 책의 전반부는 지식 과부하 시대에 전문가의 영역이 파괴되고 있는 등 문제점들을 설명합니다. 이어서 지식을 둘러싼 과학의 본질 그리고 사고와 추론의 형식이나 지식이 변화하고 있는 양상을 설명하고 마지막 제9장에서는 지식의 미래를 예견합니다.

몇 가지 중요한 점을 요약해 보면, 인류는 역사적으로 항상 정보의 과부하를 겪어왔다는 것입니다. 한 가지 예를 들면, 고대 이집트의 알렉산드리아에 있던 도서관에는 수십만 개의 두루마리로 된 양피지 자료를 소장하고 있었습니다. 그럼에도 불구하고 최근에서야 정보의 과부하를 논의하게 된 것은 정보를 여과하는 기능에 제대로 작동하지 않아 과부하를 실감하고 있는 것입니다. 누리망이라고 하는 무한정의 정보유통체계는 다양한 모습의 정보를 담아낼 수 있습니다. 반면 서로 일치하지 않은 정보들이 정리되지 않은 채 쏟아져 들어오기 때문에 때로는 모순으로 가득 차게 됩니다. 과거의 지식

전달매체는 때로는 전략상의 이유로 정보를 감추기도 하였습니다. 그런데 이제는 그런 판단을 할 수 없는 상황도 생기는 것입니다. 심지어는 전문가 집단마저도 개인적인 신념에 따라 다른 목소리를 내서 비전문가들을 혼란에 빠트립니다.

저자는 탈근대주의(postmodernism)에서 이러한 모순에 대한 해답을 구했습니다. 첫째, 모든 지식과 경험은 해석이 중요하다. 둘째, 해석은 사회적이다. 셋째, 특권적 지위는 없다. 넷째, 해석은 담론 가운데 존재한다. 다섯째, 담론 내에서는 몇 가지 해석들이 특권을 갖는다. 이러한 저자의 생각은 누리망 지식매체가 이용자의 집중력과 사색의 시간을 빼앗고 있다고 주장하는 니컬러스 카의 생각과는 차이가 있습니다. 니컬러스 카는 『생각하지 않는 사람들』에서 매체 혁명과 인간 사고의 확장, 그리고 누리망의 발달이 인간에 미치고 있는 영향을 정리하였습니다.

저자는 카의 주장에 대하여 지식의 연결망 구축은 사고가 지식과 지식 내에서 하는 역할과 성격에 몇 가지 근본적 변화를 가져오는 것이 분명하다고 반박하였습니다. 앞서 이야기한 것처럼 권위는 더 이상 차지할 자리가 없다는 것, 주제의 경계가 사라지고 있다는 것, 자료의 초연결(hyperlink)이 매혹적인 생태계를 조성하고 있다는 것 등입니다. 특히 전자책에서 초연결을 통하여 필요한 지식을 바로 찾아 들어갈 수 있는 것이 강점입니다. 하지만 초연결을 뒤쫓다 보면 정작 본문을 읽어가는 호흡이 끊어지는 경우가 있습니다. 결국 가고자 하는 방향을 잃어버리는 불행한 사태를 맞을 수 있다는 점을 간과하는 것 같습니다.

지식을 둘러싼 과학의 본질이 변하고 있다고 설명하면서 저자는 과학이 대중과 충돌을 보이는 상황은 그동안 과학적 사실에 대하여 완고하던 믿음이 무너진 결과라고 하였습니다. 저자는 『플레이보이』의 모델로 활동했던 제니 맥카시가 백신에 의한 자폐증 위험을 강조하는 활동을 해온 것을 비판합니다. 그녀의 무지로 인하여 자폐증을 피하는 아이가 있을 수도 있겠지만 다른 병에 걸려 목숨을 잃는 아이들이 생길 가능성이 적지 않다는 것입니다. 백신과 자폐증은 무관하다는 것이 정통의학계의 일관된 입장입니다. 하지만 맥카시의 잘못된 믿음의 출발점 역시 백신과 자폐증이 연관을 가질 수 있다는 의문을 제기한 의학자가 있었기에 가능했습니다. 역시 『네이처』의 사설대로 과학자들끼리 한바탕 붙어야만 해결될 일입니다. 하지만 그들이 반드시 토론의 장으로 나선다는 보장이 없다는 것이 문제입니다.

위기에 봉착했다고 주장하는 지식의 미래를 내다보면서 저자는 누리망에 넘쳐나는 정보의 특징을 이렇게 요약하였습니다. 첫째, 자료가 풍부하다, 둘째, 더 많은 정보들이 초연결로 연결되어 있다, 셋째, 따로 허락을 받지 않고 이용할 수 있다, 넷째, 공개적이다, 다섯째, 궁극적으로는 해결이 쉽지 않다. 그럼에도 불구하고 넘쳐나는 지식을 과연 제대로 활용할 수 있을 것이냐는 의문이 남습니다. 이에 대하여 저자는 인류의 기술혁신은 여전히 현재진행형이기 때문에 가까운 미래에 해결 방안을 마련할 수 있을 것이라고 합니다.

'누리망이 우리를 멍청하게 만들고 있는가?'라는 질문에도 지식의 연결망 구성이 위기를 축복으로 만들 것이라고 했습니다. 구체적인 방법 다섯 가지를 제안하였습니다. 첫째, 접근을 개방하라, 둘째, 지능을 연결해 줄 고리를 제공하라, 셋째, 모든 것을 연결하라, 넷째,

기관의 지식을 뒤에 남기지 마라, 다섯째, 모든 사람을 가르쳐라 등입니다. 이런 제안이 나오게 된 것은 탄탄하게 연결된 지식이 우리를 지식에 대한 진실에 가깝게 다가가게 해주고 있다는 사실이 가장 확실해 보이기 때문입니다. (라포르시안: 2014년 10월 13일)

2

교양인의 삶

(이정일, 이담북스)

■ '과학적 상상' 철학의 날개 달고 비상하다!

　　　　　의료 영역에서 인문학의 중요성이 강조되고 있다
는 이야기를 많이 듣고 있습니다. 문학, 역사, 철학 등을 요약하여
문사철(文史哲)로 대변되는 인문학의 어느 영역이 중요하지 않은
바 없겠습니다. 그중에서도 모든 학문의 뿌리라고 할 철학은 그저
어렵다는 인식이 깔려 있는 탓인지 가까이하기에 너무 먼 당신입니
다. 라포르시안 [양기화의 Book 소리]에서도 간혹 철학 분야의 책
을 소개했지만 수박 겉핥기에 머무른 듯합니다.

　<건축학개론>이라는 영화가 남성들 사이에서 인기를 모은 적이
있습니다. 풋풋한 젊은 시절에 만나 사랑이 싹텄지만 그 사랑을 표
현하기도 전에 작은 오해가 생겼습니다. 결국 남자 주인공은 그 사
랑을 마음 귀퉁이에 묻고 말았습니다. 15년이 지나 성숙한 모습으
로 다시 등장한 그녀로부터 어떤 감정을 느끼게 될까요? 젊었을 적
강의실에서 처음 만나 마음을 열어가는 과정이 사랑이라는 건축물
의 개론과정에 해당되었다고 한다면 15년 만에 다시 만나서 새롭
게 쌓여가는 감정들은 건축물의 각론에 해당되는 것일까요?

책을 소개하는 글머리에 영화 이야기를 끌어들이는 엉뚱함은 개론의 중요성을 설명해 보려는 생각 때문입니다. 대학에서 의학을 공부할 때는 일단 총론을 공부한 다음 각론을 공부하였습니다. 나이가 들어 시작한 책 읽기마저 체계적으로 하는 것은 마치 의무교육을 연장하는 듯한 느낌이 들었습니다. 그리되면 지레 포기하게 될까 싶어 총론과 각론을 자유분방하게 넘나드는 여유를 가져볼까 합니다. 물론 깊이가 없다는 지적이 두렵지 않은 것은 아닙니다.

오늘 소개하려는 이정일 교수님의 『교양인의 삶: 과학과 철학의 소통』이야말로 철학 분야의 개론서라 할 수 있습니다. 교수님께서 모두에서 자연과학부와 공과대학 학생들을 대상으로 하는 철학 교양강좌의 자료들을 정리한 글이라고 밝히셨으니, 라포르시안 [양기화의 Book 소리]를 애독해 주신 보건의료 관계자들의 입맛에도 맞아떨어지는 것이라 보았습니다. 방법론적인 면에서는 의학 역시 크게는 과학의 범주에 들어간다고 보면 공감할 수 있겠습니다.

들어가는 말에서 재미있는 일화를 읽었습니다. "한 공대생이 나에게 물었다. 도대체 무엇 때문에 우리가 철학을 해야 하고 배워야 되는 것인가?" 역시 공대생다운 질문이 아닐 수 없다는 생각을 하면서 의학을 공부하는 우리도 같은 의문을 가져온 것 아닐까 하는 생각이 들었습니다. 이 질문에 대하여 저자께서는 똑떨어지는 답을 제시하지 않았습니다. 다만 '인간이 인간에 대해 근본적으로 탐구하기를 원한다면 이 물음은 언제나 철학 고유의 물음으로 남을 것'이라는 선문답의 느낌이 담긴 말을 남겼습니다. 그리고 과학은 근원적으로 사고하지 않는다는 하이데거의 반과학적 사고는 수정되어야 할 것이라고 했습니다. 과학 역시 사물의 근원을 캐는 학문으로 그 뿌리를 철학에 두고 있다고 이해하고 있는 저도 공감했다는 말씀을 드립니다.

반면에 철학 교수님들이 무슨 말씀을 하시는지 이해할 수 없다고 푸념을 늘어놓은 공대생들의 항의도 일리가 있겠다고 생각했습니다. 같은 뿌리에서 나온 학문들이 세분화되다 보니 처음 떨어져 나왔을 때는 멀어 보이지 않던 방계 학문이 이제는 시야에서조차 사라졌다는 것을 깨닫게 되었습니다.

과학과 철학 사이에서 넓혀진 간극을 좁히기 위하여 과학자와 철학자 모두가 각자의 영역에서 노력할 필요가 있습니다. 그런 점에서 본다면 철학자의 시각에서 과학을 이해하기 위하여 수학과 물리학을 공부하고, 또 이를 바탕으로 철학을 돌아보고 있는 저자의 학문적 열정이 돋보입니다.

저자는 『교양인의 삶: 과학과 철학의 소통』의 얼개를 다음과 같이 요약하였습니다. "제1부에서는 학문일반과 우리의 일상생활 모두가 근거를 제시하는 능력과 연관 아래 다루어지고 있다. 제2부에서는 학문일반과 과학의 관계가 포괄적으로 설명되었다. 제3부에서는 근대 학문의 근본 위상이 검토되고 있다. 제4부에서는 인간의 실천적 삶이 어떻게 의미 있는 공동체를 형성하는가를 다루고 있다. 그리고 끝부분에서는 완결되지 못한 잡다한 단상들이 열거되었다."

철학을 전공한 저자지만 무작정 철학을 옹호하지 않았습니다. 특히 우리가 진리라 믿고 있는 참을 검증하는 작업이 철학은 물론 과학 또한 추구하는 공통적인 목표라고 인식하고 계시기 때문인 것 같습니다. 심지어 과학의 탐구진행과 가설설정의 전제가 되는 선이해, 즉 독사($\delta o \xi \alpha$)마저도 의식적으로 검증하지 않을 수 없다는 것입니다. 참고로 독사는 어떤 것을 너무 당연하게 자명한 것으로 알고 있어서 그것에 대해 의식적인 검증을 하지 않고 있는 세계를 의미합니다. '참'으로 향하는 진리 추구의 과정은 편견과 그릇된 선이해와 싸우는 것, 계몽으로 가는 길입니다. 이는 철학을 지배하는 근본적 담론입니다. 이러한 믿음에서 저자는 무거운 물체가 가벼운 물체보다 더 빨리 떨어진다는 아리스토텔레스의 운동론이 갈릴레이의 자유낙하이론을 통해 '모든 물체는 중력의 지배를 받기 때문에 아래로 떨어지는 것에 불과하다'고 수정된 이후 잘못된 믿음으로 분류되어 역사의 뒤안길로 사라졌음을 지적합니다.

유럽인들이 유럽 밖의 세상으로 향하던 근대 무렵, 그들이 가졌던 문명과 야만이라는 줄 긋기는 유럽 중심의 철학적, 과학적 사고의 오류입니다. 그 뿌리가 로마를 거쳐 그리스에까지 거슬러 올라간다는 점을 파헤친 저자의 비판은 날카롭고 적확하다는 표현도 부족하다 싶습니다. "그리스인들은 자신들의 문화 밖의 것에 대한 몰이해 때문에 야만이라는 그릇된 편견을 만들어냈다. 페르시아인들은 그리스 신들이 음모와 치정 그리고 납치와 살인하는 것을 보고서 적지 않게 당황했다. 페르시아인들이 믿는 유일신은 존엄하고 위엄이 있고 인간들이 하는 것을 뛰어넘어 있다. 페르시아인들이 보았을 때 그리스 문화는 한마디로 타락하고 부패한 문화로 보였을 것이다." 그리스 신화를 과거와는 다른 시각으로 대하게 된 저의 생각이 위안을 받는 대목입니다.

수학은 문제풀이기 때문에 정해진 답이 있습니다. 그래서 오답, 즉 오류가 발전의 계기가 되지 못합니다. 하지만 과학은 가설을 검증하는 과정입니다. 따라서 가설이 오류로 밝혀진다 하더라도 그 또한 새로운 발견의 계기가 될 수 있습니다. 즉 "오류도 진리로 가는 과정의 일부다."는 것입니다. 그럼에도 불구하고 권위 있는 사람이 말했다는 이유로 검증의 수고를 생략하려는 사람들이 있습니다. 저자는 이런 사람들을 "우상화를 통해 먹고 사는 기생충 같은 부류"라고 통박하였습니다. 자신과 견해가 다른 자들과 기꺼이 대화함으로써 서로의 입장이 갖는 한계를 알아 가는 것이 학문의 지평 확장을 위해 절대적으로 필요하다고 강조하는 부분을 읽으면서 막힌 속이 뚫리는 시원함을 느낍니다.

2부에서 설명하고 있는 논리적 사고를 위한 다양한 방법론들, 예를 들면, 모순과 배중률, 개념과 판단의 차이, 동일화와 술어화, 분석판단과 종합판단, 연역추론과 귀납추정 등에 대한 개념들이 쉽게 설명되어 있습니다. 궁극적으로는 우리의 시야가 닿는 유한한 자연의 지평을 넘어 무한히 초월하는 곳으로 읽는 이를 이끌고 있습니다. 여기에서 저자는 인간의 이성이 이론이성을 넘어 실천이성으로 넘어가는 것을 피할 수 없다는 칸트의 철학을 끌어들입니다. 그리하여 전문화된 학습 중심의 학교개념이 폐쇄적이고 고정되어 있는 한계를 뛰어넘어 우리의 경험을 더 확장시킬 것을 요구합니다. "경험은 철학할 수 있는 자양분이자 토대다. 경험은 부단히 초월된다. 경험은 고정된 기억이 아니라 무엇인가를 산출하는 밑거름이다." 특히 보건의료 영역처럼 전문화된 영역에서 남이 쌓아놓은 업적을 단순히 배우는 것은 일종의 전문적 훈련에 지나지 않습니다. 따라서 앞선 사람들이 쌓은 업적을 토대로 하여 창조적인 발전을 이끌어내기 위한 노력이 필요하다는 생각이 들었습니다.

한편 저자는 다양한 분야에서의 근대화 과정에 대한 단상을 정리하였습니다. 특히 과학이 근대화하는 과정에서 자연이 교감하는 장소가 아니라 지배의 대상으로 전락된 것에 대하여 우려하였습니다. 사람들은 자연의 법칙을 수학적으로 계량화하여 통제하는 방법을 찾아내려 끊임없이 도전해 왔습니다. 그 결과 자연이 유기적으로 통합된 존재가 아니라 그저 관찰 대상으로 전락하고 말았습니다.

근대과학은 자연에 관한 모든 사실을 명확하게 알고자 했습니다. 하지만 유한한 것으로 보이던 자연의 한계가 불확실하다는 사실을 알게 되면서 불안을 느끼게 되었습니다. 따라서 우리가 자연을 지배하려 들기보다는 자연을 이해하는 방향으로 사고의 틀을 바꾸면 자연을 보다 잘 관리하는 방안을 도출해 낼 수 있을 것으로 전망하였습니다. 자연에 대한 인간의 앎은 자연과 인간이 공존 가능한 삶을 위하여 필요하며, 앎은 자연에 대하여 인간이 책임을 지는 방향으로 발전하게 되는 것이라 합니다.

저자는 그리스철학으로부터 근대철학에 이르기까지 다양한 철학자들의 논리를 인용하였습니다. 과학의 방법론을 비롯하여 과학이 추구하는 바를 설명하는 한편, 철학에 대해서도 비판적 논리를 전개하고 있어 철학을 공부하는 눈을 뜨는 데 도움이 될 것 같습니다. 저자의 이런 자세는 "하늘 아래 새로운 것은 없다. 하지만 모든 것은 철저하게 검증되지 않으면 안 된다. 오직 검증을 통해 살아남은 것만이 고전의 자격을 얻을 수 있다. 강요된 고전이 아니라 살아 움직이면서 우리에게 대화를 할 수 있는 그런 고전이 필요하다."는 생각에서 나오는 것이라 여겨집니다. 선지자의 성과라 하여 배우고 이를 답습하는 피동적인 생각을 바꾸는 기회가 될 것 같습니다. (라포르시안: 2012년 6월 4일)

3

하버드 교양 강의

(스티븐 핑커 등, 김영사)

▨ 이 시대 교양인이라면 알아야 할 것들

다음 국어사전에서는 교양(敎養)이란 "지식, 정서, 도덕 등을 바탕으로 길러진 고상하고 원만한 품성"이라고 설명하고 있습니다. 이러한 품성을 갖추기 위하여 다양한 분야의 책을 읽거나, 방송을 비롯한 다양한 경로의 교양강좌에서 관련 분야의 전문가의 이야기를 듣기도 합니다.

필자 역시 예과 시절에는 의학교육에 필요한 필수과목 이외에도 교양과목들을 공부했습니다. 오래되어 몇 가지밖에 기억나지 않습니다만, 국사, 문화사, 철학 등이었던 것 같습니다. 강의 내용은 대체적으로 해당 과목의 일반적인 사항으로, 당시 사회적으로 크게 화제가 되었던 것을 다루었던 것 같지는 않습니다.

여기 소개하는 『하버드 교양 강의』는 하버드 대학교 문리학부의 교양교육과정의 하나입니다. 제2차 세계대전이 끝난 직후인 1945년 하버드 대학은 『자유 사회의 교양교육』에서 "앞으로 우리 시민이 될 사람들을 가능한 한 많이 교육하여, 그들이 미국인이고 자유인이기에 갖는 책임과 혜택을 알게 하는 것"이라는 교육 목표를 선언했습니다. 우리나라의 대학들이 교양교육과정의 목표에 학부생들이 한국인이고, 자유인이기에 갖는 책임과 혜택을 알도록 명시하고 있는지 궁금합니다.

20세기 초만 해도 교양교육과정은 '유산과 변화'에 초점을 둔 교육이라고 주로 해석되었습니다. 1970년대에는 학생들에게 지식에 접근하는 주요 방법을 소개하는 것으로 바뀌었습니다. 21세기 들어서는 기술에서 새로운 경향이 나타나고 방법론이 바뀜에 따라 교육의 핵심을 새롭게 정할 필요가 생겼습니다. 새로운 교양교육과정은 적지 않은 준비기간을 거쳐 2009년 시작되었습니다. 이처럼 하버드 대학의 변화는 시의적절하여 학부 학생이 시대의 변화에 맞는 품성을 갖추고 사회의 일원으로 살아가는 데 부족함이 없도록 배려하고 있다는 생각이 들었습니다.

한편으로 하버드 대학은 학생들을 위한 교육프로그램 이외에도 대중교육이라는 사명도 수행하고 있습니다. 대학 수업을 들을 능력이 되고 듣고 싶은 마음이 절실하지만 피치 못할 사정으로 정규 학교에 다니지 못한 사회구성원들에게 교육 기회를 제공하는 것입니다. '저녁 강의'와 '여름 강의' 외에도 150개가 넘는 온라인 강의를 일부 무료로 제공하고 있습니다.

『하버드 교양 강의』는 하버드 대학의 대중교육의 일환입니다. 교양교육이 아우르는 다양한 예술·인문·과학 분야에서의 주제를 골라 각 분야를 대표하는 교수들의 글로 구성되어 있습니다. 모든 글들이 우리 시대의 주요 쟁점을 해박하고 진지하게 다루었습니다. 해당 분야의 대표적인 인물들의 생각을 아우르고 저자 나름대로의 판단을 더했습니다. 각 주제의 말미에는 저자가 인용한 자료의 목록뿐만이 아니라, 관심 있는 독자들이 더 읽어 이해의 폭을 넓히고 독자 나름대로의 판단을 가지는 데 도움이 될 참고도서의 목록을 덧붙였습니다.

모두 열 개의 주제들 가운데 스티븐 핑커 교수의 '인간 정신'을 가장 먼저 다루었습니다. 그만큼 인간의 정신세계가 중요할 뿐만 아니라 밝혀져야 할 영역이 풍부하기 때문일 것입니다. 인간 정신에 이어서 도덕, 지구사, 세계인권, 가상공간, 진화, 종교, 질병, 에너지 및 환경, 그리고 마지막으로 문학 등의 분야에서의 뜨거운 관심 주제들을 다루었습니다. 해당 주제들 모두 독립적으로 다루어도 한 권 이상의 분량을 이룰 정도로 논의 범위가 방대한 것들입니다. 그런데 이 책에서는 30~50쪽 정도의 분량으로 요약되었습니다. 어떻게 보면 수박 겉핥기식의 개론에 머물고 있다고 볼 수도 있습니다. 하지만 공개강좌의 특성상 최근 화제가 된 주제들을 개괄하였습니다. 따라서 독자들은 관심에 따라서 필요한 분야에 집중할 수 있거나, 각론에 해당하는 책들을 읽다 보면 자칫 놓칠 수 있는 중심 줄거리를 한눈에 파악할 수 있는 장점이 있겠습니다.

『하버드 교양 강의』를 읽으면서 몇 가지 주제에 대한 저의 특별한 느낌을 적어보려 합니다. 아무래도 첫 번째 주제인 「인간 정신」에서 시작해야 하겠습니다. 이 글은 언어심리학과 진화심리학을 강의하고 있는 스티븐 핑커 교수가 쓴 글입니다. 인간의 정신에 과학적으로 접근하는 심리학에 관한 내용을 중심으로 합니다. 실험자료들을 인용하여 기억과 착각뿐 아니라 인간의 정신활동을 전반적으로 다루었습니다. 특히 정신의 작동 방식에 관한 인간의 심리 가운데 추론, 감정 그리고 사회관계와의 관련 등 세 가지 중요한 사실을 설명하였습니다. 심리학은 정신의학 분야에서 중요한 역할을 하고 있을 뿐 아니라 개인이 혹은 집단이 현실에서 부딪히는 다양한 문제를 해결하는 방안을 제시합니다. 최근 들어 심리학에 관한 책들이 봇물을 이루고 있는 이유이기도 합니다.

「도덕이란 무엇인가」라는 제목의 두 번째 주제는 철학과 스캔론 교수의 글입니다. 지난 대선에서는 '도덕성'이 우리 사회에서 큰 화제가 되었습니다. 도덕적으로 옳고 그름의 문제를 다루는 데 있어 저자는 존 스튜어트 밀의 공리주의와 자신의 방식의 계약주의를 바탕으로 설명합니다. 공리주의에서 도덕은 사회 통제체계이며 비공식적 법이라는 공통적인 인식에서 출발하였습니다. 공리주의가 보편적 선(善)을 근거로 목표가 되고 정당화된다는 점을 고려할 필요가 있습니다. 반면 계약주의에서의 도덕 기준은 사회 통제의 일차적 도구가 아니라는 점을 분명하게 하였습니다. 무엇이 옳은가를 판단하는 데 있어 공리주의는 모든 사람을 동등하게 고려합니다. 하지만 계약주의는 한 사람의 행동이 다른 사람에게 정당화되는 데 관심을 두고 있다는 점에서 차이가 있습니다. 저자는 기본적으로 "도덕이 무엇이고, 그것이 왜 중요한가는 사람마다 생각이 다르다는 사실에서 출발해, 우리가 흔히 말하는 도덕은 서로 다른 다양한 가치를 통합할 때 가장 정확히 이해할 수 있다."는 점을 바탕으로 도덕에 대하여 설명하였습니다.

우리 사회의 일각에서 보는 인권에 관한 현상과 관련하여 철학 공공정책을 전공하는 마티어스 리스 교수의 「세계인권에 관한 철학적 탐구」는 생각할 점이 많았습니다. 인권에 관한 사회적 현상을 지적하는 저자의 다음 주장을 어떻게 생각하십니까? "인권은 해방을 뜻하는 가장 흔한 말이 되었다. 조직적인 힘이 마땅히 돌봐야 할 사람에게 되레 해를 입힐 경우 그것을 비난할 때, 마르크스주의적 표현이나 비판이론 또는 근대화 이론이나 종속이론 아니면 '인간'의 권리와는 대조적으로 정의니 권리와 의무니 하는 도덕적 표현에 호소하기보다 인권에 호소하는 일이 잦아졌다."

저자는 인권운동을 사회과학적 측면에서 평가하기보다는 철학에 기초한 인권의 개념을 논했습니다. 인권, 즉 인간의 권리 밑바탕에 개인은 인간이라는 이유만으로 권리는 갖는다고 생각합니다. 따라서 그러한 권리 실현은 개인이 속한 국가의 관심사일 뿐 아니라 세계적 책임이라고 설파합니다. 인권의 세계적 책임과 관련하여 도덕 상대주의에 대한 저자의 설명도 있습니다. 우리 사회에서 두드러지게 나타나고 있는 인권의 상대주의 현상이 이해되지 않는다는 점을 꼭 짚어야 하겠습니다. 인권을 강조하는 우리 사회의 특정집단이 북한 동포의 인권이 사회적으로 화제가 될 때는 굳게 입을 다무는 현상을 도덕 상대주의로 설명이 가능할까요?

컴퓨터과학을 담당하고 있는 해리 루이스 교수의 「사이버공간에서의 자유」라는 제목의 글은 최근 우리 사회에서도 커다란 문제가 되고 있는 가상공간에 관한 통제를 다루었습니다. 열린 공간이라는 특성을 가진 누리망 공간에서 대부분의 누리망 사용자들은 자유를 넘어 방종에 가까운 행태를 보이기도 합니다. 정도를 넘어 타인의 자유를 침해하는 상황이 자주 벌어지고 있습니다. 저자는 자유를 즐기기 위하여 일정 수준의 통제가 필요하다고 생각합니다. 다만 공감할 수 없는 통제도 있다는 점을 꼬집기도 합니다.

누리망에서 일어나는 여론 몰이 현상에 대한 분석과 해답을 보면서 2008년 우리 사회를 달구었던 제2광우병 파동을 떠올렸습니다. 저자는 "여론 몰이에서 두려움은 자유보다 잘 먹힌다. 우리는 일어날 법하지 않은 일이 일어날 가능성을 과장한다."라고 적었습니다. 2008년 당시, 때로는 괴담 수준의 검증되지 않은 사실들이 누리망을 중심으로 빠르게 확산되었고, 정부는 아무런 대응 없이 손을 놓고 있었습니다. 심지어는 전문가들 가운데 일부는 누리망에서 일어나고 있는 현상을 부추겨 사태는 걷잡을 수 없이 치닫고 말았습니다. 많지 않은 전문가들이 나서 과학적 사실을 바탕으로 한 글로 사태를 바로잡으려는 노력을 하였습니다. 이런 노력 끝에 결국 빛을 볼 수 있었던 것 같아 다행이라 생각합니다.

문리학과의 조너선 로서스 교수는 「진화의 증거」 편에서 "나는 진화생물학을 가르칠 때, 세월과 더불어 생물종이 변해 온 실제 기록보다는 진화가 어떤 식으로 일어나는가에 초점을 맞춘다."고 강조하였습니다. 우리나라 고등학교 교과서에서는 진화론을 부정하는 특정 종교의 움직임 때문에 시조새의 그림이 빠졌다고 합니다. 교과과정을 담당하고 있는 부서에서 참고할 점이 있다고 하겠습니다. 저자는 진화론을 뒷받침하는 다양한 근거를 제시하면서 진화론을 부정하는 창조론과 이어 나온 지적설계론 그리고 이 이론의 구조적 모순을 해결하기 위하여 제시된 환원 불가능한 복잡성 이론의 허구를 비판하였습니다. 그리고 "우리 주위에 있는 생물의 다양성을 설명할 견고한 대안과학이론은 (진화론 이외에) 없다."고 결론을 내렸습니다.

마지막으로 의과대학의 캐린 미셸스 교수의 「질병의 과학」에 대한 느낌입니다. 19세기 중반 런던에서 발생한 콜레라를 역학조사방법으로 접근하여 확산을 방지한 존 스노우 경의 사례를 빌려 역학의 기능을 설명합니다. 연구방법에 따라서 해석이 달라질 수 있다는 모순을 지적하면서 저자는 건강 과학뉴스를 비판적으로 이해할 필요가 있다고 강조하였습니다.

이처럼 하버드 대학은 학부생을 비롯하여 일반 대중이 갖추어야 할 다양한 분야에서의 지식을 이해하기 쉽게 요약하여 전달하려 노력해 왔습니다. 이는 사회에 대한 대학의 책임의식에서 나온 결과입니다. 그리고 이러한 교양과목에서는 어떤 주제를 다루고 있는가에 관심을 가질 필요가 있다는 점을 말씀드리고 싶습니다. (라포르시안: 2012년 10월 22일)

4

통찰력을 길러주는 인문학 공부법

(안상헌, 북포스)

▒ 인문학 공부에 왕도(王道)는 있다

애플의 성공 신화가 예전 같지 않은 것은 스티브 잡스의 부재 때문이라는 사람들이 많다고 합니다. 스티브 잡스가 누구보다 앞서 새로운 시대의 디지털 혁명을 구상하고 이를 이룰 수 있었던 것은 그가 인문학과 과학기술의 교차점에 서 있었다는 점이 꼽힙니다. 즉 자신의 인문학적 소양을 과학기술에 비벼내어 소비자의 감성을 이끌어낸 것이 성공 비결이었습니다.

스티브 잡스의 전기는 마침 우리 사회에서 논의되던 인문교육의 중요성을 강조하는 기회가 되었습니다. 사실 인문학이 위기를 맞고 있다거나, 인문교육의 필요성이 강조되고 있는 것을 보면 인문학이 잘나가던 때가 있었던가 싶기도 합니다. 그래도 인문학이 어떤 학문인지조차도 몰랐던 저까지 관심을 가지게 된 것을 보면 인문학에 대한 사회 전반의 관심이 커진 것이라 하겠습니다.

"인문과학(人文科學)은 인간의 조건에 관해 탐구하는 학문이다. 자연과학과 사회과학이 경험적인 접근을 주로 사용하는 것과는 달리, 분석적이고 비판적이며 사변적인 방법을 폭넓게 사용한다. 인문과학의 분야로는 철학과 문학, 역사학, 고고학, 언어학, 종교학, 여성학, 미학, 예술, 음악, 신학 등이 있으며, 크게 문/사/철(문학, 역사, 철학)로 요약되기도 한다."라고 위키백과에 설명되어 있습니다. 인문학이 다루는 영역이 광범위하다는 생각과 함께 저는 아직도 개념 정리조차 못 하고 있는 분야가 태반이구나 싶습니다.

인문학에 관심을 두고 책 읽기를 시작했지만, 체계적으로 공부하는 방법을 몰라 닥치는 대로 읽어왔습니다. 이런 제가 인문학 책 읽기의 방향을 정할 기회를 만났습니다. 안상헌 님의 『통찰력을 길러주는 인문학 공부법』입니다. 안상헌 님은 독서와 자기계발 전문가입니다. 대학 때부터 시작한 4,000여 권의 책 읽기를 통하여 세상을 살피고 현명하게 살아가는 방법을 연구해 왔다고 합니다.

저자는 "제가 아주 무식하다는 건 알았지만, 누구한테 물어봐야 할지 몰랐어요. 배움을 얻기 위해 닥치는 대로 책을 읽기 시작했죠."라는 서머싯 몸의 소설 「면도날」의 한 구절을 인용하여 책의 서문을 시작하였습니다. 길을 찾는 방법을 구하기보다는 무작정 길을 찾아 나서는 것이 보통 사람들의 방식입니다. '학문에는 왕도가 없다.'는 경구를 철석같이 믿고 있는 저처럼 말입니다. 그러다 보면 중간에 포기하는 경우도 있지만 적어도 길을 찾는 방법을 저절로 익히기도 합니다. 저자는 무작정 시작했던 책 읽기를 통하여 찾아낸 인문학 공부 방법을 관심 있는 사람들과 공유하고자 하였습니다. 역시 공부에도 왕도는 있는 셈입니다. "자신에게 필요한 문장을 스스로 찾아내게 하는 힘을 가지고 있다. 직접 알려주지 않고 스스로 찾고 발견하도록 유도한다."라는 저자의 생각에서 인문학을 공부해야 하는 이유를 깨닫게 됩니다.

1부에 "어떤 일의 본질을 찾아내는 것은 원리를 이해하는 과정과 비슷하다. 원리를 알면 세상이 분명해지고 일이 수월해진다. 이때 문제를 제대로 이해하고 본질을 찾기 위해서 모색할 수 있는 구체적인 접근 방법이 있다."라는 대목이 있습니다. 인문학을 공부해야 하는 이유를 정리한 부분입니다. 앞서 문학/역사/철학이 인문학을 대표하는 분야라고 말씀드린 것과 관계가 있습니다. 본질적으로 접근하는 방법, 역사적으로 접근하는 방법, 그리고 전면적으로 접근하는 방법입니다.

첫 번째, 본질적으로 접근하는 방법은 현상을 살펴보고 본질을 파악하는 훈련을 통하여 문제를 본질적 관점에서 해결하는 길을 쉽게 찾게 해줍니다. 본질적 접근법을 훈련하는 데는 역시 철학이 도움이 됩니다. 철학이라는 학문이 끊임없이 '왜?'라고 묻는 특성을 가지고 있기 때문입니다. 사건의 원인이 무엇인지, 그 원인을 불러온 원인은 또 무엇인지를 추구하여 사건의 본질에 접근할 수 있는 것입니다. 두 번째, 역사적으로 접근하는 방법은 사건과 문제를 발생한 순간의 상황으로 이해하려는 경향을 바로잡아 줍니다. 시간을 거슬러 사건의 흐름을 파악함으로써 역시 사건의 본질에 다가설 수 있습니다. 세 번째, 전면적으로 접근하는 방법은 발생한 사건 하나만을 두고 판단하는 것이 아닙니다. 그 사건과 연결될 혹은 연결될 가능성이 있는 모든 부분을 동시에 바라봐야 파악할 수 있습니다. 문학의 도움이 필요합니다. 문학작품에 등장하는 다양한 개성을 가진 주인공들을 통해서 인간을 이해하는 폭을 넓히고, 역시 다양한 사건들을 통해서 현실사회의 개연성에 대한 이해를 넓힐 수 있습니다.

문학/역사/철학의 세 가지 영역 어느 하나 만만한 것은 없습니다. 본격적인 책 읽기가 늦었던 탓인지 철학이 제일 어려운 것 같습니다. 저자는 철학자들을 공부할 때는 주요 개념과 핵심문장을 먼저 파악해 두기를 권합니다. 철학사전 같은 책을 곁에 두고 새로운 개념이 나올 때마다 즉시 찾아보면 도움이 됩니다. 또한 철학자 한 사람에 대하여 제대로 배우려면 그의 주변 사람들의 이야기나 먼저 공부한 사람들의 생각을 들어보기를 권합니다. 저자는 『차라투스트라는 이렇게 말했다』를 중심으로 니체를 설명하는 데 두 개의 장을 할애하였습니다. 저도 우연히 니체에 관한 이야기를 들을 기회가 있어 자연스럽게 『비극의 탄생/즐거운 지식/반그리스도교』를 읽게 되었습니다. 니체의 철학을 이해하는 데는 고명섭 기자의 『니체극장』에서 많은 도움을 얻었습니다.

저자는 니체가 철학자이자 문학가이고, 문학가이면서 또한 혁명가이기도 하다면서 철학과 문학의 경계는 없다고 적었습니다. 철학은 문학일 수 있고 문학은 철학일 수 있으며 역사 또한 그 자체로 문학의 대상이 될 수 있다고 합니다. 그러고 보면 니체의 저술들은 마치 문학작품을 읽는 것처럼 물 흐르듯 읽힌다는 느낌이 들었던 것 같습니다. 우리 시대의 가장 권위 있는 기호학자이면서 뛰어난 철학자로 꼽히고 있는 움베르토 에코 역시 이론서를 통하여 철학적 사유를 발표했습니다. 더불어 우리도 잘 알고 있는 『장미의 이름』, 『푸코의 진자』와 같은 장편소설도 발표하였습니다. 『장미의 이름』의 경우는 아리스토텔레스(Aristoteles)의 논리학, 토마스 아퀴나스의 신학, 프랜시스 베이컨(Francis Bacon)의 경험주의 철학과 자신의 기호학 이론을 유감없이 설파했다는 평가를 받았습니다.

저자의 인문학 책 읽기 안내에서 제가 놓치고 있던 점을 새삼 깨달았습니다. 바로 "모든 공부의 시작과 마무리는 자기성찰과 수양이다.”라는 요약입니다. 즉 공부의 시작이 자기성찰이라면 마무리는 수양입니다. 배운 것을 반복해서 갈고 닦아 행동으로 옮기지 못하면 그 공부는 죽은 공부가 된다고 콕 짚었습니다. 그리고 「논어」와 「맹자」가 바로 그런 공부에 가장 적합한 책이라고 추천하였습니다.

문학 부문에 대한 저자의 안내에서도 많은 깨달음을 얻게 됩니다. 저자가 지적한 것처럼 저 역시 소설을 읽을 때 줄거리 위주로 읽는 수준입니다. 이 단계를 넘어서려면 주인공의 변화과정을 느끼면서 읽어야 합니다. “문학을 읽을 때는 사람들이 변화되는 순간이나 갈등에 봉착했을 때 어떤 생각을 하고 어떤 판단을 하는지를 잘 살피는 것이 좋다. 다음 이야기가 궁금해서 빨리 넘어가기보다는 갈등의 순간에 더 머무르면서 문장을 천천히 읽어야 한다. 그래야 문학을 느낄 수 있다. 문학의 목적은 느끼는 것이다. 느껴야 감동할 수 있다.”고 적었습니다.

최근에 저는 고전문학작품을 새롭게 읽고 있습니다. 책을 읽다가 강력하게 추천하는 글에 끌려 읽는 경우도 있고, 그동안 마음속에 새겨두었던 독서 목록이 떠올라 읽기도 합니다. 어느 해인가는 마르셀 프루스트의 『잃어버린 시간을 찾아서』와 빅토르 위고의 『레미제라블』을 완독하기도 했습니다. 덕분에 주요 일간지의 문예면에 등장하기도 했습니다. 『잃어버린 시간을 찾아서』를 읽으면서 사교 모임에 등장하는 인물들이 적지 않아 헷갈렸습니다. 이런 대작을 제대로 감상하려면 주인공을 중심에 두고 새로운 인물이 등장할 때마다 관계도에 적어 넣으면 크게 도움이 됩니다.

“내용만 파악하는 소설 읽기는 국어시험공부를 하는 것과 다를 바 없다. 소설에서 인생을 배우지 못하면 제대로 읽은 것이 아니다.”라는 저자의 일갈에 저도 모르게 움찔했습니다. 저자가 정리하는 소설을 읽는 다섯 가지 이유를 소개합니다. 첫째, 인간군상을 만나는 재미, 둘째, 소설 속 인물들의 다양한 삶의 모습을 발견하는 재미, 셋째, 역경을 이겨내며 자기 삶을 헤쳐 나가는 모습을 통해 용기를 얻는 재미, 넷째, 스토리가 주는 재미와 감동, 다섯째, 카타르시스를 느끼게 해주는 점 등입니다. 그리고 이유에 따라서 읽는 방법도 달라져야 합니다. 단순히 읽기만 하는 것이 아니라 읽는 과정에서 목적을 달성할 방법들을 활용해야 하기 때문입니다.

소설을 읽고 얻은 삶의 교훈을 자신의 문장으로 정리해 보는 것이 좋습니다. 소설은 전하고자 하는 바를 문장으로 정리해 주지 않기 때문입니다. 결국 책 읽기는 독후감으로 마무리해야 합니다. 줄거리뿐 아니라 그 의미를 파악하여 소설을 자신의 삶에 적용하고 인생에 대하여 배울 기회로 삼을 수 있습니다.

마지막으로 역사를 공부하는 목적은 역사의 바닥에 흐르는 인과관계를 파악하고 현재를 살아가는 감을 잡는 것입니다. 따라서 역사책을 읽을 때는 늘 왜 이런 일이 일어났는지, 왜 그렇게 행동했는지 그 원인이 되는 사실을 잘 파악해야 합니다. 김동욱 기자는 『독사(讀史)』에서 "복잡다단한 역사를 다각도로 살펴 사물을 꿰뚫는 통찰을 얻고 현상의 이면을 제대로 바라보자."라고 하였습니다.

"인문학 공부를 통해 진실함을 배울 수 있다면 제대로 공부한 것이라 믿는다."라는 저자의 마무리는 인문학 책 읽기의 최종 목표를 어디에 두어야 할 것인지 생각하게 만들었습니다. (라포르시안: 2013년 2월 25일)

5

일상의 인문학

(장석주, 민음사)

▦ 삶의 확장을 위한 인문학적 책 읽기

2013년 4월 17일 유서 깊은 보스턴 마라톤의 결승선 부근에서 폭발물이 터져 많은 사람들이 죽고 다치는 사건이 있었습니다. 보스턴 마라톤 하면 1947년 막 해방을 맞은 대한민국을 대표해서 참석한 서윤복 선수가 우승한 것을 시작으로 1950년에는 함기용, 송길윤, 최윤칠 세 선수가 1위부터 3위를 독식하면서 우리 국민들에게 친숙해진 경기입니다.

2012년에는 보스턴 마라톤 결승점이 있는 보일스톤 거리에 있는 호텔에서 열린 학회에 참석한 덕분에 역사적 현장에 서볼 수 있었습니다. 그 장소에 서서 그날의 함성을 떠올리는 것만으로도 느낌이 남달랐고, 휴일 보일스톤 거리를 달리는 마라톤 행렬을 지켜보면서 보스턴 시민들의 뜨거운 마라톤 사랑을 실감할 수 있었습니다.

대중을 상대로 한 보스턴의 묻지마폭력의 주체가 오리무중에 싸인 채 미해결사건으로 남는 것 아닌가 하는 의구심이 들 무렵 범인이 체포되었다는 소식이 전해졌습니다. 전자 시대를 맞아 수사정보의 원천이 다양해진 덕도 있었겠지만, 시민들의 적극적인 수사 협조가 크게 기여했다고 합니다. 범인은 러시아의 체첸에서 이주해 온 형제였습니다. 체포과정에서 형은 동생이 운전하는 차에 치어 사망했습니다. 동생은 살아남았지만 범행 동기는 분명하게 밝혀지지는 않았던 것 같습니다. 과격단체가 개입한 흔적은 없었고, 미국으로 이주하는 과정에서 쌓인 심리적인 불안감 등이 범행의 원인(遠因)으로 작용했을 것으로 의심되었습니다.

구성원들의 불확실한 삶으로 인하여 국제적인 인적 유동성이 증가한다는 지그문트 바우만의 주장을 생각합니다. 바우만은 『모두스 비벤디』에서 국가 간의 거리가 좁아지고, 구성원들의 유대가 빠른 속도로 해체되어 소멸되어 감에 따라 사회적 불확실성이 증대되고 있다고 진단하였습니다. 공동체 안에서 적응하지 못하고 뒤처지는 사람들이 더 나은 환경을 찾아 국경을 넘어서는 국제적 난민이 폭증하고 있다는 것입니다. 이런 사람들이 새로운 사회에서도 적응하지 못하면 역시 사회적 불안요인이 될 수밖에 없습니다.

여기 소개하는 『일상의 인문학』의 서문에서 저자는 『모두스 비벤디』의 다음 구절을 인용합니다. "이제 우리 모두는 사냥꾼이다. 또는 사냥꾼이 되라는 말을 들으며, 사냥꾼처럼 행동하도록 요구받거나 강요당한다." 그리고 불안과 공포와 불확실성이 넘쳐나는 사회에서 구성원들이 살아남기 위해서 서로가 서로를 향하여 총부리를 겨누는 상황이야말로 위험한 사회가 아니겠느냐 묻습니다. 이미 세상은 사냥꾼들의 정글이 되고 있기 때문에 사냥꾼의 무리에서 이탈해서 사냥을 그만두는 순간, 우리는 사냥감으로 전락하고 말 것이라고 주장합니다.

문제의 심각성을 짚었다면 해답도 찾았을 터. 장석주 님이 제시하는 해답은 바로 책 읽기입니다. '책은 생명보험이며, 불사(不死)를 위한 약간의 선금이다.'라는 움베르토 에코의 말을 인용하여 "살기 위해서 책을 읽어야 하지만 그것보다는 죽지 않기 위해 책을 읽어야 한다."라고 하였습니다. 자신 역시 책 읽기와 더불어 사유의 싹이 트고 풍성하게 자라더라는 것입니다. 삶이 팍팍해질수록 당장 밥이 나오는 것은 아니지만 본질적으로 삶을 살찌우고 풍요하게 만드는 인문학이 필요한 이유를 깨닫게 해주려는 말씀입니다.

앞서 안상헌 님의 『통찰력을 길러주는 인문학 공부법』은 문학, 역사, 철학을 묶는 인문학 분야의 책을 어떻게 읽어 삶의 본질을 찾아 들어갈 것인가를 안내하는 안내서였습니다. 여기 소개하는 장석주 교수님의 『일상의 인문학』은 '넓게 읽고 깊게 생각하기'라는 부제가 말해 주듯 주제의 중심이 되는 책과 함께 관련이 있는 몇 권의 책을 읽어 생각의 깊이를 더하는 인문학적 책 읽기의 심화과정을 안내하는 책이라고 할 수 있겠습니다.

저자의 말대로 '일상'이란 일상범백사(日常凡百事)를 줄인 말입니다. 그날이 그날 같은 평범한 하루가 쌓여가는 일상입니다. 그래서 "흔하고 하찮은 것, 더러는 의미를 머금지 못한 채 날것의 덧없음으로 뒹구는 그 무엇이다."라는 저자의 정의가 당연하다는 생각이 들 수도 있습니다. 하지만 저자는 그 속에서 남들과 다른 무엇을 길어 올리고 있습니다. "그 안을 깊이 들여다보면 생명의 기하학이 역동한다."라는데, 하루하루의 의미가 달라져 보이지 않습니까? 삶의 기본단위인 일상이 없다면 당연히 삶도 없을 것이며 존재의 의미도 구할 수 없습니다. 하지만 일상에서 무언가 의미 있는 것을 발견할 수 있는 능력은 저절로 갖추어지는 것은 아닙니다.

저자는 책을 꼬투리 삼아 일상에서 쉽게 만나는 50개의 주제에 대한 생각들을 펼쳐냈습니다. 관련된 책에서 건져낸 화두를 중심으로 한 저자의 생각을 수필 형식으로 풀어냈습니다. 부끄럽게도 저자가 주제를 이끌어낸 쉰한 권이나 되는 책들 가운데 김훈의『칼의 노래』, 에드워드 윌슨의『통섭』, 알랭 드 보통의『여행의 기술』만을 읽어보았을 뿐입니다. 작가의 생각을 제대로 이해하기 위하여 관심이 가는 주제를 이끌어내고 있는 책을 읽어봐야겠습니다.

　첫 번째 화두「기다린다는 것」은 사뮈엘 베케트의 <고도를 기다리며>가 주제를 이끌었습니다. 이 작품은 아직 읽어보지는 못했습니다만, 대학 시절 관람한 몇 차례 공연을 통해서 만난 적이 있습니다. 저자는 "우리는 (…) 늘 오늘의 괴로움이 끝나는 내일을 기다린다. 인생은 기다림의 연속이다."고 적어 기다림을 인간이 타고난 숙명으로 해석하였습니다. 그래서 딱히 누구인지조차 모르는 고도를 기다리느라 앙상한 나무 한 그루만 서 있는 시골길 위를 떠나지 못하는 에스트라공과 블라디미르가 주고받는 의미 없는 대사를 끌어왔을 것입니다.

　알랭 드 보통의『여행의 기술』에서 저자가 추출해 낸 사유는 같은 책을 읽은 제가 느낀 점과는 크게 다른 듯합니다. 집 나가면 개고생이라는 말도 있지만 보통은 고생을 사서 하는 여행에서 환희를 느꼈다고 합니다. 저자는『여행의 기술』에 나오는 "우리의 의지가 도전받고 우리의 소망이 좌절되는 일은 드물지 않다. 따라서 숭고한 풍경은 우리를 우리의 못남으로 안내하는 것이 아니라, 우리가 그 익숙한 못남을 새롭고 좀 더 도움이 되는 방식으로 생각하도록 해준다. 이것이야말로 숭고한 풍경이 가지는 매력의 핵심이다."라는 대목을 인용하면서 **"여행은 장소들의 숭고함을 들이키는 문화적 행위다."**라고 정의했습니다.

아직 책을 읽고 느낀 감동을 간단하게 적거나, 책 내용을 요약하여 전하는 수준의 독후감을 쓰고 있는 저와는 차원이 다른 글쓰기입니다. 그런 느낌 때문에 앞서 말씀드린 대로 '인문학공부의 심화 과정'이라는 이름으로 이 책을 소개하게 된 것입니다. 책 읽기는 궁극적으로 글쓰기로 이어져야 효과를 극대화할 수 있습니다. 책 읽기를 중심으로 한 저자의 수필을 제가 가야 할 글쓰기의 목표로 삼아야 하겠습니다. 그래서 테리 이글턴의 『반대자의 초상』을 인용한 서평쓰기에 대한 수필에 주목합니다.

다양한 방식의 서평쓰기가 있습니다. 서평을 언론의 한 형태로 보는 경향도 있습니다. 독자들에게 책에 대한 정보를 전달하는 중요한 역할을 하기 때문입니다. 제 경우만 해도 과거에는 일부러 시간을 내서 서점을 찾아 진열되어 있는 책들을 살펴 책을 고르곤 했습니다. 요즈음은 다양한 매체를 통하여 소개되는 서평이나 누리망의 서평가모임에 올라오는 서평을 읽고 책을 고릅니다.

저자는 월터 카우프만의 책에 나오는 "서평은 정치다."라는 문장에 꽂혔다고 합니다. 이유는 "서평은 어떤 책이 그 책값에 합당한 가치가 있는지 없는지를 알아봐 주고, 그 책을 어떤 사람들이 읽어야 할지에 대한 정보를 제공"하기 때문입니다. 그러면서도 "대개의 서평들은 우리가 그것에 대해 갖는 문화적 신뢰성에 비해 그 내용이 부실하다. 그런데도 그 부실함이 들춰지지 않거나 추문이 되지 않는 까닭은 많은 사람들이 서평만 읽고 정작 그 책은 잘 읽지 않기 때문이다."고 잘라 말할 정도로 일반적인 서평에 대한 저자의 인식은 가혹하다 싶습니다.

그런가 하면 칭찬의 관용구를 남발하는 서평가보다는 까칠한 태도로 저자를 신랄하게 꼬집고 괴롭히는 서평가의 글을 읽을 때가 훨씬 더 즐겁다는 고백도 있습니다. 작가로서 저자는 열린 마음의 소유자임이 분명합니다. 저의 책에 대한 비판적인 서평을 읽으면서 작가의 본의를 제대로 이해하지 못하고 왜곡된 서평을 적었다고 생각한 저와는 분명 다른 차원에 사는 분 같습니다. 저 역시 제가 판단하기에 오류투성이의 내용을 담은 책이란 생각에 정치적(?)으로 수준을 상당히 낮춘 서평을 쓴 적도 적지 않습니다. 해당 출판사가 그 서평을 내려달라고 당당하게 요구하였고, 작가 또한 누리사랑방에 올린 저의 서평에 비난하는 댓글을 집요하게 달기도 했습니다.

「전복적 사유의 글쓰기」라는 제목으로 살피고 있는 발터 벤야민의 삶에 대한 작가의 단상에서 제가 살아온 삶의 궤적의 일면을 보는 것 같습니다. 열광적인 독서광이었던 발터 벤야민은 문학·정치·영화·미술·철학 어느 하나에 고착하지 않고 그것들 사이를 종횡으로 누비면서 중심에서 현대성의 의미를 건져 올렸습니다. 예를 들면 철학과 시를 뒤섞고, 정치와 형이상학, 신학과 유물론이라는 재료를 비벼 독자적인 사유세계를 펼쳐냈던 것입니다. 하지만 그의 글들은 "단 한 줄도 이해할 수 없다."는 극단적인 평가를 받았습니다. 안타깝게도 1940년 불과 48세의 나이에 당시로서는 획기적이라 할 철학적 사유들을 제대로 펼쳐 보이지도 못하고 죽음을 맞았습니다.

장석주 님의 『일상의 인문학』은 '넓게 읽고 깊이 생각하기'라는 부제처럼 인문학공부를 심화학습 하는 과정의 책으로 안성맞춤이란 생각이 들어 소개합니다. (라포르시안: 2013년 4월 29일)

6

나를 위한 교양수업

(세기 히로시, 시공사)

▒ 스티브 잡스를 매료시켰던 '리버럴 아츠'

후쿠오카 신이치의『생물과 무생물 사이』이후로, 모처럼 빠져들게 만드는 일본 번역서를 만났습니다. 세기 히로시의 『나를 위한 교양수업』입니다. 저자는 도쿄지방재판소와 최고재판소 등에서 30년 가까이 법관으로 근무하다가 메이지 대학 법과대학원 교수가 되었습니다. 그의 작품으로는『절망의 재판소』가 2014년에 처음 번역, 소개되었습니다.

『나를 위한 교양수업』에서는 리버럴 아츠(liberal arts)를 추구하는 책 읽기를 소개합니다. 라포르시안의 [양기화의 Book 소리] 덕분에 책을 조금 읽는다고 소문이 나면서 책 읽기나 글쓰기를 어떻게 하고 있는지 질문을 받는 경우가 종종 있었습니다. 문제는 늘 답변이 궁하다는 것입니다. 아마도 체계적으로 배워서 시작하지 않은 탓이 아닐까 생각해 봅니다. 그런데『나를 위한 교양수업』을 읽으면서 어느 정도는 답변의 윤곽을 잡을 수 있었습니다.

리버럴 아츠를 누리망에서 검색해보면 꽤 널리 알려진 개념인데 저는 처음 들어보았습니다. 라틴어 아르테스 리베라레스(Artes liberales)

에서 온 리버럴 아츠(이하 '교양교육'으로 하겠습니다)란 중세 서양에서 자유시민이 기본적으로 갖추어야 할 소양인 7개의 지식 영역을 말합니다. 문법, 논리학, 수사학(修辭學), 수학, 음악, 기하학, 천문학 등이 포함됩니다. 대학의 교양과정에 속하는 과목이라고 할 수 있습니다. 하지만 저자는 단순한 교양과목이라기보다는 "인간의 정신을 자유롭게 하는 폭넓은 기초적 학문과 교양"이라고 정의합니다. 대학의 교양과정에서 배우는 과목들이 바로 인간의 정신을 자유롭게 하는 것 아닐까요?

교양교육의 핵심은 개별과목을 통하여 얻은 지식들을 연결하여 '넓은 시야와 독자적 관점을 얻을 수 있는 것'에 있다고 보아야 합니다. 우리네 옛말대로 구슬이 서 말이라도 꿰어야 보배가 되는 것입니다. 교양교육의 최종 목표는 '혼자 힘으로 생각하고 그 생각을 확장함으로써 자신의 길을 개척할 수 있게 하는 데' 있습니다. 중세 때는 자유 7과가 그랬다고 쳐도 현대에 와서는 학문의 영역이 세분화되었을 뿐 아니라 새롭게 등장한 학문들도 있어 굳이 일곱 과목만 뽑을 수도 없겠습니다. 저자의 경우는 자연과학, 인문사회, 철학, 비평, 논픽션 그리고 예술의 각 분야까지 들었지만 그 밖의 영역도 포함될 수 있습니다.

제가 공부한 병리학에서는 총론을 다룬 다음에 각론으로 들어가 세밀하게 정리하는 체계를 좋아합니다. 저자 역시 같은 생각인 듯합니다. 저자가 머리말에서 정리한 이 책의 구조는 이렇습니다. 1부에서는 교양교육에 대하여 깊고 넓게 재인식하고, 그것의 의의와 효용성을 설명합니다. 2~4부에서는 자연과학, 인문사회, 철학, 논픽션, 문학, 영화, 미술 등의 분야에서 다양한 저작과 작품들을 구체적으로 소개하고 해설합니다. 물론 이 책에서 인용한 작품들은 저자의 개인적인 취향에 따른 것이라고 보아야 하겠지요? 우리가 배울 점은 교양교육이 지니는 의미를 고려하여 작품 선택을 포함하는 포괄적인 내용을 익히는 것이라고 하겠습니다.

앞서도 잠깐 말씀드렸습니다만, 현대에 이르기까지 세분화된 학문의 영역은 깊이까지 더해지면서 점점 독립적이 되어 가는 경향이 있습니다. 그러니까 연관성을 가지고 있는 인접 학문의 영역에서 무슨 일을 하고 있는지 관심을 둘 여력이 없어지게 되었습니다. 최근에 학문 간의 벽을 허물자는 '통섭'의 개념이 나오게 된 배경이기도 합니다. 교양교육은 통섭의 개념을 뛰어넘어 '무장르', '무경계'를 추구하는 통 큰 통합을 말합니다.

교양교육은 지적인 동시에 감각적인 방식으로 각 영역 혹은 작품의 본질을 평가합니다. 즉, 영역 사이에 공통점이 있는지, 전체에서 개별 작품이 어떤 위치를 차지하는지를 파악합니다. 그리하여 "모든 분야에서 제공하는 인간과 세계에 대한 지식, 정보, 감각을 종합하고 다양한 관점에서, 또는 그 관점들 사이를 이동하면서 유연하고 강인한 사고력, 상상력, 감성을 익힐 수 있다. 또한 통찰력과 직감에 따라 본질을 파악하는 사고방식도 얻을 수 있다."라는 것입니다.

이 책의 핵심은 바로 2장 '어떻게 교양을 쌓을까'라고 보았습니다. 저자는 '진정한 교양을 몸에 익힐 때 중요한 것은 개개의 대상을 접하는 과정에서 비평적이고 구조적인 사고방식과 사물을 파악하는 방법을 배우는 것'이라고 하였습니다. 그리고 저자는 책이나 작품을 읽는 여섯 가지 방법을 제시합니다. 각각의 방법을 요약해 보면 다음과 같습니다.

1) **대화의 정신으로 읽는다.** 대상 하나하나를 심심풀이 오락으로 소비하거나, 반대로 작품에 나타난 것을 완성된 권위로 무조건 받아들여서는 안 된다. 한 사람의 인간을 대할 때처럼 대화하면서 내적으로 깊이 느끼고 이해해야 한다.

2) **작품의 상호관계를 파악한다.** 작품이 역사적, 체계적인 전체 속에서 어떻게 위치하는지를 생각하는 일이다. 더불어 그 작품이 같은 장르 속에서 어떻게 위치하는지, 또한 동시대 다른 장르의 작품들과 어떤 관련이 있는지도 생각해 보는 것이 좋다.

3) **작품과 작품 사이에 다리 놓기.** 여러 대상에서 얻는 다양한 관점에 공통되는 보편적인 것, 보편적인 물음이 무엇인지 생각하면서 대상을 접하는 것이 중요하다. 다음 작품을 접할 때 이전 작품을 떠올리며 머릿속으로 그들 사이에 대화의 다리를 놓는다.

4) **다른 세계의 방법도 써보기.** 어떤 사항에 대한 방법이 다른 사항에 대한 방법으로 유추적으로 이용될 수 있고, 그와 더불어 다른 사항을 이해하고 비평하는 방법도 될 수 있다. 이 또한 방법 사이에 다리 놓기가 될 수 있다.

5) **자기 생각을 돌아보기.** 비평적이고 구조적으로 사물을 파악하기 위하여 자신을 상대화하고 객관화해서 바라보는 것이 중요하다. 즉, 전체적인 시각에서 바라보면서도 가치중립적인 입장을 견지해야 한다.

6) **자기인식 능력을 키우기.** 자기 생각을 돌아보기와 관련하여 자신의 관점이 성장과정이나 입장, 이해관계 등에 어떻게 영향을 받는지 객관적으로 의식하는 것이 필요하다.

각론에 해당하는 2부에서는 자연과학을, 3부에서는 철학, 인문사회, 논픽션을, 그리고 4부에서는 문학, 영화, 미술 등을 묶어서 예술로 구분하였습니다. 각 부의 처음과 끝에는 각각 개괄과 요약을 붙였습니다.

자연과학은 세부 분야가 광범위한 탓인지 독립적으로 구성하였습니다. 여기에는 생물학, 뇌신경과학, 정신의학, 천문학 등이 포함되어 있습니다. 프랜시스 베이컨의 '아는 것이 힘이다.'라는 말로 머리말을 시작할 정도로 저자는 연역법적 사고보다는 귀납법적 사고가 중요하다고 보았습니다. 교양교육 역시 자연과학의 바탕이 되고 있는 근거중심주의를 지켜야 하기 때문입니다. 저자는 콘라드 로렌츠, 리처드 도킨스, 스티븐 제이 굴드, 에드워드 윌슨, 라이얼 왓슨 등의 이론을 골랐습니다. 앞서 소개한 여섯 가지 책 읽는 방법을 적용한 이론들입니다. 동물행동학을 인간의 행동으로 유추한 콘라드 로렌츠의 이론의 제한점을 소개하고, 이어서 유전자 이기주의를 주장한 리처드 도킨스와 진화는 우연의 산물이라는 스티븐 제이 굴드의 이견을 소개합니다. 사회생물학을 바탕으로 중용적 입장을 세운 에드워드 윌슨을 인용하였습니다. 그리고 유전자가 지시하는 생물학적 관점에서의 악을 논한 라이얼 왓슨을 인용한 것은 의외라는 생각이 들었습니다. 아마도 인간이 다른 동물과는 다른 점, 즉 윤리적인 방향으로 선택의 자유를 실현해 나가야 한다는 왓슨의 주장이 주목할 만하다고 보았기 때문일까요?

뇌과학과 정신의학은 아직도 미지의 장이 많은 영역이라서 상당한 분량을 할애한 것으로 보입니다. 하지만 저는 오히려 '그 밖의 이야기'로 퉁쳐버린 영역들, 즉 자연과학의 총론에 해당하는 토머스 쿤의 『과학혁명의 구조』에 관한 이야기나 우주의 시원에 관한 다양한 이론들을 너무 짧게 요약한 것이 아쉬웠습니다. 2부를 마무리하면서 저자는 인간과 세계를 인식하는 방법을 다루었습니다. 사실은 인간보다 우선해야 할 세계에 대한 인식이 지나치게 소략하게 정리된 것이 아닌가 싶기도 합니다.

3부에서 다룬 철학, 인문사회, 논픽션 역시 하나로 묶기에는 너무 방대한 영역이 아닐까 싶습니다. '이러한 저작들을 통해 우리는 사물을 비평적이고 구조적으로 바라보고 파악하게 되어, 새로운 발상과 인식을 펼치고 사고방식의 틀을 깰 수 있게 될 것'이라고 총론적으로 요약하였습니다. 특히 고전으로 남을 만한 인문사회과학 영역의 책에서 우리는 '좁은 학문의 영역을 초월하는 새롭고 참신한 발상이 담겨 있고, 다른 여러 학문과 관련되어 있으며, 수사법을 비롯한 문장술이 뛰어나다는 것' 등을 배울 수 있다고 했습니다. 3부를 마무리하면서 저자는 이 영역은 대단히 넓을 뿐 아니라 각각의 저작 내용이나 그 가치관과 세계관도 천차만별이므로 정리된 하나의 견해로 묶을 수 없다고 했습니다.

저자가 이 책에서 인용한 철학, 인문사회, 논픽션의 주제를 좁히는 대신 깊이를 더하는 방식을 취하고 있다는 점은 시사하는 바가 있습니다. 예를 들면 미국에 대한 논픽션 부문에서는 엠마누엘 토드의 『제국의 몰락』, 찰머스 존슨의 『블로우백』, 조지프 스티글리츠의 『세계화와 그 불만』 그리고 노암 촘스키의 『노암 촘스키의 미디어 컨트롤』을 인용하여 다양한 시각을 대비시켰습니다. 반면 자서전 부문에서는 프리모 레비의 저서들 가운데 『이것이 인간인가』, 『휴전』 그리고 『가라앉은 자와 구조된 자』를 골라 깊이를 더하고 있는 점이 돋보였습니다.

4부에서는 문학, 영화, 음악 그리고 넓은 의미의 미술을 다루었습니다. 예술 영역도 영역의 경계를 두지 않는 발상으로 각각의 작품을 즐기면서 '대화하고 배우는 자세'로 접근할 것을 주문합니다. 다만 "그때그때 재미있으면 된다는 '소비의 관점'으로 읽는다면 작품이 우리에게 마음을 열어주지 않을 것"이라고 경계합니다. 또 한 가지 예술 분야에서 광적으로 특정 영역만을 수용하는 것은 골동품을 수집하듯 독특한 즐거움은 얻을 수 있으나, 시야가 좁아져 전체를 보지 못하는 한계가 있습니다.

예술 영역은 작품이나 창작자의 개성이 강하게 드러나는 분야이기 때문에 다양성을 가지고 있습니다. 하지만 교양교육의 시각으로 본다면 깊이와 강도, 폭이라는 공통점이 있습니다. 이는 작품이 주는 정보와 감각 그리고 거기서 얻는 인상이 깊고 강함을 의미하는 것입니다. 문학에서는 도스토옙스키, 톨스토이, 허먼 멜빌, 마르셀 프루스트, 카프카, 카뮈 등 여섯 명의 고전 작가를 인용하여 분석하였습니다. 문학의 한 영역으로 과학소설을 별도의 장으로 독립시켜 논한 것은 과학과 문학을 동시에 읽을 수 있다는 점에 무게를 둔 것 같습니다. 나아가 사색과 문명비평서로서의 기능을 하는 과학소설도 있다는 점을 인식하였습니다. 과학소설물에는 큰 관심을 두고 있지 않은 탓인지 저자가 추천하는 책들이 대부분 생소하게 느껴졌습니다. 기회가 되는대로 읽어볼 요량입니다. 영화와 음악은 원론적인 이야기에 그쳤다는 느낌이 들었습니다. 마찬가지로 영역이 광범위한 탓이 아닐까 싶습니다. 어떻거나 예술은 확실한 현실성을 제공하기 때문에 우리의 인생과 세계의 의미를 밝히는 역할을 할 수 있습니다. 특히 즐거움이라는 요소가 있어 배우기가 편하다는 장점이 있다고 했습니다. (라포르시안: 2015년 11월 2일)

인간의 품격

(데이비드 브룩스, 부키)

▨ 삶이란 더 나은 인간이 되기 위한 투쟁

언젠가부터 앞으로 무엇을 해야 하겠다고 생각하는 시간보다는 살아온 날을 곱씹어보는 시간이 많아지고 있습니다. 삶을 마라톤에 비유하자면 반환점을 돌던 무렵이 아닐까 싶습니다. 살아온 날들을 생각해 보니 '삶이란 무엇인가?' 하는 근본적인 생각을 하게 됩니다. 당연히 사람마다 추구하는 가치에 따라서 다른 대답을 내놓을 것입니다.

산업화 시대와 달라진 정보화 시대의 신흥 지배 엘리트를 분석한 책 『보보스』로 우리에게도 잘 알려진 데이비드 브룩스는 『인간의 품격』에서 '삶이란 더 나은 인간이 되기 위한 투쟁이다.'라는 대답을 내놓았습니다. 스스로를 특별하다고 믿었던 저자는 『보보스』에서 자신처럼 새롭게 등장하는 세대를 조망한 바 있습니다. 그 역시 언제부터인가 자신의 삶에 대한 의문이 들었다고 합니다. 결국은 밖으로 보이는 화려함보다는 내적으로 풍요한 삶을 사는 것이 더 중요하다는 결론에 이르게 되었던 것입니다.

저자는 먼저 인간이 결함이 있는 존재라는 점을 소개합니다. 그리고 과거에는 인간이 가지고 있는 결함을 극복하고 도덕적 삶을 추구하던 사회가 이제는 스스로를 내세우고 성공을 추구하는 사회로 변모해온 과정을 설명합니다. 또한 그런 변화가 초래한 문제점들을 지적하면서 우리는 다시 과거의 전통을 되새겨볼 필요가 있다고 강조합니다. 저자는 이와 같은 두 가지 명제를 각각 『인간의 품격』의 맨 앞과 맨 뒤에 두었습니다. 그리고 그 사이에는 저자에게 영감을 주었던 역사적 인물 아홉 명의 삶을 요약하고 있습니다. 저자에게 영감을 준 아홉 사람은 빈민운동가 도러시 데이, 작가 새뮤얼 존슨, 성 아우구스티누스, 미국 34대 대통령 드와이트 아이젠하워, 인권운동가 필립 랜돌프와 베이어드 러스틴, 전 미국 노동장관 프랜시스 퍼킨스, 소설가 조지 엘리엇 그리고 전 미국 국무장관 조지 마셜 등입니다.

서구 사람들은 기독교적 전통적으로 겸양을 바탕으로 한 도덕적 삶을 중시해 왔습니다. 하지만 20세기 들어 부닥친 대공황과 두 차례의 세계대전으로 가치관에 대한 혼란이 일어났습니다. 이러한 혼란의 소용돌이를 빠져나온 사람들은 스스로를 통제해야 하는 삶의 방식에 회의하게 되었고, 전후 경제가 발전하면서 삶을 즐기자는 풍조가 확산되었던 것입니다. 물론 이런 변화가 딱히 잘못된 것은 아니었습니다. 하지만 이제는 그 정도가 지나친 지경에 이르렀다고 저자는 보았고, 적어도 일정 부분은 과거로 돌아갈 필요가 있다고 하였습니다.

저자가 제시하는 간단한 실험자료를 보더라도 이런 변화를 느낄 수 있습니다. 심리학자들은 1948년부터 1954년까지 1만 명이 넘는 고등학교 졸업반 학생들에게 자신을 매우 중요한 사람으로 여기는

지 물었는데, 12퍼센트가 '그렇다'라고 대답했다고 합니다. 그런데 1989년에 같은 질문을 받은 고등학교 졸업반 학생들 가운데 남학생은 80퍼센트, 여학생은 72퍼센트가 자신을 매우 중요한 사람으로 생각한다고 답변했다는 것입니다.

이런 시대적 분위기 때문인지 기독교에도 역시 변화가 생겼습니다. 기독교에서는 구약시대로부터 인간은 나약하고 결함투성이인 존재라고 가르쳐 왔습니다. 그렇기 때문에 인간의 원죄를 강조하고 세속적인 성공을 거부하며, 신의 은총을 믿고, 분에 넘치는 신의 사랑에 자신을 맡기는 도덕적 실재론의 전통이 이어졌던 것입니다. 그런데 20세기에 들어서는 도덕적 실재론이 물러나면서 변화가 생겼습니다. 휴스턴의 조엘 오스틴 목사는 '더 나은 자신이 되라.'라면서 "신은 당신을 평범한 사람이 되도록 창조하지 않았습니다. 당신은 뛰어난 사람이 되기 위해 태어났습니다. 현 세대에 자취를 남기기 위해 이 세상에 나온 것입니다."라고 말합니다. 그리고 '나는 선택받은 특별한 사람, 승리하며 살 운명을 타고난 사람'이라는 것을 믿기 시작하라고 권유합니다. 시류의 변화에 편승하는 것 같습니다. 하기는 보수적인 가톨릭이 교리의 해석을 교황청으로 일원화하는 것과는 달리 진보적인 기독교에서는 성직자마다 자유롭게 교리를 해석하는 것 같습니다.

과거에 겸양을 바탕으로 자신의 부족함을 인정하고 결함을 찾아 고치려는 노력을 기울이던 겸손의 미덕을 '리틀 미(Little me)'라고 한다면, 자아도취적 심리에서 스스로를 내세우기를 좋아하는 자기과잉 시대의 미덕을 '빅 미(Big me)'라고 대비시켰습니다. '빅 미(Big me)'의 풍조는 여성해방운동이나 소수자 인권운동을 통하여 사회적으로 소외된 자들의 권익을 찾아주는 긍정적인 결과를 만들어냈습니다. 반면 자아도취적 사고가 만연하게 되면서 스스로의 역량을 과대평가하고, 노력하면 무엇이든 이룰 수 있을 것이라고 믿는 부작용을 가져오기도 했습니다. 성공지상주의가 확산되면서 남이 하는 모든 일을 나도 이룰 수 있다고 집착하는 사람들이 많아지면서 무한경쟁이 촉발된 것입니다. 스스로를 다스려 내적 진실성과 도덕성을 높이는 일에는 관심이 멀어지게 되었습니다. 반면 타인의 지탄을 받는 행동을 아무렇지도 않게 생각하는 사람들이 많아졌습니다.

흘러간 물이 물레방아를 다시 돌릴 수는 없겠지만, 온고지신(溫故而知新)에는 다른 의미가 들어 있습니다. 즉 옛것에서 배워 새로운 길을 찾아낼 수 있기에 과거를 돌아볼 필요가 있는 것입니다. 저자는 아홉 사람이 살아온 삶을 간략한 전기 형식으로 요약하고, 그들의 삶 속에서 찾아낸 오늘을 살아가는 지혜를 정리하였습니다. 이분들은 분명 후세 사람들에게 귀감이 될 삶을 살았습니다. 하지만 이분들 역시 결함을 가지고 있었고, 그럼에도 불구하고 그 결함을 채우기 위하여 각고의 노력을 기울였다는 점을 깨닫게 됩니다. 아홉 분의 삶에서 얻을 수 있는 지혜를 모두 짚어보고 싶습니다만, 지면이 허락하는 범위에서 요점을 정리해 보겠습니다. 물론 보는 사람들마다 관점이 다를 수 있다는 점은 염두에 두겠습니다. 저 역시 여전히 자기중심적 사고를 떨쳐내지 못하고 있다는 점은 양해하여 주시기 바랍니다.

먼저 제2차 세계대전을 치르는 과정에서, 그리고 수습하는 과정에서 뛰어난 성과를 냈던 조지 캐틀렛 마셜 장군의 삶을 보겠습니다. 남부의 오래된 가문 출신인 마셜 장군은 아버지의 사업 실패로 어린 시절을 힘들게 보내야 했습니다. 공부도 뒤처지고 지나치게 사람들을 의식하는 소심한 성격 때문에 실수가 이어지면서 말썽꾸러기 문제아라고 치부되었습니다. 초등학교를 졸업하고 버지니아 사관학교로 진학할 무렵부터는 생각을 바꾸었습니다. 자신이 모자라는 아이라고 생각하는 사람들이 틀렸다는 점을 증명하기 위하여 끊임없이 노력하였습니다. 버지니아 사관학교는 재학생들에게 영웅에 대한 존경심과 금욕을 가르쳤습니다. 학교생활을 통하여 마셜은 스스로를 더 나은 방향으로 승화시킬 수 있었습니다. 전기 작가들이 조사한 바에 따르면 마셜의 일생에서 도덕적 실패의 순간은 찾아볼 수가 없었다고 합니다.

두 차례의 세계대전을 군에서 보낸 마셜은 화려하지는 않지만 전설적인 조직력과 행정력을 발휘하여 능력을 인정받았습니다. 특히 제2차 세계대전 중에 연합군이 준비한 프랑스 탈환작전의 지휘관을 결정하는 과정에서 모두들 마셜 장군이 맡아야 한다고 했습니다. 본인 역시 그 역할을 희망하고 있었습니다. 하지만 정작 루스벨트 대통령이 그의 뜻을 물었을 때 마셜 장군은 "대통령이 어떤 결정을 하더라도 기꺼이 따르겠습니다."라고 답변했습니다. 루스벨트 역시 마셜 장군이 적임자라는 사실을 잘 알았습니다. 그럼에도 불구하고 마셜이 유럽에 있는 지휘소로 부임하여 자신의 곁을 떠나는 것이 불안했습니다. 결국 아이젠하워에게 그 임무를 맡겼습니다. 아이젠하워는 성공적으로 임무를 수행하였고, 후일 대통령에 오르기까지 했던 것입니다. 마셜 장군은 전쟁이 끝난 뒤에 맡은 유럽복구계획을 성공적으로 마무리하고 노벨 평화상을 수상하는 영광을 누렸습니다. 마셜 장군의 삶에서 저자가 얻어낸 지혜는 "고결한 지도자는 자신의 본성으로 국민들에게 커다란 혜택을 주는 일을 하라는 소명을 받는다. 그는 자신에게 높은 기준을 부과하고 공적 기능을 행하는 데 스스로를 헌신한다."라는 것입니다.

20세기 초반 흑인 인권운동을 선도한 필립 랜돌프와 베이어드 러스틴의 삶 역시 시사하는 바가 많습니다. 두 사람은 모두 비폭력주의를 바탕으로 한 인권운동을 이끌었습니다. 대결과 다툼보다는 교육과 화해를 옹호하던 기존의 인권단체와는 달리 이들은 점거농성이나 시위 같은 적극적인 방식을 선호했습니다. 시위 방식에 대한 랜돌프의 원칙은 다음과 같았습니다. "무저항이 우리의 무기가 될 것입니다. (…) 우리는 폭력을 흡수하고, 테러리즘을 흡수하고, 우리 행동에 따르는 모든 결과를 받아들일 용의가 있습니다." 랜돌프의 이런 방침은 그의 보좌관이었던 러스킨의 행적에서도 볼 수 있습니다. 1942년 내슈빌을 방문한 러스킨은 백인과 흑인의 좌석이 구분된 버스에서 백인석에 앉겠다고 고집하였습니다. 버스기사가 부른 경찰이 달려와 그를 구타를 하는 동안에도 수동적으로 방어하는 데 그쳤습니다. 요즈음 우리나라에서 일어나고 있는 사회운동이 폭력의 사용을 전제로 하고 있고, 폭력의 책임을 남에게 전가하는 본말이 전도된 모습을 보면서 진정한 사회운동이 어디를 지향해야 하는지 생각하게 만드는 점입니다.

그런가 하면 랜돌프와 러스틴의 삶을 비교해 보면 공적인 부분과 개인적 부분에서의 차이를 볼 수 있습니다. 조금 이른 시대를 살았던 랜돌프는 불의에 맞서 싸우면서도 스스로 해이해지거나 죄를 짓게 될까 봐 자신에 대한 경계를 늦추지 않았습니다. 그리하여 청렴

결백하고, 말을 삼가고 격식을 갖추는 모습 등 존엄성으로 그를 모욕하는 일은 원천적으로 불가능했습니다. 젊은 시절 추종했던 마르크스주의와 단호하게 결별을 선언하였습니다. 노동현장에서 소련의 사주를 받는 조직들을 추방하기 위하여 격렬하게 대립하기까지도 했습니다.

러스틴은 20대 후반에 이미 전설적인 시민운동가의 반열에 올랐습니다. 러스틴은 영웅적으로 행동했지만 간혹 오만과 분노가 묻어 있었습니다. 자신이 공언한 신념체계에서 벗어나는 무모한 행동을 할 때도 많았습니다. 당시만 해도 지탄을 받을 동성애적 취향을 드러내기까지 했을 뿐 아니라 끊임없이 새로운 성적 파트너를 찾기도 했습니다. 결국 동성애적 취향보다는 성적 문란함이 문제가 되어 시민운동의 전면에서 퇴장해야 하는 아픔을 겪기도 합니다. 역시 사회적 지도자가 되려면 스스로에게 엄격하여 타에 모범이 되어야 한다는 것은 변함없는 진실입니다.

생각해 보면 내가 특별하다는 생각도 소명의식에서 발전한 것으로 볼 수 있겠습니다. 다만 그 소명을 어떻게 해석하는가 하는 데 차이가 있다고 할 수 있을까요? 철학자 찰스 테일러가 설명하는 소명 혹은 특별함의 의미는 그야말로 특별한 것 같습니다. "내 방식에 충실하게 살아야 한다. 모든 사람은 다른 사람을 모방하는 것이 아니라 자기 방식으로 살기 위해 태어났다. (…) 그렇게 살지 않으면 내 삶을 사는 의미가 없다. 인간으로서 존재하는데 내 나름의 의미를 잃게 되는 것이다." 즉 특별하다는 것은 남들과의 경쟁을 통하여 쟁취하는 것이 아니라 이미 가지고 태어난 것이기 때문에 그 특별함을 지키기 위하여 스스로를 연마하는 삶을 살아야 한다는 것으로 이해되는 것입니다.

저자는 지난 수십 년간 우리는 특별한 존재라는 믿음에 바탕을 둔 도덕적 환경이 조성됨에 따라 자기도취와 자기확대 성향이 강조되는 외적인 삶에 무게가 실려 왔다면, 이제는 우리가 소홀하게 생각했던 내적인 삶과 균형을 맞추는 쪽으로 선회할 필요가 있다고 제안합니다. 그리고 모두 열다섯 가지 겸양의 규칙을 형성하는 일반적 명제를 정리해 냈습니다. 적어도 자신을 겸손하게 낮추고 배울 자세가 되어 있는 사람들은 더 나은 삶을 살게 된다는 것은 우리가 잊었던 진실이기도 합니다. (라포르시안: 2015년 11월 30일)

8

삶의 격

(페터 비에리, 은행나무)

▒ 존엄을 지키며, 품격 있게 사는 방법

이번에는 '세상을 살아가는 방법'을 이야기해 보겠습니다. 지난 대선은 품격이라고는 눈 씻고 찾아볼 수 없는 참담한 장면들의 연속이었습니다. 국어사전에서는 품격(品格)을 '사람의 품성과 인격'이라고 풀이합니다. 선천적으로 타고난 성질이 성격이고 품성이라고 한다면 성격에 지적이며 도덕적인 요소를 추가한 개념이 인격이므로 품성은 결국 인격과 크게 다르지 않을 듯합니다. 결국 '격(格)'이라는 한 글자로 압축이 되는 셈입니다. 그렇다면 '세상을 살아가는 방법'은 '삶의 격'을 갖추는 방법이라고 풀어도 될 것 같습니다.

마침 '삶의 격'을 논한 책이 있어 소개합니다. 독일 철학자 페터 비에리가 쓴 『삶의 격』입니다. 스위스 베른에서 태어난 저자는 영국 런던과 독일 하이델베르크에서 철학, 고전언어학, 인도학, 영어학을 공부하고 철학적 심리학, 인식론, 윤리학 등을 연구합니다. 독일 마부르크대학교에서 철학사를 강의했고, 1993년부터는 베를린자유대학교에서 언어철학을 강의하고 있습니다. 페터 비에리는 소설가이기도 합니다. 파스칼 메르시어라는 필명으로 발표한 『리스본행 야간열차』는 『양기화의 BOOK 소리』에서 소개한 바 있습니다. 『리스본행 야간열차』를 읽으면서 '정의란 무엇인가'라는 주제를 두고 많은 생각을 했던 기억이 있습니다. 조직 전체를 위하여 한 사람의 생명을 버려야 할 것인가? 무고한 생명을 죽음으로 이끌었던 사람이 응급 상황에 처했을 때 의사는 그를 살려야 할 것인가, 아니면 방치해서 죽음을 맞도록 해야 할 것인가 하는 문제 등입니다.

저자는 '삶의 형태로서의 존엄성'이 무엇인지 고민해 왔습니다. 인간의 존엄성이란 아주 중요한 것이며 절대 훼손되어서는 안 되는 것입니다. 존엄이란 논의의 대상이 될 수 없다고 생각하는 집단적 사고에 빠져 있는 이웃도 있습니다. 존엄을 인간의 특성으로 규정하는 방법도 있겠지만, 저자는 인간이 삶을 살아가는 특정한 방법, 즉 사고와 경험, 행위의 틀을 가지고 설명하려고 합니다. 기본적인 방법론으로는, '자신의 경험을 매번 이해하고 인과관계에 관해 스스로 묻고, 존엄성에 대한 경험에 담긴 직관적 내용을 끝까지 자기의 것으로 만드는 것'이라고 설명합니다.

저자는 존엄한 삶의 형태를 세 가지 차원으로 구분하여 생각합니다. 첫 번째는 내가 타인에게 어떤 취급을 받느냐 하는 것, 두 번째는 타인과의 관계에서 내가 그들을 어떻게 대하느냐 하는 것, 세 번째는 내가 나를 어떻게 대하느냐 하는 것입니다. 사실 지켜진 존엄, 손상된 존엄, 잃어버린 존엄이라는 일상적인 경험 안에는 세 가지 차원의 관점이 뒤얽혀 있습니다. 따라서 개별적으로 분리해 내기가 수월치 않습니다. 그럼에도 불구하고 개념적 이해를 돕기 위하여 서로 다른 경험으로 분리해 냈습니다. 이 책은 인간 삶을 전체적이고 종합적으로 확인하는 과정이 될 것입니다. 또한 이 책을 통하여 존엄한 삶을 완벽하게 정의할 수 있을 것이라고 단언할 수는 없습니다. 다만 개념을 명료하게 하려는 자신의 시도에 책 읽는 이들이 동참해 주기를 희망한다고 합니다.

인간의 특성이라는 관점보다는 삶의 형태로서의 존엄성이라는 관점에서 접근하기 때문에, 저자는 인간의 존엄성과 관련이 있다고 본 삶의 요소로 여덟 가지를 골랐습니다. 독립성, 만남, 사적 은밀함, 진정성, 자아존중, 도덕적 진실성, 사물의 경중에 대한 인식, 유한함을 수용하기 등입니다. 하나하나가 결코 쉽게 접근할 수 있는 것들은 아닙니다. 하지만 저자는 자신의 경험을 바탕으로 소설, 영화 등 다양한 소재를 버무려 주제 논의를 풍성하고 쉽게 이해할 수 있도록 합니다.

여덟 가지의 주제를 모두 짚어볼 수는 없을 것 같아서, 제 마음대로 고른 몇 가지 주제에 대한 느낌을 적어보겠습니다. 아무래도 첫 번째 주제는 중요한 것이라서 빠트리면 섭섭할 것 같습니다. '독립성으로서의 존엄성'입니다. 살아가면서 다양한 관계에 얽혀들기 마련입니다. 복잡한 관계 속에서 사람들은 대체적으로 자신의 삶을 스스로 주도하고 싶어 합니다. 삼자가 보기에는 누군가에게 의존하는 삶을 사는 사람 역시 자신의 관점에서는 스스로 주도하는 삶을 산다고 생각할 것입니다. 따라서 자신의 삶에서 주체가 되는 일이 중요합니다. 주체가 된다는 것은 보고 듣고 경험하는 모든 것의 중심이 된다는 의미입니다. 또한 세상의 모든 일에는 드러난 혹은 숨겨진 동기가 있다는 점을 깨달아야 하겠습니다. 주체적인 인간은 이러한 것들을 피동적으로 알게 되는 것이 아니라 적극적인 의심을 통하여 파악하고, 앎을 통하여 자신이 원하는 방향으로 상황을 변화시킬 수 있어야 합니다. 인간은 누구나 내가 아닌 타인이 정해 놓은 목적을 달성시켜 주기 위한 수단이 아니라 존재 자체로 목적이 되어야 하는 것입니다.

저자는 타인의 개입을 존중하는 일이 반드시 주체로서의 자신의 존엄을 해치는 일은 아니라고 합니다. 의료현장에서 일상적으로 만나고 있는 어려운 문제도 다양한 시각을 제시하여 읽는 이 나름대로의 해답을 구할 수 있도록 합니다. 종교적 혹은 사회적 요인에 따라 의료서비스를 거부하는 환자와 보호자를 만나는 일이 그리 드문 일이 아닌 것이 현실입니다. 의료진의 시각만으로, 혹은 환자나 보호자의 시각에 끌려서 내리는 의사결정이 반드시 옳은 것만은 아닙니다.

두 번째 주제는 '만남으로서의 존엄성'입니다. 만남은 곧 타인과의 관계가 열리게 된다는 것을 의미합니다. 관계란 두 개의 주체가 부딪히는 것이기 때문에 어디에선가 접점이 생기기 마련입니다. 만남에서는 앞서 말씀드린 존엄한 삶의 형태의 두 가지, 즉 '타인이 나를', 그리고 '내가 타인을' 어떻게 대할 것인가 하는 문제가 생깁니다. 중요한 것은 상대방 역시 주체적인 삶을 추구하고 있다는 점을 인식해야 합니다. 따라서 나의 일방적인 생각을 상대에게 강요하는 것은 적절치 못한 접근입니다. 상대를 인정함으로써 상대의 존엄을 존중해 주면서 교감하는 영역을 넓혀 가야 합니다. 물론 이런 과정을 통하여 친해진다고 해도 지켜야 할 거리는 지키는 것이 도움이 될 것입니다. 이어서 논의하는 '사적 은밀함을 존중하는 존엄성'을 고려해야 하기 때문입니다.

내가 아닌 타인이 나의 모든 것을 알고 있다는 사실을 수용할 수 있는 사람은 아마도 없을 것입니다. 즉, 누구나 자신만의 공간을 필요로 하는 것입니다. 그것이 한 뼘에 불과할 수도 있고, 아니면 스스로를 고립시킬 수 있을 정도로 광범위할 수도 있습니다. 타인이 그 억지로 이 공간을 침범하거나 우리 스스로가 잘못된 명분으로 그 공간을 개방할 경우에 존엄성은 심대한 타격을 입을 수 있습니다. 특히 의료인의 경우 치료과정에서 환자의 사적 공간에 들어서야 하는 경우도 많기 때문에 어떻게 접근하는 것이 좋을지, 즉 환자의 존엄성을 지켜주는 방법을 고민할 필요가 있습니다. 최근 이성의 의사-환자와의 관계에서 갈등이 증폭되고 있는 것을 인식의 차이라고 쉽게 생각할 것은 아닌 것 같습니다. 또한 환자의 사적 공간은 흔히 개인적 결함과 관련이 되는 경우가 많습니다. 신체적 혹은 정신적 결함을 가진 환자와 일상적으로 만나고 있는 의료인들은 환자의 사적 공간을 지켜주어야 한다는 점을 잘 알고 있다고 생각합니다. 하지만 그 내용을 삼자에게 전하는 경우가 드물지 않습니다.

네 번째 주제 '자아존중으로서의 존엄성'으로 건너갑니다. 주체로서의 인간은 스스로를 존중하는 것이 삶의 격을 지키는 데 있어 중요한 요소가 됩니다. 존엄한 삶의 형태에 대한 세 번째 차원에서의 접근과 밀접한 관련이 있습니다. 즉, 내가 나를 어떻게 대하느냐 하는 문제입니다. 자아상은 내가 자신을 어떤 모습으로 보고 있는가 하는 것인데, 당연히 현재는 물론 미래의 자신의 모습까지도 포함하는 것입니다. 주체로서의 인간은 자신을 평가할 줄 알아야 하며 자신의 행위와 감정이 존중받아 마땅한 것인지 아니면 잘못된 것인지를 구분할 수 있어야 합니다. 즉 자아는 때로 자기애(自己愛)의 유혹에 빠질 수도 있기 때문에 냉정하고 객관적인 자아상이 성립될 수 있도록 노력해야 합니다.

다섯 번째 주제는 '사물의 경중을 인식하는 존엄성'입니다. 사물의 경중을 인식한다는 것은 주체로서의 인간이 자신의 삶에서 무엇이 중요한 것인지를 인식하는 것으로 어떻게 보면 자신이 지켜야 할 존엄성의 출발인 셈입니다. 흔히, 당면했을 때는 죽을 것만 같던 문제도 시간이 흐르면 별거 아니더라고 생각하게 된 경험이 하나쯤은 있을 것입니다. 이런 경험들이 쌓이면 중요하고 심각하게 받아들여야 할 것과 겉으로 보기에는 심각해 보이지만 곧 지나갈 중요성을 지닌 것의 차이, 즉 사물의 경중을 인식하는 법을 배울 수 있게 된다고 저자는 말합니다. 사물의 경중을 인식하는 일은 균형과 조화에 대한 감각을 길러야 제대로 할 수 있습니다.

흥미로운 구절이 있습니다. 흔히 '매일매일을 생의 마지막 날인 것처럼 최선을 다해서 살라'는 이야기를 듣습니다. 그런데 저자는 이 말이 앞뒤가 맞지 않는다는 것입니다. 그 이유는 매일 마지막 날인 것처럼 산다면 이어지는 수많은 날들을 통하여 이루어지게 될 여러 가지 일들을 기반으로 하는 연속적인 인생이 불가능하게 된다는 것입니다. 그렇기 때문에 저자는 자신이 인생이 무엇인지를 이해하기 위하여 삶의 마지막 순간에 서서 자신이 밟아온 삶을 되짚어 보라고 권합니다. 즉, 상상 속에서 생의 마지막까지 가보고 그 종말의 순간에 서서 지금까지 자신이 사물의 무게를 올바르게 쟀는지 물어보면 된다는 것입니다. 그런데 이것 또한 가능할까요? 누구나 경험해 보지 않은 미래가 어떻게 될 것이고 자신이 어떤 결정을 내릴 것인지는 여전히 미지의 장에 속하는 것이기 때문입니다. 결국은 현재의 시점에서 과거를 돌아보는 것이 최선일 것 같습니다.

죽음 이야기가 나온 것은 마지막 주제 '유한함을 받아들이는 존엄성'으로 마무리하기 위해서가 아닐까 싶었습니다. 노화나 질병은 주체로서의 독립성을 상실하게 만듭니다. 하지만 이를 인간으로서의 삶이 서서히 소멸해 가는 과정의 하나라고 본다면 거부한다고 피할 수 있는 것은 아닙니다. 따라서 이를 인정하는 것 자체가 존엄을 지키는 길이라고 하겠습니다. 즉 죽을 수 있도록 놓아주는 것이야말로 죽음을 존엄하게 맞는 길입니다. 그렇다고 해서 스스로의 목숨을 끊는 일이 존엄을 지키는 일은 아닐 것입니다. (라포르시안: 2016년 3월 28일)

9

문예적인, 너무나 문예적인

(아쿠타가와 류노스케, 한빛비즈)

▓ 문예적인, 너무나 문예적인

2016년 노벨 문학상 수상자는 미국 가수 밥 딜런이었습니다. 선정 소식에 공감과 반대의 다양한 의견들이 있었습니다. 그만큼 파격적이었다는 것이겠지요. 시와 소설 등으로 국한되어 있던 문학의 외연을 넓히는 계기가 될 것으로 기대했습니다. 그무렵 라포르시안 [양기화의 Book 소리]에서 소개하려고 읽었던 아쿠타가와 류노스케의 『문예적인, 너무나 문예적인』에서도 비슷한 맥락을 읽을 수 있었기에 한번 생각해 보면 좋을 것 같습니다.

일본 문단에서 아쿠타가와 류노스케의 독보적 위치는 아쿠타가와상이 제정된 것으로도 짐작할 수 있습니다. 1935년부터 매년 2회 시상되는 아쿠타가와상은 문예춘추사가 그를 기념하여 제정한 것으로 일본 최고의 문학상입니다. 그는 대표작 『라쇼몽(羅生門)』에서 보는 것처럼 전설과 민담 등 옛이야기에서 가져온 꼬투리를 바탕으로 독특한 단편들을 써서 주목을 받았습니다. 그의 단편집 『라쇼몽(羅生門)』에 실려 있는 단편 「덤불속」에서는 같은 사건이라고 하더라도 사정에 따라 다르게 기억하는, 기억의 불확실성에 대하여 생각해 보앉습니다. 『문예적인, 너무나 문예적인』은 아쿠타가와 류노스케의 글모음집입니다. 이 책에는 다니자키 준이치로와 주고받은 문예론에 대한 수필을 중심으로, 창작철학이 담긴 글 그리고 당대의 문인들과의 인연을 소개하는 글 등 70여 편의 수필을 담았습니다.

당시 일본 문단에는 '내용이 먼저고 형식은 나중이다.'라는 생각이 유행하고 있었습니다. 아쿠타가와는 '작품의 내용이란 필연적으로 형식과 하나가 된 내용을 말하는 것'이라고 했습니다. 그는 눈과 마음으로 파악한 것을 정확하게 표현하기 위하여 부단하게 노력했습니다. 즉, 문체의 아름다움과 정확함을 동시에 추구하여 작품의 완성도를 높였던 것입니다. 따라서 그의 문체에는 눈에 호소하는 아름다움과 귀에 호소하는 아름다움이 둘 다 존재한다는 평가를 받았습니다.

스승인 나쓰메 소세키의 영향일 것입니다. '눈에 보일 듯한 문장'이라는 제목의 수필에서 스승인 나쓰메 소세키의 작품에 나오는 '사립문을 열고 밖으로 나가니 커다란 말 발자국 속에 비가 가득 고여 있었다.'라는 구절을 인용하면서, '한 문장으로도 비 내리는 시골길 느낌이 잘 살아 있다.'라고 평했습니다. 마치 비가 내리는 시골길 풍경이 한눈에 들어오듯이 묘사했다는 것입니다.

아쿠타가와 류노스케가 글을 쓰게 된 것은 문학을 좋아하는 집안 분위기가 중요한 역할을 했지만, 정작 자신은 친구의 부추김 덕분에 소설을 쓰기 시작했다고 토로합니다. 글을 쓰는 이유는 그저 쓰고 싶어서일 뿐, 원고료를 위해 쓰는 것이 아니듯 천하의 민초를 위해 쓰는 것도 아니라고 했습니다. 이런 상황은 어렸을 적부터 옛이야기를 듣고 자랐을 뿐 아니라, 엄청난 분량의 책 읽기도 한 몫을 했던 것 같습니다. 저의 경험에서도 보면 읽은 책이 어느 정도에 이르면서 글쓰기가 자연스러워지는 것 같습니다.

앞서도 내용과 형식은 모두 잡아야 할 중요한 요소라고 말씀드렸습니다. 그는 '무엇보다도 작품에 완벽을 기해야 한다.'라고 말합니다. 완벽이라는 의미는 빈틈이 없다는 뜻이 아니라 '세분되고 발달된 여러 관념들을 완전히 실현하자.'라는 것인데, 그 개념이 분명하게 와 닿지는 않았습니다. 그는 그런 완벽한 작품을 쓴 대표적인 문인으로 괴테를 꼽았습니다. 이와 관련하여 적은 다음 구절이 인상적입니다. "인간은 자연으로부터 부여받은 능력의 한계를 넘어설 수 없다. 그런가 하면 게으름을 피워서는 그 한계가 어디쯤인지도 알 수 없다. 그러니 다들 괴테가 될 생각으로 정진할 필요가 있다." 큰아이가 어렸을 적에 "네가 세상에 태어난 것은 분명 무언가 할 역할이 맡겨졌기 때문일 것이다. 그 역할을 다하기 위해서는 열심히 공부하여 힘을 길러야 한다."라고 말해 준 적이 있습니다. 같은 맥락이라는 생각입니다.

혹시 소설 쓰기에 관심이 있는 분이라면 그의 수필 '열 가지 소설 작법'을 새겨 읽을 필요가 있습니다. 그 가운데 '소설가는 시인이자 역사가 내지는 전기 작가다.'라는 대목을 핵심으로 보았습니다. 소설가가 그리는 내용 자체가 어떤 사회에 사는 한 인간의 삶을 조명하는 것이라는 점에서 공감할 수 있는 '소설가의 사명'이라고 생각했습니다. '문예는 문장을 빌려 표현하는 예술이다. 따라서 소설가라면 문장 수련을 게을리해선 안 된다.'라는 대목 역시 당연한 말입니다. '소설가가 되고자 한다면 철학적, 자연과학적, 경제과학적 사상에 반응하는 것을 항상 경계해야 한다.'는 대목은 이해가 쉽지 않았습니다. 그래도 소설가는 자신이 본 것을 있는 그대로 묘사해야지 남의 논증을 빌려다가 써서는 안 되기 때문이라는 설명이 이해됩니다.

그는 태어난 지 얼마 되지 않아 시작된 어머니의 발광으로 외삼촌의 양자로 성장했습니다. 그래서인지 그는 복잡한 가정 사정과 함께 모친의 병환에 대한 막연한 불안감이 마음 한구석에 자리하고 있었던 것 같습니다. 그래서인지 35세 때 '그저 막연한 불안' 때문이라는 유서를 남기고 자살했습니다. 창작에 관한 수필의 마지막 '암중 문답'은 그가 남긴 유고입니다. 자신과 또 다른 나의 목소리의 문답을 통하여 자신의 삶을 되돌아보고 있는데, 죽음에 대한 생각도 담겨 있습니다. 자신이 늘 진보하고 있다고 생각하면서도 한편으로는 그런 오만한 생각이 죽음을 자초할 수도 있음을 지적합니다. 한편으로는 죽음을 두려워하는 마음도 내비치면서 '함부로 자살하는 것은 사회에 지는 것'이라는 오스카 와일드의 말을 인용합니다. 그럼에도 와일드가 몇 차례 자살을 시도하지 않았느냐고 반문합니다. "굳세게 버텨라. 너 자신을 위해. 네 아이들을 위해. 우쭐거리지 마라. 비굴해지지도 마라. 이제 다시 시작이다."라고 '암중 문답'을 마무리하고 있어 죽음의 유혹을 떨쳐버린 것 같지만, 결국은 이겨내지 못한 것 같습니다.

창작론에 이어 문예론을 다룬 수필들을 모은 '문예적인, 너무나 문예적인'은 「이야기다운 이야기 없는 소설」이라는 알쏭달쏭한 제목으로 시작합니다. 대부분의 소설들이 이야기를 갖추고 있는데 무슨 소린가 싶습니다. 그런데 저자가 말하는 이야기란 단순히 줄거리를 의미하는 것은 아닌 듯합니다. 그가 말하는 이야기다운 이야기 없는 소설이란 시에 가까운 소설로, 산문시보다는 소설에 가까운 형식으로 쓰인 시를 말합니다. 새로운 개념의 소설에 대하여 일본의 대표적인 탐미주의 작가 다니자키 준이치로가 반대의견을 내놓으면서 논쟁이 벌어졌습니다. '문학에서 구조적인 아름다움이 가장 풍부한 것이 소설'이라거나 '줄거리가 주는 재미를 없애는 건 소설이라는 형식이 가진 특권을 포기하는 것'이라는 다니자키의 주장에 아쿠타가와는 동의할 수 없다고 잘라 말합니다. 다니자키가 주장하는 것들은 소설보다 오히려 희곡에 더 잘 어울리는 것 아니냐는 것입니다. 다니자키도 시적 정신에 대하여 생각해 볼 필요가 있다고 하면서, '위대한 친구여, 그대는 그대의 길을 가라.'라고 권합니다. 예술의 가치는 예술 그 자체에 있다는 예술지상주의자 아쿠타가와는 줄거리보다 시적 정신이 더 중요하다고 생각했던 것입니다.

사실 아쿠타가와와 다니자키는 자주 어울리는 친한 사이였습니다. 그럼에도 불구하고 논쟁이 벌어지는 동안에는 자신의 생각을 가감 없이 치열하게 전개하는 모습을 읽을 수 있습니다. 아마도 "사심 없이 논쟁을 벌일 수 있는 상대는 세상에 그리 많지 않다. 다니자키 준이치로 씨는 그런 흔치 않은 사람이다."라는 생각을 가졌기 때문인가 봅니다.

다니자키와의 쟁론에서 보는 것처럼 아쿠타가와는 비평에 대하여 개방적인 생각을 가졌습니다. "비평은 문예의 한 형식이다. 우리가 남을 칭찬하거나 폄하하는 일도 결국은 자기표현이다."라는 말은 비평이 예술을 살찌우고 발전시키는 역할을 한다는 생각에서 나온 것으로 보입니다. '일본의 소설이나 희곡이 서양 작품에 한참

못 미칠지도 모르며 비평 또한 분명 부족하다.'라고 인식했던 것을 보면 말입니다. 그럼에도 불구하고 비평가였던 모리 씨가 메이지 시대에 자연주의 문예가 부흥하는 발판을 만든 인물이라는 점을 짚기도 합니다.

3부 '내가 만난 사람들'에서는 아쿠타가와가 교류한 사람들과의 인연에 대하여 적은 수필들을 모았습니다. 이 수필집의 다른 장에서도 자주 이야기된 것처럼 그가 스승으로 모신 소세키에 관한 글이 많습니다. '선생을 떠올릴 때마다 누구 못지않게 모질고 호된 사람이었음을 새삼 느낀다.'라고 적은 것을 보면, 아쿠타가와는 소세키를 어려워했던 모양입니다.

4년 뒤 그리고 7년 뒤에 찾은 소세키 산방에서 얻은 느낌을 적고 있는 것을 보면, 장례를 치른 뒤에도 아쿠타가와를 비롯한 문인들은 소세키가 거처하던 산방을 가끔 찾아 그를 기리곤 했습니다. "책상 뒤에 두 장이 포개진 방석 위에는, 어딘가 사자를 떠올리게 하는 키 작은 반백의 노인이 때로는 편지를 휘갈겨 쓰며, 때로는 당나라 시집을 뒤적이며, 홀로 단정히 앉아 있었다. … 소세키 산방의 가을밤은 이와 같이 소슬한 느낌이었다."

말미에 붙인 소설가 호리 다쓰오의 해설을 통하여 아쿠타가와의 삶과 작품세계를 보다 깊숙하게 이해할 수 있습니다. 아쿠타가와의 초기 작품들은 『금석이야기집』에서 가지고 온 옛이야기들을 바탕으로 쓰였습니다. 그런데 옛이야기를 현대적으로 재해석했다기보다는 이야기에 감춰진 인간들의 다양한 심리를 해부해 냈습니다. 이뿐만 아니라 이를 생동감이 넘치는 문체로 표현하려고 했습니다. 그런가 하면 기독교를 소재로 한 작품도 여럿 썼습니다. 대부분은 초기 일본 기독교가 박해를 받던 시대에 있었던 슬프고도 아름다운 이야기를 다루었습니다.

자살을 결심한 그가 예수에 대한 사랑을 담은 단편 「서방의 사람」을 남긴 것은 의외였습니다. 하지만 그는 이 작품을 통하여 예수 안에 자신을 깊이 새겨 넣을 수 있었다는 것입니다. "아쿠타가와는 한 송이 백합이 솔로몬의 영화보다 더 아름답다고 느낀 예수를 사랑했고, 제자들을 가르치기 위해 늘 주변에 있는 결혼하는 신부, 포도원, 당나귀 등을 이용하던 저널리스트 예수를 사랑했다."는 것입니다. 그럼에도 기독교가 금하는 자살을 택한 것은 정말 이해되지 않는 대목입니다. (라포르시안: 2016년 10월 17일)

10

신경과학의 철학

(맥스웰 베넷 등, 사이언스북스)

▨ 신경과학과 영혼의 무게 21그램

        사람이 죽음을 맞는 순간 영혼은 육체를 이탈하여 영계로 들어가게 된다고 믿는 사람들이 있습니다. 심지어는 뇌와 의식의 작용을 연구해 온 신경외과의사도 갑작스러운 뇌사상태를 경험하고서, "나는 죽었지만, 영혼은 살아 있었다!"라고 주장하여 파장을 불러오기도 했습니다.(이븐 알렉산더 지음, 『나는 천국을 보았다』, 김영사, 2013년)

    그런가 하면 1907년 미국 의사 던컨 맥두걸은 영혼의 무게가 21그램이라는 실험의 결과를 발표하였습니다. 사람에게 영혼이 존재하고 죽음을 맞는 순간 영혼이 육체를 빠져나간다고 한다면, 질량 보존의 법칙에 따라서 사망 전후의 체중 차이가 바로 영혼의 무게일 것이라는 가설을 세우고 실험을 통하여 이를 증명해 보였습니다. 그는 설득에 넘어간 다섯 명의 중증 폐결핵 환자들을 대상으로 자신의 가설을 검증하였습니다. g 단위까지 측정이 가능한 초대형 정밀 저울 위에 침대째 올려놓고 임종을 맞은 환자들의 체중변화를 측정하는 방식을 사용하였습니다. 체중에 영향을 미치는 다양한 변수들을 고려하여 보정하였지만, 마지막까지 설명할 수 없는 값 21그램이 남았다는 것입니다. 그래서 이 값이 바로 영혼의 무게라고 발표했습니다. 21그램은 아무리 마른 폐결핵환자라고 해도 전체 체중과 비교해 보면 아주 작은 값으로 계측오류의 영향일 수도 있습니다.

영혼의 존재는 사람은 육체와 영혼으로 구성되어 있다는 이원론을 바탕으로 합니다. 하지만 신경과학의 연구 결과 영혼의 역할, 즉 의식은 뇌의 활동 결과라는 설명과 함께 부정되었습니다. 그런데 인간의 의식 혹은 마음이 뇌의 활동 결과라기보다는 인간 전체의 속성이라는 주장이 있습니다. 생리학자이자 권위 있는 뇌과학 연구자인 오스트레일리아 시드니 대학교의 맥스웰 베넷 교수와 인지 철학자인 영국 옥스퍼드 대학교의 피터 마이클 스티븐 해커 교수가 그 주장의 주인공입니다. 두 사람이 쓴 『신경과학의 철학』은 최근까지 인지신경과학 분야의 연구에 바탕이 되고 있는 몸과 마음 혹은 마음과 뇌라는 데카르트식 구분이 잘못되었다는 인식을 전제로 자신들의 이론을 전개합니다. '과학적 발전에 접근하는 첫걸음은 올바른 질문을 던지는 것이다.'라는 믿음을 바탕으로 말입니다.

저자들은 서문에서 '이 책은 인지 신경과학의 개념적 토대, 즉 인간의 인지적, 정서적, 의지적 능력의 신경적 기반을 탐구하는 것에 수반되는 심리학적 개념들 사이의 구조적 관계로 이루어진 토대에 관한 고찰'이라고 설명하였습니다. 그리고 신경과학 분야의 연구에 도움을 줄 수 있기를 바라는 마음에서 이 책을 저술했다고 말합니다. 하지만 이 책은 지금까지 인지 신경과학이 이룬 연구 성과를 근본적으로 부정하는 내용을 담고 있어 논쟁의 여지가 많을 듯합니다. 한편으로는 이들의 주장이 불러올 논쟁을 통하여 새로운 연구 방향이 나올 수도 있겠다는 희망도 가져봅니다.

앞서 저자들이 영혼에 대한 데카르트적 해석이 잘못된 것으로 인식하고 있다는 말씀을 드렸습니다만, 데카르트는 영혼을 생명의 원리가 아닌 사고 혹은 의식의 원리로 이해했던 것입니다. 즉 영혼을 마음의 본질적 기능이 아니라 몸의 기능으로 해석한 것입니다. 이로써 동물 생명의 모든 중요한 기능은 기계론적으로 설명이 가능하게 되었습니다. 데카르트는 마음과 몸을 별개의 두 실체로 보았습니다. 각각은 본질적 속성을 가지고 있지만, 서로 내밀하게 결합하고 있다고 생각했던 것입니다. 그러나 저자들은 데카르트에서 거슬러 올라가 아리스토텔레스가 생각한 자연물의 형상으로서의 프시케(Psyche)로 환원하고 있습니다. 아리스토텔레스는 그때까지 '호흡'이나 '목숨'을 의미하던 '프시케'에 "각각의 생물에 활기를 불어넣는 생명의 원리"라는 의미를 부여했습니다. 프시케를 '마음'이라고 옮기는 것은 잘못이라고 합니다. 마음과 심적 능력은 모든 형태의 생물을 특징짓는 성장, 영양섭취, 생식 등과 연합하지 않는 개념인데 반하여 프시케는 이와 연합하고 있기 때문입니다. 따라서 프시케는 '영혼'으로 옮길 수 있지만 생물학적 개념이지 종교나 윤리적 개념은 포함하지 않는다고 보아야 합니다.

특수 감각기관을 이용하여 외부로부터의 정보를 지각하는 과정을 해석함에 있어 저자들은 기존의 신경과학자들과 견해의 차이를 가지고 있습니다. 즉, 외부의 자극은 감각기관을 가지고 느끼는 것이지 뇌가 인식하는 것이 아니라는 주장입니다. 하지만 감각기관은 외부로부터의 정보가 들어오는 통로에 불과한 것이지, 그 정보를 분석하고 기억에 저장되어 있는 데이터와 대조하여 특정하는 작업은 뇌가 담당하고 있는 역할이라고 생각합니다. 쉽게 설명하면 막 태어난 어린 생명은 외부로부터의 정보를 감각기관을 통하여 받아들일 수 있지만 그 정보의 실체가 무엇인지는 알 수 없는 것입니다. 앞서 경험한 사람들의 가르침을 통하여 학습이 이루어진 다음에서야 비로소 정보의 실체를 깨닫게 됩니다. 저자들은 '뇌가 정보에 기초하여 작동하거나 정보의 조각을 연합시킬 수 없다.'라고 단정하면서 뇌가 정보를 정보 이론적 의미에서 '연합'시키는지 어떤지는 여전히 의문이고, 명료화할 필요가 있다고 한 발 물러서고는 있습니다. 하지만 아직까지 과학이 이러한 과정의 마지막 부분을 증명하지 못하고 있다는 이유로 전체의 가능성을 부정하는 것은 옳지 않습니다.

저자들은 뇌라는 특정 장소가 인식과 연관이 있다는 점을 부정하면서 신경과학자들이 피해야 할 세 가지 오류를 지적하였습니다. 첫째로, '정보', '정보 처리과정'과 같은 용어의 사용에 신중해야 한다, 둘째로, 지각과정을 설명하는 노력 속에서 전체-부분의 오류를 범하지 않도록 유의해야만 한다, 셋째로, 2차 성질이 객관적인지 아닌지를 묻는 물음을 당연히 비껴가야만 할 것이고, 무엇을 본다는 것이 그 사물의 이미지를 가지는 것이라거나 그 사물의 이미지를 보는 것임을 포함한다는 잘못된 생각을 버려야 한다는 것 등입니다. 저자들은 인간의 의식이란 뇌의 활동 결과라는 신경과학자들의 견해를 "신경과학에서 '전체-부분의 오류'라고 부르는 특별한 예"라고 잘라 말합니다. "전체-부분의 오류란 동물 전체에 속한다고 생각할 때만 유의미한 속성을 뇌, 즉 동물의 한 부분에 속한다고 생각하는 것을 가리킨다."라고 정의합니다. 그럼에도 불구하고 인간의 의식이 왜 뇌가 아니라 전체에 속하는 속성인가 하는 의문에는 분명한 답을 제시하지 않습니다.

저자들은 "우리가 커피향이 신선하고 풍부하며 향기롭다고 말할 수 있으며, 이것이 바로 갓 볶은 커피의 향이라고 말할 수 있다."라고 하면서 경험대상의 성질들이 기술 불가능하다는 생각에 반론을 펴고 있습니다. 하지만 처음 마신 커피의 향으로부터 갓 볶은 커피라는 사실을 어떻게 인식할 수 있을까요? 마르셀 프루스트는 『잃어버린 시간을 찾아서』가 홍차를 곁들인 마들렌과자 한 쪽이 어린 시절의 기억을 불러일으키면서 탄생하였음을 암시한 바 있습니다. 그럼에도 불구하고 저자들은 경험을 하지 않고서는 어떤 경험을 한다는 것이 무엇과 같은지 알 수 없다는 것은 혼동된 생각이라고 주장합니다.

저자들은 신경과학이론은 철학적 문제를 회피할 수 없다고 합니다. 아직까지도 미지의 영역이 많은 신경과학의 특성을 반영한 것입니다. 사실 과학이 철학의 영역에 속하던 시절이 있었습니다. 스페인의 철학자 호세 오르테가 이 가세트는 "철학은 과학이 아니다. 왜냐하면 철학은 과학 그 이상의 것이기 때문이다."라고 말했습니다. 철학자는 존재하는 일체의 전체성에 관심을 가지고 전체성 속에서 각 사물의 위치, 역할, 지위와 같은 각 사물이 다른 사물들과 맺고 있는 관계 양상에 관심을 두고 있기 때문입니다. 물리학으로 대표되는 과학은 정확한 추론을 통해 성취된 지식과, 동시에 사실에 대한 감각적 관찰에 의해 확증되는 종류의 인식으로 발전하면서 철학으로부터 독립해 나온 것입니다. 따라서 아직까지 규명되지 않은 점이 많다는 이유로 인지에 관한 사항이 철학적 영역에 속한다는 생각이 옳다고 보기 어렵다고 생각합니다.

신경과학에서 사용하고 있는 철학적 방법론을 논하면서 저자들은 심리철학의 입지를 마련하기 위한 논증을 전개합니다. 신경심리학이 심리학적 개념을 사용한다 할지라도 심리학적 개념은 과학적 목적을 위해 고안된 이론적 개념이 아니라고 합니다. 한편으로는 철학에 대한 신경과학자들의 인식에 대하여 비판의 날을 세웠습니다. 예를 들면, 철학이 신경과학의 관심사에는 전혀 관련이 없다고 생각한다거나, 철학의 선험적인 방법은 마음의 본성에 대한 철학의 탐구를 무가치하게 만들었다고 주장한다거나, 그동안 철학이 성취한 것이 보잘것없다고 생각한다거나, 그럼에도 불구하고 심리철학자들이 관심을 가지고 있는 문제는 인지신경과학자들의 영역에 속한다고 생각하는 등입니다. 에덜먼과 토노니는 "의식이 과학적인 주제로 취급될 수 있고, 의식이 철학의 독점적인 분야로만 생각되지 않는다."라고 하였습니다. 이를 보더라도 과학적으로 입증되지 않고 있다는 이유로 철학의 영역으로 생각하고 있는 의식에 대한 영역 다툼으로 해석될 수도 있습니다.

그럼에도 불구하고 저자들은 철학이 신경과학에 기여한 공로가 있어 어떤 경우에 의미의 경계를 넘어서는지 지적할 수 있다는 점을 들었습니다. 예를 들면, 기억이 과거의 경험의 재현이라거나, 언제나 과거에 관한 것이라고 생각하는 혼돈에 대해 경고할 수 있다거나, 조건반사가 기억의 형태가 아닌 이유와 기억이 뇌에 저장될 수 있다고 생각하는 것이 잘못되었다는 점을 제시할 수 있다거나 하는 등입니다. 그리고 "철학적 분석에 대한 개념적 명료화는 신경과학의 목표와는 무관하다는 생각과는 달리, 신경과학의 목표를 성취하는 데 필수불가결한 것이다."라고 조언합니다. 방대한 자료를 인용하면서 조목조

목 따진 저자들의 주장들 가운데 동의하기 어려운 부분도 많았습니다. 하지만 기본적으로 철학적 사유가 신경과학의 연구방법론에 새로운 길을 안내할 수도 있다는 가능성에는 공감할 수 있었습니다. 신경과학이나 심리학을 전공하시는 분들께 학제 간 통섭적 사고를 위해서 일독을 권합니다. (라포르시안: 2014년 5월 26일)

11

헤겔의 눈물

(올리비아 비앙키, 열린책들)

▓ 미네르바의 올빼미는 황혼 녘에야 날개를 편다

　　『양기화의 BOOK 소리』에서 김선희 교수님의 『철학자가 눈물을 흘릴 때』를 소개한 바 있습니다. 따로 적어둔 한 줄 요약을 보니, "쇼펜하우어와 니체의 철학적 배경인 인간의 고통에 대한 사유가 어떻게 결실을 맺게 되었는지를 뒤쫓고, 이를 바탕으로 현대철학이 현대인의 삶에 기여할 방도를 도출하고 있습니다."라고 정리하였습니다. 김선희 교수님은 "울고 있다, 우리 시대는. 울고 있다, 나는. 현대인의 눈에는 항상 보이지 않는 눈물이 고여 있다."라고 『철학자가 눈물을 흘릴 때』의 머리말을 시작합니다. 그런데 정작 우리는 자신이 울고 있음을 알지 못한다고 합니다. 눈물이 보이지 않아서일까요? 아니면 삶이 너무 고단해서 울고 있음을 깨닫지 못하고 있는 것일까요.

　김선희 교수님은 철학자야말로 이처럼 울고 있는 세상을 치유할 사람이라고 합니다. 철학한다는 것은 바로 사유를 통하여 물음을 던지는 일이자, 던져진 물음에 답을 구하는 일이며, 철학적 탐구의 목적은 지식과 진리, 현실, 이성, 의미, 가치에 대한 통찰을 얻는 데 있기 때문입니다. 그래서 "삶이 고달플수록 우리에게 필요한 것은 고달픈 삶에 대한 차분한 성찰이다. 마치 쇼펜하우어가 그랬고 니체가 그랬듯이"라고 적었습니다. 그리고 쇼펜하우어의 눈물은 '고통의 근원'을 찾는, 그리고 니체의 눈물은 '고통의 치료제'를 찾는 시발점이 되었던 것이라고 합니다. 그렇다면 쇼펜하우어와 같은 시대를 살았던 헤겔의 눈물에는 어떤 의미가 담겨 있을까요? 헤겔을 전공한 올리비아 비앙키가 쓴 『헤겔의 눈물』에서 함께 찾아보겠습니다.

게오르크 빌헬름 프리드리히 헤겔(Georg Wilhelm Friedrich Hegel)은 관념철학을 대표하는 독일의 철학자입니다. 칸트의 이념과 현실의 이원론을 극복하여 일원화하고, 정신이 변증법적 과정을 경유해서 자연·역사·사회·국가 등의 현실이 되어 자기 발전을 해가는 체계를 종합 정리하였다는 평가를 받았습니다. 탈근대주의가 절정에 달했던 시절 헤겔철학은 비판의 대상이었습니다. 제2차 세계대전 기간 중에 나치는 헤겔철학을 이용하여 자신들의 이념을 선전하였습니다. 이를 두고 헤겔철학의 본질이 전체주의적 세계관과 맞닿아 있다고 비판하는 목소리가 높았습니다. 후대의 철학자들이 자신의 철학을 세우기 위하여 헤겔철학을 극복할 필요도 있었습니다.

사실 헤겔의 철학은 난해한 바 있어 선뜻 공부하기가 쉽지 않았습니다. 출판사에서는 "헤겔은 어렵다. 헤겔로 철학 공부를 시작하느니 라흐마니노프로 피아노에 입문하거나 제임스 조이스의 『율리시스』로 영어 공부를 시작하는 편이 더 재미있을 것"이라고 했습니다. 농담 같은 진단이었겠지요? 그런 점에서 올리비아 비앙키의 『헤겔의 눈물』은 헤겔철학의 좋은 입문서가 될 것이라고 보았습니다. 대부분의 입문서들이 긍정적인 면에 집중하는 경향이 있는 것과는 달리, 이 책에서는 헤겔철학의 난점이나 모순까지도 비판하는 균형

잡힌 시각을 유지하고 있기 때문입니다.

『헤겔의 눈물』에서 보는 또 다른 특징은 에두아르 바리보의 그림입니다. 모두 61개의 글에 곁들여진 71개의 도판은 올리비아 비앙키의 헤겔철학에 관한 글을 창조적으로 재해석한 것들입니다. 때로는 난해한 글의 개념이 금방 머릿속에 들어옵니다. 『헤겔의 눈물』을 기획한 '철학 스케치 시리즈'는 저자와 삽화가가 기획 단계에서부터 공동으로 참여한 작업입니다. 위대한 철학자들의 핵심 철학을 개성 있게 포착하는 일종의 시각적 실험입니다. 난해한 용어와 개념 사용을 피하는 동시에 재치와 깊이가 공존하는 글과 삽화로 즐기는 철학, 보는 철학이라는 새로운 대안을 제시해 보려는 의도입니다.

'헤겔철학' 하면 정반합(正反合)의 개념으로 요약되는 변증법이 우선 떠오릅니다. 세상만물이 끊임없이 변화하는 것을 설명하기 위한 변증법은 본질적으로 내부에 포함되어 있는 자기부정, 즉 모순에 있다는 가정을 바탕으로 합니다. 즉 만물은 이 모순을 해결하는 방향으로 움직이기 때문에 원래의 상태를 정(正)이라 하면 모순에 의한 자기부정이 반(反)으로 등장하면서 새로운 합(合)의 상태로 변화한다는 것입니다. 그런데 변화의 결과물인 합(合)이 다시 정(正)이 되면서 새로운 변화의 출발점이 된다는 것입니다. 정반합이라는 표현은 하인리히 샬리베우스(Heinrich Moritz Chalybaus)가 헤겔의 변증법을 설명하기 위하여 처음으로 사용했습니다. 헤겔 자신은 '즉자-대자-즉자대자', 혹은 '긍정-부정-부정의 부정'이라고 표현했습니다.

올리비아 비앙키는 헤겔의 철학을 '자기실현의 철학'이라고 말합니다. 그리고 "개인에게 자기실현이란 무엇보다 자연에 대한 의존의 고리를 끊는 것이다. 전적으로 온전한 자유를 실현하고 인간의 내면에 존재하는 정신을 확인할 수 있게 보여주려면, 영원히 기계적으로 윙윙거리며 작동하기만 하는 직접적인 자연적 실존으로부터 벗어나야 한다."라고 합니다. 헤겔에게 자연은 정신이 그것을 딛고 일어서게 되는 기반입니다. 하지만 극단적인 기후조건에서는 인간이 자유로워지는 것을 어렵게 만든다고 하였습니다. 특히 아프리카의 찌는 듯한 열기는 너무나 강한 힘을 지니고 있어 이를 극복하기가 너무 어렵다는 의미로 트레오레(아프리카 흑인을 지칭하는 개념)의 눈물을 말합니다. 헤겔의 이런 생각은 당시 유행하던 유럽 밖의 세상은 열등하다는 서구 중심의 사고의 결과였을 것입니다.

"하나의 종교는 신적인 정신의 산물이지 인간의 발명품이 아니다. 그것은 신적인 것이 인간 안에서 활동함으로써 만들어진 것이다."라고 헤겔은 말했습니다. 인간이 신과 화해하려는 것이 아니라는 것을 분명히 밝히기 위해서 한 말입니다. 신 자신이 인간들과 화해하기를 원하는 것입니다. 이는 예수 그리스도를 통하여 역사적, 시간적 존재가 된 신은 인간과의 화해를 최종적으로 확정한 것이라고 보았습니다. "그리스도가 흘린 눈물은 하느님의 아들이 겪고 받아들인 고통만을 나타내는 것이 아니라 각각의 개인이 그리스도의 희생을 본받아 신과 자신의 화해를 실현할 수 있다는 의미로 해석합니다. 그럼에도 불구하고 헤겔은 기독교를 완결된 종교로 보지는 않습니다. 따라서 신적인 것에 대한 서로 다른 신념을 표현하기 위해 서로 다른 종교가 각각 존재하게 된다고 한 것입니다. 그리하여 종교를 자연종교, 정신적 개별성의 종교 그리고 계시된 종교로 분류했습니다.

민족과 국가 그리고 역사에 관한 헤겔의 철학 역시 저자의 중요한 관심사입니다. 역사는 이성의 지배를 따르기 때문에 이성적으로 파악할 것이며, 직업적 역사가들에 의해 잘못된 길에 들어서서는 안 될 것이라고 헤겔은 경고합니다. 『역사철학강의』에서 역사는 세

가지 단계를 거친다고 설명하였습니다. 첫째 단계에서는 외부의 앞선 문명으로부터 지식과 문화를 흡수하여 내부에서 일어나는 힘과 융합되며 민족이 차근히 발전해 나갑니다. 그 끝 무렵에서는 외부로부터의 유입과 내부로부터의 분출이 성공적으로 융화되어 선행하는 문명과 대결할 수 있는 독자적 역량을 북돋웁니다. 둘째 단계에서는 마침내 선행 문명에 대한 승리를 거두어 행복의 시기를 구가합니다. 이렇게 민족이 외부를 향하게 되면 내부의 정치기구가 느슨해지고 긴장이 이완되어 내부 분열이 생겨납니다. 마침내 마지막 단계에 이르면 좀 더 고도의 정신을 소유한 민족과 충돌하여 몰락하게 됩니다. 헤겔은 이러한 과정을 세계사의 모든 민족에게서 동일한 양상으로 발생하는 보편적 과정이라고 주장합니다.

정신은 보편적 역사 속에서 파악한 자기의식을 바탕으로 발전하면서 민족과 국가라는 구체적 형태를 갖추어 갑니다. 그런데 그 정신의 활동이 활기를 잃게 되면 정신은 그 민족을 버리고 다른 민족을 향해 떠나간다고 비유합니다. 과거의 지구상에서 꽃을 피웠던 이집트, 그리스, 로마, 이슬람 문명의 부침과정을 보면 쉽게 이해할 수 있습니다. 역사의 발전과정에서 진보를 향한 치열한 고민이 사라지고 타성적 흐름에 맡기는 순간 개인이나 민족은 몰락의 길에 접어드는 것입니다. 로마가 게르만족의 침략으로 멸망했지만, 이전부터 멸망에 이르는 수순을 밟고 있었던 것입니다. 중국의 역사를 보더라도 한때 본토를 지배했지만 지금은 존재조차 희미한 민족들이 있습니다.

헤겔에 있어 국가는 최고의 이성적 실체로 인간이 시민으로서 자신의 권리를 행사할 의무를 전제로 합니다. 정신이 세계 안에서 구체화되는 계기가 바로 국가이기 때문에 국가보다 더 높은 것은 없으며, 개인은 국가를 통해서만 자신의 합리적 존재 의미에 도달할 수 있는 것입니다. 그렇기에 내분이 있다가도 외국과의 전쟁을 통하여 국내의 평화를 이룩할 수도 있다고 보았는데, 이는 전쟁이 역사적인 필요악으로 보았던 칸트와는 달리 헤겔은 전쟁이 민족의 생존을 보장해 줄 수 있다고 보아, 절대적 악이 아니라고 했던 것입니다. 전쟁 또한 세계를 움직이는 모순의 하나로 본 것입니다.

다시 철학으로 돌아가면, 존재하는 것을 파악하고 이해하는 것이 철학의 과제입니다. 존재하는 것이 바로 이성이기 때문입니다. 철학은 사유 안에서 자신의 시대를 파악하는 것이지 자신이 속한 세계를 초월하라는 것은 아니라고 헤겔은 주장했습니다. 자신의 철학이 근원적으로 시대에 맞지 않는다고 했던 니체와는 다른 입장을 가졌던 것입니다.

미네르바의 올빼미 이야기로 이야기를 마무리할까 합니다. "철학이 회색으로만 세상을 그리게 되면 하나의 삶의 방식이 낡은 것이 되며, 회색으로만 그리는 것으로는 다시 젊음을 되찾을 수 없고 오로지 인식될 수 있을 뿐이다. 미네르바의 올빼미는 해 질 녘이 되어서야 날기 시작한다."는 말은 『법철학』의 서문에 적혀 있습니다. 철학자는 현실을 더 매력적으로 보이게 하기 위해 미화할 필요가 없으며, 그저 존재한다는 것을 표현하기 위하여 회색조만 사용하라는 것입니다. 철학은 언제나 너무 늦게 도착하며, 실제 세계가 몰락할 때 그것에 대해 서술하고 다른 사람들이 그것을 인식할 수 있게 해주는 것으로 만족할 뿐이라는 의미를 담은 것입니다. (라포르 시안: 2015년 5월 18일)

12

니체가 눈물을 흘릴 때

(어빈 D. 얄롬, 필로소픽)

■ 루 살로메에게 실연당한 니체가 심리치료를 받는다면?

　　　　　　　앞서도 말씀드렸습니다만,『양기화의 BOOK 소리』
에서 강원대학교 철학과의 김선희 교수님이 쓴『철학자가 눈물을 흘
릴 때』를 소개했습니다. 인간의 삶에 대한 고민을 해결하기 위하여
철학이 기여할 수 있는 바를 모색해 본다는 내용입니다. 독후감을
마무리하면서 어빈 얄롬 교수의『니체가 눈물을 흘릴 때』의 영향을
받은 것 아닌가 싶다는 말씀을 드렸습니다. 당시에는 책이 절판되
어 읽어보지 못했기 때문에 추측에 머물 수밖에 없었습니다. 그런
인연도 있고, 책을 읽어보니 생각거리가 많아서 여기 소개하게 되
었습니다.

　어빈 얄롬는 세계적인 정신과 의사이자 미국 스탠퍼드 대학교 정
신과의 명예교수입니다. 정신의학 분야의 전문서적도 저술하는 한
편 심리치료에 관한 인기 소설의 작가로『니체가 눈물을 흘릴 때』
는 그의 대표작입니다. 말미에 붙여둔 작가수첩에는『니체가 눈물
을 흘릴 때』가 사실과 허구를 잘 엮어낸 것이라고 설명합니다. 이
야기의 무대가 되는 1882년의 빈은 정신요법의 요람이었습니다. 이

야기의 핵심적 구성요소인 니체의 절망, 브로이어의 정신적 고뇌, 안나 O.(베르타 파펜하임), 루 살로메, 브로이어와 프로이트의 관계, 정신분석 치료법의 동향 등은 1882년 당시 실재했던 사실들입니다. 이야기의 전개가 물 흐르듯 유연하고, 상황마다의 심리묘사가 뛰어나서 마치 실제로 있었던 이야기를 기록한 것이 아닌가 하는 생각이 들기도 합니다.

책을 읽고 난 다음에도 여운이 길게 남는 것들이 몇 가지 있었습니다. 우선은 김선희 교수가 주장하는 인간의 삶에 대한 철학적 접근이 가능하겠는가 하는 점입니다. 브로이어 박사는 아내와 함께 베네치아를 여행하는 동안 루 살로메라는 아름다운 여성을 만나게 됩니다. 그녀는 헤어진 친구 니체 교수가 절망으로 자살을 고민하고 있다면서 그의 절망을 치료해 달라고 부탁합니다. 하지만 브로이어 박사는 절망을 의학적 증상으로 보기 어렵다고 합니다. 모호하고 부정확하며 관념적인 것이라서 의학적 치료법이 없다는 것입니다. 그럼에도 불구하고 브로이어 박사가 니체 교수를 맡게 된 것은 아름다운 루 살로메의 부탁이었기 때문이었습니다. 이 책에 등장하는 루 살로메는 브로이어 박사와 니체 교수의 만남을 주선하는 역할입니다. 하지만 루 살로메와의 만남과 이별에서 니체는 환희와 절망을 오갔고, 절망을 딛고 일어나 창조를 일구어냈던 것입니다. 루 살로메가 가진 묘한 재능이 일조를 한 셈이었습니다. 그녀는 당대의 수많은 창조적 인물들의 내면에 불을 질러 자극하는 특출한 능력이 있었습니다. 니체가 그랬고, 라이너 마리아 릴케가 그랬습니다. 니체와 루 살로메의 관계는 고명섭 기자의 『니체극장』에서 잘 정리하였습니다.

니체 교수를 진찰한 브로이어 박사는 그의 지독한 편두통 치료를 위하여 입원을 제안합니다. 편두통을 빌미로 니체 교수의 자살 의도를 확인하려는 생각이었습니다. 니체 교수는 치료를 거부하고 떠나려 합니다. 그러자 브로이어 박사는 자신의 절망을 니체 교수가 철학으로 치유하고, 니체 교수의 편두통은 자신이 의학으로 치료해 보자는 기발한 제안을 합니다. 브로이어 박사는 안나 O.라는 익명의 젊은 여자 환자에게 빠져들었다가 아내의 강압으로 관계를 정리한 뒤에 절망하고 있다고 니체 교수에게 치료를 부탁했습니다. 그런데 니체 교수와 대화를 이어가면서 설정이라 생각한 절망이 실체였다는 것을 깨닫게 됩니다. 의학의 길에 들어서면서 환자와의 감정이 깊어지는 것에 주의하라는 이야기를 들었던 것으로 기억합니다. 치료에 부정적인 영향을 미칠 수 있을 뿐 아니라 부적절한 관계로 윤리적 문제가 될 수도 있기 때문입니다. 쉽게 정의할 수는 없겠지만, 환자와의 관계는 적정한 거리를 유지하는 것이 중요합니다.

어떻든 니체 교수는 브로이어 박사의 이야기를 듣는 가운데 철학이 인간의 관념적 문제에 대하여 해결 방안을 내놓을 수 있겠다고 생각합니다. 일종의 철학의 응용을 시도하는 셈입니다. 환자진료를 두고 간섭하는 아내와의 갈등이 깊어가고 있는 브로이어 박사에게 니체 교수는 사고실험을 해보자고 합니다. 진리를 추구하는 사람들은 마음의 평화를 버리고 자기 인생을 탐구하는 데 바쳐야 한다는 것입니다. 브로이어 박사는 프로이트 박사에게 최면요법을 부탁합니다. 스스로 최면상태에 들어 니체 교수가 권유한 자유로의 도피를 경험하려는 것입니다. 최면상태에서 브로이어 박사는 아내 마틸데에게 이별을 통보하고 집을 떠나 안나 O.가 입원하고 있는 요양원을 찾아갑니다. 하지만 그녀에게 향하던 마음이 부질없는 것이었음을 깨닫고 돌아섭니다. 다음은 아내의 성화로 해고했던 에바를 만나 도움을 얻고자 합니다. 하지만 그녀의 마음이 이미 돌아섰다는 것을 확인하였을 뿐입니다. 브로이어 박사가 향한 곳은 이야기가 시작된 베네치아입니다. 베네치아의 분위기에 맞지 않는 자신을 변모시키기 위하여 수염을 깎고 적당한 옷가지를 찾지만 그는 결국 아내 마틸데를 사랑하고 있다는 사실을 깨닫게 됩니다.

의과대학을 졸업한 브로이어는 부잣집 딸인 마틸데와 결혼함으로써 사회적 위치를 공고히 할 수 있었습니다. 하지만 반대급부적으로 아내가 자신을 구속한다고 생각해 왔던 것입니다. 그녀 때문에 감옥에 갇혀 있다고 생각한 그는 다른 여자들, 다른 삶을 경험할 자유를 꿈꾸었습니다. 그러나 막상 아내를 떠나 자유를 얻은 상황에서 또 다른 구속을 찾아 안나 O. 그리고 에바를 찾았다는 사실을 깨닫게 됩니다. '모든 사람은 자신이 견딜 수 있는 만큼의 진실을 선택해야 한다.'라는 니체 교수의 조언대로 아내와의 결혼은 자신이 결정한 선택인 만큼 그것을 받아들이는 것이 옳다는 결론에 도달할 수 있었습니다. 결국 브로이어 박사는 니체 교수의 철학적 사유를 통하여 자신이 가지고 있던 절망을 치유하는 데 성공하였습니다. 우리 시대에서 많은 브로이어 박사를 만날 수 있는 것 같다는 생각을 하면서 스스로를 돌아보면 어떨까 싶었습니다.

브로이어 박사는 자신의 절망이 잘못된 생각의 결과였다는 사실을 깨닫게 되었고, 현재의 삶에서 행복을 찾게 되었습니다. 그리고 그동안 접근하지 못하던 문제, 니체 교수에게 비슷한 문제는 없는가 묻습니다. 루 살로메의 이야기를 털어놓으라고 압박한 것입니다.

니체 교수도 루 살로메와의 관계를 털어놓으면서, 브로이어 교수가 안나 O.와의 관계로 인한 절망을 치유하는 과정을 지켜보면서 자신 또한 루 살로메와의 관계로 절망하고 있었음을 고백합니다. 브로이어 박사 역시 루 살로메의 요구로 자신이 니체 교수의 진료를 맡게 되었다고 고백하자 니체 교수가 발작을 일으킵니다. 니체 교수를 진정시킨 다음 두 사람은 서로의 입장과 생각을 허심탄회하게 털어놓습니다. 그 과정에서 루 살로메의 실체를 깨닫게 된 니체 교수는 눈물을 흘립니다. 루 살로메가 허상에 불과했다는 사실을 깨닫게 된 것입니다. 니체 교수는 자신의 눈물에 대하여 홀로 죽어가는 것에 대하여 브로이어에게 말하면서 역설적으로 안도감을 느꼈습니다. 그러한 느낌을 브로이어와 함께 나눌 수 있었던 것에 대한 강렬한 감동 때문이었습니다. 철학자의 눈물은 일반인과는 그 의미까지도 다른 것 같습니다. 하지만 모든 이에 있어 눈물은 마음을 정화시키는 치료제인 것은 분명합니다.

브로이어 박사와 니체 교수의 이야기에서 욕망의 허상을 깨닫게 된 것도 큰 깨달음입니다. 그리고 어느 의사에게도 중요한 두 가지를 다시 새긴 것도 수확입니다. 의사-환자와의 관계는 적절한 거리가 중요하다는 점은 앞서 말씀드렸고, 두 번째 중요한 점은 의사가 환자의 질병에 대한 전통적인 접근 방식입니다. 니체 교수를 만난 브로이어 박사는 90분에 걸쳐 환자의 이야기를 듣고 꼼꼼하게 기록하면서 철저하게 진찰을 합니다.

정리해 보면, "우선 환자가 자기의 병에 관해 자유롭게 말하는 것을 주의 깊게 들은 다음 체계적으로 각각의 증상을 조사합니다. 증상의 처음 양상, 시간의 경과에 따른 변화, 치료에 대한 반응을 기록합니다. 다음 단계는 몸에 있는 모든 기관계통을 살펴봅니다. 머리끝에서 시작해 점점 내려와 발끝까지 샅샅이 살펴봅니다. (…) 이와 같은 기능검사는 환자의 기억과 일일이 대조를 거쳐 아무것도 놓치는 일이 없도록 해야 합니다. 브로이어는 심지어 이미 진단을 확신하는 경우에도 그 어떤 것도 빼먹지 않았습니다. 다음으로 환자의 병력을 주의 깊게 살펴봅니다. 환자의 어린 시절 건강상태, 부모와 형제들의 건강상태, 직업 선택, 사회생활, 군 복무, 지리적 이동, 식습관과 여가 시간 선호도 등 생활의 다른 측면들도 샅샅이 살펴야 합니다. 마지막 단계는 통찰력을 최대한 발휘하여 지금까지의 자료를 토대로 다른 모든 것들에 대해 질문합니다."

여기 요약한 내용만을 보면 우리나라의 의료 현실에서는 결코 가능한 일이 아닙니다. 우리나라의 의료 현실에서 환자에게 많은 시간을 할애할 수 없다고들 합니다. 따라서 환자가 호소하는 증상을 중심으로 포괄적인 검사를 진행하고 검사 결과에 따라서 문제를 압축해 들어가는 실정입니다. 그와 관련하여 검사실 검사에 대한 브로이어 박사의 견해는 참고할 만합니다. "빈 의대에서는 자네에게 뭘 가르친 게야? 오감으로 검사하라고 하지 않았던가? 프로이트 박사? 실험실 검사는 잊어버리게. 그건 유대인 의학이야. 실험실 결과는 자네가 이미 오감으로 검사한 것을 확인해 주는 것뿐일세." 요즈음 우리나라 병원에서는 검사를 지나치게 많이 하는 경향이 있습니다.

마지막으로 저자는 니체 교수의 수많은 저작물에 담긴 내용을 인용하고 있는데, 지나치게 단편적이라는 생각이 들었습니다. 예를 들면, 보로이어 박사가 니체 교수를 처음 진찰할 때 『즐거운 학문』에 나오는 '죽은 자의 최후의 보상은 더 이상 죽지 않으리라!'라는 대목을 인용합니다. 아마도 제가 읽은 『즐거운 지식』이 같은 책이 아닐까 싶어 열심히 찾아보았지만, 저자가 인용한 대목을 찾을 수가 없었습니다. '농담, 음모 그리고 복수'라는 제목으로 된 독일식 압운의 서곡과 모두 5부로 구성된 『즐거운 지식』은 아주 독특한 형식으로 구성되어 있습니다. 어떤 것은 짧은 경구의 형식을, 어떤 것들은 엽편소설(葉篇小說)처럼 짧은 글로 구성되어 있습니다.

『니체가 눈물을 흘릴 때』를 읽고 난 느낌을 정리해 보면, 가볍지 않은 두께만큼이나 생각거리가 많은 책 읽기였습니다. (라포르시안: 2016년 4월 25일)

13

삶이 나에게 가르쳐 준 것들

(마르쿠스 아우렐리우스, 리더북스)

▓ 권력의 정점, 로마 황제가 기록한 자기정화의 정수

　　　　로마 황제 미르쿠스 아우렐리우스의 『삶이 나에게 가르쳐 준 것들』은 그가 남긴 『명상록』을 우리말로 옮긴 것입니다. 그리스어로 '자신에게'라고 달았던 원제목의 뜻을 살린 제목으로 생각됩니다. 2천 년에 가까운 옛날에 거대한 제국을 다스렸던 황제가 남긴 말들이 오늘날까지도 삶의 지표가 될 수 있는 것을 보면, 삶의 본질에 대하여 천착했던 그의 고민이 얼마나 깊은 것이었나를 알 수 있습니다. 하지만 그가 로마의 황제가 되는 과정은 그리 순탄치는 않았습니다.

　철인황제(哲人皇帝)라고 부르는 마르쿠스 아우렐리우스(121~180년)는 로마의 전성기라고 하는 오현제 시대(AD96~AD180년)의 마지막 황제입니다. 로마제국은 황제가 다스렸지만 제국 이전의 정치 형태였던 공화정의 정신이 남아 있었던 것 같습니다. 통상적으로는 제국의 황제는 적통의 자식이 제위를 이어가는 방식을 취하기 마련입니다. 그런데 이 시절 로마 제국은 황제가 자질이 있는 자를 아들로 입양하여 제위를 물려주었습니다. 그러니까 자식이 아니면서도 자식인 셈입니다.

마르쿠스 아우렐리우스는 서기 121년 마르쿠스 안니우스 베루스와 도미티아 루킬라의 아들로 로마에서 태어났습니다. 3살이 되던 해 아버지가 죽자 세 차례 집정관을 연임한 할아버지 마르쿠스 안토니우스 베루스에게 입양되었습니다. 어려서부터 범상치 않은 싹을 보였던 그는 하드리아누스 황제의 눈에 띄었습니다. 그의 집안이 플라비아누스 황제(69~96년) 재위 시절 황제를 중심으로 사회 및 정치권력이 집결되던 새로운 로마를 실질적으로 움직이는 몇몇 집안과 연결되어 있었기 때문입니다. 언젠가는 마르쿠스 아우렐리우스가 제위를 계승하기로 정해져 있었지만 그가 어떻게 황제에 즉위하게 되었는가는 여전히 신비에 싸여 있다고 합니다. 마르쿠스 아우렐리우스는 하드리아누스 황제의 기획에 따라 오랫동안 황제가 되기 위한 공부를 했습니다. 이렇게 쌓은 공부는 재위기간 동안 통치에 반영되었습니다. 서기 161년 그가 로마 제국의 제16대 황제의 제위에 올랐을 때 황위 계승권을 나누고 있던 양제(養弟) 루키우스 베루스에게 강권하여 공동 황제로 즉위토록 하였습니다. 동등한 법률상 지위와 권력을 공식적으로 나누는 공동 황제가 로마 제국 사상 최초로 탄생한 것입니다. 하지만 169년 질병으로 사망할 때까지 루키우스 베루스가 공동 황제로서 한 역할은 두드러지지 않았습니다.

마르쿠스 아우렐리우스의 재위기간 로마 사회는 안팎으로 불안했습니다. 재위 첫해부터 본국과 주변에 기근과 홍수가 있었고, 제국의 동방으로 침입한 파르티아를 격퇴하러 출정한 1개 군단이 궤멸하는 바람에 아르메니아 왕국이 점령당했습니다. 하지만 2년 뒤에 반격에 나서 아르메니아 왕국을 탈환하였고 다시 3년 뒤에는 티 그리스강을 건너 파르티아를 공격하여 격파하였습니다. 168년에는 게르만족과의 전쟁이 발발해서 진퇴를 반복하다가 6년이 지나서야 강화협상이 타결되었습니다. 게르만족과의 전쟁은 제국의 군사나 재정 면에서 취약점을 드러냈지만, 이를 해결할 묘수가 없어 임시 방편의 수단을 동원할 수밖에 없었습니다. 로마 제국이 쇠퇴기에 접어드는 신호였던 것입니다. 마르쿠스 아우렐리우스는 앞선 황제들과는 달리 친아들 콤모두스를 후계자로 지목하였습니다.

마르쿠스 아우렐리우스는 금욕과 절제를 주장하여, 에픽테토스, 세네카와 함께 스토아학파를 대표하는 철학자로 꼽습니다. 철학자 황제는 인간의 욕망이 민낯으로 부딪히는 전장을 누비면서 인간과 인간의 삶에 대한 사유에 빠질 수밖에 없었을 것입니다. 황제는 사유를 통하여 정리된 것들을 12편의 『명상록』으로 남겼습니다. 그가 스스로에게 던진 질문은 '나는 누구인가?', '학문의 목적은 무엇인가?', '행복은 무엇인가?', '죽음은 무엇이고, 그 대척점으로서 삶은 무엇인가?', '삶에서 필연은 무엇이고, 우연은 무엇인가?' 하는 것들이었습니다. 주로 철학의 영역에서 답을 구하는 질문들입니다. 앞서 적은 것처럼 철학자는 스스로에게 질문을 던지고 스스로 답을 구하려 노력을 했습니다. 누군가에게 보여주기 위한 기록이 아니었던 것입니다.

자신이 배워 온 과정을 적은 제1권은 '나는 할아버지 베루스에게서 훌륭한 품행과 노여움을 다스리는 법을 배웠다.'라고 시작합니다. 일인칭으로 기록하고 있습니다만, 인간의 보편적인 삶에 관한 것들을 적을 때는 이인칭을 주로 사용하였습니다. "나의 영혼이여, 그대는 자신에게 잘못을 저지르고 자신을 혹사시키는구나. 그러다가는 더 이상 자신의 명예를 되찾을 은총의 기회가 주어지지 않을 것이다. 우리는 한 번밖에 살지 못하고 그 짧은 인생도 거의 끝나가지만, 그대의 영혼은 스스로를 존중하지 않고 다른 사람들의 생각과 말에서 축복을 찾으려고 하다니!"

몇 쪽씩 할애하여 긴 호흡으로 읽어야 하는 내용도 있습니다만 대부분의 생각들은 짧게 압축되어 있습니다. '기억하는 사람이든 기억되는 사람이든 모든 것은 연기처럼 흩어지고 사라진다.'라는 경구처럼 한 줄에 불과한 것도 많습니다. 심지어는 '자연은 모두에게 유익한 것만을 제공한다.'라는 말처럼 한 줄도 채우지 못하는 것도 있습니다. 대체적으로 누구나 공감할 수 있는 내용입니다. 때로는 '얼마나 음흉하고 비겁하고 완고한 인간인가! 짐승이나 어린애처럼 우매하고 나태하고 변덕스럽고 야비하고 교활한 폭군(69쪽).'이라는 대목도 있습니다. 이런 문구는 황제에 대한 위에 적은 '폭군'은 아마도 네로를 말하는 것으로 추측하는 사람들도 있습니다. 하지만 『명상록』 자체가 스스로를 다스려 바른길로 이끌기 위한 자기 성찰을 적은 것이라고 한다면, 어쩌면 스스로가 폭군의 길로 접어들지 않도록 강하게 경고하고 있다고 해석하는 편이 옳겠습니다. '오만하고 불행한 자들의 의견을 수용하지 마라. 그들의 의견이 그대를 지배하지 않도록 삶을 참된 관점에서 바라보라.'라는 대목이 참고할 만합니다.

『삶이 나에게 가르쳐 준 것들』은 배움, 인생, 운명, 죽음, 인간 본성, 자연의 이치, 이성, 선과 악, 순응하는 삶, 사회적 존재, 영혼, 도덕적 삶 등을 주제로 하여 모두 12편으로 구성되었습니다. 아마도 같은 주제를 두고 사유를 거듭하였을 것으로 볼 수도 있습니다. 어쩌면 생전에 황제가 남긴 명상록을 후대 사람들이 주제별로 구분하여 엮은 것은 아닐까 생각해 봅니다. 따라서 이 책을 처음부터 읽는 것도 좋겠습니다만, 관심이 가는 주제를 집중해서 읽는 것도 좋은 책 읽기가 될 것 같습니다. 죽음에 관한 내용 가운데, "제단 위로 많은 유향 방울이 떨어진다. 어느 것은 먼저, 어느 것은 나중에 떨어지지만, 그렇다고 해서 떨어지는 것 가체로는 별다른 차이가 없다."라고 적어 생자필멸(生者必滅)이라는 개념을 완성한 것으로 보입니다. 다만 육체는 물론 영혼마저도 뒤에 오는 사람들에게 자리를 마련해 주어야 하기 때문에 사라지는 것이라고 이해하고 영혼불멸을 강하게 부정하고 있어 종교로까지 승화시키지 못한 것 같습니다. 영혼불멸을 믿을 수 없었던 이유를 황제는 이렇게 적었습니다. '만일 사후에도 영혼이 살아 있다면 우리를 감싸는 대기는 태고 이래로 죽은 자들의 영혼을 수용할 공간을 어떻게 마련하겠는가?' 그리고 질문에 대한 황제의 생각이 이어집니다. 책을 찾아 읽어보시기 바랍니다.

죽음은 누구나 피할 수 없는 숙명이라는 점을 이야기하면서 히포크라테스를 인용합니다. 의사가 하는 일에 대하여 언급한 대목이 딱 하나 있습니다. '만일 선원들이 선장의 말을 따르지 않거나, 환자가 의사의 말에 귀를 기울이지 않는다면, 선장이 배에 탄 선원들의 안전을 어떻게 도모하고, 의사는 환자의 병을 어떻게 고칠 것인가?' 과거와는 많이 달라진 의료 현장의 분위기를 개탄하는 의료인들에게는 달콤한 이야기 같습니다. 하지만 의사와 환자 사이의 신뢰관계란 닭이 먼저인가 달걀이 먼저인가를 따지는 문제가 될 수는 없습니다. 환자의 신뢰를 얻기 위하여 무엇을 보여주었는지 자신을 되돌아보면 답이 나오지 않을까요? '설득을 통해 다른 사람을 감동시키려고 노력하라. 그대가 정의의 원칙을 준수하겠다면 상대방의 의사에 반하는 행위라도 감행하라.'라는 대목을 참고하면 좋겠습니다.

독립된 주제로 구분되어 있음에도 불구하고 『명상록』에는 유독 죽음과 운명에 관한 기록이 많습니다. 옮긴이는 그 이유를 '(죽음은) 스토아철학의 중요한 주제이기도 하다. 아우렐리우스를 비롯한 스토아철학자들에게 죽음이란 고통이나 종말이 아니라 해체와 소멸이라는 자연의 작용에 불과하다.'라고 설명합니다. 생로병사로 이어지는 인간의 삶에서 죽음은 한순간이지만 죽음은 어느 순간이라도 올 수 있는 것이기 때문에 죽음에 대한 공포는 삶의 전체라고 해도 과언이 아닐 것 같습니다. 따라서 죽음을 극복하는 순간 삶은 무한한 가능성을 가지게 되지 않을까요?

『명상록』에 실려 있는 황제의 금과옥조와 같은 말씀도 물론 좋습니다. 하지만 말미에 붙인 옮긴이의 작품해설 속에 있는 한 구절이 바로 보석이라는 생각이 들어 옮겨봅니다. "우리를 행복이나 불행으로 인도하는 것은 운명이 아니라 운명을 받아들이는 우리의 태도. 우주의 사건들은 일어나야 할 방식대로 일어난다. 그것이 자연의 섭리요, 운명이다. 인간이 여기에 더 보탤 것도, 뺄 것도 없다. 하지만 어떤 운명이 닥치든 초연하고 담담하게 대처할 수는 있다. 그것은 철학하기를 통해서다. 철학은 자기구원을 위한 수행인 셈이다."

황제는 매일 밤 잠들기 전에 자신이 보낸 하루를 돌아보고 스스로 정한 원칙대로 행하였는지를 점검했을 것입니다. 전장을 누벼야 하는 자신의 처지가 힘들고, 언제까지나 번영을 누릴 것만 같던 로마 제국이 예전과는 다르다는 손에 잡히지 않는 위기감이 황제를 옥죄었을 것입니다. 그 가운데서도 스스로를 구원하기 위하여 『명상록』을 꾸준하게 써 내려갔을 것입니다. "마치 오늘이 마지막 날인 것처럼 하루하루를 살아라. 절대로 격노하지 말고, 절대로 냉담

하지 말고, 절대로 위선적인 행동을 하지 말라. 그것이 바로 도덕적인 인격을 완성하는 길이다."라고 적은 것처럼 말입니다. 황제를 따라 하기 어렵다는 생각이 드시는 분이라면 황제가 남긴 『명상록』을 하루 한 쪽씩 꼼꼼하게 읽고 잠자리에 드시는 것은 어떨까요? (라포르시안: 2016년 3월 21일)

양기화

의학박사, 전문의(병리학 및 진단검사의학)
가톨릭대학교 의과대학을 졸업하고 동 대학원에서 박사학위를 취득했다. 동 대학 조교
수를 거쳐 을지의과대학교에서 교수를 역임했다. 미국 미네소타 대학교 의과대학 신경
병리실험실에서 방문교수로 치매병리를 공부했다.

식품의약품안전청 국립독성연구원 일반독성부장, 대한의사협회 의료정책연구소 연구
조정실장, 건강보험심사평가원 평가위원을 거쳐 현재는 군포 지샘병원 병리과장으로
재직하고 있다.

어려서부터 책읽기를 좋아했고, 2015년부터는 본격적으로 책을 읽고 독후감쓰기를 시
작하여 최근까지 2,500권의 책을 읽고 2,300편의 독후감을 썼다.

저서로는 『치매 바로 알면 잡는다(1996년, 동아일보)』를 낸 뒤에 『치매 당신도 고칠 수
있다(2017, 중앙생활사)』까지 세 차례 개정판을 냈다. 『우리 일상에 숨어있는 유해물
질(2018, 지식서재)』에 이어, 인문학적 책읽기 연작으로 『양기화의 BOOK 소리(2020,
이담북스)』와 『아내가 고른 양기화의 BOOK 소리(2021, 이담북스)』 등 9권을 세상에
내놓았다.

독자가 고른
양기화의 BOOK 소리

초판인쇄 2022년 05월 12일
초판발행 2022년 05월 12일

지은이 양기화
펴낸이 채종준
펴낸곳 한국학술정보㈜
주 소 경기도 파주시 회동길 230(문발동)
전 화 031) 908-3181(대표)
팩 스 031) 908-3189
홈페이지 http://ebook.kstudy.com
E-mail 출판사업부 publish@kstudy.com
출판신고 2003년 9월25일 제406-2003-000012호

ISBN 979-11-6801-473-2 13800